王女に捧ぐ身辺調査

アリスン・モントクレア

わたし[illegible]査をするの⁉

——戦後ロンドンで結婚相談所を営むアイリスとグウェンに、英国王妃に仕えるグウェンのいとこから驚愕の依頼が持ちこまれる。エリザベス王女が想いを寄せるギリシャのフィリップ王子について、その母親のスキャンダルをほのめかす脅迫状が届いたのだという。英国王室の危機を救うため、ふたりは極秘で、王子の家族と脅迫者を調べることに。元情報部員でスパイ活動のスキルを持つアイリスと、人の内面を見抜く優れた目と貴族社会での人脈を持つグウェン。対照的な女性コンビの活躍を描くシリーズ第二弾！

登場人物

アイリス・スパークス……〈ライト・ソート結婚相談所〉共同経営者
グウェンドリン（グウェン）・
　ベインブリッジ……〈ライト・ソート結婚相談所〉共同経営者
サルヴァトーレ（サリー）・ダニエリ……アイリスの友人。劇作家志望
エリザベス王女（リリベット）……イギリスの第一王位継承者
フィリップ王子……ギリシャの王子
アンドレアス……フィリップの父
アリス……フィリップの母親
クリスト……アンドレアスの弟
ペイシェンス・マシスン……グウェンのいとこ。王妃の部下
ペネロピ・フィッシャー……ペイシェンスの秘書
モントゴメリー・ストーリングズ……ペイシェンスのボディーガード
ハーバート・ブキャナン＝ウォラストン……退役軍人
セシル・ベルトゥイユ・ブスケ……アリス王女の娘たちの元小間使い《レディズメイド》
ゲオルギオス二世……ギリシャ国王

コンスタンティン・トルゴス……………ギリシャの情報部員
タデオ・トルゴス……………………コンスタンティンの息子
アーチー・スペリング………………闇屋のボス
准将………………………………………アイリスの元上司
ジェイムズ（ジミー）・B・スモーリー……高級印刷&リトグラフ店経営者
ロニー・ベインブリッジ
（リトル・ロニー）……………………グウェンの息子
ロニー・ベインブリッジ……………グウェンの夫。故人
レディ・カロライン…………………グウェンの義母。ロニーの祖母
パーシヴァル…………………………ベインブリッジ家の執事
アグネス………………………………リトル・ロニーの家庭教師
プルーデンス…………………………ベインブリッジ家の料理人
ミリセント（ミリー）………………ベインブリッジ家の小間使い
ミルフォード…………………………グウェンの精神科医
ティモシー・ポールフリー…………陸軍大尉（グレナディア近衛連隊）
フィリップ・パラム…………………ロンドン警視庁犯罪捜査課《CID》警視

王女に捧ぐ身辺調査

ロンドン謎解き結婚相談所

アリスン・モントクレア
山田久美子訳

創元推理文庫

A ROYAL AFFAIR

by

Allison Montclair

This edition is published by TOKYO SOGENSHA Co., Ltd.
Published by arrangement with St. Martin's Publishing Group
through Japan UNI Agency, Inc., Tokyo

王女に捧ぐ身辺調査

ロンドン謎解き結婚相談所

彼の物語を美しく彩り
なお美しく人生を生きる
わが甥ベネットに

ギリシャが真に独立しているなどというのは馬鹿げている。
ギリシャはロシア、もしくは英国だ。
そしてロシアであってはならないので、
必然的に英国だということになる。

——エドマンド・ライオンズ。ギリシャ駐在英国大使。
一八四一年

ギリシャの王にとってもっとも重要な道具はスーツケースである。

——ゲオルギオス二世。ギリシャ国王。一九二二—一九
四七年（亡命期間一九二四—一九三五年、一九四一—一
九四六年を含む）

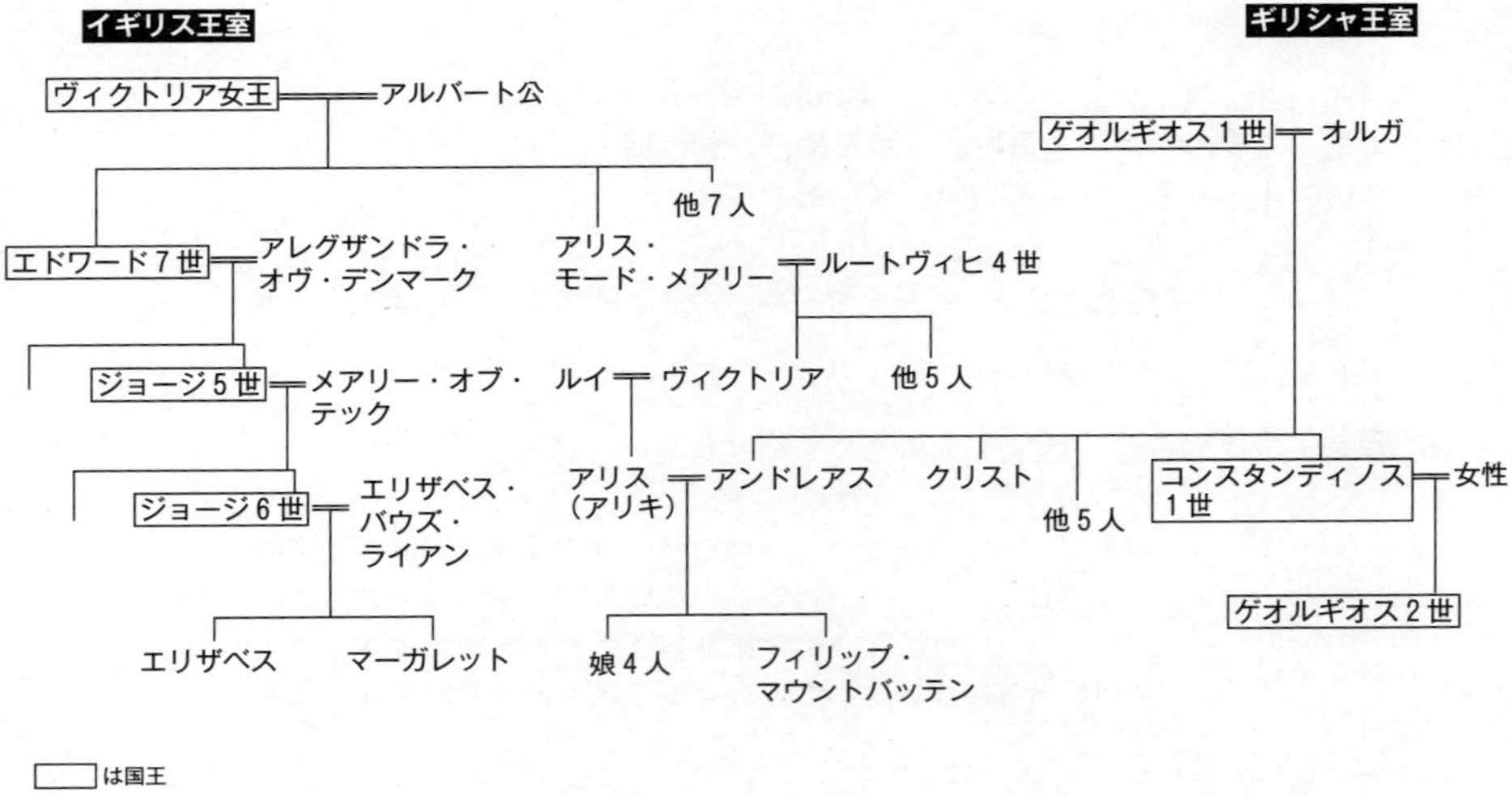

イギリス王室
ヴィクトリア女王
アルバート公
他７人
エドワード７世
アレグザンドラ・
オヴ・デンマーク
アリス・
モード・メアリー
ルートヴィヒ４世
ジョージ５世
メアリー・オブ・
テック
ルイ
ヴィクトリア
他５人
ジョージ６世
エリザベス・
バウズ・
ライアン
アリス
（アリキ）
アンドレアス
クリスト
他５人
エリザベス
マーガレット
娘４人
フィリップ・
マウントバッテン
ギリシャ王室
ゲオルギオス１世
オルガ
コンスタンディノス
１世
女性
ゲオルギオス２世
は国王

1

「男はわたしにおじけづくの」ミス・ハーディマンが大音声《だいおんじょう》をとどろかせた。「そこが問題なのよ」

「まさか、そんな」スパークスはいった。

「いいえ、小さいときからずっとそうだったわ」ミス・ハーディマンはスパークスを不安にさせる声量で続けた。鼓膜が破れるかも。それに窓も。「小さい期間はそう長くなかったけどね。早くからわたしがだれよりものっぽだった。その感じ、あなたには想像もできないでしょうけど」

「一度も経験がないもので」スパークスは猛攻に身をすくめながら同意した。「でもそのうちにほかの子たちも追いついたはずでは？」

「そのころには、人から怖がられるようになっていた。こっちも〝小びとの町の恐るべき存在〟でいることに慣れちゃってね。正直いうと、それはいやじゃなかったの」

「ここ〈ライト・ソート〉では正直さが求められます」

少なくともクライアント側の正直さは、とスパークスは思った。

「で、ロンドンに来られたのは、一九三九年？」とたずねながらメモパッドを体のまえに掲げ、身を護る盾にはならないと痛いほど意識した。

「そう。これ以上はないというタイミング。わたしがやって来た直後からきな臭くなってきて」

「もちろん、因果関係はありませんよね」

「あなたったら！　おかしな人ね、まったく！　そうじゃなくて、来たのは七月で、二か月間仕事をさがして駆けずりまわったあと戦争になったの。即刻志願したわ、いうまでもなく」

「ご立派です」スパークスは認めた。「どこに配属されました？」

「最初は事務」ミス・ハーディマンはいった。「でもわたしがいるとちっとも集中できないいって、少なくともそういわれたんだけど、この爆弾級の美貌のせいじゃなかったんだからがっかりよ。ええ、いまのは冗談、自分の容姿は自分でわかってる。わたしは檻《おり》に閉じこめておける女じゃなかったのね。それで車両整備班に配置換えになったけど、そこは退屈だった。その後ついに天職を見つけたの」

「それは？」

「高射砲部隊員《アク・アク・ガール》」ミス・ハーディマンは誇らしげにいった。「一隊員から徐々に昇格して、小さな班を指揮するまでになったのよ」

「ほんとに？」スパークスは目を輝かせて叫んだ。「あの大砲をぶっ放したんですか？」

「ええ、そう、それはもうすばらしかった！　丘のてっぺんで五・二五インチ連装高射砲を構え、空をなでまわすサーチライトに目を凝《こ》らして、雲間からあらわれるドイツのメッサーシュミットを見つけたら、方向や速度を計算し、声をかぎりに指示を出す！　そして、ドカーン！」

スパークスは心ならずも鉛筆をぱきんと折ってしまった。

グウェン、いったいどこにいるのよ？　援軍が必要なのに。

ふたりは〈ライト・ソート結婚相談所〉の狭いオフィスで、スパークスの古びた机をはさんですわっていた。七月初めのむしむしする月曜の朝。グウェンが義理の両親の家からこっそり持ちだしてきた小さな扇風機はロンドンの重苦しい空気をわずか数インチ押しだすのがやっとで、室内の残り、とりわけスパークスのいるあたりは淀んだままだった。

経営者二名のうち一名が目下不在なため、ミス・ハーディマンはスパークスの真向かいのひとつしかない来客用椅子にどっしり腰を落ち着けていた。すわっていても座高はじゅうぶん高く、頭頂部がドアの横の壁に掛けたダーツボードと重なっている。そのせいで放射線状に派手な後光が射し、上下に激しく弾むお団子にブルズアイ（ボードの中心の二重円）がちょこんとのっかっているように見えた。

スパークスの目はそのお団子に吸い寄せられ、ダーツを投げたくて手がむずむずした。

「ちょっとお待ちを」鉛筆の残った部分を取って、削った。削り終わると、先を舐《な》めた。子どものころからの癖《くせ》だ。

「わかりました。高射砲《アク・アク》ガール、と。戦果は？」

「わたしの砲だけで二機撃墜、共同でもう一機。知ってる？　あの任務で実際に敵を殺した女性はわたしたちだけなのよ」

敵を殺した女は、ほかにもいる。スパークスは無表情のまま心のなかでいった。

「あなたは？」ミス・ハーディマンがたずねた。「戦争中どんなふうに過ごしてたの？」

だれの手先だ、とカルロスが怒鳴った。彼の両手が彼女の喉にかかり、彼女の手は枕の下のナイフをまさぐって……

「事務をしてました。そちらのように刺激的な仕事じゃありません」

「でも必要不可欠よね」ミス・ハーディマンは少なからず見下した態度でいった。

「歯車の歯ひとつひとつも重要です」

「あのころが恋しいといったら変かしら。恐ろしかったけど、それまでの人生で初めて目的をもった気がしたの。それがいまは、このとおり――はっきりいって、あなたがうらやましい」

「わたし？　なぜわたしなんですか」

「あなたにはいまも目的があるでしょ。ここを管理しているじゃない」

「自己管理しているだけですよ。ミセス・ベインブリッジとわたしは対等の共同経営者で、ほかに従業員もいませんし。わたしに人を動かす力はないんです」

「でも自分で会社を経営していて、ばかな男どもにあれこれ指図されることもない。ある意味パラダイスに思えるわ」

「たしかにそこはちがいますね。うれしいことに、いまのところは順調だといえます」

「そうでしょうとも、あのラ・サル殺人事件（既刊『ロンドン謎解き結婚相談所』）を解決してあれだけ注目されたんだから」

「あれは通常の業務ではありません。わたしたちの膝《ひざ》の上に落ちてきたんです、ちょうどアメリカの漫画でグランドピアノが落っこちてくるみたいに。さて、いいお相手さがしにもどりましょうか。あなたの——情熱的な性格からいって、より幸せにしてくれる配偶者はどちらだと思います？　その性格に立ち向かってくる男性、それとも甘んじて受け容れる男性？」

「うう、核心を突いてきたわね。まえのほうといいたいところだけど、長い目で見れば議論するのも疲れそうだし。とはいえ、こちらが意見をぶつけたとたんにへこたれる相手じゃおもしろみがない。両方ちょっとずつでお願いできない？」

「できますよ」スパークスはその回答を書きとめた。「見つけるのが簡単とは申しませんけど」

「あなたならどっち？」

「わたしは彼らと楽しみました。疲れる経験もしました。いまはまた楽しんでいます」

「お独《ひと》りみたいね」

「そうです」

「人を結びあわせるのは上手だといえる？」

「その能力があると信じたからこそ、このビジネスをはじめたんです。みなさんにもそう信じていただけるだけの成功を収めてきました。たしかにわたし自身は教会でフラワーガールのあとからヒナギクがばらまかれた通路を歩いたことはないですが、このお相手さがしにある独特な視点を取り入れておりまして、ミセス・ベインブリッジもそれとはちがいますがやはり有効な方法で取り組んでいます。これからふたりで見つけますよ、ミス・ハーディマン。全力を傾けて、すぐにもふさわしい候補者をお知らせします」

たぶん耳が遠い男性を、と思いながら立ちあがって、相手の手を握った。

その考えはすぐに押しつぶした。


アイリスがメモをタイプで清書している最中に、グウェンが帰ってきて、金属のタグにぶらさがった鍵二本を振ってみせた。

「もらってきたわ。こんなに長くかかってごめんなさい。今日のミスター・マクファースンはいちだんと見つけにくかったものだから」

「どこにあらわれたの？」

「三階の空き部屋でお昼寝していた、箒《ほうき》片手に。十時半の面接はどうだった？」

「レティシア・ハーディマンはうちの最新のクライアントになりました、とよろこんでご報告いたします。あなたと同じくらいの長身で、はきはきと主張する、すさまじく声が大きい。戦争中は対空部隊を率いていた、そこはすばらしいわね」

「すさまじく大きい声って……」

「敵機を二機、怒鳴りつけて撃墜したらしい」

「ふうん」グウェンが考えこんだ。「ちょうどいいお相手はミスター・テンプルかしら。爆発で聴力をほとんど失ったんじゃなかった？」

「わたしも彼のことは考えた、けどそんな薄っぺらい理由じゃいけないと思う。だいたい、そのカップルが怒鳴りあいで会話することを考えると、ご近所が平静でいられるかが心配。彼女にはよその家と離れた一戸建てに住んでる男がいいんじゃないかな。通りの突き当たり。袋小路の」

「そうね。ともかく、あなたがタイプしたら見てみるわ。つぎの予約はだれ?」

「十一時半にミス・ウーナ・トラヴィス。つぎは正午にミス・キャサリン・プレスコット。そのあとは入っていないから、ランチを提案します」

「それでけっこう。いますこし空き時間があるから、隣のオフィスをのぞきにいかない?」

「そうしよう」

アイリスが両手を机について立ちあがると、机は抗議するかのように不吉なきしみ音をたてた。彼女は机をにらんだ。

「これが日に日に増えてる」アイリスはふたつの机のあいだを抜けてドアへ向かった。「脚一本にがたがきてるのよ、でもどこが悪いのかわからない。ミスター・マクファースンを呼んで直してもらってもいいんだけど、近ごろもっとがたがきてるのは彼のほうだし」

「このオフィスと込みだったんだからしょうがないわ」グウェンはため息をついた。「少なくともあなたの机には使える脚が四本あるじゃない。わたしのほうは三本と、短い一本を補う『フォーサイト・サーガ』だけ」

「堅実な選択ね」アイリスはグウェンのあとから廊下へ出た。「読んだの?」

「読もう読もうと思ってはいるんだけど、分厚いんだもの。だからいまの用途に選んだわけで。ほら、ここ。〈クーパー&ライオンズ　勅許会計士〉。彼らはどうしちゃったのかしら」

「いつ出ていったのかわかる?」

「ミスター・マクファースンはそこの記憶が曖昧《あいまい》だったわ」グウェンは鍵の一本を挿してまわしながらいった。「ほとんどにおいてそうだけど」

ドアを開いて、なかをのぞきこみ、息を呑んだ。

「アイリス」畏怖をこめて、いった。「机がある!」

「見せて」アイリスが彼女を押しのけて入りこんだ。「わあ! すてきじゃない!」

部屋そのものは彼女たちのオフィスよりも四、五フィート幅が広く、そのため窓はひとつでなくふたつだった。何年ものあいだヒト科が居住していた形跡はない。もっと小ぶりな生き物が棲んでいたようではあり、そう遠くない過去に箒とちりとりで掃除されたかもしれないが、定かではなかった。

瞬時にふたりの目を惹きつけたのは、窓のまえに一台ずつ配された、揃いの巨大な机だ。幅があるどっしりとしたマホガニー材のその机は、太くて四角い柱状の台にのっており、それぞれにふたりのほうを向いて抽斗《ひきだし》とキャビネットがついていた。

「嘘だといって」グウェンが吐息混じりにいった。

両腕をひろげてふたつの机のあいだを歩き、褪《あ》せたバーガンディ色のデスクトップレザーに指をすべらせ、縁《ふち》に施された金箔の装飾からそっと埃を拭《ぬぐ》った。恭《うやうや》しくひざまずいて抽斗の

う！」

「〈ハロッズ〉のよ」とささやいた。「〈ハロッズ〉の両袖机よ、アイリス。いまにも卒倒しそロゴを調べた。


目につく場所に鍵は見当たらないが、中央の抽斗は施錠されていなかった。そっと開いてみる。なかは空だった。


アイリスはもうひとつの机の抽斗も開いて、顔をしかめた。

「わたしのほうはなにかが棲んでた」

「それじゃ、もうそっちを自分のにしたのね」グウェンがにっこり笑った。

「もしほんとうにオフィスを拡げるなら、家具も込みにしてもらわないと」


アイリスはほかの抽斗を試した。いくつかは空で、そのほかは鍵がかかっていた。

「解錠道具をハンドバッグに置いてきちゃった」と悔しそうにいった。

「あれをつねに持ち歩いているの？　いったいなんのために？」

「こういう機会のためよ」アイリスは中央の抽斗の下側を手探りした。「ない、ここに秘密の隠し場所はない。たぶんいちばん下の抽斗のなかね」

「ほら、聞いて！」グウェンが抽斗を引いて、またもどした。「なんて静かでなめらかなんでしょ。匠の技ね。ああ、一日じゅうここにひざまずいて、暇なときはずっと抽斗をあけ閉めしていたい」

「その背丈があれば楽でしょうけど。わたしには椅子が要る。見た目からいうと、あなたにもあったほうがいい」

「椅子はないのね」グウェンは室内を見まわした。

「そうすると、机用に二脚、クライアントに二脚必要かな」

「クライアント用は一脚よ。面接するのはひとりだもの」

「二脚よ。わたしたちのあいだに椅子がひとつだと、だんだん警察の取調べじみてくることに気づいたの。二脚要る。心の支えに友だちや親戚を連れてくることだってあるし。廊下で待たせたこともあったでしょ。一脚だとわたしがぐらぐらする机に腰かけて、地震の最中にローラースケートする気分を味わうはめになる」

「それにあなたの脚は男性の気を散らす」

「そういうこと。だから、椅子を二脚、それに新しいファイルキャビネットも。それぞれにデスクランプと、扇風機をもう一台。二台目の電話も引いて、内線とかでいまある一台とつなぐ。ペンキも塗り直さなくちゃ」

「ラグがあるといいわね。うちの屋根裏部屋から持ちだせるものがないかしら。ええ、だんだん見えてきたわ、このすべてにかかる資金を調達しないといけないのよね、追加のオフィスの敷金はいうまでもなく。それに肝腎なものを忘れているわよ」

「秘書か。秘書兼受付兼事務員。初の従業員よ。わたしたち、雇い主になるのよ、グウェン。まさしく資本家！　この事業拡大を実行するだけの資金がうちにはある？」

「ない。でもいまのペースを維持すれば二、三か月後には。成婚料があと六組分入ればじゅうぶん足りるわ。もしも……」

グウェンは黙りこんで、ため息をもらした。

「もしもあのいやな後見人から離れて、わたしが自分の財産を自由にできたら、この事業に投資するのに」

「なに？」

「そいつにその話をしたことはある？」

「まだミルフォード先生から最終的なお墨付きをもらわないといけないの、拘束衣なしに自立して生きていけるという」

「それはどうしたらもらえるの？」

「わたしが安定していると確認するために、あと二か月セラピーに通いなさいって」

「ならわたしの机には腰かけないことね。仕事にもどりますか」

「そうね」グウェンはため息をついた。「アイリス、わたしがこの机にみだらな欲望を感じているのは変かしら」

「わたしはそれを判断する立場にない。机がらみのおもしろい出会いを少なからず経験してきたから。いっとくけど、机そのものとじゃないわよ、でも数少ないお気に入りの家具には入るわね」

「ここの机は何位？」

「そうねえ。三位。いや、四位かな。あのオットマンを忘れてた。危なっかしかったけど、結局は深い満足が得られたの」

「小柄な女性は融通が利くのね」

「損ばかりしてるわけじゃないのよ。グウェン、その抽斗をもてあそぶのをやめないと、わたしがミルフォード先生に電話するからね」

グウェンはやましそうに抽斗を閉じて、立ちあがった。

「さよなら、セシル」とささやいて、優しくぽんと叩いた。

「もう机に名前をつけたの?」

「抽斗全部にね」

「やれやれ」

ふたりは〈クーパー&ライオンズ〉のオフィスを出て、外から鍵をかけ、それから階段の吹き抜けに並んで立ち、汚れた窓の外を眺めた。

「ミスター・マクファースンによれば、三階に新規の借り手が二組入るそうよ」グウェンがいった。

「四階はまだがら空きだし」アイリスはいった。「この階にはわたしたちしかいない。でも景気は上向いてきてる気がする。隣で新しい建物の工事がはじまるって聞いた。安く借りられるうちにあのオフィスを借りたほうがいいと思う」

「また銀行に行って、新たにローンを組めばいいわ」

「最初は、いくつだっけ、十五もの銀行をまわらなきゃならなかったわね。結婚相談所の計画なんてどこもまともに取りあってくれなかった」

「ミスター・ラスティングズに出会うまで。彼がわたしたちを気に入ってくれたのよね。こちらも滞《とどこお》りなくきちんと返済してきたし」

「事業開始からたったの四か月で」アイリスが指摘した。

「そうよ。そしていまや飛び立とうとしている。少なくとも滑走路を走りだして、ぐんぐん加速しているところ。揚力が生じてるというのかしら、専門用語は知らないけど」

「お願いだから飛行機の比喩《ひゆ》はやめて」アイリスがぶるっと身を震わせた。

「ごめんなさい。それじゃ、銀行への返済が倍になって、家賃が倍になって、秘書に払うお給料がかかるとしたら――」

「いまはまだ無理。キューピッドの矢が早いとこ奇跡を起こしてくれるよう祈りましょ。仕事にもどるわよ、パートナー」

かつては現在の机も野心と楽観的展望をもたらしてくれた。いまはみすぼらしく、不機嫌そうに見えた。忠実に仕えてきたのに、女たちがもっとよい机を見つけてしまい、遠からず自分たちは昔の思い出になるのだと知っているかのように。

アイリスは椅子に腰かけ、両肘《ひじ》をついて手にあごをのせた。机がぎぃと鳴ったので、とっさに身を引いて、にらみつけた。

「だれか階段をのぼってくる」グウェンがいった。

「ミス・ウーナ・トラヴィス、でしょ」アイリスは時計を見ながらいった。「予約より早い。

これはいつも吉兆よ。今回はあなたが仕切って。わたしはさっきの面接のせいでまだ聴力がもどらないから」

つぎのお客をぼんやり待っているように見せないため、ふたりはさも忙しそうに書類仕事に取りかかった。グウェンはとっておきの微笑をたたえて顔をあげた。戸口に立っている女性が目に入った瞬間、それは本物の笑みに変わった。

「ペイシェンス！」と声をあげた。「ここで会えるなんてびっくり！」

「こんにちは、ダーリン」その女性が入ってきて、頬にグウェンのキスを受けた。

「アイリス、わたしのいとこ、ペイシェンス・マシスンよ」グウェンが紹介した。「レディ・マシスン、というべきね」

「はじめまして」アイリスは机をまわって出てくると、彼女と握手した。

レディ・マシスンは三十代後半に見えた。ということは、それより十歳は上だろう。髪と化粧にかけられているはずの専門技術と費用に基づき、アイリスは推測した。身に着けているのはライトブルーのリネンのスーツ。粒の揃った純白の真珠の三連ネックレスを、ホワイトダイヤで囲んだ美しいルビーのペンダントヘッドがまとめている。

「またどうしてこんなところまで？」グウェンがたずねた。

「新しい事業に取り組んでいるあなたを見にきたの」レディ・マシスンは室内を見まわした。

「驚きというほかないわ。あなたがこういうことをする日が来るとは思いもしなかった」

「みんなそうよ。わたし自身でさえ。人生は予測不可能だってことがよくわかるでしょ」

「ここ数年でだれもが予測不可能なことを経験しすぎてしまったけれど」レディ・マシスンがうなずいた。「じつをいうと、こうして来た理由もそのカテゴリーにあてはまりそうよ」

「たしかに、あなたが来るのは予想外だった。うれしくないわけじゃないのよ。しばらくぶりですものね。アイリス、ペイシェンスはね――どう説明すればいいのかしら。王妃の女官というのではないけれど――」

「そんな、とんでもない！」レディ・マシスンは大げさに身震いした。

「でもある程度までは王妃殿下の仕事をしているの」

「そうなんですか？」アイリスがいった。「以前から思っていたんです、〝ある程度までは〟というフレーズはすばらしく曖昧で、故意に実態を隠していると」

「どういうことかしら」レディ・マシスンは微笑《ほほえ》んで、クライアント用の椅子に腰かけた。

「つまらないのでそれ以上あれこれ質問されずにすむし、興味に値しないほど平凡な職種だとほのめかしてもいる。結果的に、人はあなたがなんだかわからない仕事をしていると思うか、なにもしていないのだと思いさえするんです」

「ケンブリッジに行ったのはあなたね？」

「はい」

「だから自分はたいがいの人より賢いと思っているでしょ」

「オクスフォードへ行った人よりはというだけです」

「お見事！」レディ・マシスンが声をたてて笑った。「その台詞《せりふ》を聞かせてあげなくては――

わたしにもオクスフォード出の友人のひとりやふたりはいるので」

「ペイシェンス、会えてとてもうれしいのだけど」グウェンが口をはさんだ。「もうすぐお客さまがいらっしゃるの」

「いとことの再会を楽しみたかったら、面接はわたしひとりでも平気よ」とアイリス。

「それにはおよびません」レディ・マシスンがいった。「わたしがミス・ウーナ・トラヴィス、十一時半の予約よ」

「えっ？」グウェンが驚きの声をあげた。

「十二時のミス・キャサリン・プレスコットもわたし。それで一時間たっぷり一緒に過ごせるわね。この階にオフィスを設けているのはあなたたちだけで、下の階が全部空いていることは知っているけれど、もしよかったらドアを閉めて鍵をかけてもらえるかしら」

　アイリスとグウェンは呆然と彼女を見つめ、ついでたがいに見つめあった。アイリスが肩をすくめて席を立った。

「これで十ポンドがお流れ、か」つぶやきながらドアへと歩いていった。

　廊下に出て、階段の吹き抜けを見おろすと、すぐ下の踊り場で茶色の三つ揃いスーツを着た男が呑気そうに煙草を吸っていた。男は彼女を見あげて、すばやく二本指で敬礼し、元のポーズにもどって階下に目を光らせた。

　アイリスは〈ライト・ソート〉に引きかえし、ドアを閉じて鍵をかけた。

「茶色のスリーピース、茶色の靴、五フィート十インチ、黒髪、きれいにひげを剃《そ》っていて、体格がよくて、三十代半ば」自分の机にもどりながらいった。「あなたのですか?」

「わたしのよ」レディ・マシスンが答えた。

「武器は?」

「所持しているでしょうね。たずねたことはないけど」

「名前はあるんですか」

「あるでしょう。たずねたことはないけど」

「ペイシェンス、これはいったいどういうこと?」グウェンが訊いた。

「十ポンド、といった?」レディ・マシスンはグウェンを無視して、アイリスを見た。「それはなんの金額?」

「架空だったとわかった女性のお客さまふたりに、ぴったりの夫を見つけだす骨折り賃です」

アイリスは着席して答えた。

「その金額でなにをしてもらえるの?」

「場合によりますが。これまでに九組が結婚式を挙げています」

「そうなりそうなカップルも何組かいるのよ」グウェンがつけ加えた。

「なるほど」

レディ・マシスンはバッグに手を入れて、財布を取りだした。

「では失われた予約の埋め合わせに」アイリスの机に五ポンド紙幣を二枚置いた。

「まあ、ペイシェンス」グウェンが声をあげた。「受け取れないわ——」

「受け取れますとも」アイリスはきっぱりいうと、紙幣を机のいちばん上の抽斗にしまった。

「でもアイリス――」

「セシルのことを考えて。ほかのこまごました支払いのことも」

「そうね」グウェンはあっさり折れた。

「坊やの名前はロニーだと思っていたわ」とレディ・マシスン。

「内輪のジョークなの」

「さあ、わたしたちの時間と関心はあなたのものです」アイリスがいった。「本題に入りましょうか。ここへ夫さがしにいらしたのではなさそうですね」

「ええ、もう夫は間に合っています」レディ・マシスンがいった。「いまごろ田舎にいるわ、どこか正確には知らないけれど。おそらくスコットランドで無防備な雉《きじ》たちにバードショットを浴びせているでしょう」

「あなたはわたしたちとこうしてロンドンの夏に耐えているのに」グウェンがいった。

「わたしはバルモラル城へ行くロイヤル・ファミリーに同行するの。マシスン卿がうっかりしているとあちらで出くわすかもしれない、でもわたしには発つまえにひとつふたつ用事があるのよ。先週エミリー・バスコムとお茶を飲んでいたら、あなたたちの名前が出たわ」

「まあ、エムはどんな様子？　赤ちゃんができたとか」

「幸せで、輝いていて、食欲旺盛。あなた方は彼女の結婚式で知りあったんですってね」

「あのときに」アイリスがいった。「友だちになったといえます」

「おふたりがこの奇妙にしてささやかな事業を起こす決断をしたのは間接的に自分の手柄だと、エミリーは思っているわ。わがいとこは彼女とジョージの縁《えん》結びに貢献したのだとか」

「わたしの蒔《ま》いたいくつかの種が、根を張って、すてきな花を咲かせたの」とグウェン。

「それにあなた、アイリス――アイリスと呼んでもいいかしら」

「ええ、どうぞ」

「エミリーに頼まれてジョージのバックグラウンドを調べたそうね」

「虚偽だと証明しなくてはならない噂がいくつかありまして。納得のいく調査ができました」

「それにふたりの才能を活かしてあのラ・サル殺人事件を解決した。わたしたちはあの話題で持ちきりだったのよ」

「べつの殺人事件を持ってこられたんでしょうか」アイリスがたずねた。

「どうしましょう」グウェンがため息をついた。「いまだに最初の事件から立ち直れていないのに」

「いいえ、そうではなくて」レディ・マシスンが笑った。「もっとそちらの専門に近いことよ。でもこれ以上話すまえに、ここから先わたしたちが話しあうことはすべて極秘にすると確約してもらわなければならないの」

「もちろんよ」グウェンが即答した。

「ちょっとお待ちを」アイリスがいった。「こちらにそうお約束する法的権利がないことは、ご承知ですよね」

「でもアイリス――」グウェンがいいかけた。

「グウェン、おぼえてるでしょ、パラム警視が意地悪な部下たちとここに踏みこんできたとき、クライアントの極秘事項を護るべく抵抗したらどうなったか。もし犯罪がらみのことを話しにこられたのなら――」

「それはないわ」レディ・マシスンがいった。「少なくとも、いまはまだ」

「不吉なおっしゃりよう」とアイリス。「犯罪になると考えているんですか」

「その可能性は低いと思っているけれど、そうならないと絶対的確信をもっていい切ることもできない。もしもそういう事態になったときは関係当局に届け出てもかまわない、といっておくわ」

「ロンドン警視庁犯罪捜査課《CID》ですね」

「関係当局よ」

「つまり、CIDを含まないかもしれないと。国家間情勢にかかわる話でしょうか」

「さしあたっていまはなにも話していないし、ミス・スパークスの同意を得られるまでこれ以上質問に答えるつもりもありません」レディ・マシスンの声に腹立たしげな調子が加わった。

　グウェンはいとこを注視していた。

「王妃にも関係することなのね？」静かにたずねた。

「ミス・スパークス、約束してくれるわね」とレディ・マシスン。「王妃と国家に代わって頼んでいるのよ」

「わたしは戦争中、国王に奉仕しました。奥方にも同様に礼を尽くすべきでしょう。お約束します、事態が悪化したらこの約束に拘束力はなくなるという条件のもとに」

「決まりね。こういう法律じみた言い回しは不要だったといずれわかるわ。では、本題に入ります。あなた方にある人物のことを調べあげてもらいたいの、ジョージ・バスコムを調べたように」

「それならむずかしくなさそう」とグウェン。

「なぜわたしたちに?」アイリスがたずねた。「そうしたことのできる方々が王室にはいらっしゃるはずですが」

「この件はとくべつデリケートだから。ゴシップがいかにやすやすと広まるかを考えれば、内部に知られることは望ましくない。調査対象に気取られるのも困る。報道関係周辺には一語たりとも漏らしたくない。調べてもたぶんなにも出てこないけれど、わたしたちはなにもないことを確認し、なにもないままにしておかなくてはならないの」

「その〝わたしたち〟とは?」アイリスがたずねた。「〝あの話題で持ちきりだった〟という〝わたしたち〟でしょうか。それともべつの〝わたしたち〟?」

「わたし自身と、わたしの直属で働いているひとり、それに――王妃です」

「あら、たいへん」アイリスが声にならない声でいった。

「ペイシェンス」グウェンがいった。「わたしたちにフィリップ王子の身辺調査をさせたいの?」

2

「彼についてはどんなことを知ってる？」レディ・マシスンがたずねた。

「新聞に載ったことがほとんどよ」グウェンが答えた。「ブラボーン卿の結婚式で若きおふたりが熱い視線をかわしているあの写真が出たあとは、ちょっとした騒ぎになったわね」

「ブラボーン卿は王女のお相手候補だったのでは？」とアイリス。

「それにはコメントできません」とレディ・マシスン。「でもそうね、最近はフィリップのほうへ風向きが変わってきたみたい。リリベット（エリザベス王女の愛称）は十三歳のときから彼に恋をしていて――」

「十三歳？」グウェンが驚いて声をあげた。

「ええ、そうよ、フィリップは十八歳の美少年だった。王女は戦争中、彼の写真をマントルピースに飾っていたわ」

「青春をとるか、英国海軍の軍服をとるか。かわいそうに、若い彼女に勝ち目はなかったわね」

「両親からの承認という問題もあるわ」

「しかもふつうの親の承認とは別物」アイリスがいった。「〝パパ！　ママ！　ボーイフレンドに会って！　わたしたち愛しあってるの！　結婚するのよ！〟とはいかない。山ほど交渉がおこなわれるんでしょうね」

「想像もつかないほどに」レディ・マシスンがため息をついた。「王女というだけでもたいへんなのに、王位の法定推定相続人ですからね。英国史のすべてが彼女の血筋に流れているの。ほかに知っていることは？」

「フィリップはギリシャ王子およびデンマーク王子ですが、ギリシャ人ではないし、現在の王は亡命中なのでたいした称号でもない。王女とはきっと遠い親戚ですね――残っている王族は全員がそうなんじゃありません？」

「リリベットとフィリップは家系図でつながっているわ。フィリップの母親はヴィクトリア女王のひ孫よ」

「お母さまはアリス（ギリシャ名はアリキ）王女ね」グウェンが思いだした。

「そう。アリスは統治末期のヴィクトリア女王と暮らしていたこともあるの」

「考えられる？」グウェンがいった。「女王陛下を知っている人たちがいまも生きていることをつい忘れがちだけど。それってお伽噺《とぎばなし》の登場人物に会うようなものよね」

「彼はギリシャの王位から何番目にいるんでしょうか」アイリスがたずねた。

「継承順位は四位か五位じゃないかしら」とレディ・マシスン。「今後ギリシャが君主制を維持するとしても、王冠をかぶるほど近くはないわ」

「なるほど。では、いったい彼のなにが気がかりなんでしょう。王族で、高い教育を受けていて、長身で見栄えがして、英国海軍に所属しているのに。財産目当てとか？　女たらし？　どこがだめなんです？　市民権ですか？」

「ご家族かしら」とグウェン。

「わたしたちが姻戚に望ましいと思う家族ではないわね」レディ・マシスンが認めた。「父親は他界しているし、母親は何年も療養所《サナトリウム》を転々として――」

「もしそれが問題なら、わたしにも同じ問題があるわ」グウェンが静かにいった。「わたしたちがこの調査に乗りだすまえに知っておいたほうがいいわよ」

「あなたの心の病はご主人が亡くなったことへの反応としてまったく理解できる」レディ・マシスンはオフィスに来てから初めて、つかの間態度を和《やわ》らげた。「もちろん知っていたし、そんなことであなたを責めたりしないわ」

「それじゃ王妃殿下はわたしが隔離されていたのをご存じなのね。まさかお耳に届いていたなんて」

「わたしたちは一般人とはちがうの。王妃は戦死した男たちの遺族が払った犠牲をよくご存じなのよ。あなたは名誉ある立場にいるの」

「ありがとう」

「戦死した男たち――女たちもです」アイリスがいった。

「なにか？」

「戦死した男たち（fallen men）とおっしゃいましたが、女性も国のために命を捧げました」

「ええ、いうまでもないわ。べつにわたしは――」

「"fallen women"はまるっきりべつの意味（堕落した女）になっちゃいましたけど。そこは改めるべきかと」

「その運動はあなたにまかせます。ともかく、フィリップの話にもどるけど、彼の姉たちはみなドイツ人に嫁いでいて、夫たちのうちふたりはナチスにかなり協力的だったの。フィリップが候補者にふさわしくないとする理由は数えあげたらきりがないわ」

「するとわたしたちは将来の英国女王が天蓋《てんがい》付きベッドですすり泣く光景を目にするかもしれないんですね、愛する青年が将来治める国にふさわしくないからと」

「願わくば、恋に道を見出してもらいたい」レディ・マシスンがいった。「だけど、これもあるのよ」

バッグに手を入れて、マニラフォルダーを抜き取った。

「いうまでもないことだけど、王女の手紙には目を通しているの」それをアイリスの机に置いた。「ああ、手袋をはめてちょうだい、よかったら」

「夏ですよ。オフィスで手袋は使いませんし」

「わたしは持ってるわ」グウェンがバッグを開いて、取りだした。

両手にはめて、フォルダーを取りあげ、慎重に開いた。便箋《びんせん》が一枚はさんであった。上の一辺が破り取られていて、黒い粉を振りかけた跡が見られた。

「指紋を採らせたんですね」それを見てアイリスがいった。

「当然ながら」

手紙はかろうじて判読できる、雑な殴り書きだった。グウェンはしばし窓のほうへかざして見た。

「スマイソンの便箋ね。透かしに見おぼえがあるわ。ビスポーク（イニシャル等の刻印入り）にまちがいない、だからトップが破り取られているのよ」

「そういうことでしょうね」レディ・マシスンがいった。

「なんて書いてある？」アイリスが訊いた。

「王女へ」グウェンが声に出して読んだ。「タルボットがコルフ島で見つけたものを持っている。彼が知っていたことを知っている。返してほしいかアリスに訊け。値段は追って知らせる」

「コルフ島になにがあったんですか」アイリスがたずねた。

「フィリップの家族がいたの、遠い昔に。いまもそこに別荘《ヴィラ》を所有していて、〈モン・ルポ〉と呼んでいるわ」

「ギリシャ的でないところは一貫していますね。レディ・マシスン、すでに警察が扱うべき事件に思えるのですが」

「まだよ。もしここに書かれているのが事実で困ったことなら、それにもし条件が不当でなければ、わたしたちは内密に処理するほうを選ぶかもしれないの」

「まえにもそうしたことがあるんですね」

「あったとしても、あなた方に話すかしら」

「まさか。タルボットについては？　彼は何者で、この話のどこに登場して、なにを手に入れられたんでしょう」

「宮殿内でそうした質問ができないのは、なぜわたしがそんなことを訊くのかとほかの人たちに怪しまれるから。話せることは話したわ、あげられる情報はこれで全部よ」

「この問題は片づけたい、でもわたしたちが片づけるのを手伝いたくはないのね」グウェンがいった。

「そういうこと」

「そちらは関与を否認できるようにしておきたいと」アイリスがいった。

「そのとおりよ」

「こちらの骨折りに報《むく》いてはくださるんですよね」

「こういう調査にはどのくらい請求するの？」

「経費によります。わたしたちがコルフ島へ行かなければならなくなったら？」

「やだ、たいへん」とグウェン。「七月のコルフ島にちょうどいい服があったかしら」

「封筒の消印はロンドン中央郵便局だったわ」レディ・マシスンがいった。「航空券が必要になるとは思わないけど」

「こちらの紹介で成婚したご夫婦からは四十ポンド頂戴しています」とアイリス。「でもそれは平民価格、よね？」

「そしてロイヤル・ファミリーは平民ではないわよね？」とグウェン。

「ええ、そうね」レディ・マシスンが笑みを浮かべた。「英国における神の代理にいかほど追加料金を課すつもり？」

「どのくらい早い結果を求めておられます？」アイリスがたずねた。

「早いほどいいわ。王子がバルモラル城でプロポーズするかもしれないと、わたしたちは見込んでいるの」

「でしたら——」アイリスがいいかけて、グウェンに目をやると、彼女はかすかにうなずいた。

「八十ポンド？　プラス経費では？」

「妥当な金額ね」ふたたびバッグに手をのばした。ギリシャの島のビーチは調べなくてけっこうよ」

「請求書は必要？」グウェンがたずねた。

「なんのことかしら」レディ・マシスンが紙幣を数えながらいった。「領収書や契約書がなにかも知らないわ」

「それどころか、あなたはここに来なかった」とアイリス。

「ええ、来ていない」

「連絡はどうやって取るんです？」

「この電話番号に」レディ・マシスンは現金とともに名刺を差しだした。「わたしがこの予約をとった名前を使って。電話に出る女性がわたしにつなぎます。彼女があなた方の本名を知るね」

「支払いを要求するつぎの手紙が届いたら?」

「そのときはまた対処します」レディ・マシスンは椅子から立ちあがった。「では、しっかりね」

彼女はふたりと握手し、それからドアのそばに立ってアイリスがあけるのを待った。きびきびと階段をおり、ボディガードの横を彼が存在しないかのように通り過ぎるのを、アイリスとグウェンはじっと見送った。ボディガードはふたりを見あげて、ウィンクしてから、あとに続いた。

「わたしたち、たったいま九十ポンド稼いだのね。どうしてこうなったのかまだよくわからないけど」それぞれの机にもどりながら、グウェンがいった。

「セシルと再会できる見込みが出てきたじゃない」

「新事業を起こして、けちけち切りつめればね。殺人事件ひとつ解決しただけで、お客さんが殺到するなんて。ふたりとも探偵のライセンスを取るべきなんじゃない?」

「これは探偵活動とはちがう」

「じゃあ、なに?」

「高度なゴシップ集め。わたしたちの能力の範囲内よ。そうだ、電話連絡するときはウーナ・トラヴィスとキャサリン・プレスコットのどっちになりたい?」

「それは重要なこと?」

「一貫してなきゃだめなの、同じ名前にちがう声で秘書を驚かせないように」

「わたしにはどちらでも同じよ。あなたはどっちがいいの」

「なら、わたしがウーナ。外国人風なのはわたしでしょ」

「あなたがそういうなら。なんとも不思議な依頼よね。この仕事で王室に請求をするのは、なんだか品のよくないことみたい」

「彼らはわたしたちよりお金持ちよ。それにこれはビジネスであって、高貴な者の義務《ノブレス・オブリージュ》じゃないんだから」

「それでも、不適切な気がするわ」

「家族を助けるんだと思いなさい」

「家族？」

「あなたもなんらかのご縁《えん》があるんじゃない？」

「ああ、そうかも」グウェンが笑った。「陛下とわたしが何親等離れているかおぼえていないけど。生まれたときは継承順位の百七十三番目だったと、母から聞いたことがある。でもその後何人かが亡くなったり跡継ぎが生まれたりしているから、いまはどのへんなのか見当もつかないわ。おかしなことに息子はわたしより順位が上なの、義理の親たちのおかげで」

「五十位前後の貴族の息子がケンブリッジにふたりいた」アイリスが回想した。「壁にばかでかいチャートを貼って、ことあるごとに名前を削除したり加えたりしてた。卒業時にどっちが王に近づくか賭けをしてたの。悪趣味だし、やな感じだった」

「どちらが勝ったの?」

「知らない。ひとりはのちにエル・アラメインの戦いで機甲師団を率いて戦死を遂げた、だからいまはもうひとりがちょっとだけ上かな。それじゃ、目下の問題。王女は王子に恋してる、と」

「十三歳からよ」グウェンがため息をついた。「十三歳で好きになった人と結婚するなんて想像できる?」

「十三のときはだれに恋してた?」

「いいたくない」グウェンは真っ赤になった。

「いいじゃない、そっちがいったら、わたしも教える」相手がもじもじしているのを見てにやつきながら、うながした。

「お祖父《じい》さまのお屋敷で厩番《うまやばん》をしていた男の子。じつをいえば、わたしが夢中だったのは愛馬、サー・プランスアロットで——」

「ぴんぴん跳ねる《プランス・ア・ロット》、か。絶倫ね。あなたがつけた名前?」

「そうよ。正式名は血統にちなんだつまらない名前だったから」

「自分が馬の話でどきどきするなんて、いまのいままで思いもよらなかった。で、あなたはジョッパーズにブーツ姿で、ポケットに角砂糖をつめこんで厩に通ってた——」

「ええ。そして鼻面をなでてやっていると、デレクが——」

「ああ、デレク。やっとこの話にふさわしい名前の登場」

「デレクが鞍《くら》をつけて、馬を外へ連れだすの。それからわたしの脚を持ちあげてくれる」

「でしょうね。そのたくましい若者はいくつだったの？」

「十五歳。この話をＤ・Ｈ・ロレンスの小説風に仕立てようとするのはやめて」

「ごめん。どうぞ、続けて」

「デレクはハンサムで、親切で、礼儀正しかった」グウェンは夢見るまなざしでいった。「いうまでもなく、わたしの関心はたちまちサー・プランスアロットから彼に移ったわ。彼は馬と藁《わら》の匂いがして、夏はアンダーシャツの上にサスペンダーをつけていたから腕と肩がむきだしで。目を奪われた」

「ふうむ」アイリスがつかの間、まぶたを閉じた。「なるほど。続けて」

「これ以上話すことはないわよ」

「ないの？」アイリスが声をあげた。「なんで？」

「いっときの恋、それだけだもの。ふれあったのは、わたしが鞍にのぼるときに両手で足場をつくってくれたのと、おりるときに腰を支えてくれたことだけ」

「せめておりるときにうっかりよろけて、体を押しつけるとかしなかったの？　よくある手でしょ」

「一度だけ」グウェンが白状した。「その夜は全然眠れなかった。彼はなにか邪悪なたくらみから逃れて身分を隠している貴族なんだって空想したわ。正体をあらわして、バイエルンの彼のお城へわたしを誘うの。当時はバイエルンがどこなのかもろくに知らなかったけど、行き先としては響きがいいと思って」

「それからどうなった？」

「悲劇！」グウェンはこぶしで胸を叩いて、悲しげに叫んだ。「ほかに好きな人がいるとわかったの」

「まあ、気の毒なグウェンドリン！　ふたりのあいだに割りこんだ邪魔者はだれ？」

「村の十五歳の女の子。わたしとちがって、十五歳の厩番の少年をどう扱えばいいか心得ていた。ふたりで屋根裏《ロフト》にいるところを見つかったの。それとも菜園《クロフト》だったかしら。いつもごっちゃになっちゃう」

「高い《アロフト》ほう？」

「たぶん。ともかく、デレクはお祖父さまの厩番を辞めさせられた。聞いたところではその女の子と結婚して、七年間に七人子どもが生まれたとか」

「じゃ、彼女はバイエルンのお城に行かなかったんだ。というか、バイエルン王国はもうそのころ滅亡してたでしょ」

「十三歳のあなたはだれに恋していた？」

「十三歳のわたしはよい子だった」

「それはないわね」

「それはない」アイリスは認めた。「よくもやすやすと見抜いたな。相手はトレヴァーという名前の子。同じ十三歳——年上の厩番の彼とちがって、わたしに対する下心はまったくなかった。学校が一緒だったの。科学にすごく興味があって、放課後よく一緒に自然史博物館へ行った」

「ああ、そこならよく知ってるわ。あそこで息子を何度追いかけたことか。恐竜ディッピーの下で手を握った？　這いまわる虫たちに囲まれてキスした？」

「いいえ、でも少なくとも甲虫について語りあった」

「しっかりした土台からロマンスは生まれるのよ」

「ふたりともクラスの優秀な子だった。男子では彼だけがわたしを対等に扱ってくれたから、こちらも自然につきあえた。人生のその時期はよく独《ひと》りきりで放置されてたの。母は避妊を呼びかけるパンフレットを配ったり友だちのクリニックを手伝ったりで留守だし、父には父のすることがあって――世界恐慌後はなにをしてたか不明だけど、まだつけで飲ませてくれるどこかのクラブで飲むことも入ってたんじゃないかな。ともかくわたしはしょっちゅう独りだった。そのころはナニーもいなくて、家事をするスタッフは料理人と働き過ぎのメイドだけ。だから、ある日トレヴァーとわたしが博物館から家に帰ると、家にはだれもいなかった」

「ははーん」

「純粋に調査研究のためだったのよ」アイリスはけろりとしていった。「人体がどうなっているか見たかったの。どちらも大真面目で真剣で、わたしの部屋のラグの上に向かいあってすわって、手はふれなかった。そのあと元どおり服を着て、客間でバックギャモンをして遊んだ。だから、あなたのよりもはるかに退屈な経験よ」

「退屈ですって！」グウェンが叫んだ。「十三で裸の男性を見たのに！」

「裸の少年よ」

「わたしが生きている男性の裸体を見たのは結婚したあとよ！」

「旦那さまにその男のことは打ち明けた？」

「首を絞めて黙らせるからね。夫のことにきまってるでしょ」

「若いころ美術のクラスを取って、生きたモデルを描いたっていわなかった？」

「布をまとっていたわよ、おばかさん。そのトレヴァーくんはどうなったの？」

「それがね、今年ばったり出会ったの。甲虫の話をしてた。いまも研究を続けてるのよ」

「おとなになったあなたにはそれほど興味のもてる相手ではなかったんじゃない？」

「でも彼は新種をさがしにアマゾンへ行ったのよ、だからつまんない人ってわけでもなかった。じつをいうと、昔の感情をかき立てられたわ。ふたりの目が合ったときにわかったの、口には出さなくても彼はあの午後をおぼえてると。彼が微笑《ほほえ》んで、わたしは赤くなった。信じられる？　このわたしが頬を赤らめたのよ。でも当時はまだほかの人とつきあってたから、それっきり終わった。わたしは博物学者にならなかったし、闇の奥を探険してまわって幸せになったとは思わない。せめて徒歩圏内にいいクラブがなくちゃね」

「アマゾンの密林にまともなナイトライフがないことは有名よ」グウェンがうなずいた。「そろそろ新しいクライアントの話にもどりましょうか」

「あなたは会ったことあるの？　王族に？　宮中で拝謁を賜《たまわ》ったんじゃない？」

「残念ながら、まえの国王（エドワード八世）だけど。理想のドレスをさがしてさんざん試着を重ね て、〈ヴァカーニ〉（一九一五年にマルグリット・ヴァカーニが設立した社交ダンスやマナーを教える学校）でミス・ベティのお辞儀《カートシー》のレッスンを何時間も受けて、当日は果てしなく待たされた。わたしはグループの後半だったから。エントランスにはたどり着いて、招待状をしっかり握りしめながら九人の従僕を通過して、やっとチエンバレン卿のまえまで行った。そこで陛下が腕時計に目をやり、『残りの者は謁見したものと見なす』とおっしゃって、そそくさと出ていかれたの。シンプソン夫人とのデートだったと、あとでわかったのだけど。わたしたち全員のろのろと階段をおりて、シャンパンで形式的に乾杯をして、それでおしまい。いま思えば、すべてがわりとみすぼらしかったわ」

「ひどいわね！　わたしは母の社会活動やら離婚やらのおかげでそういうことをさせられずにすんで、ほんとうによかった。あなたのお披露目舞踏会はどこでやったの？」

「コートフィールド・ガーデンズの近くにあった母の両親の家で。もちろん、祖母はヴィクトリア女王に拝謁していて、とめどなくその話をしていたっけ。わたしは何人かの男性と踊ったけど、そのうちわたしの目を見られるくらい背丈のある人は三人しかいなくて、三人ともダンスはからっきしだめだったわ」

「じゃあロニーに出会ったのはそのときじゃないのね」

「ええ、それは一年あと。ほかのだれかのシーズンに、ほかのだれかの舞踏会で。彼はわたしの目を見ることができたばかりか、なんとダンスもできたの！」

「あなたが夫に求めるのはそれがすべてだもんね」アイリスがからかった。

「そうじゃないけど、舞踏会ではそれが求めるすべて。彼はほかのすべても具《そな》えた人だと、のちに判明したわ」

「それがわかったのはいつ？」

「二度目のダンスのときかしら。慎重に進めたかったから」

「恋に落ちるときは激しく落ちるのね」

「落ちたのはいっぺんだけよ。いつかまたあんなふうに落ちることがあるのかしら。あんなに激しく落ちるのは若くて無邪気な目をしているあいだだけよね。とにかく、あなたの質問にもどると――現在のジョージ六世とエリザベス王妃にお会いしたことはないわ、ましてやエリザベス王女には。わたしたちとの年齢差を考えれば当然ね。あなたは会ったことがあるの？」

「ない。フィリップ王子なら戦争がはじまったころ何度か見かけた。当時はオスラ・ベニングのお伴をしてた。彼女は知ってる？」

「知ってるわ。でも彼女とフィリップのことは知らない。なにがあったの？」

「噂では、王子は結婚したかったんだけど、彼女は結局ほかのだれかに嫁いだってことらしい。賢い女性よ。最近のお祭り騒ぎ――第二次大戦――の終わりごろ、いっぺん出くわしたことがあるの。見たところ、なにか秘密の活動中だった」

「あなたのように」

「そう、でも彼女はわたしのグループじゃなかった。あっちは自分がなにをしてるかいわなかったし、こちらも黙ってた。理解の深まる会話じゃなかったな」

「彼女のご主人は戦争を生き延びたのかしら」

「うん、だからおそらくいまは幸せに暮らしてて、宮廷での交際をぶちこわそうとたくらむ元恋人ではなさそう」

「ほかにそのカテゴリーに入る人物がいたかどうかね。戦争中の叶わなかった恋とか、そんなような。彼は海軍でしょ。港という港を調べないといけないかも」

「もっとも確実なのは、とりあえず手紙を額面どおりに受け取ることじゃないかと。フィリップの母アリスの過去にあったなにかに根ざす脅迫よ。筆跡はかなり荒っぽい感じがした」

「でも便箋はスマイソンので、あそこは上流階級相手の商売よ。だからあれを書いただれかさんは粗野な人物を演じているのよ。つづりの間違いもなかったし」

「たしかに」アイリスが同意した。「でもだからといって高貴な身分のだれかが書いたことにはならない。そういうだれかの便箋を入手できるというだけかも。つまり使用人、スタッフ、友人たちにも可能性の扉は開かれる。レディ・マシスンはあれを筆跡鑑定家に見せたのかな」

「提案してみる価値はあるかもね、これ以上部外者を引きこみたくないでしょうけど。彼女のことはどう思った?」

「うわべは礼儀正しいけど、おそろしく人を見下してる。いまの環境にいる彼女には似合ってるわね。王妃があいう人を使っているのは意外だけど、まあうなずけなくもない。だれにもごたごたを裏でひそかに片づけてくれる人が必要なのよ、たとえ白い手袋をはめて片づけるんだとしても」

「タルボットという人物については？　名前と、フィリップ王子の家族となんらかのつながりがあったらしいことしかわからないけど」

「とくに王子の母親と。過去のスキャンダルとかじゃない？　そういうのはプロポーズもしないうちから婚約をつぶしかねない。奇妙なことに――」

そこで黙りこみ、両手の指先を眉にあてて、手のひらをのぞきこんだ。グウェンは稲妻が閃《ひらめ》くのを待った。

「確信はないんだけど」ややあってアイリスがいった。「記憶のどこか奥まった場所でタルボットという名前が小さく、くぐもったチャイムを鳴らすの」

「それはしゃべってもいいこと？　または秘密のアーカイブにしまわれていること？」

「後者のほう。サリーに訊いてみる。それで思いだした、今夜は彼の劇の本読みだったわね」

「ええ。そのことは考えないようにしているの」

「どうして？」

「人まえで演じることになるんでしょ。プロの女優でもないのに」

「作家や役者の友だちがほんの何人か、彼の居間に集まるだけよ。あとで批評したりもしない、少なくともわたしたちのことは。楽しいわよ」

「わたしがお楽しみ好きじゃないのはよく知ってるでしょ」グウェンは沈んだ声でいった。

「いいじゃない。サリーのためなんだから」

「そうね、親愛なるサリーのため。恐怖はかなぐり捨てるわ。では、大将、それまでわれわれのつぎなるステップは？」

「フィリップとその過去について、基本的な情報を知っておかないと。わたしは図書館で調べ物をしてこようかな」

「一緒に行く」

「いえ、それにはおよばない。労働の分担よ。あなたはオフィスの番をして、わたしは書棚の列にダイブする」

「午後は予約がひとつもないのよ。調べ物を分担できるじゃない」

「こういう調べ物をしたことはある？」

「ないけど、やり方を教えてくれれば――」

「あのね、こっちは訓練を受けてるの。ひとりでやるほうがずっと速いのよ」

「ええ、でもわたしはやり方を教わりたい」

「グウェン、時計がチクタクいってないときにいつかよろこんで教える。でもいまは期限があるし、ぶしつけなことをいうようだけど、わたしひとりなら半分の時間ですませられるの」

「ぶしつけどころか」グウェンは頰をふくらませた。「残酷よ」

「わたしたちにはこなすべき仕事がある。さしあたり、ふたつ」

「だから秘書が必要なんでしょ」ぷりぷり怒ってグウェンがいった。

「ええ、そうよ」アイリスが同意した。「でもその幸せな日までは、このやり方が理にかなってるの」

「自分はホームズで、わたしにはワトスン役をやらせておきたいのね」

「なに？　どこからそのばかげた考えが浮かんだわけ？」

「わたしたちの最初の冒険。あなたは自分の受けた教育や秘密の訓練をひけらかし、わたしはただあとをくっついていって、あなたを見倣《みなら》ってはドジを踏んでばかりだった」

「教育と訓練を受けたのはわたしだもん。そっちがあのどたばたに誘いこんだのよ、わたしの教育と訓練が必要だったから。くっついていったのはむしろこっち」

「自分だって一瞬一瞬楽しんでいたくせに。別人を演じて、争いにみずから飛びこんで、命を危険にさらして」

「あなたの命を助けたんだっけ」アイリスが思いださせた。

「ええ、そのことでは永遠に借りがあると思ってる。でもわたしたちはあの調査で対等なパートナーだったし、今回もそうあるべきよ」

「わかった、あなたはワトスンじゃない。もしわたしがホームズなら、あなたはだれ？」

「わたしは怪傑ドラモンドになる」グウェンは宣言して、こぶしをもう一方の手のひらに叩きつけ、うっすら顔をしかめた。

「戦いはわたしのほうが得意よ」アイリスが指摘した。

「おっしゃるとおり。いいわ。調べ物のやり方のあとで、戦い方も教えてもらう」

「そうする。約束。でもいまは、午後をわたしにちょうだい。サリーのフラットで会いましょ、そして本読みのあと彼にいくつか質問をする。お願い、いいでしょ？　今日のところはそうしてもかまわない？」

「けっこうです、いってらっしゃい」グウェンは不服そうにいった。「埃でくしゃみが止まらなくなりますように」

「まちがいなくそうなるわよ、ふくれっ面さん」アイリスは立ちあがって、帽子をかぶった。「じゃ、サリーのところで」

指をひらひらさせながら、アイリスは出ていった。グウェンは歯嚙みして見送った。

「いつから〝グウェンを見下そうの日〟になったの？」独り言をもらした。

〈クーパー＆ライオンズ　勅許会計士〉の鍵をむっつりと見つめ、彼らの事務所だったあの部屋にふたたび忍びこんで机の抽斗《ひきだし》で遊びたいという欲求を押さえつけた。腕の時計に目をやると、ふだんの昼食時刻は過ぎていて、軽い空腹をおぼえた。鍵をつかみ、外側のドアノブに〝昼休み中〟の札をかけて、プラカードの時計の小さな針を帰社予定時刻に合わせ、階下へおりていった。

建物の正面でミスター・マクファースンがサンドウィッチを食べており、グウェンが中身を知りたくないなにかをサーモスから直《じか》に飲んでいた。

「鍵です、ありがとう」といって、彼に返した。

「あそこを借りたいと思ってるのかね？」口いっぱいに食べ物を頰ばったまま、マクファースンがたずねた。

「真剣に検討中です。室内の机も家賃に含まれるのかしら」

「机?」とまどった声。

「机がふたつ残っているんです」それ以上深く追及されたくなくて、さりげなくいった。「あれも込みで部屋をお借りしようかと思って。こちらも手間が省けますし」

「机？」とまどった声。

「おお、邪魔くさいあれか」彼が思いだした。「どっちだってかまわんよ。動かすより置いておくほうが面倒が少ないから残しておいたまでだ。動かせなければ動産とはいわん」

「まえの借主さんをご存じでした？」

「ここで働いて三十五年になるからね」マクファースンはサーモスからひと口すすって、満足そうに息を吐きだした。「知っていたとも」

「退去してどのくらい経つんでしょう」

「ああ、あれは一九三二年の終わりだった、かな？　三三年かもしらん。または三一年か」

「それ以来だれも借りていないんですか」

マクファースンは肩をすくめた。

「それじゃ、わたしたちが入ればミスター・マクスウェルはよろこんでくださりそうですね」

「マクスウェルさんは家賃が期日までに支払われているかぎり気づきもしないよ。移るときはいってくれ、鍵を何本か作らせておくから」

「そうします」

グウェンはオクスフォード・ストリートまで歩いて、ティーショップでサンドウィッチとプラム一個を買った。とんでもなく暑い日で、太陽がじりじりと肌を焼き焦がした。急ぎ足でオフィスへ帰り、昼食を机に置いて、古いファイルキャビネットの上のホットプレートで紅茶の湯を沸かした。

自分に教育が欠けているからといって泣き言をいうのはみっともなかった、といまになって思った。そのほかのことではずいぶんと恵まれているのに。上流の生活に慣れきってしまい、大切ななにかが自分に欠けているなんて考えたこともなかったのだ。つむじ風のごとき社交シーズン、胸躍るロマンス――それからあのひどい戦争が起きて、すべてを破壊してしまった。

いまから学校で学び直せるかしら。みんなそうしているの？

女もそうするの？

自分にそれができるだろうか。かつかつのビジネスに従事しながら、息子の全面的親権を取りもどすべく闘うことで手一杯なのに。

できない。彼女は思った。いまは時間が足りない。アイリスが約束してくれた非公式な指導で手を打たなくては。

図書館の使い方と武術。戦争で夫を亡くした二十代後半の母親たちにふさわしい教育の第一歩だ。

リトル・ロニーの立場が安定したら運動を起こそう、とグウェンは心に決めた。戦争中新たな目的を見出したのに、復員した男たちが元の職にもどったら放りだされてしまった女たちに声をかけよう。

そう、だけどグウェンはまさしくそういう女たちがリーダーに求めない存在だ。戦争中は爵位をもつ義理の親のカントリーハウスと、療養所で過ごしていたのだから。

　サンドウィッチを食べ終わると、ゆっくりとプラムに歯を立て、頭をそらせて舌の隅々まで果汁を行き渡らせた。この夏初めてのプラム。配給やら治療やらで、過去六年間めったに口にしていなかった。たっぷり時間をかけて味わい、ひと口に全身を集中させ、プラム一個を食べるというシンプルな経験がすこしでも長引くようにちびりちびりとかじった。

　芯だけになってしまうと、口と指を丁寧に拭《ぬぐ》って、残りをナプキンでくるんだ。

　埋葬布に包まれた亡骸《なきがら》のよう、と思い、痛ましそうに見つめた。

　よしなさい、グウェニー。そういう考えはあなたを暗い廊下の奥へと導くんだから。

　急いで芯をくずかごに放り、机を見つめた。それからの一時間は男女別のふたつの箱から索引カードを取りだして読みくらべ、マッチングを考えた。アイリスの同意が得られたら、独り身の男たちに手紙を出す。手紙を送るのは男のほうと決まっている。紳士らしく、男性から最初の連絡ができるように。彼らが紳士であろうとなかろうと。

　紳士。グウェンはふと思いだした。

　受話器を取りあげて、家に電話した。

「ベインブリッジ家です」執事のパーシヴァルが出た。

「ミセス・ベインブリッジよ、パーシヴァル。ロニーと話したいの、いま忙しくなければ。ロニーのあとで、アグネスとも」

「ロナルドさまは遊戯室にいらっしゃいます」執事はいった。「お呼びしてまいります」

「ありがとう、パーシヴァル」

グウェンは待った。それから、電話に向かってくるぱたぱたという速い足音に頬をゆるめた。受話器を耳から離して持った。

「ママ！」リトル・ロニーが叫んだ。

「お願い、おうちのなかの声でね」と注意した。「わたしのかわいい坊やはごきげんいかが？」

「アグネスに大きい数字の数え方を習っていたんだ。五百まで数えたんだよ！」

「あら楽しそう！　お気に入りの数字はある？」

「十七」

「ほんとうに？　どうして十七なの？」

「わかんない、ただいちばん好きってだけ」

「それなら十七でいいわ。考えていたんだけど——土曜日に自然史博物館に行きたい？」

「トミーの誕生日パーティだよ。お祖母《ばあ》さまが連れていってくれるんだ」

「ああ、そうだったわね」グウェンの心がすこし沈んだ。「じゃ、またべつのときにしましょう。ママは今夜出かけると、もういっぺんいっておきたかったの、おやすみのキスをしてあげられないのよ」

「どこへ行くの？」

「お芝居の本読みに」

「それ、なに？」

「ええとね、お友だちのサリーがお芝居を書いたの。ママたちが声に出して全部の台詞《せりふ》を読むのよ。サリーが自分の耳で聴いて、どこを変えたらいいか決められるように」

「パントマイム？」

「というわけでもなくて」

「衣装を着て、歌うの？　『長靴を履いた猫』みたいな格好ができるね！」

「それは愉快でしょうね」グウェンは声をあげて笑った。「でも残念ながらこれはおとなのためのお芝居なのよ、だからそういうことはなにもしないの」

「歌や衣装がないなら、あんまりおもしろそうじゃないな」

「おとなになるとちがう楽しみもあるのよ」

「それならぼくはおとなになりたくない」ロニーがきっぱりいった。

「わたしはそれでかまわないわ。あなたはいまのままで最高にすばらしいもの」

「でももっと背が高くなりたい！」

「これからなるわよ。さあ、キスをちょうだい、ママもキスを送るから」

大きなチュッという音が聞こえ、グウェンは同じ大きさで返した。

「おやすみ、かわいい坊や、ちょっとアグネスとお話しさせてね」

「おやすみ、ママ！」

がさがさと音がしたかと思うと、女性の声が電話に出た。

「こんにちは、奥さま」アグネスがいった。「リトル・ロニーは今日一日とてもいい子でした」

「そう聞いてうれしいわ」ミセス・ベインブリッジはいった。「アグネス、お願いがあるのだけれど」

「はい、どうぞ、奥さま」

「図書室へ行ってもらえる？　わたしのために調べてもらいたいことがあるの」

3

サリーはソーホーの独身男性用フラットに住んでいる。そのブロックの住人の大半は俳優やミュージシャンたちで、それは家賃の安さと、昼夜を問わず妙な時刻に妙な物音がしても許容されるせいだった。戦前なら、付添いもなしにそんな場所へ行くことを考えただけでぞっとしただろう。当時はほんのわずかな醜聞が立っても、上流のパーティすべての招待客リストから抹消される恐れがあった。だが戦争を経て、グウェンもいまや働く寡婦《かふ》であり、招かれるパーティもめったにない。

彼女は行き方のメモを見て、何号室か五回確認してから、階段を四階までのぼった。確かめておくまでもなかった——閉じているドアのひとつを通して、やかましいがよく鍛《きた》えられた複数の声がはっきり聞こえた。グウェンはそのドアに歩み寄ると、勇気をかき集めて、ノックした。

一瞬おいてドアが開き、戸口いっぱいにサリーがいた。

サリーは大男だ。ほかの大男たちから敬意と畏怖の目で見られるほど大きい。古典の素養がある、ギリシャの神々が巨人族タイタンを打ち負かした神話に詳しいだれかがサリーに遭遇したら、こう思うかもしれない。〝おや、ひとり取り残したな〟

サリーには古典の素養がある。ケンブリッジの学友たちに〝タイタン〟とあだ名で呼ばれると、すかさずいいかえした。「巧いね。で、どのタイタンだい？」なぜ名前が出てこないのかと相手が首をひねる間もなく、サリーは早口にタイタン十二神の名をまくしたて、締めくくりにヘシオドスの詩を引用し、十二神のうちひとりはあらゆる芸術《アート》の源《みなもと》、ミューズたちの母であるとつけ加えるのを忘れなかった。そのころまでに、タイタンと呼んだほうは自分が思っていたほど賢くなかったことを悟る。にもかかわらず、そのあだ名は残った。

グウェンはその話を、サリーとケンブリッジで一緒だったアイリスから聞いた。サリーにまつわるその他の逸話は、彼がイタリアで数か月間敵陣にいたときの話だろうと推測している。グウェンが思い描くサリーは橋を爆破したり、ナチスやファシストを素手やナイフで静かにすばやく殺害したりする。本人は爆破を事実と認めたが、ほかは認めていない。彼はまえぶれとなる足音をたてずに突如出現するこつをつかんでいる。〈ライト・ソート〉が、かたくなに支払いを拒む新婚カップルから成婚料を徴収しなければならないときは、サリーの出番となる。暴力には訴えない。その必要がない。サリーをひと目見れば、紛争を平和的解決にもちこまずにいられなくなるからだ。

けれどもそのサリーは、いま歓迎をこめてグウェンを見おろしている彼ではない。いまの彼は劇作家志望のサリーで、いと高きところから微笑《ほほえ》みかけ、巨大な手でグウェンの手を取った。

「ミセス・ベインブリッジ」といって、手に接吻《せっぷん》した。

「ミスター・ダニエリ」

「来てくれてうれしいです、ほんとうに」彼は部屋の奥へとグウェンを導いた。「気をつけて、今夜はいささか混みあっているので」

「いささか？」入り乱れた人々のあいだに通り道をつくってくれる彼に、グウェンはいった。

客間《パーラー》には折りたたみ椅子がぎっしり並び、本来の家具は場所を空けるために壁際に寄せられ、いくつかのローテーブルは積み重ねてあった。

客の大半は二十代から三十代の男性で、何人かはいまだに軍服姿だった。早くもあちこちで会話が進み、紙巻き煙草とパイプ半々で喫煙も進行中だった。窓という窓は全開だが、室内の熱気を和《やわ》らげる効果はあがっていない。

部屋のいちばん奥に、張りぐるみの、すりきれた緑色の長いソファがあり、サリーはそこを目指していた。

「道をあけて」声を張りあげた。「道をあけて、みなさん。主演女優のおでましだ」

「主演女優はわたしかと思ってた」ソファの上で膝《ひざ》を折り曲げてくつろいでいたアイリスがいった。

「きみの宇宙ではいつもきみが主演女優さ」サリーがいった。「でも今夜きみたちがいるのは

「ぼくの宇宙だから、だれがだれかはぼくが決定する」

「決定論的世界は信じない」アイリスが宣言した。「わたしは混沌を信じる」

それからいきなりくしゃみをして、ハンカチを顔に押しつけた。

「あらあら」グウェンは同情の声をあげ、しとやかに彼女の隣に腰をおろした。「どこかで埃をかぶったのかしら」

「本気で呪いをかけてくれたわね」アイリスはつぶやいて、鼻を拭《ぬぐ》った。

「よし」サリーが声をあげた。「どうぞ位置について」

グウェンの隣にひとり分残っていた場所に男がすわり、握手を求めた。

「ジョージ・ウェザビーです。ぼくらは厄介なことに足を突っこんだようですね」

「身がすくみません？」グウェンは握手した。「グウェンドリン・ベインブリッジです。こちらは――」

「ああ、彼女なら知ってます。そうだよな、スパークス？」彼がにやりと笑った。「門限のあと一緒に壁をよじのぼったのは一度や二度じゃない」

「お行儀よくして、ジョージ」アイリスが警告した。

サリーがソファのまえに立つと、その両脇に男女がひとりずつ椅子を引っぱってきた。

「こんばんは、来てくれてありがとう」サリーがいった。「今夜はぼくの芝居、『ザ・マーゲイト・アフェア』の第一回の本読みです。ちなみに、まだ仮題ですが」

「どんな内容？」うしろのほうにすわっている男が大声でたずねた。

「コメントはあとまでとっておいて。配役を紹介させてください。ビルを演じるのはソファにいるジョージ。隣のグウェンがリディア役。そして中心的キャストを締めくくるのは、ミュリエルを演じる唯一無二のアイリス・スパークス——ぼくが舞台監督らしい手際のよさで三人をここにすわらせたのはこういうわけだ。右の椅子のキティは残りの女性役すべてを受け持ち、左のアレクが男性役すべてを演じる」

「ぼくは女を演じたかったのに、きみがいまいましいほど保守的だから」アレクが悲しげにいった。

「ちなみに、アレクはアマチュアのふりをしているが」とサリー。「この秋プリーストリーの新作に出演する、だから今後も注目してほしい」

人々が礼儀正しく拍手した。

「キャストは、スパークスを例外として、まだ脚本を読んでいない」サリーは台本を配りながら続けた。「各登場人物の基本的情報は知らせたけど、あらかじめコピーは送らなかった」

「おれたちがなくすと思ったからだろ」ジョージがいった。

「きみの場合、まちがいなくその心配はあるな。しかしそれよりも、演出のごく小さなヒントをひとつ与えたかったからだ。どうか自分の言葉でしゃべってもらいたい、いまぼくが話したように——」

「すらすらと軽快に！」室内の人々が声を揃えた。

「まあ、そんな感じ。冗談だよ。いや、本気だ。ぼくらは居間にいる。全員がここにいるものとしてしゃべってくれ。バルコニーのてっぺんに向かってじゃなく、居間で語りあうように。だれにも台本を渡さなかったのは、台詞《せりふ》をいいながらなにをいっているのか発見してもらいたいからだ、つぎにこういうと知っていて口にするのではなく。わかるかな？　話しながら台詞を創りだしてほしいんだ、自分の考えから自然に出てきた言葉のように。たんに混乱を避けるため、場の頭ごとにぼくが設定を説明するけれども、想像上の小道具なんかはいっさい気にしなくていい。もちろん、キスもしなくていい」

「ついてないな」とジョージ。

「はじめよう」サリーは部屋の隅に行って腰をおろした。「第一幕、第一場。マーゲイトの海辺の中級ホテル。ビルはテーブルについて、スコッチ&ソーダをちびちび飲んでいる。バーテンダーが近づいてくる」

「おかわりをお持ちしましょうか？」アレクがいった。

「いや、待つよ、そちらがかまわなければ」ジョージがいった。

「どなたかをお待ちで？」

「妻があとの汽車で来るんだ。まもなくここに着くはずだ」

「奥さまはなにをお飲みになるでしょう」

「ああ」ジョージが口ごもった。「ジン・トニック、かな」

「そうですか？」アレクはにやっと笑った。「ジン・トニック？　まちがいありませんか？」

「もちろん、まちがいないよ」

「わかりました。ご用意いたします」

グウェンが無言の祈りを唱えると同時に、ジョージが彼女のキューを読んだ。

「やあ、来たね、ダーリン」明るい声でいった。「快適だったかい？」

「ひどかったわ」グウェンの声はかすかに震えた。「車内がすさまじく混んでいて」

「窓辺のテーブルをとっておいたんだ。すわって、一杯飲もう」

「お持ちしました」アレクがいった。「奥さまにジン・トニック、旦那さまにはスコッチ&ソーダを」

「でもわたしは――ああ、ええ、ジン・トニック」とグウェン。「いいわね。ありがとう」

彼女はバーテンダーが歩み去るまでの間を空けた。

「どうしてわたしにこんなものを頼んだの？」怒った口調でささやいた。「ジンは大嫌いなのに」

「ごめん、あわててしまって。きみがなにを飲むか訊かれたが、まったくわからなかった。なにか考えださないと、怪しまれそうだったし」

「どっちにしても怪しんでるわよ」

「出てくるのになにか問題はあった？」

「べつになにも。アーサーには週末友だちのキャロルの家に行くといったわ。彼は自分のクラブへ出かけるところだった。わたしのいったことをはたして理解したかどうか」

「彼がキャロルに電話したらどうする？」

「彼女は話を合わせてくれる。いくつか貸しがあるから」

「いい友だちだな」

「どんな部屋？」

「まあまあだよ。ビーチが見える部屋は取れなかったけど、〈ドリームランド〉（海辺の遊園地）は見渡せる」

「詩でも書けそうね」

「明日きみがよければシーニック・レイルウェイ（〈ドリームランド〉の木製ジェットコースター）に乗ろうか。または泳ぎに行っても——トランクスは持ってきた」

グウェンは顔を向けてまじまじと彼を見た。

「わたしがはるばるこのみじめくさい場所までやって来たのは泳いで時間をつぶすためだと、本気で思ったの？」

その台詞で室内のだれかが笑い、グウェンの胸のつかえがほぐれはじめた。

第三場の半ばでアイリスのミュリエルが登場すると、事態はややこしくなった。アイリスがあらわれるとかならずややこしくなるのよね、とグウェンは思った。アイリスのミュリエルとジョージのビルのやりとりは本物の辛辣《しんらつ》さを含み、どこか奥深いところから湧いてくるつっけんどんなリズムに彩られていた。過去に根ざしているんだわ、とグウェンは推測した。

ジョージも元恋人？　サリーなら過去に基づいたキャスティングもやりかねない。おとなになった若きケンブリッジの仲間たちはそうした記憶にこだわっていて、その記憶はいまや戦争でゆがめられてもいる。

第一幕の後半には若干テンポの遅れが見られたものの、短い休憩をはさんでの第二幕はぐいぐい突き進み、聴衆は驚きに息を呑んだ。

最後の場面はミュリエルとリディアの会話だった。ビルはアーサーの手により不幸な最期を遂げていた。結局のところアーサーはそれほど妻に無関心ではなく、有罪を免れるだけの権力ももっていた。女ふたりは聴衆に向かって演じながらも、たがいに相手を見やりながら台詞を読んだ。

「こんなことというのはひどいけど、わたしは戦争が恋しいの」グウェンはいった。「工場で働くことが恋しい」

「ばかいわないで」アイリスがいった。

「本気よ。目的意識をもったのは、わたしの人生でもしかすると初めてだった。戦後、男たちは帰郷して、わたしから仕事を取りあげた。彼らは戦いを経験したのに、わたしはしていない。それを羨《うらや》みはしないけど、いまはあまりにも空虚なの」

「これからなにをする?」

「選択肢は限られてるわ。たぶんいままでもなかったのね。崖から飛びおりるか、アーサーの元へもどるか。どちらも自死。片方は時間がかかるけど」

「わたしと逃げようか」アイリスが提案した。

「だめよ。いまの状況では。彼はわたしたちを見つけだす。これ以上隠れる場所なんてない。

サーチライトで〈ドリームランド〉を照らし、鉄条網でぐるりと囲ったの。夢はもう脱出できない」

「どうするつもり?」

「わからないわ、ミュリエル。わからない」

「そこで幕!」サリーが大声でいった。

拍手が起こった。グウェンはそれが礼儀と本物の熱意、どちらにより傾いているか測ろうとした。

「傑作だよ、タイタン」パイプ愛好家のひとりがいった。「いくぶんバーナード・ショーがかっていて、ノエル・カワードとはまるでちがう。タイトルの〝アフェア〟を聞いたときは、映画の『逢びき』(カワード脚本)みたいにまどろっこしいのかと危ぶんだが、もっとはるかに赤裸々だった」

「ミュリエルのバイセクシュアリティはずいぶん抑えたのね」アイリスがいった。

「明日の朝、職場で気まずい思いをするところだったわね」とグウェン。

「それはどうかな」アイリスは色目を使うように睫毛《まつげ》をぱちぱちさせた。「ふだんとちがって活気づいたかもよ。だけど、検閲を恐れてそうしたの?」

「ちがうよ」サリーがいった。「そこまで露骨に演じることもないと思ったまでだ。シェパーズマーケットのクラブに言及したから、それでじゅうぶんだろうと」

「わたしはその意味がわからなかったの」グウェンは小声でアイリスにいった。

「強者《つわもの》の女性同性愛者がこぞって行くクラブよ」アイリスがささやきかえした。

「ほんと？　ちっとも知らなかった」

「そりゃそうでしょ」

「商業的にはこれでいいと思うか？」男のだれかが発言した。「ウェスト・エンドでかかっているのはハイブラウな古典と、ロウブラウな寝室笑劇から生々しいセックスを差し引いたものだけだ。きみはこの作品で英国の倫理の崩壊を前面に押しだしている。まともな客間《ドローイングルーム》の場面ひとつなしに」

「そういう場面には死ぬほどうんざりしてるんだ」サリーが熱くなった。「いわゆる実生活を描写する意識の高い試みにはきまって、客間へお茶を運んでどたばたとコミカルな役回りをする召使いが登場する。もうそんな時代じゃないだろ」

「必要なのは新しい形式だ！」アレクが強いロシア訛《なま》りで叫んだ。「新しい形式を！」

「ありがとう、ミスター・チェーホフ」とサリー。「ぼくがいいたいのは、ここでの情事《アフェア》が起きるのは戦争が旧《ふる》い階級構造を叩きこわしたからで、頑固にしがみついている者は容赦なく歴史のごみ箱に打ち捨てられるだろう、ということなんだ」

「トロツキーを引用するなら、せめてアレクのようにロシア語のアクセントでね」アイリスがいった。

「トロツキーじゃなくて、ペトラルカを引用したんだが」

「ペトラルカは〝ごみの山〟といった。トロツキーが〝ごみ箱〟よ」

「それは翻訳のちがいでしかない。きみが原書を読んだなら……」

「読んだわよ。どっちも」

「ワインはどこ?」グウェンはジョージにささやいた。「この人たちがひとたびこれをはじめたら、しばらく終わらないでしょ」

「名案です」ジョージがささやきかえした。「ついてきて。酒の在処《ありか》へ急ぎましょう」

室内の人々はいくつかの小さな塊《かたまり》に分かれて議論を戦わせていた。ジョージとグウェンは隙間を縫って進み、どこからか調達した安物の赤ワイン半ダースと紙コップが並ぶ場所にたどり着いた。ジョージはコップ二個をワインで満たし、一個をグウェンに手渡して、自分のを高く掲げた。

「ぼくらの〝アフェア〟に」といって、コップをグウェンのとふれあわせた。

「それは引用符付きにしておきましょうね」

「もちろん」彼は大げさに驚いたふりをして眉をつりあげた。「あれはすべて芝居です。あなたを魅力的だなんてこれっぽっちも思いませんでしたよ」

「それはどうも」グウェンは笑った。

「ましてや、すぐ向こうにすわっている妻が視線の短剣を投げてくるときは」ジョージが声を落としてつけ加えた。

「こちらもあなたには胸がむかむかしたと奥さまに伝えて。わたしも演技していただけですから」

「それに、アマチュアからアマチュアへいわせていただくなら、あなたはたいそうお見事でした」

「いいすぎよ」

「いえ、ほんとうに。外側は完璧にクールなのに、殻が割れると、内なる葛藤がありのままに顔を出す」

「それは演技ではないのかも」グウェンは白状した。「それが本来のわたしなのかもしれませんわ」

「だったらサリーはあなたをよく知っているんだ」

彼はサリーとアイリス、その他数人が舌戦をくりひろげているほうへ目を向けた。

「あのふたりをごらんなさい。十年まえと変わらない、戦争なんかなかったみたいに。だから友だちのままなんだな」

「あなたもケンブリッジで一緒だった、のでしょ？」

「そうです。当時の彼女はつむじ風で、彼は彼女の岩だった。沖に高く聳《そび》えている岩があるでしょう、波が打ちつけてもびくともしないような」

「ミスター・ウェザビー、あなたは詩人なのね」

「愚《おろ》かな青年時代には気取った文章をつづったものですよ」彼は認めた。「昔のことです。さて、今夜ソファで寝るはめにならないよう、そろそろ妻に和平の贈り物を持っていったほうがよさそうだ。第二稿でまたお会いしましょう、ミセス・ベインブリッジ」

彼はワインのおかわりを注いで、ぶらぶらとスクラムのなかへ入っていった。すかさず入れ替わったのは、軍服姿の男たちのひとりだった。

「さっきはすごくよかったですよ」

「ありがとう」グウェンはいった。

「で、あなたとスパークスは職場の同僚なんですね？」

「そうです」

「ボスは運がいい方だ、おふたりのような美女が毎日通ってくるなんて。彼の立場になりたいものです」

「おっしゃる意味がわかりませんけど」グウェンは感じよくいった。「ボスってなんのことかしら」

「そりゃ、あなた方のボスですよ。おふたりの上司である男です」

「上司の男はいませんの」

「こっちがわからなくなってきました」

「わたしたちふたりが経営者なんです。ふたりで事業を営んでいます。あなたはいまボスと話しているんですよ」

「なんと奇抜な。わたしは失言して、機会を逃したってわけですか？」

「その両方、かしら」

「ではおとなしく立ち去って、傷を舐《な》めることにしましょう。ごきげんよう」

「もしご興味あれば秘書の口がありますけど」グウェンはうしろ姿に声をかけた。「タイプは打てます？」

彼は人込みと部屋の広さが許すかぎり遠ざかっていった。

賛同するような、低く抑えた笑い声が聞こえ、振り向くと二、三フィート離れてまたべつの男が立っていた。やはり軍服姿だった。大尉ね、とグウェンは見てとった。

「グレナディア近衛連隊？」階級章に目をとめて、たずねた。

「ご名答」その男がいった。「ティモシー・ポールフリー大尉、第二機甲大隊です、お見知りおきを」

「ミセス・グウェンドリン・ベインブリッジです。どうぞよろしく」

「あなたのパフォーマンスを楽しませてもらいました。じつは、どちらも」

「どちらも？」

「たったいま軍事攻撃をかわしたでしょう。鮮やかでした」

「相手の防御力を見積もらずにあのような行動に出るなんて、優れた兵士とはいいがたいですわね」

「ああ。軍人のお嬢さんなのですね」

「それに軍人の未亡人です」

「お悔やみを申し上げます」彼は敬意をこめてコップを掲げた。

グウェンは一瞬、顔をしかめた。

「よくないことを申しましたか」

「ごめんなさい。礼儀でいってくださったのに。お悔やみはつねに礼儀ですものね。そして礼儀正しさはつねに正しい。でもそれには飽き飽きしているんです」

「話題をもちだしたのはそちらですよ」

「それはあなたがわたしの結婚指輪を見たからです。そしてゲームをどのように進めようか考えていらしたから」

「ゲーム？」

「男性ふたりがひとりの女性を品定めして、どちらか一方が追いかけるゲームです。まずひとりが近づいて、わざとへまをやらかすと、そこへ颯爽《さっそう》とあらわれたつぎの男性は最初のひとりよりも輝いて見える。その巧妙な手口なら、わたしも十六のときから知っています。ここに来たときおふたりが一緒にいるのが見えましたわ、お揃いのグレナディアの軍服で。彼が三振して、あなたがつぎの打者。合っています？」

「マダム、あなたの防御はたしかに鉄壁です」ポールフリーはかすかに頭をさげた。「わたしのベイルは落っこちてしまった（ベイルはクリケットに使われる用具。地面に落ちると打者はアウトになる）。敗北を認めましょう。サイドラインに退場するかわりに、ロマンスの目的なしで会話を続ける許可をいただけませんか」

「ええ、そういう条件ならば。サリーの脚本はいかがでした？」

「ふたたびお悔やみを申し上げます」彼はコップを掲げた。「〝ウェルメイド《ウェル　メイド》な芝居〟の死に」

「ほんとうに？　わたしはとてもよい出来だと思いましたけど」

「業界用語ですよ、前世紀からいじくりまわされてきた。筋立てはいいが中身のない〝ウェルメイド〟な芝居には、特定の要素が不可欠だといい切る輩《やから》もいます」

「客間みたいな?」

「それに、第三幕で突如発見された書類や手紙が真実を明かし、秘密の素性があらわになるご都合主義とか。オスカー・ワイルドがそれは見事にパロディ化していますよ。彼の戯曲『真面《アーネス》目《ト》が肝心』はご存じですか」

「わたしの名前はグウェンドリンですもの。物心ついたころから、アーネストの恋人とからかわれてきましたわ」

「でしょうね。まあ、わたしは評論家じゃないですが、そういうのはもう時代遅れです。サリーがやろうとしているのは新しいなにかだ。正直いえば、まだ物足りない。世界から覆いを剝《は》ぎ取らんとしながら、その手前でやめてしまっている。真に足跡を残したいなら、怒りを発現させなくては」

「怒れるサリーはさぞ恐ろしいでしょうね」

「でも怒りは彼のなかにあるんです。戦争からもどって以来ずっと。現在の人格の下に隠していますが、もしもその源にふれることができたら、たんによい作品ではなく、偉大ななにかを書くでしょう」

ポールフリーは物思わしげにワインをすすった。

「さもなくば、だれかを殺《あや》めるでしょうね」とつけ加えた。「でもきっと芝居のほうですよ」

「そう願うわ」グウェンは身を震わせた。

「少なくともひとついえるのは、彼がもはやスパークスへの隠し切れない欲望を描いていないことです。ケンブリッジ時代にはこちらが気まずくなるほどあからさまでしたが」

「サリー本人が話してくれました。それはもうすんだことだと思われます？」

「たぶん。もしわたしが台本を読みこみ、登場人物の創造とキャスティングに基づいて無意識の欲求を分析するなら、彼の関心はよそへ移ったと推測しますね」

「そうなんですか？　どこに？」

ポールフリーがグウェンに微笑みかけた。

「ときには、固い防御が行き過ぎになることもある。壁が厚すぎて、だれかが接近しても聞こえないとか。ミセス・ベインブリッジ、お会いできて光栄でした。将来お訪ねするおゆるしをいただけないでしょうか」

「部隊はもう立ち直られたようですね、大尉？」

「工兵たちが働いてくれましてね。分厚い防壁もいつかは倒れるかもしれません。アレクの初演にあなたをお誘いするというのはどうでしょう。十月です。返事を考えるのに三か月ありますよ」

「いまわたしの人生は込み入っていますの」

「どの人生も込み入っていますよ、いまだけでなく」彼が名刺を手渡した。「秋が来たらあなたをさがします。そのときにまた、ミセス・ベインブリッジ」

彼は紙コップをつぶして、くずかごに放りこみ、帽子を取って出ていった。最初のグレナディアがあとに続いたのを見てもグウェンに驚きはなかった。

ほかの人々はそれをお開きの合図と受け取った。アレクがサリーに近づくと、両腕を上にのばして肩をつかんだ。

「いいスタートだ、サリー。しらふになったら手紙を書くよ」

「いまはしらふじゃないのか」

「そうだけど、いまは酔っぱらう必要に迫られていて、待ちたくないんだ。ケニーに電話してくれるね?」

「それについてはぼくがどう感じているか知ってるだろ」

「だがきみもそろそろまた舞台に立つべきだ」

「立ったさ、そして舞台が苦悶の悲鳴をあげたんだ。新聞の切り抜きを見せようか」

「ケニーに電話しろ」アレクは励ますようにいって、サリーの頰を軽く叩いた。「ぼくのために」

「わかったよ」

残された人々もみなぞろぞろと、相変わらずぺちゃくちゃしゃべりながら出ていった。サリーは椅子をたたみはじめ、積みあげたテーブルに立てかけた。

「手伝う」アイリスが申し出た。「そうよね、グウェン」

「もちろん」

「ありがとう」サリーがいった。「ぼくも〈ヨーク・ミンスター〉へ行って泥酔するはずなんだが。やはりそうしようかな」

「ケニーってだれ？」アイリスが訊いた。

「演出家だ。新作でぼくを使いたがっている」

「すごいじゃない！」グウェンが叫んだ。それからサリーの表情に気づいた。「すごくないのね？」

「キャリバンなんです。ぼくに『テンペスト』のキャリバンを演じさせたがっている。またしても愚かで醜《みにく》い怪物を。キャリバンやフランケンシュタインの怪物を演じなくたって、人並みの暮らしはできる」

「そうだけど」とアイリス。

「モンスターの役はごめんだ。だから脚本の陰に隠れているのに。幕が下りたあと総立ちの観客が〝脚本家！　脚本家！〟と叫んでいるところへ、ひょいと舞台に飛びだして〝わっ！〟と脅《おど》かし、彼らが悲鳴をあげて劇場から逃げだすのを見物してやる。理想をいえば、彼らは芝居の台詞に悲鳴をあげて逃げだすだろう。もしぼくが巧く観客の心をつかめていれば」

「この作品ではちゃんとつかんでいたわ」グウェンがいった。

「ほとんどの観客を」とアイリス。

「なんにせよ、脚本を暖炉に投げこみたい気分ではないから、進歩だといえるね」

彼はソファの中央にどさりとすわりこんだ。

「ワインは残ってるかな。悪いが、ぼくのために残りかすをコップに注いでもらえないだろうか。毒ニンジンは入れなくていい。あと一日は生きることにする」

「はい、ただいま」アイリスは未使用のコップを見つけて、ボトル二本の残りを注いだ。

それを運んでいくと、サリーはひと息に飲み干した。

「ありがとう。えらそうな口をきくと喉がからからに渇く。ふたりとも、こっちへ！ 劇作家を抱擁《ほうよう》してくれたまえ」

彼はソファの背にかぶせるように両腕を投げだした。アイリスが一方にすべりこみ、彼に身を寄せて丸くなった。グウェンはためらった。

「あなたもやってみなさいよ、グウェン。すごく心地いいんだから」

「それに世間体を気にしなくていい」サリーがつけ加えた。「これはぼくらだけの反道徳的な秘密です」

「まずお芝居でわたしに不義を犯させて、今度は抱きあうのね。もう二度と人の目をまっすぐ見られないわ」グウェンはいいながら、腰かけて彼にもたれた。

サリーに優しく抱擁されると、祖父の腕に包まれて詩を読んでもらった記憶がよみがえってきた。穏やかに響く低い声でテニスンのいざなう場所へ運ばれていく、少女のころの思い出。

「たしかに心地がいいわ」

「いったでしょ」とアイリス。「さ、あなたに群がってた男たちのことを聞かせて」

「あの将校たちはわたしをだまそうとしたの」グウェンはいった。「最初の男はＭＴＦに思えたわ。二番目は明らかにNSTね」

「いったいなんの話をしてるんだい？」

「デビュタント（社交界にデビューする女性）の隠語」アイリスがふんと笑って、説明した。「MTFは〝体が目当て（Must Touch Flesh）〟、NST（Not Safe in Taxis）は〝一緒にタクシーに乗るのは危険〟」

「なんてことだ。そんなに速く彼らの本質を見抜いたんですか？」

「ふたりはあなたのお友だち？」グウェンがたずねた。

「ブレスナハンはろくでもない。ポールフリーはよく知れば悪いやつじゃないですよ」

「アレクの舞台が幕開けしたらわたしを連れていきたいって」

「ちくしょう。ぼくたち三人で一緒に行けたらと思っていたのに」

「わたしはあなたたちと一緒のほうがずっといいわ。正直に教えて——どこまでが仕組まれていたの？」

「なんですと？」

「わたしはワインがあって交際相手になりそうな男たちがいる部屋に誘いこまれた。目に見えない、慈善的な思惑を感じるわ」

「ぼくの意図したことではありません」とサリー。

「わたしでもない」とアイリス。「わたしならそんなまわりくどいことはしない。あなたが独身だと公表する。ロンドンで最高の男たちが花束を手に駆けつけて、お宅の玄関まえに行列するように」

「だったら、疑ってごめんなさい」グウェンは信用していない口ぶりでいった。

「よかった、一件落着。サリー、あなたのお知恵を拝借したいんだけど」アイリスがいった。

「お知恵？　今夜はもうなにも残っていないよ。全部そっくり脚本のなかに置いてきた」

「それなら、あなたの記憶に頼らせて。タルボットという男をおぼえてない？　訓練のどこかであらわれなかった？」

「タルボットね」サリーが考えこんだ。「その名には聞きおぼえがあるぞ。もっとなにかないかな？」

「サー・ジェラルド・フランシス・タルボットではないかしら」グウェンがハンドバッグからノートを引っぱりだした。「ＫＣＶＯ、ＣＭＧ、ＯＢＥ。一九二二年十二月十四日にナイト爵を授与されている」

「どこでそんなことを知ったの？」アイリスが目を丸くした。

「『バーク貴族年鑑』よ」グウェンが上流階級の口調で答えた。「それがなければ、人はだれかについてなにから情報を得るの？　タルボットは第一次大戦終戦時にアテネ駐在の海軍武官だったの」

「そうなの？」アイリスが叫んで、上体を起こし、サリーの反対側のグウェンを見た。「それは興味深いわね」

「どうして？」

「海軍武官はたいがい情報部だから。標準的なポストのひとつよ」

「CMGってなにかしら。KCVOはロイヤル・ヴィクトリア勲章の二等勲爵士《ナイト・コマンダー》、OBEは大英帝国勲章四等勲爵士《オフィサー》ね」

「質問をしておいて、ぼくを無視するんだな」サリーが不満を口にした。「自分のソファで無視されることには慣れていないんだが」

「あなたはCMGがなんだか知っているの？」グウェンがたずねた。

「聖マイケル・聖ジョージ勲章三等勲爵士《コンパニオン》」サリーは即答した。「保護領など海外で英連邦に貢献した人物に与えられる名誉です」

「アテネとかで」とアイリス。

「アテネとかで。それにいま思いだした、その男は――待った。この話をミセス・ベインブリッジのまえでしてもいいのかい？」

「なぜだめなの？」グウェンがむっとした声でいった。

「なぜなら、わたしたちが話してはいけない話題が含まれてるから」アイリスがいった。

「そういうこと」とサリー。「違反すれば起訴されるという決まりです」

「ふたりともおぼえてらっしゃい」グウェンはいった。「じゃあ席をはずしましょうか」

「まさか」アイリスがいった。「サリー、わたしの信頼する人間がこの世にふたりだけいて、どっちもこのソファにすわってるの。この話はグウェンのいるまえでしてもだいじょうぶ。わたしは彼女を信じて命をゆだねる。だからお願い」

「その数に自分は入れていないんだね？」

「自分のことは信じてないもの。ねえ、サリー、国家の秘密を話してと頼んでるわけじゃないの。クライアントのお相手候補の身辺調査をしてたら、身許を保証できそうな人物としてこのタルボットという男が浮上したのよ。訓練時代にあなたが彼についてなにかいっていたと思いだしたの。笑える人だと思ってなかった？」

「笑える、役立たずの男だった。わかったよ、マタハリ、公務機密法などくそくらえだ。でももしもこれで絞首刑になるなら、きみを道連れにするぞ」

「了解。最後の晩餐は一緒に、ただしワインはわたしが選ぶ。タルボットのことを教えて」

「ぼくの派遣先が決まるまえのことだ」サリーはソファにもたれて天井の一点を見つめた。「イタリアかギリシャのどちらへも行けるように訓練を受けていた。ぼくのギリシャ語は口語的というより古典的だということが判明したんだが、それはこの話とまったく関係がない。

訓練には助っ人として第一次大戦時代ギリシャにかかわった数名が呼ばれた。そのひとりがタルボットだ。ばかに大きなドーム形の頭をしたやつだった。五人分の脳みそを詰めこんだマッシュルームを、三つ揃いスーツのてっぺんに突き刺したみたいなんだ。魅力ある人物だったが、ぼくらのミッションにはさほど助けにならなかった。旧い時代のスパイでね。情報を集める最上の手段は、街でいちばんのカフェを見つけてコーヒーをポットで注文し、新聞を読むふりをしてすわっていることだと信じていた。やがて、監視するべき相手があらわれる。あらわれなくても、オフィスに帰るまでにまともなコーヒーをたっぷり飲める」

「それだとスパイが優雅で快適な職業みたいね」グウェンはいった。

「彼だってそれなりに恐ろしい目にはあったはずだが、そこは控えめに話したのかと――訓練でぼくらを震えあがらせたがる人間はいなかった」

「彼はどのくらいそのポストにいたの？」

「正確にはわからない。終戦ごろから、その後のギリシャ＝トルコ戦争のあいだ、全部で三、四年というところか。当時彼がなにをしていたかはよく知らないんです、そのころのぼくはちっぽけな若造だったので。どのころだろうと、ちっぽけな若造のぼくなんて想像できないでしょうけど」

「できるわよ」アイリスが彼の胸に頭をあずけたままいった。「あなたと子供のころに知りあいたかった。いまタルボットがどこにいるかわからない？」

「おそらくどこかのカフェで、コーヒーを飲みながら新聞を読んでいるんじゃないか」

「少なくとも国内？」

「ぼくの印象ではもう情報部からは退《しりぞ》いていた。おぼえているのは、機関車を模《かたど》ったようなおもしろい小さなタイピンを着けていたことだよ。さあ、ほんとうはこれがなんの話なのか、聞かせてくれる気はあるのかい？」

「いったとおりよ。クライアントのお相手候補の身辺調査」

「その候補者は英国の元スパイとつながりがあるわけだ」

「もしそのタルボットがこちらのタルボットならば。そうだという気がしてる。ナイト爵を授かったのはいつだって？」

「一九二二年十二月十四日」グウェンがいった。

「受章にはおかしな時期ね。国王誕生記念叙勲でも新年の叙勲でもない。きっと異例の重要な働きをしたのよ」

「でも彼はもう海軍武官じゃなかったんでしょ」グウェンが指摘した。

「一度スパイだった者はずっとスパイです」サリーがいった。「なにかとくべつな才能か人脈があったのかもしれない」

「それで時間枠が狭まる」とアイリス。「役に立つ情報だわ」

「一九二二年が現在の結婚にどう関係するんだい？」

「わたしたちにもまだわからない。内輪の古い秘密を掘り起こそうとしてるところ」

「ともあれ、避けられるならギリシャは掘らないことだ。あそこは危険をはらんでいる。いま思いついた――タルボットの行方を知っていそうな人がいるよ」

「だれ？」

「きみの元ボスだ。当時は地中海のそのあたりを担当していた」

「彼を頼るのは完全に行きづまったときよ」

「まあいいさ。尋問はそれでおしまい？　ぼくに酒をおごりたい人々が待っているんだが」

「このままわたしたちを抱っこしててくれないの？」アイリスが彼の胸に爪を立てて猫なで声を出した。

「それもいいが、そうしたところでどこへも行き着かないとぼくらは知っている。ノエル・カワードでさえノエル・カワードの芝居のなかに生きてはいない。一緒にパブへ来る？」

「明日は仕事だもの」アイリスはため息をついて、立ちあがり、帽子を取った。グウェンもそれに倣《なら》った。

「いまや責任感の塊だな。かつてぼくが知っていた女の子とは別人だ。ともに真夜中の鐘を聞いたじゃないか、スパークス」

「そうだった、たしかに。そうよ、あなたが演じるべき役があるじゃない。あなたならすばらしいフォルスタッフになれる」

「あの役をちゃんと演じるにはまだ若すぎるよ。でもじゅうぶん老いたら、そのときはきみがクイックリー夫人を演《や》ってくれるかい？」

「だめなの、ダーリン」アイリスは身をかがめて彼の頬に軽いキスをした。「わたしはゆっくり歳をとるつもりだから。おやすみ、サリー」

「おやすみ、心優しきレディたち」サリーは立ちあがって、ふたりをドアまで送った。「贈り物を抱えたギリシャ人たちに気をゆるすなかれ」

「でもそれはわたしの好きなギリシャ人なんだけど」アイリスが不満そうにいった。

「そうするわ」グウェンは約束して、アイリスをフラットから引っぱりだした。「おやすみなさい、サリー。すてきなお芝居だったわ。抱擁も心地よかった。仲間に入れてくれてありがとう」

4

サリーのフラットから離れるにつれてアイリスのパーティ用スマイルが消え、ふだんは忙《せわ》しない早足が、黙考しながらののろのろとした足取りになった。背が高いせいでしばしばパートナーの早歩きの原因となっているグウェンは、相手に合わせてペースを落とし、邪魔をしないよう静かに待った。

「あなたに謝らないと」しばらくして、アイリスがいった。

「ええ、そうでしょうね」

「図書館に連れていって、調べ物のやり方を教えて、仕事を分担するべきだったのに、わたしったら教育を受けたことでいばり散らした。あなたは自分をちっぽけに感じ、憤懣《ふんまん》やるかたない気持ちになった」

「わたしはちっぽけじゃないわよ」

「それでも、褒められたことじゃなかった。だれに対してもよくないけど、友だちにやるのはなお悪い。わたしは親しい女友だちをもつことに慣れてないの。もったことがないから。わたしの問題、いくつかある問題のうちのひとつはね、自分の振る舞いを正当化するわけじゃないけど、あなたのような女たちへの憤《いきどお》りをしつこく抱きつづけてることなの」

「わたしのような女？　どんなカテゴリーにわたしを入れているの？」

「貴族階級。宮廷に招かれて、途方もない値段のドレスを着てシャンパンを飲み、生まれるまえから一生贅沢な暮らしを約束されている金持ちの娘たち。人を調べるにはバークの貴族年鑑を見ればいいと知ってる女たち。ちなみに、あれはほんとうにいい思いつきだった」

「ダーリン、調べたのはわたしじゃないのよ」グウェンは上流階級のもったいぶった発音に切り替えた。「人にやらせたの。それがお決まりのやり方。貴族階級にいるといろいろ利点があるのよ」

「そう、それよ、わたしはずっとそこが妬《ねた》ましくて、軽蔑してきた。母はわたしが十四のときに父と離婚したから、わたしたちはその世界から破門されたの。宮廷にお目見えするとか、最高のパーティに招かれるチャンスはなくなった。ショットガンで罪のない雷鳥やキツネに怒りをぶつけることもなかった。でも実力でケンブリッジに入学し、上流階級の坊やたちとのちょっとしたお遊びにはいつでも乗り気な、ゴージャスで頭のいい小娘になったの。おかげで、お金を積んでも行けない場所へずいぶん入らせてもらえた」

「そんな小娘になるのが楽しかったのかと思っていたわ」

「楽しかったわよ。というか、当時は楽しいと思ってた。でもいま考えると、わたしがそんなにも熱心に築いた名声が最初の婚約をぶちこわしたのね。あのとんまと別れたことはこれっぽっちも悔やんでない、でもわたしはもうパーティ好きの浮かれ女じゃないし、昔の学友の男たちにそういう扱いをされるのはいやなの」

「いまはギャングの親玉とデートしているじゃない」グウェンが指摘した。

「アーチーとは二度出かけたけど。彼はびっくりするほどダンスが巧くて、どっちの知り合いもいない珍しい場所へ連れてってくれるから、警戒をゆるめて人間らしく会話できるの。まったく話がべつよ」

「それはたしかによさそうね」グウェンは認めた。

「彼に友だちがいるけど――」

「絶対お断り」

「ひと晩に男はもうじゅうぶん？」

「じゅうぶんすぎたわ、ありがとう。謝罪はもうおしまい？」

「もう全部いったかな。まだ言葉にしてなかったかもね、〝ごめんなさい〟って」

「聞いたものとする。それに受け容れたものとする。明日の午後は一緒に図書館へ行く？」

「うん」

「これまでになにがわかった？」

「フィリップとその両親に絞って《タイムズ》の索引に目を通したんだけど、たっぷり半時間は無駄にしたところで、記事のほとんどは彼らの名前じゃなく〝ギリシャ〟の項目に入ってると気がついた」

「まあ、当然そうでしょうね。ほかにどうやって王族に索引をつけるの？」

「いまこの瞬間はあなたが大っきらい」アイリスはグウェンをにらみつけた。「とにかく、年表をさかのぼって調べたら、彼らのギリシャ出国はなかなかドラマティックだったとわかった」

「どんなふうに？」

「フィリップの父アンドレアス王子は、第一次大戦後のギリシャ＝トルコ戦争時、陸軍で指揮を執っていた。当時の国王コンスタンディノス一世は彼の兄よ」

「は？」

「猿に咬《か》まれて死んだ人？」

「ギリシャ国王のひとりは、だれかのペットの猿に咬まれたとかそんなことで亡くなったの。子どものころに聞かされて、頭にこびりついている。すごくばかばかしいけど、実際それで命を落としたの。その話を聞いて以来、猿は心から信用できなくて」

「その猿がいまも一族に対してなんかたくらんでるのかな」アイリスが憶測した。「猿の寿命はどのくらい？」

「種類によるんじゃないかしら。ロニーに訊いてみる。そういうことはあの子が詳しいから」

「猿はおいときましょ、しばらくは。それはそれとして、戦争は敗北に終わり、クーデターでギリシャ政府は転覆、国王は逃亡する。そんなことが毎年のように起きてたみたいだけどね。前首相、閣僚や将軍たちがごっそり逮捕されて、迅速な裁判で迅速に刑を申し渡された。アンドレアス王子もそのひとりだった」

「ほんとうに？　彼はなにをしたの？」

「なにもしなかったの。自分の部隊を進軍させる命令を拒んだせいで、大勢の生け贄《にえ》たちに加えられたわけ」

「それでどうなったの？」

「最初の一団は銃殺された。でも、あなたのいうとおり、貴族でいることには利点があった。アンドレアスは先々代のわれらが国王（ジョージ五世。ジョージ六世の父）のいとこで、妻アリスはヴィクトリア女王のひ孫。わたしが思うに、ジョージ五世はかつて皇帝ニコライ二世とその家族を救わなかったことにずっと罪悪感があったのよ。だからべつのいとこがまたも革命で死に瀕《ひん》したとき、介入することにした。アンドレアス王子は有罪判決を受けたけど、銃弾の雨を吸いこむかわりに、姿を消した。都合よく港では英国の軽巡洋艦〈カリプソ〉が待機していた。アンドレアスと妻はだれか権力ある人物の手引きで乗艦し、イタリアのブリンディジに向かう途中、一度だけ寄港して子どもたちと召使いを乗せた」

「コルフ島ね」

「そのとおり。そこからの旅を詳述した記事は何本かあった。彼らは教皇に会い、パリに到着し、その後ロンドンに来てる」

「タルボットは？」

「《タイムズ》の記事のどれひとつとして彼に言及していなかった。でもこれはすべて一九二二年後半の数か月に起きたことよ。アンドレアスが十二月の頭にギリシャを脱出し、その十日後にタルボットがナイト爵を授与されたというタイミングは興味深い。彼はこの件でどんな役割を果たしたのやら」

「なにか果たしたと仮定すればでしょ。それじゃ、もっと新聞を読むためにまた大英博物館の図書館に行くのね？」

「博物館じゃない。こういう調べ物をしたことはほんとうにないの？」

「まったく」

「なら期待してて。コリンデールにある英国図書館の新聞閲覧室ですてきな午後を過ごすことになるから」

「そんな場所があることさえ知らなかった。楽しそうね！」

「そういうのもいまのうちよ」

「あなたの元ボスのほうは？　サリーがいっていた人」

アイリスは答えなかった。

「なるほど。また戦争中の話にもどるのね？　特殊作戦執行部での上司、なんでしょ？」

「なるべくいま以上の借りはつくりたくない相手」

「いまはどのくらいの借りがあるの？」

「わたしには返せないくらい」

「向こうは返せといってくるかしら」

「いってきた。先月」

「なにを要求した？」

「わたし。また彼の下で働けって」

「それは——正確にいうと、どんな仕事？　スパイ？　現場でそんな呼び方をするかどうか知らないけど」

「工作員。定義できない任務をあらわす曖昧《あいまい》な名称よ」

「それはあなたがやりたいこと？」

「ノー」アイリスはきっぱり否定した。「彼にもそういった」

「ふうん」グウェンは相手をしげしげと見た。

「なに？　そのうさんくさい魔術で頭のなかを読み取るのはよしてね。わたしが復帰したがってるとでも思うわけ？」

「たぶん」

「どうして？」

「サリーのお芝居の最後のちょっとしたスピーチ、あの戦時中が恋しいという台詞《せりふ》の基になっていたのはあなたなんじゃないかしら」

「わたし？　わたしはべつの女だったでしょ」

「べつの女性の役を割り当てられた。でもサリーはだれよりもあなたを知り尽くしている。あなたのサンプルを摘出してリディアに埋めこんだとしても全然意外じゃないわ。リディアが既婚者と関係をもっていることはいうまでもなく」

「いいわよ、じゃあその話をする？　あの芝居ではリディアも既婚者だと指摘していいかな。

わたしはいっぺんも結婚してないからね。何人かから熱心な申込みを受けたにもかかわらず」

「サリーはあなたにプロポーズしたことがあるの？」

「まさか。彼はほんとうによき友だから、結婚で関係をだいなしにはしない」

「あなたはずいぶんと彼をけしかけてるじゃない」

「あれはただのおふざけ。どちらも承知の上よ。はるか昔からこうしてきたの」

「それはあなたのほうだけかも」

「なんですてきな夜をわざわざつまらなくするのよ？　精神分析してほしけりゃ——あ、そうか。もうそれには同意したんだっけ。予約はいつだか、もういっぺん教えて」

「木曜の午後」とグウェン。「あなたはわたしのあと。終わったら飲みにいって乾杯する約束よ」

「わたしの問題の根っこにあるのは飲酒だと、あなたの先生が発見しなければね」

「そのときは、代わりにケーキでじゅうぶん」

「セラピーが好きになりそう」

「そちらの元ボスの話にもどるけど……」

「なるべくなら彼に連絡を取るのは避けたい。フロイト的にいえば、パパの助けを求めにいくまえに、まず自分で突きとめたい。わたしたちで調べられるところまでやってみよう」

「わたしたち。また〝わたしたち〟といったわね。進歩だわ」

「でしょ？　ほら、タクシー乗り場。明日は早めに行くわね、パートナー。午前中はマッチメイキング、午後は図書館よ」

「わくわくする」グウェンはタクシーに乗りこんだ。「わたしたちのモットーを忘れないで。〝世界を人でいっぱいに！〟」

「世界を人でいっぱいに」アイリスがくりかえして、走り去るタクシーに手を振った。

つぎの一台の運転手が期待のまなざしでアイリスを見た。彼女はバッグをあけて、使える資金を調べ、運転手と残念そうに肩をすくめあい、メリルボーンのほうへと歩きだした。


グウェンはできるかぎり音をたてずに、ケンジントンのベインブリッジ邸へ入った。もう十一時をまわっていたので、だれかが起きていて出迎えるとは思わなかった。それはまちがっていた。リトル・ロニーの家庭教師のアグネスが、寝間着の上に部屋着をきっちり巻きつけて、主階段のてっぺんにあらわれた。

待っていた彼女を見てグウェンの心臓がびくんと飛び跳ねたが、アグネスはすぐににっこりし、唇に指を一本あてて、不安を鎮《しず》めてくれた。

「なんでもありません」声をひそめて家庭教師はいった。「坊ちゃまは元気で、もう眠っておられます。わたしはロニーさまとの約束で、起きてお待ちしておりました」

「どうして？」グウェンは階段をのぼりながら、小声でたずねた。

「こちらへ」アグネスが手招きした。

ロニーの部屋と隣りあった自室まで導くと、室内から一枚の紙を取ってきた。

「ママが劇に出るんだと、とても興奮していらして」紙をグウェンに手渡した。

グウェンはそれを明るいほうへ向けた。赤いカーテンに囲まれて舞台に立っている、猫の扮装をした女性の絵だった。ふさふさした黄色い髪から三角形の黒い耳が突きだしている。

「これはわたし?」グウェンはうれしくなってたずねた。

「はい、ミセス・ベインブリッジ。『長靴を履いた猫』に扮した奥さまです」

「客席にイッカクのサー・オズワルドがいるわ」グウェンは声をたてて笑った。

サー・オズワルドはリトル・ロニーが創りだした、海上と海中でナチスと戦うイッカクの英雄だ。

「小さなトップハットをかぶってる!」

「イッカクが劇場に行くのにこれ以上の格好がありますかしら」とアグネス。

「ああ、これは最高!」グウェンはいった。「待っていてくれてありがとう」

「どういたしまして。ロニーさまは宝物です。ロンドンにとどまって学校へ行けるとよいのですが」

「それじゃ、あなたもその争いのことは聞いているのね」

「ベインブリッジ卿はご家族の伝統にしたがって聖フライズワイド校へ行かせたがっておいでとか。あの学校の評判は存じています。時代遅れの考え方を広める時代遅れな学校です。ロニーさまには旧《ふる》い世代から世界を救っていただかなくては。彼らの代表として世界を座礁させるのではなくて」

「わたしも同じ意見。でもほかの人に聞こえるところでそんなふうにまくしたてたてはだめよ」

「そこはわきまえております。おやすみなさい、ミセス・ベインブリッジ」

「おやすみ、アグネス」

家庭教師はそっと自室に入り、内側から静かにドアを閉じた。

グウェンは足音を忍ばせて息子の部屋に入ると、ベッドのそばに腰かけ、寝顔を愛おしげに見おろした。この子はまったく父親に生き写しだわ。自分に似たところがわずかでもあるのかしらと、彼女はときどき疑問に思う。彼女から受け継いだ特徴はなにひとつ見当たらない。とはいえロニーはまだ六歳、それにグウェンがもうひとり自分を創る必要はない。自分自身がいるのだから。少なくともかつてはいて、その女性をいま取りもどそうとしている。

そのつぎは息子を取りもどす。夫ロニーの訃報を聞いたグウェンが療養所に送られると、ベインブリッジ卿夫妻はリトル・ロニーの監護権を手に入れてしまった。現在彼女が精神科クリニックに通っているのは、たんに治療を要するからではなく、完治したと見なされるまでは息子を取りもどすための手続きさえ開始できないからだった。最近レディ・カロラインとは不安定ながら関係改善に至ったけれど、ベインブリッジ卿は頑固だ。リトル・ロニーの学校教育は当然ロンドンで受けさせたいとグウェンは望んでいるが、そのことをめぐって今後起きるであろう衝突に日々戦々兢々《きょうきょう》としている。

でもその争いは卿が経営する会社の視察を終えて東アフリカから帰国するまでおあずけになるだろう。秋学期は二か月先なので、リトル・ロニーとはまだ一緒にいられるし、サー・オズワルドがそばにいてグウェンを護ってくれる。劇場にいるときも。

あくびが出た。今夜の活動の刺激もようやく落ち着いてきた。息子の巻き毛をかき分けて、おでこにそっとくちづけすると、リトル・ロニーはなにやら聞き取れない寝言をもぐもぐとつぶやき、また深い寝息にもどった。

グウェンは静かに部屋を出て、ドアを閉じた。

イッカクはどうやって拍手するのかしら、と眠い頭で考えた。なんてすてきな絵。これを渡すために起きていてくれるなんて、アグネスは優しい人だ。住み込みの家庭教師はわが国の宝だわ。わたしたちの国のナニーたちは。

ナニー。

グウェンは命の危機に瀕して家族とともにコルフ島を逃れるフィリップに思いをはせた。当時いくつだったのだろう。エリザベス王女よりも五歳上だから、一九二二年にはまだ一歳か二歳か。

ナニーがいたはずだわ、と思った。アリス王女の育ちからすれば、まちがいなくイギリス人だろう。それに小間使い《レディズメイド》も、おそらくふたり。手のかかる女の子たちがいたのだから。

使用人たちはどこまで知っていたのだろう。

翌朝はアイリスが先に出社した。オフィスに入ってきたパートナーに、勝ち誇ったにやにや笑いを浮かべつつ、開封した手紙を掲げてみせた。

「いい知らせよ。ミス・ペルティエがミスター・カースンのプロポーズを受けた！」

「ブラヴォー！」グウェンは帽子を掛けた。「あなたがマッチングしたひと組よね」

「あなたも全面的に支持してくれた。これがなにを意味するかわかる？　あとひと組成婚すれば、セシルと再会できるのよ！」

「ああ、セシル」グウェンが声をあげた。「どんなにまた会いたいか！　あの子に両脚をすべりこませて――ううん、おしまいまでいうには不適切なことを口にしてしまいそう」

「つぎはだれかな。ミスター・トロワーはミス・セジウィックと合わなかったし」

「意外ではないわね。彼女が求めていたのは、身の潔白を証明された男とデートするスリルだもの。トロワーさんは引き続き立候補者たちと会いたがっているの？」

「うん、それにわたしもスリルを求めてるほかのクライアントたちをがっかりさせたくない。なかのひとりやふたりとはうまくいくかもよ」

「そう思う？」

「ミス・コニャーズなら彼と相性がいいかも」

「んーー」

「ミス・コニャーズは気に入らない？」

「トロワーさんにはどうかしら。ミス・ドネリーなら――」

「だれが彼を射止めるかにちょこっと賭ける？」

「クライアントの成功不成功で賭けはしないと約束したでしょ」

「した」アイリスが思いだした。「考えてみたら、健全な方針よね。仕事にもどったほうがよさそう」

「そうね。ああ、そのまえに、これを見せないと」

グウェンは丸めてきたリトル・ロニー作の絵を注意深くひろげて、アイリスに差しだした。

アイリスはそれを窓辺に持っていき、評論家の目でとっくり眺めた。

「猫のコスチュームを着けて、トップハットをかぶったイッカクに見守られているのはあなたね。なかなかよく描けてる。息子さんはいまシュルレアリストの時代なのね。初期のキュービスト時代の作品よりずっと好きよ、あれは率直にいうと独創性に欠けると思った。才能に恵まれた坊ちゃんだこと」

「ありがとう」

「わたしはいつ会わせてもらえるの？」

「やだ」グウェンは驚きの声をあげた。「まだ会っていなかったわね」

「坊やに会ったことも、お宅に伺ったことも、義理のご両親に会ったこともない」

「わたしはかならずしも人を招く立場にあるとはいえないけれど。いまも寛大なるベインブリッジ家に住まわせてもらっている身で」

「そして彼らはわたしに敷居を汚されたくないでしょうね」

「どっちにしろあなたは彼らが気に入らないわよ」

「たぶんね。あなたが彼らを好きじゃないんだから。人柄を鋭く判断できるあなたが。でもリトル・ロニーにはぜひとも会いたい。子どもは大好きなんだ、原則的にはね。アートや水生の動物やほかにもいろいろ、話題には事欠かないと思う」

「あの子を連れだしてママのオフィスを訪問させられるかやってみる。それでもいいかしら」

「文句ない」

グウェンは今日処理するべき手紙の半分を取り、いちばん上の一通を開封した。ふたりは数分間無言で仕事をした。

「どのくらい賭けるつもりだった?」グウェンがたずねた。

「コニャーズに二ペンス」

「わたしは同じ額をドネリーに」

「成立」アイリスがいった。


ふたりは休憩して軽い昼食をとり、午後は店じまいとした。

「もし秘書がいれば、こういうことも罪悪感なくできるのに」〝営業終了〟の札を掛けながらグウェンがいった。「弾む足取りでドアを出ていきながら、振り向いて、堅物で有能なミス・ベッツィにいうの――」

「ミス・ベッツィ?」

「まだ本名はわからないでしょ。『オフィスをお願いね、ベッツィ。わたしたちは王子の調査にいってくるわ』」

「すると彼女は『またですか?』といって、タイプを再開する。理想的な秘書みたい。ただちにベッツィを雇うべきよ」

「サリーの脚本をタイプした人を紹介してもらえないかしら。きれいに揃ってて、ミスもないことに気がついたの。しかもわたしの台本は三回か四回目のカーボンコピーよ」

「いい考え」アイリスがいい、ふたりは路上に出た。「いざ、コリンデールへ! わたしが取ったノートは電車のなかで読んで」


一時間後、ふたりは英国図書館の新聞保管所入口を目指して歩いていた。

「ずいぶん大きいのね!」グウェンが大声をあげた。

「何年も積もり積もった新聞は場所を取るの。新聞の種類だってものすごく多いし。どこの町にも一紙はあるでしょ」

グウェンは片側に目を向けて、いきなり歩みを止めた。間に合わせのフェンスの向こうに大きな建物の焼け残りがあった。

「図書館に爆弾を落としたの?」ショックを受けてたずねた。

「誤爆かな。近くに工場があるから。または逃げる途中で重い爆弾を投棄したか。理由はなんにせよ、何百という場所の何百年にもわたる記録と時間が破壊されたのよ。ほとんどは小さな町やアイルランドの新聞で、アレクサンドリア図書館を燃やすのとはわけがちがうけど、痛ましい損失よ」

「誕生の告知、結婚式、リボンをカットする記念式典、すべてが消えたのね」グウェンが悲しそうにいった。「その人たちみんなが、かつて存在したのに」

「とにかく、ロンドンの新聞は生き延びたから、ミスター・タルボットをさがすとしますか」

「彼が小さな町やアイルランドの出身でないという仮定のもとに」

アイリスはグウェンを閲覧室に案内した。その部屋には大きな高い窓があり、製本された縦長のファイルを収めた棚がずらりと並んでいた。どの机にも、頑丈そうな、大型のイーゼルのような物が据《す》えてあった。

「あなたは《タイムズ》のインデックスを調べて」アイリスが棚の一画を指差した。「わたしは《デイリー・エクスプレス》に切り換える。プリンスをふたつ確保して――」

「なにをふたつ？」

「プリンス。その閲覧用の台」

「プリンスと呼ばれているの？　それってなにか建築関係の用語かと思っていたわ」

「物を置く台や柱のことなの。あの製本されたずっしり重いインデックスや、わたしたちが製本されたずっしり重いインデックスを使ったあとさがすことになる、製本されたずっしり重い新聞とかをね」

「わかった」グウェンは半信半疑で机を見た。「筋肉隆々の運び手がいてその製本されたずっしり重い物とやらを運んでくれたらいいのに。それじゃ、タルボットのパトロールに取りかかるわ。どこからはじめればいい？」

「最後からはじめて」アイリスは大真面目に答えた。「ひたすら過去にさかのぼって、最初にたどり着いたら終了」

「いよいよ不思議」グウェンは日付をたどっていき、最新の一冊を見つけだした。

それを引っぱりだして、プリンスにのせると、ページをめくりはじめ、タルボットの〝T〟に達した。

「どこにも出ていないわ」

「一冊ごとに報告しなくていいのよ」アイリスは《デイリー・エクスプレス》に目を通しながらいった。

「ごめんなさい。あっ！」

「なに？」

「このファイルにはこの年の一部しか入っていなかった。この続きも見たほうがいいのね？」

「そうよ」アイリスはげんなりした声でいった。

この分じゃえらく長い午後になりそう、といらいらしながら思った。いったいなにを考えてたの、素人《しろうと》にこんなことをさせて――

「見つけた！」グウェンが得意げな声をあげた。「簡単だったわ」

アイリスは驚愕と悔しさの入り交じった目で相棒を見つめた。

「なんて書いてある？」

「この人に会って話を聞ける見込みはなさそう」

「それはまたどうして？」

「見つかったのは彼の訃報。葬儀の記事も。どちらも去年の四月よ」

「そんなことじゃないかと恐れてたんだ」アイリスは近づいて、グウェンが指差している箇所を見た。

「そうなの？　なぜ？」

「あの匿名《とくめい》の手紙。彼が知っていたことを知っている、と書いてあった。過去形だったでしょ」

「これからも永遠に過去形のままなのね。つぎはなにをすればいい？」

「その日付を資料請求票に書いて、デスクに持っていくの。そうするとだれかがその巻を取ってきてくれる」

「筋肉隆々の運び手ね！」

「だといいけどね」

グウェンはいかにも満足そうに軽やかな足取りでデスクへ向かった。

アイリスは《デイリー・エクスプレス》で同じ情報を見つけたが、ほかの言及を求めてさらに過去へさかのぼることにした。一九三七年を見ていたところで、《タイムズ》紙大の分厚い一冊の重みにふらつきながらグウェンがもどってきた。

「筋肉隆々の運び手組合に加入したの」息を切らしながら、それを用心深くプリンスにおろした。「この建物のミステリアスな奥の間からこれが出てくるまでに、とんでもなく待たされたわ。持ってきてくれたのは八十七歳のおばあさんで、カートで転がしてきたの。それはずるくないかしら」

「そろそろわたしたちの故人をさがさない？」

グウェンはデスクのまえに腰かけて、手早くページをめくった。

「やさしくね」アイリスが忠告した。「新聞はデリケートだから」

「死亡記事があった。一九四五年四月十八日。〝サー・ジェラルド・タルボット司令官、KCVO、CMG、OBE、RNVR（退役）が昨日フェリクストーで死去〟ですって。フェリクストーってどこ？」

「イギリス海峡、イプスウィッチの先。港があるの」

「そんなところで死ぬのはつまらなそうね」

「イギリス海軍でない人にはね。当時まだ王室がらみの仕事をしてたのかな。ほかになんて書いてある？」

「ええと、一八八一年八月生まれ。ということは、六十三歳で亡くなったのね。G・F・タルボット陸軍中佐の末の息子。チェルトナム出身、ゴンヴィル・アンド・キーズ・カレッジ――」

「ケンブリッジの学友だ！」アイリスが歓声をあげた。

「第一次大戦で海軍志願予備士官《RNVR》、一九一七年から一九二〇年までアテネ駐在海軍武官――ああ、新しい情報があるわ。ロンドン・アンド・ノース・イースタン鉄道取締役。蒸気機関車のタイピンがどうのとサリーがいっていなかった？」

「いってた。ほかには？」

「一九二〇年に、フランス陸軍C・ラブーシェリ大尉の未亡人エレーネと結婚。フランスの戦争未亡人と結婚したのね。見あげた心がけ。娘がひとりいる、名前は載っていないけど。それで全部よ」

「ほとんど経歴だけか。葬儀の出席者を調べてみよう」

グウェンは四月二十七日までページをめくった。

「あったわ。会場はセント・マーティン・イン・ザ・フィールズ教会。いい選択ね。ラヴデイ牧師みずからが葬儀を司った」

「セント・マーティンズはまえから好き。ネル・グウィン（チャールズ二世の寵姫となった女優）がそこに眠ってるの。愛人たちの守護聖人」

「最後のは嘘でしょ」

「そんなことないって」アイリスは記事がよく見えるようにグウェンの肩にあごをのせた。

「見てよ、貴族の多いこと」グウェンがいった。

「それにギリシャ人がこんなに。〝ギリシャ国王代理が参列し……ギリシャ臨時代理大使サー・ジョン・スタヴリキ、P・アルジェニス氏、C・トルゴス氏、D・カクラメノス氏ほかロンドンのギリシャ・コロニーの著名人が集まった〟」

「でもタルボットは一九二〇年以降ギリシャに駐在していないんでしょ。向こうにいたときもただの海軍武官よ。なぜ二十五年も経ってまだギリシャ人たちに大人気だったの？」

「たしかに不可解。彼こそがわたしたちの追うべき人物に思えてきた」

「最近亡くなっていたなんて、運が悪かったわね」

「行き止まりだといってるの？」

「いおうとしていたけど、もういえない。これからどうする？」

「さがしつづける。もっとなにか見つかるかも」

それから一時間ほどしてそれを見つけたのはアイリスだった。過去の《デイリー・エクスプレス》に注意深く目を通し、やたらとくしゃみを連発していたときだった。

「これだ」とめどなく涙を流しながら、いった。「《タイムズ》の慎ましさがいまいましい。はじめっから《デイリー・エクスプレス》を見るべきだった」

「なにを見つけたの？」

「記事によると、クーデターでギリシャの大臣や将軍たちが逮捕されたときタルボットはパリにいた。カーゾン卿からの指示でローザンヌへ行き、続いてアテネへ向かった。最初の一団の処刑を止めるには遅すぎたけど、アンドレアス王子を救うのには間に合った。王子を襲撃しようとする者がいる場合に備えて、陸軍大臣に港まで付き添ってもらう手配までしてる」

「たしかにわたしたちのさがしていたタルボットね。そんなふうに新聞に載っているのはあまりスパイらしくないけれど」

「彼の正体が暴かれたのは任務を完了したあとよ。この話が明るみに出たのは十二月の後半で、そのころにはもうナイト爵を叙勲していた。それはご褒美だったのかもね——栄誉に包まれて情報部を去ったというわけ」

「タルボットはギリシャから王子の家族に同行したの?」

「そうみたい」

「だったら、子どもたちを迎えにコルフ島へ寄ったとき、一緒にいたのよね。そこでなにを見つけたのかしら。それをずっと持っていたのかしら」

「ゆすりに使えると、だれかが考えるようななにかでしょ。外へ出ようか。いい空気が吸いたい」

ふたりはデスクに新聞を返却して、図書館を出た。なにも口にすることなく、爆撃跡の黒焦げになった瓦礫《がれき》のほうへおのずと足が向いた。

「紙は燃える」アイリスが暗い声でいった。「残れば、そこには情報がある。いくつもの秘密が。問題は、わたしたちがなにをさがせばいいのか、それはどこにあるのか、よ」

「あまり絞りこめないわね」

「それどころか、この世全体からひとりの男の人生に絞りこんだじゃない」

「その人生は一年以上まえに終わっていたのよ」

「でも彼を知ってたほかの人たちがいる。残された奥さん。娘。友人たち」

「肩書きのある友人たち」

「ギリシャの友人たち」

「〝ギリシャ国王代理が参列〟」とグウェンが引用した。「新聞に載り、ナイト爵を授与されてからは、タルボットはギリシャの内情にかかわってこなかった。なのに二十年以上も経って、ギリシャ国王が――先代と同じく亡命したのだけど――葬儀に代理人を送るほど彼のことを気にかけていたのよ。　叔父さんを救ったことへの感謝？」

「たぶんね。ほかにどんな理由があるといいたいの？

「亡命したゲオルギオス二世はいまロンドンに住んでいる。義母があるパーティから帰ったとき、ばかにした口ぶりでいっていたわ、王様は現在の愛人を同伴していたって」

「愛人が気にくわないの？」

「義母はギリシャが気にくわないの。イタリアも、トルコも――そのリストはとても長い。わたしが気になっているのは、この件がギリシャの王位にかかわっているのかどうか。王を帰国させる動きがあるんじゃなかった？」

「九月に国民投票があるはずよ」

「そしてフィリップ王子は王位継承順位の何番目？　四番目？　それとも五番目かしら」

「数えさせて」アイリスは自分のノートを手早くめくった。「ゲオルギオス二世はフィリップのいとこ。ゲオルギオス二世には弟がいて、弟には息子がいる。それで二人。息子のいる叔父もいる、それで四人、ただしその息子は離婚歴のある女性を妻にしたから競争圏外に脱落。つまりフィリップは四番目よ」

「家系に女性はいないの？」

「大勢いるけど、ギリシャでは女を数に入れないの」

「それで文明国家のつもりだなんて」グウェンが軽蔑したように鼻を鳴らした。「可能性は低いけれど、もしもこの件がギリシャ王家に結びついているとしたら？　王家のひとりとイギリスの法定推定相続人が結婚すれば、今度の国民投票で君主制主義者の後押しになるわ」

「それならフィリップの名誉を汚すことは反対勢力の動機になり得る。可能性はあるわよ。そしてこの場合の反対勢力とは左派のことね」

「わたしたち、コミュニストの国際的な陰謀かなにかに行きあたってしまったの？　到底戦える相手じゃないわ。まあ、少なくとも、わたしにとっては。あなたはまちがいなく独《ひと》りでもスターリンを相手にできるけど」

「わたしのタイプじゃない。あの口ひげがいや。それじゃ、わたしたちが話を聞くのはタルボットに近くて、アンドレアス王子にも近い人物ね」

「それぞれに残された妻がいるわ」

「アリス王女とは話せないわよ。わたしたちが踏んではいけないつま先があるの。タルボットの未亡人のほうは確実な線かも」

「彼女がフランスに帰っていなければね。コルフ島にいた人たちはどう？　王子はお付きの使用人何人かを連れて旅したのでしょ。その船の名前、もういっぺんいって」

「英海軍軽巡洋艦〈カリプソ〉。当時の艦長はまだ存命かも。海事関係のえらい人をだれか知らない？」

「海軍将官のいとこがいるわ。少将《リア》か中将《ヴァイス》か忘れたけど。考えてみるとどちらもひどいわね、お尻《リア》と不道徳《ヴァイス》なんて。彼に電話をかけてみる」

「これで計画が立った。一日の仕事としては上出来。そろそろ——」

グウェンのきびしい視線に気がついて、アイリスは言葉を呑みこんだ。

「なに？」

「いちばんはっきりしている道をなぜはずすの」グウェンがいった。「肩書きのある友人。ギリシャの友人。それに——」

「やめて」

「スパイの友人」グウェンは最後までいい切った。

「いったでしょ——」

「やるべき仕事があって、それをやり遂げるための時間は限られているのよ。タルボットがまだスパイ・ゲームを続けていたなら、それを知っていたほかのプレイヤーがいるはずよね。あなたならその人たちに連絡が取れる」

「そちらが思ってるほどコネはないの」

「それでもわたしよりは多いでしょ」グウェンは食いさがった。「いちばんおもしろいゴシップは彼らから聞けそう。もしタルボットがほんとうにコルフ島でなにか見つけたのなら、雇い主たちに報告したと思わない？」

「自分だけの秘密にしたのでなければね。ナイト爵に伴うちょっとした役得よ」

「なるほど」グウェンは考え深げにいった。「それがこれまでビジネスで成功してきた理由かもしれないわね。沈黙を売ることで資金を得ていたと。そしていまはお墓のなかで沈黙している」

「でもその秘密は彼とともに死ななかった」

「この話のどこにもまだ証拠はないのよ」

「あるわよ。どこかに。それには確信がある」

「だったらさがしにいきましょう。ところで、カリプソってだれだったかしら」

「ギリシャ神話のニンフ。オデュッセウスに恋して、彼を自分の島に七年間引き留めたの」

「既婚男性に恋した女がまたひとり。おしまいには彼に棄てられたんでしょうね」

「そういうこと。神々が介入して、オデュッセウスと別れさせられた。彼を手伝って筏《いかだ》をこしらえ、彼はそれに乗って島を去った」

「彼女はどうなったの?」

「ホメーロスは書いてない。ひょっとしていまでもその島で彼の帰りを待ってるとかね。きっともう先へ進んでると、わたしは思うけど」

「彼女にとってはよかったわよ」とグウェン。「うちのチラシを送ってあげなくちゃ。筏を作れるニンフにいい夫を見つけてあげられそう」

5

　フラットに帰り着くころには、コリンデールでぐずぐずしていた鼻が悪化して本格的に風邪をひいていた。アイリスはドアを閉めて、やかんを火にかけた。ハンカチを引っぱりだし、死者を呼び起こさんばかりの音で洟《はな》をかんだ。

　残響が収まって、耳が半ばつまったような状態になると、耳鳴りではないなにかがリーンと鳴っているのに気がついた。よろよろと電話に近づいて、受話器を取った。

「はい」

「よお、メアリ・エリザベス・マクタギュー」男の声がした。

　みじめな気分にもかかわらず、アイリスの満面に笑みがひろがった。

「どうも、アーチー《アロー》」イースト・エンドの発音にするりと移行した。

「おれに対しては演じなくていいんだぜ」

「そっちがメアリ・エリザベス・マクタギューと呼んだからよ。彼女はこんなしゃべり方をするんじゃなかった？」

「まあな、じゃあスパークスと話させてくれ」

「スパークスと代わったわ、アーチー」自分の声に切り換えてアイリスはいった。「どうしてる？」

「今夜は予定がないと気がついたんだ。よければちょっくら出かけないか」

「ぜひそうしたいところだけど。副鼻腔が攻撃にさらされてるの。出かけても楽しい相手になれそうもないし、たぶんまだらな赤い顔になってる」

「おやおや、たいへんだな。もうなにか食ったのか？」

「まだ。いま図書館から帰ったばかりよ」

「そりゃくたびれただろう。おれは読書は苦手だが」

「ちょっと、別人を演じてるのはどっち？　あなたのようにだれもが認めるギャングの親玉が今晩暇ってどういうこと？　どこかで指揮を執ってるはずじゃないの、盗みとか略奪とかの」

「ギャングの親玉でいることの特権は、その盗みや略奪を手下にゆだねられることでね。今夜おれが休みを取りたければ、それに逆らうやつはいないんだよ」

「批判する気はさらさらないのよ。残念だけど、寝室に閉じこもって蒸気を吸入しなくちゃ。わたしを思いだしてくれてありがとう」

「おれは囚われの乙女ってやつにめっぽう弱くてな。しっかりしろ。おれたちの飛行機はもう飛び立った」

「飛行機？　飛行機って？」アイリスはたずねたが、電話は切れていた。

化粧を落としてから、またお湯を沸かした。マニング・コールズの最新作『第五の男』を手に取り、靴を蹴《け》り脱いで、カウチで丸くなった。著者コンビの片割れ、シリル・コールズをアイリスは知っている。戦争中に英国情報部で働いていたからだ。彼らによるトミー・ハンブルドン・シリーズはばかげたスパイ小説だが、読みやすく、かつ実践に基づくスキルがほどほどにちりばめられているので、途中で投げださずに読みつづけている。折しも小さな新事実が発覚したとき、だれかがドアをノックした。

「飛行機だ」アイリスはつぶやいた。

起きあがって、ぱたぱたと歩いていき、のぞき穴から外を見た。満面に笑みをたたえて、通路にアーチーが立っていた。

「いったいどうしたの？」アイリスは大声をあげてドアを開いた。

「民間療法だ」紙袋ふたつを掲げてみせた。「入っていいか？」

「どうぞ」彼女は脇に退《しりぞ》いた。

アーチー・スペリングはプロボクサーの体格に、女を夢中にさせる罪作りな顔をしている。地形学的に見れば、左手からも右手からもパンチをくらって折れた鼻だけが難点なのだが、殴った相手がどうなったかアイリスはたずねたことがない。アーチーのことだから、あとで一杯おごったか、どこかの路地で血だまりのなかに置き去りにしたかだろう。その両方かもしれない。

彼はどこか変だ、とアイリスは思った。待って――

「スーツを着てる！」

「おれはいつもスーツだろ」

「そうじゃなくて、ふつうのスーツ。闇屋っぽくめかしこんでない」

たしかに、ライトグレーの三つ揃いに幅の細いネクタイ、まともな中折れ帽といういでたちだった。アイリスが見慣れている彼は、チョークストライプのスーツにキッパータイのような、もっとこれ見よがしな服装なのに。いまの彼なら銀行家といっても通りそうだ。鼻を折られた過去のある銀行家だが。

「がっかりしたかい？」モデルのようにその場でまわってみせた。

「どうかしら」アイリスは品定めするように見た。「いきなり等身大に縮んだみたい」

「変装だよ」ティーテーブルに紙袋をおろした。「シャドウェルでのおれみたいな格好でメリルボーンに入りこめないだろ。この近辺の警官《おまわり》全員がついてきちまう。それじゃ、治療薬その一。チキン・カレーだ。ブリック・レーンから直送、まだ熱々だぜ」

「どの店？」

「角のインド人の店だ」

「ああ。あそこは本物よ」

「これでたちまち鼻が通るぞ」ボール紙の容器ふたつを取りだしながらいった。

「治療薬その二は？」食器棚から深皿とスプーン二組にレードルを取ってきて、アイリスはたずねた。

「昔ながらの頼れるやつだ」二番目の袋から、マジシャンの身振りでウイスキーのボトルを取りだした。

「なんとまあ、わたしなんかのためにあなたの食料庫を襲ってきたの?」

「おれの食料庫はほかのどこかを襲って補充してるから、損はしてない」彼はアイリスのお茶にウイスキーを注いだ。「これにはちゃんとした理由があってな。おれの主義なんだ。風邪にはよく食え、熱には酒を飲め」

「フローレンス・ナイティンゲール顔負けね」アイリスはソファに腰かけて、カレーを深皿に取り分けた。「お湯割り、それともストレート?」

「ストレート」

彼女は汚れていないタンブラーを一個見つけて、たっぷり注いだ。

「気前のいいバーテンダーだな」

「薬効目的よ」縁《ふち》まで満たした自分のティーカップを掲げた。「わが救いの神に風邪をうつしたくないもの」

アーチーがタンブラーを彼女のカップにこつんと当てた。アイリスは感謝してごくりと飲んだ。お茶とウイスキーの組み合わせで喉の奥が潤った。

「ワンツーで投与させて」アイリスはカレーに取りかかった。

スパイスの芳香が両方の副鼻腔に突撃し、鼻づまりがすっと楽になるのがわかった。

「美味《おい》しかった」食事がすむと、アイリスはため息をもらした。「ありがとう、アーチー」

「いいってことよ。わが甥っ子のお相手さがしはどうなってる?」

「バーニーは物静かかな、お行儀のいい青年ね。あなたの親戚だとは信じがたいわ」

「妹のダンナ似なんだ。妹とは釣りあってるんだが。甥はおとなしすぎていかん。あいつには目を覚まさせてくれるうるさい女が必要だな」

「いまそう聞いてアイデアが浮かんだ。最近とってもうるさい女性が入会したの。もしかすると反対同士は惹かれあうかも」

「どのくらいうるせえんだ」

「一から爆音までの段階でいうと、彼女はそれを超越してる」

「あとで甥の報告を聞くためだけでも試す価値はあるな。おもしろい、あれに同じ本の虫タイプを合わせるのかと思ってたよ。ほら、おれなんかには口もきいちゃくれない頭のいい女をさ」

「わたしをどう思ってる?」アイリスは自分の本を掲げてみせた。

「あんたは謎だ。あんたのような大卒の女と、〝苦難続きの実社会校〟で優等生のおれ。おたがい出会ったことが奇跡だよ」

「そういえば、ここがどうしてわかったの?」彼をきっとにらんだ。「住所を教えたことはないし、このフラットと電話はわたしの名前で借りていない。尾行したの?」

「もしそうならすぐその場でバレてたさ」アーチーは笑った。「いや、昔ながらの手を使ったんだ。このまえ一緒に出かけたあと、あんたをタクシーに乗せただろ」

「ああ、そういうことね。彼はふつうのタクシー運転手じゃなかったんだ」

「ごくふつうのタクシー運転手だよ。だからこそ、ささやかな報酬と引換えにここの住所を控えることにはきわめて協力的だった」

「そんなことをしたのはわたしを調べあげるため？」

「あれだけ見事にだまされたあとだしな。まだなにか長期のゲームをやってないか確かめておきたかった」アーチーは認めた。

「そしてなにがわかったの？」

「あんたはおれには開けないドアの奥で生きてきた」ウイスキーをちびりと飲んだ。「興味深い戦争だったようじゃないか」

テーブルの上のコールズの本を指でとんと叩いた。

「スパイが好きなんだろ？」

「わたしは文書係だった、それ以上ではない」

「そうだな。犯罪組織に潜入し、空き時間に殺人事件を解決する文書係だ」

「女には趣味が必要なの。ともかく、あれはクライアントのためにやった一度かぎりのことよ」

「まあ、しまいにはおれを正当に扱ってくれたしな。で、この部屋を借りている男についてはどうなんだい」

「元カレよ。いいえ、正しい呼び方にしましょうか。愛人だったの」

「既婚者か」

「ええ」

「おれにはどうでもいいことだ」アーチーは肩をすくめた。

「どうでもよくないから調べたんでしょ。元カレのことまで」

「それなんだが、そいつはなかなかの謎だな。フラットは偽名で借りてるし、本人に関しちゃなにひとつ出てこなかった」

「調べるのはやめておいたほうがいい。その調査は要らぬ注意を惹くことになるわよ」

「ああ、そんなこったろうと思ったよ。でもまちがいなく過去の男なんだな？」

「橋は燃やした、もう引きかえせない」

「よかった」

「口説くつもり？」アイリスは横目でちらりと彼を見た。

「なんだと？　そんな体調の女を？　あんたの風邪なんぞもらいたくないね」

アイリスはこらえきれずに吹きだした。

「もう、やだ、紅茶割りが鼻に入っちゃったじゃない」あえぎながら、ハンカチをつかんだ。

「それですっきりするさ」

「それじゃ、わたしの身辺調査が終わったところで、これからどうするの？」

「こいつはおもしろい状況だ」アーチーはいきなり真顔になった。「おれはあんたが好きだ、スパークス。イースト・エンドの上昇志向者や戯《たわむ》れを求めてる上流階級のへんてこな女には慣れてるが、あんたはちがう。問題はおれの生業《なりわい》だ。安定に適した仕事じゃない、いってる意味はわかるな？」

「わかるわ、アーチー。これまでに安定がわたしの強みだったこともない」

「つまり、おれたちのどっちにとっても田舎の邸宅や静かな暮らしはありそうにないってことだ、そうだな？」

「あなたがゲームをおりたらどうなる？」

「それでも食ってかなきゃならないだろ？　おれは正直な暮らしってのに驚くほど不向きなんだ」

「その才能があればきっとなにか考えつくわよ」

「そっちが考えるほど簡単じゃないんだよ、ひとたび評価に傷がつくとな。ともかく、おれはせいぜいこんなところだ、もしあんたにつきあう気があるとすれば。いまんとこ二回、俗世を離れてデートしたが」

「これで三回よ」アイリスは乾杯するようにカップをあげた。

「これをデートに数えるのか？」

「そう。じつをいえば、わたしの人生の全デートのうちでも上位に入る」

「ほんとかい？」うれしそうにいった。「まあ、どっちにしろ、まだこんな話をするのは早すぎる。しかしこんなふうに話すのはいいもんだな、おれはだれともこういう話をしたことがないんだ。つまり、おれが知りたかったのは、道は開けているのかってことだ」

「道は開けているわ、アーチー。どこへ向かうかは――」

「だれにもわからない」彼が先を引き取った。「でもしばらく車を走らせて、つぎの角を曲がったらなにがあるか見るのもいいんじゃないか」

「そうね。いいと思う」

「ならば、ここでの用事はすんだ」アーチーは立ちあがって、中折れ帽を頭にのせた。「おやすみのキスをしたいところだが、あんたは赤いまだらの顔をしてるしな」

アイリスも立ちあがり、彼の頭を自分の高さまで引きおろして、頬にキスをした。

「口紅はつけてないから、拭《ぬぐ》わなくてもだいじょうぶよ。風邪の菌は知らないけど」

「おれは少なくとも一週おきに石炭酸石鹼で顔を洗ってる。大事にしな、スパークス。窃盗シーズンがまた凪《なぎ》を迎えたら電話するよ」

「おやすみ、アーチー」

アイリスは彼を送りだしてドアを閉じ、通路を遠ざかっていく足音に耳をすました。

わたしはギャングスターとデートしてるんだ、と彼女は思った。うまくいかないはずがない。


アイリスが出社すると、グウェンは電話中だった。

「そのあとは?」ノートパッドに走り書きしていた。「わかった。いいえ、場所はわかる。リトル・ロニーをその博物館に連れていったことがあるの。あそこはグリニッジ八三九九番地でしょ? わかった。とっても助かったわ、スクィフィ。ほんとうにありがとう、メリッサの結婚式で会いましょうね。さよなら」

「ほろ酔《スクィフィ》い?」自分の机に着きながらアイリスがいった。

アーチーの処方薬のおかげで風邪は快方に向かっている。仕事に出かけるまえに、ボトル入りの薬のほうはもう一服してきた。

「あなたには〝ほろ酔い〟海軍少将ね。スクィフィと呼ばれるようになったのは、海上で過ごす時間があんまり長いせいで、陸にあがって最初の何日かはふつうに歩けなくて千鳥足だったからなの」

「そのスクィフィ海軍少将がなんだって?」

「アンドレアス王子を救出した当時、〈カリプソ〉の艦長はハーバート・ブキャナン＝ウォラストンという人だったそうよ」

「長ったらしい名前ね。それで、ブキャナン＝ウォラストン艦長はまだご存命なの?」

「生きていて、一九三二年からは海軍中将。退役してグリニッジの国立海洋博物館の近くに住んでいる。六十代後半になっているはずだって」

「〈カリプソ〉の艦長をどのくらい務めたのかな」

「そこがおもしろいのよ。一九二一年の九月から指揮を執って、翌年の十二月には交代しているの」

「二二年の十二月に?　王子と家族をブリンディジに送りとどけた直後?」

「明らかにそうね」

「つぎはどの船に乗ったの?」

「四年間はどの船にも乗らなかった。気楽な事務職に、訓練コースをいくつか受け持っただけ」

「それはおもしろい」

「ええ。王子の家族をひそかに緊急脱出させるのにかかわった主な役者ふたりが、どちらもそれまでより安全な人生を与えられたのよね」

「まるで買収されたかのように。もちろん、それは憶測だけど。よくやった。これをどう演じたい？」

「演じるって？」

「だって、海軍将校のところへただ押しかけて、二十四年もまえの任務のことを訊くわけにもいかないでしょ。待って」

アイリスはバッグをごそごそかきまわした。

「あった！」名刺を一枚取りだして、掲げた。「取材許可証。わたしたち、記者のふりをすれば――」

「それは本物？」

「じゅうぶん本物よ。ジミーが作ってくれたんだもん」

「〝代書屋〟ジミー？　彼は更生したんだと思っていたわ」

「これは戦争中の。その話はできないけど――」

「しなくてけっこうよ。でもそれはいかにも疑い深い人物がチェックしそう。わたしたちは真の自分からなるべく離れないほうがいいわよ」

「わかった。あなたはあなたを演じて。ふだん以上にあなたらしく。その中将の番号をくれる?」

アイリスはダイヤルして、待った。くぐもった男性の声が出た。

「もしもし」彼女は歯切れのよい、有能そうな口調でいった。「ブキャナン＝ウォラストン海軍中将をお願いします。ご本人ですか?　ミセス・ベインブリッジと代わりますのでお待ちください」

ひと呼吸おいてから、受話器をグウェンに手渡した。

「もしもし、中将でいらっしゃいますか」グウェンは話しはじめた。「ミセス・グウェンドリン・ベインブリッジと申します、ベインブリッジ卿の義理の娘の。はい、あのベインブリッジ卿です。現役中に義父《ちち》の砲弾をいくらか使われたのではありませんか。ほんとうに?　ちゃんと爆発しました?　かならず申し伝えます。とてもよろこびますわ。さて、中将、用件に入らせてください。わたくしの主宰する〈貴婦人倶楽部〉では、グレイト・ウォー（第一次世界大戦）の海戦を題材に連続講演を企画しておりますの。はい、いまもそう呼んでいます。ええ、けっこう血に飢《う》えた集まりですのよ、とくにお茶の時間のころは。もしご迷惑でなければ直接お寄りして、少々ご相談できないかと思いまして。今日の午後ではいかがでしょう。三時半では?　それとも七点鐘と申しましょうか?　すばらしいですわ。よろしければ、秘書を連れて伺いますが。けっこうです。ではのちほどお目にかかります。よい一日を」

グウェンは電話を切った。

「いまあなたは彼が参加した海戦ひとつひとつの物語をつぶさに聞かされる運命にわたしたちを追いこんだのよ、わかってる?」アイリスが口をとがらせた。

「いきなり王家の救出を話題にはできないでしょ」

「やってみなくちゃわからない。いいわ、興味があるふりをする。男にしゃべらせるには相手に興味のあるふりをするのがいちばん。彼は既婚者?」

「でしょうね」

「ならあなたが気を惹いても安全ね。それもしゃべらせるのに有効な手よ」

「気を惹くならそっちのほうが得意でしょ」

「わたしはしがない秘書ですもの」アイリスがしおらしくいった。「そんなさしでがましい真似はいたしません」

「もう、かんべんして」グウェンはため息をついた。「わかったわ。わたしは気を惹く、あなたは興味のあるふりをする、ふたりでできるかぎりさぐりだしましょう。それまでは仕事をする?」

「する。そうそう、ミス・高射砲《アク・アク》によさそうな相手を思いついたの」

「クライアントにあだ名をつけない決まりでしょ。その名前は悪くないけど。その候補者って?」

「バーニー・オルダートン」

「アーチーの甥ね」グウェンは考えてみた。「おもしろいじゃない。おとなしい卵とやかましい小鳥。彼女は彼を挑戦しがいのある相手と見なす。気に入ったわ。よく思いついたわね」

「ありがとう」

「アーチーとはどんな具合？」

「まあまあ《ファイン》」アイリスはぼかして答えた。

「それだけ？　まだ最高《ファイン・アンド・ダンディ》とまではいかないの？」

「ファイン・アンド・ダンディ、シュガー・キャンディ」アイリスは手紙の束を取りあげて、開封した。

「いうことはそれで全部？」

「わかったわよ、いじめっ子！」手紙を机にぴしゃりと置いた。「じつはひそかに結婚したの。わたしはギャングの半分を率いることになる。それに子どももできちゃった」

「なんてこと、アイリス！」グウェンは恐怖におののいて叫んだ。

「しかも三つ子でね。まんなかの子が凶暴らしいんだけど、選り分けるのはむずかしいの。三人がお腹のなかでずっと位置を変えているから。いかさま賭博みたいに」

「人でなし」

「おせっかい焼き」

「心配なのよ。わからない？」

「三回デートしただけよ」

「三回？　昨日は二回だったのに」

「昨日の晩うちに来た。わたしはくしゃみが出て、気が滅入ってた。彼は元気づけにカレーとウイスキーを持ってきてくれた」

「そのあとは？」

「そのあとは、帰ったわよ。いるあいだは非の打ちどころない紳士だった」

「あなたの人生でもっともお行儀のいい交際相手はギャングスターなのね」

「わかってる。わたしは鏡を通り抜けて異世界に入りこんだの。でもまだはじまったばかりだもん。ひどいことになるのはまだまだ先」


午後、ふたりは電車でグリニッジへ行った。駅を出ると、グウェンが書きとめてきた道順を調べた。

「北のはずよ。川のほう。早く着いたわね」

「正午に来ればよかった」とアイリス。「王立天文台に寄り道して、子午線上で時計を合わせられたのに」

徒歩で駅を離れるにつれ、建築はジョージアン様式からヴィクトリアン様式へと進化した。ふたりは家並みがカーブを描く地域を通過した。アイリスは脇に茶色い革製の小さなカメラケースを提げていた。

「どこへ向かってるの？」

「中将のお宅は王立海軍兵学校の近くなの。そこで講義をしているんですって」

「戦争の話に加えて、講師ときたか」アイリスはぶつくさいった。「お茶は出るんでしょうね。ほら、海洋博物館よ。もうリトル・ロニーを連れてった？」

「もちろんよ。すべての子どもの冒険に欠かせないもの。近いうちにまた連れていってあげなくちゃ。たぶん土曜——ああ、その日はだめなんだった」

「なぜ？」

「誕生日のパーティに出席するから」

「それはあなたにとっても楽しそうじゃない」

「わたしは招待されていないの」

「ほんとに？　六歳児に冷たくあしらわれてるわけ？」

「お友だちの母親に。わたしの精神状態は仲間内に知られているから。彼女もわたしを自分の子どもたちに近づけたくないのよ」

「なんで？　あなたが突然パンツ一枚になって月に吠えるんじゃないかと恐れてるの？」

「それならむしろ子どもたちにとって教育的じゃない？　でも、ええ、そんなようなこと。その件については、義母《はは》をしつこく追及しないことにしたの。関係が好転しているうちは」

「わたしなら行く」

「わかってる。でもわたしはあなたじゃない。それにあなたはロニーの母親じゃない。どこで闘うかは自分で決めるわ。子どもの誕生会はそこに入らないの。ここがその住所よ。まあ、きれい！」

グリニッジの中心部とはちがい、その界隈《かいわい》の住宅は一戸建てだった。ブキャナン＝ウォラストン家が所有する三階建ての木造の家にはフロントポーチと小さなバルコニーがあり、そのどちらからもテムズ川が見渡せるようになっていた。塗装は海緑色《シーグリーン》で、シャッターと手すりは明るい青緑色《ブルーグリーン》。バルコニーには望遠鏡が二台設置されていて、一方は外、もう一方は空を向いていた。

「きっと彼は天文学者で、船舶の監視人でもあるのよ」グウェンがいった。

「もしくは水着美女の鑑定家ね」アイリスはテムズ川のほうを見やりながらいった。

たしかに細長い岸辺には人々が密集し、ほとんどは小さな子どもを連れた母親たちだが、日光浴する若い娘たちもちらほら交じっていた。ロニーよりも年少の男の子たちがズボンをできるだけまくりあげて水際ではしゃいでいるのを、グウェンはせつなそうに見つめた。右のほうでは、海軍兵学校の訓練船が慎重にドックを離れていくところで、教官たちの叫ぶ命令の下、若き研修生たちが集団で動きまわっていた。

「彼が隠居にこの場所を選んだ理由がわかるわ」グウェンはいった。

「隠居ですと?」背後で大音声《だいおんじょう》がとどろいた。「とんでもない!」

ふたりが振り向くと、ポーチに通じる階段のてっぺんに海軍の正装をした男が立っていた。白い筋が交じる茶色のあごひげはきっちり正確に刈りこまれていて、どこを測深《そくしん》しても千分の一インチの狂いもなく一様な深さになりそうだ。背筋は帆船のマストのごとし。ふたりが近づいていくと、古風な騎士道的礼儀正しさに則《のっと》り、熟練した手つきでキャップを脱いだ。

「初めまして、ブキャナン＝ウォラストン中将」ミセス・ベインブリッジがいった。「わたしがミセス・グウェンドリン・ベインブリッジ、こちらは秘書のミス・スパークスです。乗船許可をいただけますでしょうか」

「許可します」彼がいった。

「よろしければ、少々お待ちを」スパークスがカメラバッグからライカを取りだした。「ちょっとキャップをかぶっていただけませんか。完璧です！　ありがとうございました」

「こちらこそ」ブキャナン＝ウォラストンは微笑《ほほえ》んだ。「拙宅へお招きしてもよろしいですかな？」

彼はドアを押さえてふたりを通してから、あとに続いた。

ふたりは装飾品の内戦跡とおぼしき客間《パーラー》を見まわした。帆船の模型と素人《しろうと》くさい陶芸品が、平面の空いた場所を求めてせめぎあっている。壁という壁は英国海軍の船舶の額入り写真でおおわれ、その隙間を埋めるように宗教や航海のテキストを題材にした刺繍見本《サンプラー》が飾ってあった。〝船乗りは帰る、海から家へ〟というのもあれば、反対側の壁のこんな一枚も目を惹いた。〝彼らは、海に船を出し　大海を渡って商う者となった。彼らは深い淵で主《しゅ》の御業《みわざ》を　驚くべき御業を見た〟

「〝主は仰せによって嵐を起こし　波を高くされたので〟（新共同訳）」ミセス・ベインブリッジは続きを暗唱した。「詩篇の引用ですわね？」

「いかにも、ミセス・ベインブリッジ」ブキャナン＝ウォラストンがいった。「あなたはわが女房と張りあえそうですな」

「あいにくと、わたしの刺繍の腕はこのようにすばらしいお仕事には不向きですの。そうでなければ、航海から得る閃《ひらめ》きをこうして作品にしたいところですわ。ああ、なんて美しい模型船でしょう！　あなたの作品だという推測は正しいでしょうか」

「そうです」ブキャナン＝ウォラストンは誇らしさに胸をふくらませながら、ミニチュアのブリッグやスクーナーに目を凝《こ》らしている彼女を見た。いくつかの船は、ずらりと並んだごく小さな機関砲に護られていた。「どれも二世紀まえの英国海軍が所有していた帆船です。デザインは博物館の絵画から写し取りました。あそこに行かれたことはありますかな」

「今日は行きませんでした。でも息子とよくまいりますの。将来は海軍に入隊してくれることと信じています」

「坊やはおいくつですか」

「六歳です。まだ幼すぎますわね」

「現行の規定では、たしかに。帆船時代でしたら、給仕係《キャビンボーイ》として乗船できたでしょうに」

「そうした機会が今日の少年たちに与えられなくなったのはじつに悲しいことですわ」

「まったくです、ミセス・ベインブリッジ。わたし自身は十四歳で海軍に入り、ずっと勤めあげました」

「十四歳で！　ほんとうに？　そしてここまで出世されて！　たしか一九一七年に艦長になられたのですわね」

「ええ、〈フォックス〉の。そのまえは〈コーンウォール〉の副艦長を務めましてな。フォークランド沖海戦で指揮を執り、殊勲者公式報告書に名前が載ったので、その後の昇進は当然のなりゆきでした」

「そのお話はご婦人方がまちがいなく聞きたがるでしょう」

「あれは〈フォックス〉でしょうか」額入り写真のひとつを見ながらスパークスがたずねた。

「そうですよ、お嬢さん。紅海でその艦《フネ》の指揮を執ったのです。当時そこはたいした戦争もありませんでな」

「そのあとが〈シーザー〉ですね」ミセス・ベインブリッジはノートを見ながら続けた。

「母艦です。あれは骨董品だった。尻……艦尾に嵐が吹きつけると九ノットも出せんのです。スクラップにまわすよう命じられたときどれほどうれしかったかは言葉になりませんよ」

「そのつぎが〈カリプソ〉。戦後でしたわね、それとも勘違いかしら」

「それはだいぶあとです。わたしが艦長を引き継いだのは一九二一年だった」

「あの、いま〈カリプソ〉とおっしゃいました？」スパークスが突如として興奮に息を弾ませた。

「ええ」

「一九二一年に艦長をしておられたと？」

「そうです」

「ひょっとして一九二二年もまだそうでした？」

「ええ、年末まで。それがなにか？」

「ああ、ミセス・ベインブリッジ」スパークスは歓声をあげた。「こんなことって、すばらしすぎます！」

「なんなの、ミス・スパークス」

「だってこの方、フィリップ王子を救出したあの艦長なんですよ！」

「そうなのですか？」ミセス・ベインブリッジはきりっと当人に向き直った。

「アンドレアス王子のことかね？　ギリシャ国の若者かな？」

「はい、彼の息子も！」とスパークス。「当時まだ赤ん坊だった王子です！」

「これはすごいことだわ」ミセス・ベインブリッジも興奮気味にいった。「いますぐそのお話を伺わなくては！」

「しかしフォークランド沖海戦のことを知りたくないのかね？」元艦長は弱々しく抗議した。

「もちろん、そのお話も。でもご婦人方はフィリップ王子の話題になると止まらなくなるんです。噂では彼こそがわが国の愛らしいエリザベス王女を射止めるのではないかと。王女はあなたに感謝しますわね！」

「王女が？」彼はきょとんとしていた。「まったく知らなんだ」

「さあ、かけて、全部お聞かせくださいな」ミセス・ベインブリッジは相手の腕にするりと腕をすべりこませた。「すばらしくロマンティックな英雄物語ですもの。なにもかもすべて知りたいんです」

「さして話すようなことはないんだが」

「ならばあなたのお時間をたくさん使わなくてすみますわ。どこにすわりましょう」

「勝手ながら外のデッキにお茶を用意させていただきました」彼はマナーを取りもどした。「階上《うえ》へあがりましょうか」

「そういたしましょう。でもまず、あなたの模型のまえで写真を撮らせていただけませんか。もしかしてパイプを吸われたりしません？　そうですか！　パイプをたしなむ男性が好みなんですの。では、そこにお立ちになって――すてき！　ミス・スパークス、ちゃんと撮れた？」

「はい、ミセス・ベインブリッジ」

「ではお茶をいただきましょうか」

「こちらです、ご婦人方」ブキャナン＝ウォラストンが階段を指し示した。

七月の屋外で熱いお茶とは。グウェンは内心がっかりしたが、そこに行ってみると磁器は美しく、ビスケットは美味しそうだった。

「旅先から持ち帰られましたの？」繊細な花柄のカップを手に取ってたずねた。

「ああ、いや」彼が笑った。「家内がチェルシーの店で買ったのです。そら、若人たち！　本腰を入れろ！」

女ふたりが彼の関心の対象に目を向けると、訓練船上で研修生の一団が実物大模型の高射砲を構えるべく奮闘しているところだった。その距離から彼らに声がとどくとは思えなかったが、なかのひとりが見あげて手を振り、仲間たちを肘《ひじ》で突いた。中将が女性たちといるのを見て、彼らはいっせいに手を振りはじめた。ふたりの女が手を振りかえして投げキスを送ると、若者たちはますます勢いづいて手を振り、しまいには作業にもどれと教官たちに怒鳴りつけられてしまった。

「なんて凜々しい若者たち!」とミセス・ベインブリッジ。

「ほんとうですね、ミセス・ベインブリッジ」とスパークス。「海軍のおかげでしょう」

「さて、ギリシャ王族のスリルに満ちた救出劇をお聞かせくださいな」ミセス・ベインブリッジがうながした。

「語るほどのこともないんです」ブキャナン=ウォラストンが口を開いた。「東地中海をパトロール中、ファレロン湾へ急行せよとの命令を受け取りまして。命令の理由も、こちらからの質問もなく。そうしたところ、ギリシャのランチボートが接近し、ばかに大きな禿頭《とくとう》の男が梯《はし》子《ご》をのぼってきたのです。ひと目見て、だれだかわかりました。名前はタルボット。ジェラルド・タルボットです。ギリシャ駐在の海軍武官だが、任期は終わっていて、アテネでなにをしているのか見当もつきませんでした。王子の命と引換えになんらかの取引をしたらしかった。彼から命令書を手渡されるや、英国海軍の軽巡洋艦はギリシャ王子夫妻のプライヴェート・ヨットに早変わりしたというわけです」

「王子夫妻はそのタルボットという方と一緒だったのですか?」ミセス・ベインブリッジがたずねた。

「そうです。アンドレアス王子は本物の船員のように梯子をのぼってきたが、夫人は怖がっていて、男たちを迎えに下ろさねばなりませんでした。そして乗艦した彼女は——いやはや、美しかった。彼女を見たことは？」

「写真でだけ」とミセス・ベインブリッジ。

「べつの時代の絵画から抜けだしてきたみたいでしたよ。ゲインズボロとか、そういった画家たちの。高貴なご婦人のあるべき姿のように、内側から光り輝いていた。ひとたび甲板にのぼられると、じつに優雅にご挨拶なさった。話すときに集中してじっと相手を見つめるんです。続いてあとでわかったのですが、耳がご不自由で、しかし読唇術で四か国語を理解できるとか。続いて従者がひとり、小間使いがひとり、あがってきました——荷物を抱えて！」

「それほど苦しい状況下でさえ、世話をされることがあたりまえなのでしょうね。でも子どもたちはどこに？」

「あれはくそいまいましかった。汚い言葉をおゆるしください。でも海上で英国の利益を護る役目のわれわれに対し、タルボットはこうのたまったのです。コルフ島へ行ってお子さま方と残りの従者たちを乗せ、イタリアへお連れせよ。われわれの艦が罰当たりな遊覧船かなにかのように。ふたたびおゆるしを」

「あら、経験豊かな船乗りから多少の塩辛い言葉が出るのは当然ですわ」ミセス・ベインブリッジが笑った。「ご婦人方は憤慨してみせますけれど、大いによろこびます。どうぞ、続けてください」

ブキャナン＝ウォラストンはテムズ川の彼方を見やり、往来する船を眺めた。

「ギリシャ側の方針がどう変わるかわからなかったので、時間が要《かなめ》でした。アテネからコルフ島への海底電信一本で、われわれは島に駐留する革命軍に出迎えられるはめになったでしょう。〈カリプソ〉の最高速度は二十九ノット、しかしそれは最大限の必要がある場合にかぎられるのです。われわれは二十二ノットで航行し、早朝に島へ到着しました」

彼はお茶をすすった。

「むろん、そこにはC級軽巡洋艦向けのドックなどないので、グループに分かれて上陸しました。乗組員をボート二艘《そう》に詰めこみ、ライフル数挺《ちょう》とルイス二挺も積んで。王子夫妻、タルボットも乗りこみました」

「ルイスですって！」スパークスが大声を出した。「いつでも戦地に向かう準備ができていたんですね」

「ルイスをご存じとは。驚かせてくれますな、お嬢さん」

「軍人の家族なんです」スパークスは早口にいった。「わたしの銃の知識はすべて伯父たちから授かったものです。ルイスは軽機関銃ですよね」

「おっしゃるとおり。わたしは乗組員と船を護る覚悟でした、控えめにいっても疑わしい状況だったので。ボートを着けたのは別荘《ヴィラ》から一マイル半ほど北のマリーナです。タルボットがどこからかトラックを乗っ取ってきて、われわれの半分が乗りこみ、残りは波止場を護りました。われわれは海峡を見晴らす高台の、どちらかといえば可愛らしい三階建てのヴィラに着きました。執事を起こすと、たちまち女の子ら四人が王子に群がって、わんわん泣きじゃくりましてな」

「娘さんたちですね」とミセス・ベインブリッジ。「恐ろしい経験だったにちがいありません、父親の運命がわからずに」

「でしょうな」ブキャナン＝ウォラストンが同意した。「そこからはてんやわんやで。アンドレアス王子は走りまわって、運べるかぎりの貴重品を手当たりしだいつかみ取っていました。娘たちは荷造りしなくちゃなりませんでしたが、トランクはひとり一個まで。ナニーは赤ん坊を連れていて――オレンジ用の木箱に寝具を詰めてベビーベッドみたいなものをこしらえていましたな。そのあいだ赤ん坊はすやすや眠りっぱなしで」

「アリス王女は？」とミセス・ベインブリッジはたずねた。

「最初は子どもたちの面倒を見ていたが、そのうちタルボットと一緒に書斎の書類をかき集めて燃やしはじめました」

「そうなんですか？」とスパークス。「どんな書類だったかおわかりでしょうか」

「手紙の類《たぐい》でしょう。将来革命政府に利用されかねない公文書とか。わかりません。読まなかったし、読む必要もなかったので。トラックには荷物を積めるだけ積み、執事と運転手が家族と使用人たちを車二台で波止場まで運びました。子守、家庭教師、娘たち専属の小間使いも。われわれは人々と荷物を〈カリプソ〉に乗せて、その夜ブリンディジ目指して出航しました」

「みなさんはどうでしたか。艦上ではどんなご様子でした？」

「ふむ、若い娘たちにとって海軍艦艇以上の場所はないでしょうな」ブキャナン＝ウォラストンは冷笑した。「年長のふたりは乗組員が目に入るや片っ端から甘えてみせ、幼いほうのふたりは甲板を全速力で駆けまわっていました、自分ら専用の運動場かなにかみたいに。娘っ子たちを乗せるのは六インチ砲の弾幕よりも破壊的ですよ」

「わたしたち女性はたしかに騒ぎを巻き起こしますわね」ミセス・ベインブリッジが意見を口にした。「王子と王女はいかがでした？」

「王子はずっとブリッジにいて、われわれに質問を浴びせていました。彼もまた軍人でしたからね。ひとたび乗艦したら二度と島を振りかえらなかった」

「アリス王女は？」

「取り乱しておられた。ほとんど涙にくれていました」

「無理もないですわ」

「ええ。艦尾にとどまって、コルフ島とギリシャが遠ざかって消えるまで見つめていましたよ。そういえばタルボットが付き添っていましたな」

「彼が？」ミセス・ベインブリッジが訊くのと同時に、スパークスが彼女に視線を投げた。

「ええ。むろん会話までは聞こえなかったが、王女を慰《なぐさ》めているようでした」

「それは彼女の夫がすべきことでしたね」スパークスはいった。

「慰めるのが得意でない夫もいる」ブキャナン＝ウォラストンがいった。「慰めを必要としない妻もいる。うちのドーラはわたしの留守中、一分おきに泣きくずれたりせずに家を護りました」

「きっとそうでしょう」とスパークス。「なぜ王女が泣いていたか、もしかしてご存じではありませんか?」

「ああ、理由はあったんです。ヴィラになにか置き忘れてきたようでした、なにかは知りませんが。『もどらなくては』と夫にいっているのを一度耳にしました。彼は相手にしなかったが、それももっともです」

「ええ、もちろんそうですわ」とミセス・ベインブリッジ。

「しかしタルボットというやつはなかなか忠誠心の篤《あつ》い男でしたな。王女の忘れ物がなんであれ、彼はこういいましたよ、『ご心配なさいますな。自分が取りもどしてまいります。危険が去りましたら』」

「なんだったか見当もつかないのですか?」スパークスがたずねた。

「まったく。翌日ブリンディジに着いて、すばやく彼らを送りだしたあとは、本来の軍艦らしい航行にもどりました。あのときオレンジの木箱で運んだ赤ん坊がいまや英国の王女の恋のお相手だと聞いて、腰を抜かさんばかりですよ」

「しかも彼が英国海軍に加わったと聞いたら、うれしく思われるのでは?」ミセス・ベインブリッジがいった。

「海軍に?」ブキャナン＝ウォラストンはいかにも満足そうだった。

「そうなんです」とスパークス。「戦争中は雄々しく務めを果たしました。幼少期にあなたと乗組員のみなさんに出会えたせいにちがいありません」

「いやあ、それはどうですかな」ブキャナン＝ウォラストンは声をあげて笑った。「しかしわれら海軍の青年がロイヤル・ファミリーに加わるかもしれないというのはよろこばしい。陸軍よりも一段上にのぼれますからな」

「ええ、たしかに」ミセス・ベインブリッジはこわばった笑みを浮かべて彼を見た。「そして、それからまもなく〈カリプソ〉を去られたのですね」

「ええ。ここの上級将校訓練課程を経て、教官になったんです。最後に指揮を執ったのは——一九二七年の〈カリスフォート〉で、その後はデヴォンポートの海軍基地で予備艦隊に縛りつけられておりました。そのあとは、講義をしたり、家内との失われた時間を埋めあわせたりといった日々です」

「〈カリプソ〉はいまどなたが指揮を？」スパークスがたずねた。

「カニや小魚たちですよ。一九四〇年にイタリアの魚雷を土手っ腹に食らいまして、艦長と三十八名の乗組員もろとも海底に沈んだのです。残りのクルーは救出されましたが」

「お気の毒に」ミセス・ベインブリッジがいった。

「海軍に入隊することで負うリスクです。わたしもそこにいるべきだったが、向こうがわたしを求めなかった。訓練やお役所仕事や、自分にできることはやりましたがね。海軍はもう若い世代のものです」

「魅力的なお話でしたわ」ミセス・ベインブリッジはスパークスとともに腰をあげながらいった。「またご連絡させていただき……」

「でもフォークランド沖海戦の話がまだですよ。わたしは〈コーンウォール〉の副艦長でした。艦長はウォルター・エラートン、いい男でしたが想像力が足りませんでな。さて、われわれは〈ケント〉と〈グラスゴー〉とともにドイツ軍を追って南下し……」

ミセス・ベインブリッジはのろのろと、また腰を沈めた。スパークスは彼女に哀しそうな笑みを見せてから、視線を遠くの若く凜々しい研修生たちに向けた。

「いいお話だった」駅まで歩く道すがら、グウェンが認めた。「航行中の軍艦から敵艦を砲撃するのに、あんなに複雑な計算をするとは知らなかったわ。計算尺の使い方を習いたくなりかけた。幸い、その気持ちはもう消えたけど」

「殊勲者公式報告書にどうして名前が載ったかもういっぺん話しだしたら、その場で彼の首を絞めてたな」とアイリス。「でもだんだん見えてきたわね。アリス王女はコルフ島になにかを残してきてしまい、取り乱していた」

「それに、ミスター・タルボットはそのことを知っていた。王女がその別荘――〈モン・ルポ〉に帰ったかどうかわかる？」

「これまでに調べたかぎりでは、帰ったとはどこにも書かれてなかった。ギリシャが占領されたときはアテネにいたのよ」

「タルボットは彼女の代わりに島へもどったのかしら」

「なんで彼が？　英国の情報部員が落ちぶれた王女の使いっ走りをするほど重要なことって、

いったいなんなの？」

「彼女は保守的なタルボットの魂に騎士道精神を呼び覚ましたのよ。わたしたちも知っているとおり、女性に思いやりのある男性なの。フランスの戦争未亡人を救ったんだもの。冷淡な夫をもつ美しい母親が窮地に陥《おちい》って取り乱しているのに、放っておけるはずがないでしょ」

「彼が島にもどったとすればね」

「ねえ、わたしは気が咎《とが》めているんだけど。午後のお茶で上流のやかましいご婦人たちに自慢話を披露できると、中将に誤った期待をもたせてしまって。そのためだけにも〈貴婦人倶楽部〉を発足させようかしら」

「義理の母上は参加すると思う？」

「思わない。そうね、しかたがない。せめてあなたが撮った写真を送ってあげましょうよ」

「すてきなアイデアね。フィルムを入れていなかったことが惜しまれる」

6

「小間使い《レディズメイド》がふたり」帰りの電車内でグウェンがいった。「ナニーがひとり、家庭教師がひとり、従者がひとり。同行するには少ない人数ね」

「それを少ないと考えるんだ？」

「その規模のロイヤル・ファミリーにしては少ないわ。執事は残してきた。運転手も」

「自家用車やヴィラもよ」アイリスが指摘した。「船に積めるならまちがいなく積んでたでしょうね」

「つまり必要な使用人だけを連れていったのね。ひとりは王女の小間使い、もうひとりが娘たち全員の世話をする……」

「わたしは小間使いもいないのにどうして服を着られるようになったんだか、永遠の謎だわ」

アイリスがため息をついた。「あなたはもう自分でボタンをかけてるの?」

「かけてます。そっちが調べたなかにだれか使用人の名前が出てこなかった?」

「いまのところは。新聞に載るような情報じゃないもの」

「当時の彼らを知っていた人を見つけなくちゃ。一家の亡命中、その執事はヴィラにとどまったのかしら」

「ギリシャを脱出したあと一家はパリに落ち着いた。タルボットの未亡人がそこにいるなら、一石二鳥。レディ・マシスンもその旅行ならば許可するかもよ。そういえば、明日の朝には電話して、これまでにわかったことを報告したほうがいいわね」

「わたしがやるわ。わたしはどちらだった?」

「キャサリン・プレスコット」

「そうだわ、あなたがウーナね。内密の連絡といえば、そちらも午前中に一本電話をかけるはずでしょ」

アイリスは悔しそうに下唇を噛んで、トンネルへ下っていく電車の窓から外を見た。

「かけるわよ。うれしくはないけど、かける。それで調査が早く片づくかもしれないから。もうすでに三日かかってるし」

「二日とすこしよ、正確には。ありがとう、アイリス。あなたにはどのくらいいやなことかわかってる」

「じゃあ、明日は遅く出社するけど。わたしなしでも店番できる？」

「あたりまえでしょ」


その夜、彼女はいくつも悪夢を見た。パラシュートが開かない夢。苦心して沼沢地を進みながら、下から伸びてきて無情に引きずりこもうとする死んだ女たちの手を、悲鳴をあげて振りはらう夢。カルロスの夢……

目覚めると冷たい汗をかいて、激しく胸を上下させ、両腕でベッドを叩きまくって死体がないかさぐっていた。

彼はここにいない、自制心を取りもどすと、アイリスは思った。もうわたしに手出しはできない。

そのことはいやってほど確認したでしょ。

目が、心を癒《いや》す光景にとまった。将来また風邪をひいたときのためにとアーチーが思いやり深く残していった、ウイスキーのボトル。もしくはまた見舞いにくるときのため。

もしくはまた逢いにくるときのため。

午前中を乗り切るために勇気を少量ひっかけることは、初めてというわけでもない。〝彼〟とふたたび対峙《たいじ》するには必要かもしれない。そのあとは出勤して、いつもどおりの木曜日になる――

木曜日。夕方にはくだんの精神科医と会うことになっている。朝からウイスキーの助けを借りたなどと認めたら、幸先のいいスタートにはならないだろう。

アーチーの贈り物はとくべつな機会にとっておこうと決めた。彼が部屋に来るときとか。つぎに風邪をひいたときとか。

金曜日とか。

起きて、やかんを火にかけ、顔を洗って、服を着て、口紅以外の化粧をすませた。紅茶をいれて、トースト一枚の朝食をとった。それから、もっとも重要な決断をするときが来た。口紅の小さなコレクションを取りだして、考えた。

ふだんなら真っ赤な口紅で、自信をもって世間に立ち向かう。でも今日立ち向かう高齢男性は、誘惑のそぶりでも見せたら不快に感じるタイプだ。控えめに見えるよう、口紅は暗めの赤を選んだ。

神に近づくときは、謙虚であらねばならない。

その後のために、真っ赤な口紅はバッグに放りこんだ。

フラットを出て階段をおり、通りの突き当たりまで歩いていくと、公衆電話ボックスは空いていた。入って、投入口に硬貨を入れ、深く息を吸いこんでからダイヤルした。

「はい」女性が出た。

「ミスター・ペザリッジをお願いします」アイリスはいった。

「すみませんが、番号ちがいです」

「そちらはウェルベック四五三八ではありませんか？」

「ちがいます」

「たいへん失礼しました」

アイリスは電話を切ると、きびきびした足取りでそのブロックを歩きだした。

五分、と時計を見ながら思った。

つぎの角で右に曲がり、交差点に向かっていった。角にまたべつの電話ボックスがあった。入って、時計を確認する。電話を切ってから四分三十六秒経っていた。ドアを引いて閉じ、待った。二十四秒後に電話が鳴ったので、受話器を取りあげた。

「ハロー、スパークス」男がいった。

「ハロー、准将」アイリスはいった。


グウェンはノートを読み直してから、レディ・マシスンの番号にかけた。

「レディ・マシスンの執務室です。ミセス・フィッシャーがうけたまわります」つんけんした、生真面目そうな声が応対した。

「キャサリン――」

　一瞬、頭が真っ白になった。

「プレスコット、キャサリン・プレスコットです」グウェンはあわてて続けた。「レディ・マシスンとお話ししたいのですが。ご都合がよろしければ」

「お待ちください、ミス・プレスコット」

　電話はすぐにつながった。

「ミス・プレスコット、電話をありがとう」ペイシェンスがいった。

「いまだいじょうぶ？」グウェンはたずねた。「自由に話せるかしら」

「ええ。四日になるのよ。もっと早く連絡をもらえると思っていたんだけど」

「依頼からまだ七十二時間にもならないわよ。わたしたち、時間旅行をしていたの。二十四年まえに」

「そうなの？」

「タルボットがだれなのかはわかったわ。というか、だれだったのかは。秘密情報部員、またはなにかそれと同等の地位にいた。一九二二年にアンドレアス王子と家族をギリシャから脱出させることにかかわった。そちらはもうそのことを知っていたのでしょうね」

「いったとおり、わたしはどんな情報も直接あなた方に明かすことはできないの」

「聞いていれば時間の節約になっていたかも。とにかく、英国海軍の〈カリプソ〉の艦長と話もしたわ。まだ赤ちゃんだったフィリップ王子を含むロイヤル・ファミリーを移送した船よ。

彼によると、アリス王女は〈モン・ルポ〉に残してきたなにかのことで取り乱していたとか。そしてタルボットはそのことを知っていた、それがなんであれ」

「それがなんであれ」ペイシェンスがくりかえした。「ということは、なにか品物があったかもしれなくて、タルボットがそれを取ってきたかもしれないのね」

「どちらも可能性はある。まだ憶測にすぎないけれど。いまタルボットに関する手がかりを追っているの。王子の使用人たちがどこにいるか突きとめて、なにか知らないか聞きだすつもり。でも残念ながらひとりも名前がわからない。あなたはご存じ？」

「わたしは自分の使用人の現状も把握できないのよ。王子と家族がだれを雇っていたかなんて見当もつかないわ」

「それはどうかしら、でも一応訊いてよかった。わたしにも伝手《つて》はいろいろあるの。つながりのあるだれかを知っている人がいないか、知人をあたってみるわ。そちらはほかになにか進展があった？」

「なにも。あなた方の調査をどうにかして速められないこと？」

「千里眼と、調査チームをくれれば可能よ。でもそれでは情報漏れの危険が増す。秘密厳守もスピードもっていうわけにはいかないわ。できるかぎり急いではいるけれど、わたしたちはふたりなの」

「そうね、たしかにそうだわ」ペイシェンスはため息をついた。「わかりました。報告は続けて。新しいことがわかったらすぐ電話してちょうだい」

「週末はどうやって連絡を取ればいい？」

「この問題が片づくまでわたしたちに週末はない。この番号にかけてくれればミセス・フィッシャーが出て、わたしに連絡を取るわ。緊急の用件があれば、こちらはケンジントンのあなたの番号を知っている。いまミス・トラヴィスの電話番号はわかる？」

「ええ」グウェンはとまどわずにアイリスの偽名を認識できてうれしくなった。「でもわたしが教えるのはいやがるわ。電話は彼女じゃなくわたしにかけて」

「いいでしょう。ではまた。ごきげんよう」

「ごきげんよう」

グウェンは電話を切った。

一九二〇年代初頭のパリ。グウェンは考えた。社交界に人脈が広く、いま四十代半ばから後半で、同じ年ごろの子どもがいて国外追放された王族一家をおぼえていそうなだれか。可能性のある知り合いを三人思いついた。アドレス帳を取りだすと、早速電話をかけはじめた。


スパークスはパディントン・ストリート・ガーデンズのベンチに腰かけて、《ガーディアン》を読んでいた。暑かったが、たっぷり葉の茂った栗の木が陽射しから護ってくれた。しばらくすると、高齢の男が歩いてきた。立ち止まって、遠くで遊んでいる子どもたちを眺め、それからベンチの彼女の隣が空いているのに目をとめた。

「よろしいですか」男がたずねた。

「どうぞ」スパークスは新聞から目をあげずにいった。

彼は満足げな吐息をついたが、背中はベンチの背もたれにふれもしなかった。

「これだけ木陰があるといいものだな」

「わたしたちは陰のなかで生きていますから。そういえば、ボディガードはどこに？」

「情けないぞ、スパークス。口をすべらせている」

「そうですね」スパークスはバッグからコンパクトを出して、化粧を直しながら鏡の角度を変えた。「ああ。ベントレー。見えました」

「それで、われわれはここでなにをしているのかね」准将がいった。「わたしの提案を考え直したのかな？」

「いえ、ちがいます。すみません。あなたの旧《ふる》い同僚のことをおたずねしたかったんです」

「なぜだ」

「見込みのある独身男性の身辺調査をしていたら、その人物の名が浮上しまして」

准将は状況に対して反応をあらわさないほうなので、片方の眉をひくつかせただけでも多くを語っていた。

「つまり、わざわざ保安手続きを踏んで、秘密の戦争に従事しているわたしを引きずりだしたのは、結婚を取りまとめるためだといっているのか？」

「取りまとめてはいません。紹介するだけです。結婚に結びつくこともあれば、そうでないこともあります」

「若いころのきみは人をかんかんに怒らせるのが得意だったな、スパークス。だがこれはまたレベルがちがう」

「いまでも自分を若いと思っていますけど」

「きみにかかるとこちらは刻々と老いていく気がする。しかし、もうこうして来てしまったのだから、用件をいいたまえ、手短に」

「ジェラルド・タルボット。昔ギリシャに駐在した人物です」

「一年まえに他界した。したがって、結婚相手には不向きだ。ほかには？」

「あなたは葬儀に参列しなかった」

「花を送ったよ。匿名《とくめい》で」

「彼は一九二〇年代初めに秘密情報部を離れていたのに？」

「一度情報部にいた者は一生情報部の一員だ。いつかきみの葬式にも花を送る」

「そう思うと元気が出ます。わたしが興味を惹かれたのは、タルボットの人生最後の来客リストにギリシャ国民が多数含まれていたことなんです。ロンドン・アンド・ノース・イースタン鉄道の取締役にしては異例ですよね、ギリシャが鉄道に熱意を抱いているのをわたしが知らなかっただけかもしれませんが」

「彼はギリシャで働いていたのだぞ」

「情報部のため。おそらくは英国の利益のために。それに何十年もいたわけじゃありません。

そこまで多くのギリシャ人が出席するほどのなにを、彼は最近やったんでしょうか」

「そのことと、どこぞのつまらん男の結婚になんの関係がある」

「タルボットが情報部の任務で最後にギリシャを訪れたのはいつですか。アンドレアス王子と家族を救出したあと正体はバレてしまいました。それからの人生はほとんど汽車ぽっぽに縛りつけられていた。あなたは彼を新人の男女の訓練に呼び寄せましたが、工作員ではなく客員講師としてでした」

「当時は全員が総力を挙げていたのだ、スパークス。きみも知っているだろう。なぜわたしがなにかを打ち明けなければならないのか、まだ理由を聞かせてもらっていないが。きみはいま部外者なのだぞ」

「一度情報部にいた者は一生情報部の一員。そうおっしゃいました。ついさっき。しっかり聞いていましたよ」

「いや。情報交換はしない。そちらが事情を話さないかぎりは」

「口外しないと誓ったんです」

「国家に忠誠も誓っただろう。いまもそれなりの意味があるのではないかな」

「ええ。でもこれはある人の将来の幸福にかかわるので」

「そうか、そうか、どこかのこらえ性のない若い娘が婚約者にスパイとしての暗い過去がないか知りたがっているんだな。結婚して幸福になれるかどうかは真実を知ることにかかっていると。それがなんだというんだ。こちらは国家の問題を案じているんだぞ」

「そのこらえ性のない娘はいずれこの国の王冠を戴《いただ》くことになるのですが」

准将の両眉がひくついた。子どもたちの運動場のまえで卑猥《ひわい》な言葉を叫んだも同然だった。

「フィリップ王子なのか、きみらが身辺を調査している男とは」

「家族全員を調べるはめになるかも。秘密があったかもしれないんです、タルボットが見つけたけれども自分の胸にしまってきたなにかが」

「ならば墓まで持っていったとも。そっとしておいてやれ」

「そこが問題で。彼は持っていかなかったようなのです」

「いまはだれの手にある?」

「本来なら、あなたであるべきです。そうであってもおかしくないかと」

「言いがかりをつけるなら気をつけたまえ、スパークス」

「そうじゃなくて、考えているんです。タルボットからなにか聞いていませんか、アンドレアス王子やアリス王女、または家族のだれかにまつわる秘密を」

「聞いていない」

「当時どこにいらっしゃいましたか」

「ローマだ。タルボットが王子一家の救出に成功したとき、わたしは電報を受け取って、彼らがブリンディジに到着したのちの移動手段を手配した。王子の外交官用旅券を入手するという問題もあった、王子はギリシャで逮捕されたとき、旅券を没収されていたからだ。わたしは〈カリプソ〉を降りた一家を出迎え、警備強化のためローマまで付き添った。彼らはそこで教皇に謁見した。わたしがかかわったのはそこまでだ」

「ひょっとして、使用人のだれかの名前を思いだせませんか。あるいは彼らに関してわたしが見ることのできる報告書はないでしょうか」

「記憶にないし、そのような報告書があるはずもない」

「タルボットはあなたに、だれかがなにかを置いてきたというような話をしませんでした？」

「しなかった」

「それ以後にコルフ島へ行かなかったでしょうか」

「そういわれてみれば、行ったな」しばらく考えて、准将はいった。「何年か経って。二六年かそのあたりだ」

「なんのために？」

「ヴィラはまだ王子家族が所有していた、当然ながらアンドレアス王子は国外退去処分のままだったが。彼らはそこをマウントバッテン卿に貸したんだ」

「どのマウントバッテンですか」

「ディッキー（ルイ・マウントバッテンの愛称）だ」

「アリス王女の弟ですね。彼はフィリップ王子をかわいがっていたんじゃありません？」

「そうだ。フィリップがエリザベス王女と知りあう機会をつくったのは彼だった」

「ディッキーはよく〈モン・ルポ〉に滞在したんでしょうか」

「それは怪しい。彼はグレイト・ウォー以来、海軍で多忙だったんだ。どこかでのんびりする機会などあったかどうか」

「だとしたら彼が別荘を借りたがるのはおかしくないですか」

「そうともいえる。わたし自身が別荘を借りるタイプではないので、ほかの人間がなぜわざわざそんな手間をかけるのかわからない。体面を保ちながらも金に困っていた一家を援助する、彼なりのやり方だったのかもしれない」

「そのこととタルボットのコルフ島再訪にどんな関係があるんです？」

「タルボットはマウントバッテン卿に代わって、まだ借りる価値のある別荘かどうか下見にいったんだ」

「タルボットはマウントバッテンの代理として行ったんですか？　任務ではなく？」

「そのころにはもう情報部を去っていた」

「でもどうして彼が島へ行ったんでしょう」

「さっぱりわからん」

「あなたは当時まだローマに？」

「いた」

「タルボットが〈モン・ルポ〉に行ったのはご存じでした？」

「彼はその道中ローマに立ち寄ったので、一緒に食事をした」

「なのにコルフ島へ行くことにはふれなかった？」

「マウントバッテンが借りるまえにそこが居住可能か確認する必要があるとはいっていた」

「そんな些末な目的のためにはるばる島まで行くと聞いて、変だとは思わなかったんですか?」

「ちょっと待て。二六年のイタリアで、ほかにわたしの関心を占めていそうなことが起きていなかったろうか。ああ、そうだ。うっすら記憶にあるぞ、ムッソリーニとかいうやつと、ファシストの台頭が。だから、そう、周囲でじゃんじゃん警報が鳴りつづけていて、タルボットの別荘視察旅行などは警鐘を鳴らしたとしても聞こえなかったのだろう」

「彼は帰途にもローマを経由したんでしょうか」

「しなかった。つぎに見かけたときは鉄道やら電気会社やらの重鎮になっていた」

「それでもあなたは彼を呼びもどした、若者の訓練に」

「頭のいい男だからな。役に立つと思ったのだ」

スパークスはひと呼吸おいて、考えをまとめた。

「葬儀の参列者にコンスタンティン・トルゴスがいました」

「それがなにか?」

「トルゴスは先の戦争でギリシャのレジスタンスとわたしたちのつなぎ役でした。彼は英国の情報部に協力していましたから、個人的に組んではいませんが、わたしも彼を知っていました。彼とタルボットはどうつながっていたんでしょう」

「きみに必要なことはもうすべて話したよ、スパークス」准将は立ちあがった。「そちらに与えられている権限を超えて。これ以上この件で無駄にする時間はない」

「准将。もうひとつ申し上げてもいいですか」

彼は動きを止めた。

「いってみろ、スパークス」うんざりした声でいった。

「わたしはあなたより何十年かは長生きすると思っています」

「生意気だな。それだけかね?」

「いえ。それはともかくとして、わたしのことをまだ葬儀に花を送るに値すると思ってくださってうれしい、といいたかったんです」

「きみはそれ以上だ。連絡は絶やさないでもらいたい。きみがやってもいいと思える任務が見つかるかもしれん」

「アンドルーはどうしてます?」思わず口をついて出た。

「それはいえない、スパークス。調査の幸運を祈る」

彼は去っていった。彼女は新聞にもどり、背後でベントレーのエンジン音が聞こえるまで待った。

准将がアンドルーのことを話してくれるはずがない。元カレはあくまでも過去の男。スパイの場合はとくに。それでも彼の無事さえわかればよかったのだけど。

彼女は《ガーディアン》を折りたたみ、オフィスへと歩きだした。

アイリスが入っていくと、グウェンが勝ち誇ったように紙をひらひらさせた。

「小間使いのひとりを見つけたわよ！」得意そうに声をあげた。

「いったいどうやって？」

「ええとね、王子の一家はコルフ島を去ったあとパリに落ち着いたの。わたしの友だちのおばさんが二〇年代にフランスの自動車王と結婚していて、彼女はパリジャンの社交に関するゴシップに目がなくて、そこからわかったのは彼女の小間使いがまたいとこかなにかだと――」

「わかった、あなたの調査が本物だってことは認める」アイリスがさえぎった。

「ここまで調べるのはたいへんだったのよ」グウェンが頰をふくらませた。「この情報に基づいて行動するなら正しいと証明しなくちゃ」

「そのとおり。ごめんなさい。続けて。自動車王の妻の小間使いがまたいとこかなにか、だっけ」

「ええ、そう――」グウェンはノートに目を落とした。「どこまで話したかわからなくなっちゃった。あっ、ここだわ。だからね、彼女の小間使いがまたいとこだったの、若い王女たちの小間使いと。名前はセシル・ベルトゥイユ。アンドレアスの娘たちがわりと短期間につぎつぎ嫁いでいったあと、使用人を辞めて、アルマン・ブスケという名前のフランス人運転手と結婚したそうよ」

「その夫婦はいまどこに？」

「それがイギリスなの！　夫婦一緒にハロルド・コカレルと妻のフェリシティに雇われている。コカレル家は製鉄会社をやっているとかで、自宅はサフォーク州サドベリー」

「そのセシルはアリス王女がコルフ島になにを残してきたか知ってるのかな」

「どちらともいえない。でもたとえそれを知らなくても、アリス王女の小間使いがいまどこにいるか知っているかもしれないでしょ」

「とにかく前進したわね。わたしの今日の成果より大きいことはまちがいない」

「彼は会ってくれた?」

「会った。わたしが電話した目的についてはおもしろくなさそうだったけど、それは想定内。大事なのはここからよ。タルボットは〈モン・ルポ〉を再訪してたの」

「そうだったのね!」グウェンがため息混じりにいった。「すごいじゃない。いつ?」

「一九二六年に、アンドレアス王子からヴィラを借りようとしていたディッキー・マウントバッテンの代理で」

「ディッキー・マウントバッテン? アリスの弟?」

「そしてフィリップの叔父よ。さて、一九二六年にフィリップはまだ五歳、わたしたちのリリベットは抱っこされてる赤ちゃんだった。だから当時ふたりを結びつける長期計画があったとは思えない」

「ええ、もちろんそうね。でもどうしてタルボットがマウントバッテン卿の代理人になったの? 知りあいようがなかったでしょ。ただし——引きあわせたのがアリスだったのならべつだけど」

「もしくはアンドレアスか。それじゃ、整理しようか。当時アンドレアス王子はギリシャの土を踏めなかった、それはアリスも同じ。夫婦にはお金が必要、だから弟のマウントバッテン卿が介入して彼らの顔をつぶさずに資金を融通する策を考えだした。アリスは失われていたそのなにかを取りもどす好機と見なし、その役目をタルボットに託した」

「だったらタルボットはなぜそれを彼女に返さなかったの？　任務完了、一件落着のはずだったのに」

「王女をゆすることにしたのかもよ」

「ロイヤル・ヴィクトリア勲章ナイト・コマンダーにしては、騎士道とかけ離れすぎだわ」

「スパイはかならずしも騎士道的じゃないの。わたしは経験から直《じか》に学んだ」

「ゆすりのほかになにか考えられない？　ひとたび確保したものの、感傷的な理由で手放さなかったとか。王女のために安全に保管しておいたとか」

「可能性はまだいろいろある。でもわたしたちは可能性のひとつを――まあ、事実とはいわないまでも、より不可能でなくしたってわけ。それじゃ、サドベリー行きの時刻表を調べようか」

「だめよ」グウェンがいった。

「だめ？　どうして？」

「だって午後は予約があるじゃない、よくわかっているくせに」

「取り消せばいいでしょ」アイリスは涼しい顔でいった。「義務が手招きしてるのよ。個人の利益よりも国家の利益を優先すべし。もとい、王妃の利益を」

「だめ」グウェンはくりかえした。「第一に、精神科医との約束を破ってはならない。第二に、その精神科医に会うという友だちとの約束を破ってはならない」

「だめなの？」アイリスが哀れっぽい声を出した。「精神科医に会うこと自体を考え直しているとしても？」

「最初は怖くなってもあたりまえよ」

「あなたは彼が怖くなくなるまでにどのくらいかかった？」

「いまでも先生は怖い。そうでなくなったとき、わたしは治っているんだわ。またはとことんおかしくなっているか。そのちがいが自分でわかるかどうか怪しいけど」

「ゴールをもつのはいいことね。せめてそのセシル・ベルトゥイユ・ブスケに電話して、わたしたちと話してくれるかどうか訊いてみない？」

「あなたが来るまでかけずにおいたの。わたしは本名であちこちかけちゃったから、この電話はあなたがどうにかしたいかと思って」

アイリスは手を差しだした。グウェンはメモしておいた番号を渡した。アイリスはダイヤルした。

「もしもし。コカレルさんのお宅でしょうか。ミセス・ブスケはいらっしゃいます？　ああ、マダム・ブスケですね、失礼いたしました。マダムとちょっとお話しできますでしょうか。ええ、待ちます」

グウェンはパートナーが微妙に人格を変えるのを見ていた。それはボディランゲージにあらわれていた。椅子に浅く腰かけ、まえかがみになって、目はどこか不明な一点に据えられている――たぶん、向かい側のダーツボードだろうけれど。

「もしもし、マダム・ブスケですか？　こちらはテレグラフ紙のメアリ・マクタギューと申します。いえ、新聞です。ええ、それです。お読みになってます？　あら、残念。わたしは社会欄の担当なのですが、二〇年代にアンドレアス王子一家がギリシャから劇的な逃亡をした際あなたが同行されていたとつい最近知りまして。事実でしょうか。そうですか！　見つかってよかったです！　少々お時間を拝借してインタビューさせていただけません？　明日の午前中にでも？　いえ、インタビューに謝礼はお支払いしていないんです。おもて向きには、ですけど。お時間をいただくのに心ばかりのお礼ができないとは申しません。ですが、わたしは記事を書こうとしている女性ジャーナリストに過ぎないということをご理解ください――わたしたちのお給料はたいして多くないんです。まちがいなくそちらのほうが稼いでおられますよ……ほんとうに？　でしたら、わたしたちはどちらもかなり不当な低賃金で働かされていますね。ええ、そう思います、階級システムは不平等。いつですか？　ミセス・コカレルが慈善活動でお出かけのあいだは空いている？　では十時半に。明日お目にかかります」

アイリスは電話を切った。

「女性ジャーナリストのお給料ってどのくらいなの？」グウェンがたずねた。

「知らない」アイリスはいった。

ドクター・ミルフォードの待合室はどこの待合室だとしてもおかしくない、とアイリスは思った。株式仲買人。弁護士。拷問者。彼女は地下牢の机に向かっている精神科医を思い浮かべた。あるいは、ハーレイ・ストリートに面した、明るいけれど地下牢じみた診療室で、とぐろを巻いている革の鞭《むち》と、素人《しろうと》には不可解な鋼鉄の解剖用器具に囲まれている彼を。でも待合室にそうした身の毛のよだつ目的は感じられない。彼女は背もたれのまっすぐな木の椅子に腰かけた。二台あるすわり心地のよさそうな長椅子は数人の若い男性に占拠されていた。ひとりをのぞく全員が軍服姿で、その例外のひとりはほかの男たちと年格好も佇《たたず》まいも変わらないが、着ているのは灰色の復員スーツだった。袖の一方はぺしゃんこで、はためかないように腰にピンでとめてあった。

アイリスは受付で手渡されたクリップボードの問診票を埋めていた。待合室と内なる至聖所は分厚いドアで隔てられていて、二十分まえにそのドアの向こうへ、胸を張り、深呼吸してグウェンが消えていった。グウェンはそのクリニックに通っているということ以外、診療について話してくれたことはない。アイリスは今回初めて、精神を燻煙《くんえん》消毒された直後の彼女を見ることになる。どんな様子だろうか。オーブンから出したばかりの成型プラスチックのように、一時的にやわらかくなっている友を想像した。世間の荒々しく冷たい空気にふれてふたたび外殻が硬くなるまえの。

自分もそんなふうになるだろうか。もし作り直されるのならもっと──

もっと、なに?

自分がどうなりたいのか、よくわからなかった。

おそらくそれを見出すために来たのだ。

古い雑誌の山がいくつもあった。アイリスはグウェンがきっとあるといっていた一冊をさがした。エリザベス王女が表紙になっている、《イラストレイテッド・ロンドン・ニュース》の創刊百周年記念号。〈ライト・ソート結婚相談所〉が調査中だと当人は知るよしもなくても、王女はクライアントだ。もしも殿下みずからがオフィスのドアをくぐり、本物の夫をさがしに来ていたら、とアイリスは空想した。推定相続人の配偶者として要件を満たす、どこかの地味で貧しい王族ではなく。わたしなら九十六名の男性会員のだれとマッチングさせるだろう、と考えをめぐらした。たぶん、ミスター・マクラーレンかな。彼は親の代から銀行家だけど、見た目は王子のようだし。長身で、物腰も品がよく、ブラックウォッチ高地連隊、第一大隊で軍功をあげた。最初の面談でオフィスに来たときは、スコットランド式ベレーとキルトの正装だった。バルジの戦いの名残である、たいそう粋な眼帯付きで。

はたして英国海軍に勝ち目はあるか。

もっとも、若き王女を見くびるのは失礼というものだろう。安全な田舎へ疎開することもできたのに、ロンドンにとどまったのだから。国王一家はひとり残らず、臣民とともに大空襲のさなかで暮らした。君主としての義務をためらうことなく受け容れ、宮殿にはたしか九発もの爆弾を落とされたのだった。爆撃されてよかったと王妃はいった。イースト・エンドに顔向けできるようになったとかなんとか。

そうはいっても、エリザベスをイースト・エンドの住人と結婚させはしないだろう。マーガレット王女なら許す?

それもない。

アイリスは立ちあがり、問診票を返しにいった。医師の秘書が診療室のドアをそっとノックして、開き、しばらく室内に消えた。アイリスは元の椅子にもどった。

「長椅子のほうがよろしいですか」あの片腕の復員兵がたずねた。「その椅子はすわり心地が悪そうですが」

「だいじょうぶです、ありがとう」アイリスは彼にあたたかく微笑《ほほえ》んだ。「それに国のために戦ってくださってありがとう。みなさん全員にお礼を申します」

数人の若者が反応してぼそぼそと返答をつぶやいた。ふたりは無言のまま、空虚なまなざしで部屋の向こう側を凝視《ぎょうし》し、ほかの人々に見えないなにかを見ていた。

ドアが開き、ハンカチを目に押し当てながらグウェンが出てきた。心配そうに見ているアイリスに気づくと、弱々しく微笑んだ。

「いいのよ」隣に腰かけながらささやいた。

「でも――」

「わたしはだいじょうぶ」

「ミス・スパークス?」秘書が呼んだ。

アイリスはすわったまま動かず、友の涙を見ていた。グウェンが手をのばして、彼女の手をそっと叩いた。

「勇気を出して。アルコールとケーキよ、おぼえてる？」

「わかった」アイリスは立ちあがった。「失うものはなにもない」

アイリスは大股でドアに近づき、ノックした。

「お入りください」秘書がいった。

アイリスはドアをあけた。ドアは重く、内側はえび茶色の革のパッドでおおわれていた。

室内に拷問器具は見当たらなかった。少なくとも、目に入るかぎりではひとつも。右手の診察台の片側に体重計、反対側に台にのった血圧計が置いてある。部屋の左手には長椅子があった。

ミルフォード医師は机でアイリスの問診票を読んでいて、顔をあげずに机のまえの椅子を指した。

「すぐはじめます。どうぞおかけください」

「わたしの友だちを泣かせましたね」アイリスはいった。「わたしにああいうことをしようと思わないでください」

「ああいうこととは、ミス・スパークス？」医師は初めて彼女を見た。

「なんであれあなたが人を泣かせるのにやっていることです」

「あなたは決して泣かないんですね、ミス・スパークス？」

「あなたは？」

「泣きますよ。どうぞかけて、それからきちんとはじめましょう」

「わたしがきちんとしたくなかったら?」

「この最初のセッションに攻撃的なアプローチをしかけるつもりですね」

「気にさわります?」

「観察しているだけですよ」机のまえから立ちあがった。「上着を脱いで、診察台に腰かけて。健康状態を拝見します」

「わたしがよろこんで手放したいもののほかはなにも取ることはできませぬ」上着を脱いで椅子の背に掛けながらアイリスはいった。「この命、わが命をのぞいては」

「自殺傾向についてはあとで話しましょう、レディ・ハムレット」医師は立ちあがって、机上のケースから聴診器を取りだした。「台に乗って、ブラウスのボタンをはずして、袖をまくりあげてください」

アイリスは要求にしたがった。医師は胸と背中の音を聴き、彼女に深呼吸させ、つぎに上腕にカフを巻いてゴムのバルブでふくらませ、彼女の隣のシリンダー内で水銀を上昇させながら、もう一方の手で懐中時計をつかんだ。彼が加圧をやめ、下がっていく水銀をふたり一緒に見つめた。

「高いほうですね。どのくらい続いていますか」

「戦争が終わったときから」

「服を直してかまいませんよ」彼は腰かけて、カルテにデータを書きとめた。「ああ、そのまえに体重計にのって」

　アイリスはスケールにのり、医師が最後の重りを彼女が願っていたよりも右にすべらせるあいだ困惑を顔に出すまいとした。

　拷問器具がないと思ったのはまちがいね、と心のなかでつぶやいた。

「では、かけてください。基本情報から。年齢は？」

「二十九です」

「学歴は？」

「文学士号を、ケンブリッジで」

「両親ともご健在ですか」

「はい」

「おふたりは一緒にお住まいですか」

「いいえ」

「別居、それとも離婚？」

「正式に離婚したのは一九三五年です。別居は——まあ、すべりやすい坂を下るようなもので。父は徐々に家に帰らなくなり、その後ぱったりと。そのころには、出ていったんだとしばらく気づかなかったほどです」

「それはどうでしょうか、でもその件はいずれ掘りさげるとしましょう。結婚は？」

「してません。危機一髪まで行ったことは二度」

「あなたのご職業にしては興味深いご意見ですね」

「ですよね?」アイリスは明るく微笑んだ。「そういったのはご自分が初めてだと思っていらっしゃるでしょ」

「性生活は活発なほうですか」

「ええ。活発すぎるとさえいえるかも、でもその件もそのうちに掘りさげるとしましょう。それでよろしい?」

「そちらがよければ。もっとも長続きした関係は?」

つかの間、彼女は言葉につまった。その質問は考えたこともなかった。

アンドルー。いまいましいアンドルーだ。

「まえの彼かしら。しばらくは断続的に、その後わりと長期にわたり頻繁に、そして終わりました。総じて、二年と一か月」

「終わったのはいつですか」

「先月」

「なぜ?」

「彼は既婚者でした。行きづまってたんです。たぶん——そもそもいい思いつきじゃなかったんでしょう」

「そうですか」

「いまは悪党とデートしてます」朗らかにいって、医師の反応をじっくりうかがった。

「悪党？」

「ギャングの親玉なんです、だから悪党。イースト・エンドの闇屋です」

「あなた自身も犯罪にかかわるようになったのでしょうか」

「とくにそういうわけでは。犯罪めいたことはいくつかやりましたけど、大義のためです。グウェンとわたしで殺人事件を捜査していたときに知りあった男です。ショックですか？」

「わたしにショックを与えたかったのなら」ミルフォード医師はいった。「ショックを与えたいという欲求をもっと隠したほうがいいですよ」

いいじゃない。気に入った。アイリスは思った。

「これでけっこう」彼はペンを置いた。「なぜここに来たのですか、ミス・スパークス」

「飛ぶのが怖いから」とっさに答えた。

「それはいつ始まったんでしょう」

彼女は絶句した。ふざけ半分に放り投げた答えであって、真面目に扱われるとは思いもしなかった。

「えっと……」

夜空を切り裂いて落下していく、冷たい空気が体を打ち、握っているリップコードは用をなさず、あと何秒残っているのかわからない――

「えっと？」彼が穏やかに先をうながした。

「グウェンはわたしのことをどこまで話したんですか」

「ほかの患者さんとわたしのあいだでかわされた内容はお話しできません」

「守秘義務」

「当然ながら」

「どこまで守るんですか」

「あなたが犯罪、もしくは犯罪めいたことにかかわるつもりでないかぎり、わたしたちのここでの会話は部屋の外には漏れません」

「内密の事柄については?」

「それはあなたの精神の奥深い秘密、それとも戦時中の活動のことでしょうか」

「後者です。もっとも、両者が交わる広大な領域がありますけど」

「秘密情報部や特殊作戦執行部の方を診《み》るのはあなたが初めてではありませんよ」彼は抽斗《ひきだし》をあけて、マニラフォルダーを取りだした。

それを開き、机越しにアイリスのほうへすべらせた。中身はタイプされた書類の束だった。

「公務機密法の控えです。まさにこうした理由から署名しました。最後のページのいちばん下にわたしの署名があります」

「なるほど」アイリスはぱらぱらとページをめくった。「こういうのをわたしも持ってます」

アイリスはフォルダーを閉じて、相手にもどした。

「満足ですか」医師がたずねた。

「ちっとも」アイリスは答えた。「でも先へ進みましょうか」

グウェンはやっとどうにか涙を押さえこんだ。顔をあげると若い男たちが心配そうに彼女を見ていた。ふたりをのぞく全員が。

「だいじょうぶですか、マダム？」片腕の男がたずねた。

「なんでもないんです」安心させる口調で答えた。

「もしそれがほんとうなら、ここにはいらっしゃいませんよね」彼がいうと、仲間たちがどっと笑った。

「そのとおりですわね」彼女も一緒になって笑った。

「あなたとお友だちに見覚えがあるんですが」兵士のひとりがいった。「おふたりは先月新聞に載りませんでしたか」

「ええ、そのようね」

「そうなんですか？」もう一方の長椅子からだれかがいった。「どんなことで？」

「殺人事件を解決したんじゃなかったですか？」最初の男がいった。「警察は人違いの男を絞首台で踊らせていたも同然だったのに」

「そんなに大げさなことでは」グウェンはいった。

「じゃあ、私立探偵なんですね？」片腕の男がたずねた。

「とんでもない。わたしたちは結婚相談所を経営しているんです」

「ここでお仕事の勧誘はなさらないでくださいね」秘書が厳しい声でいった。「どうかお静かに。ほかの患者さんのことも考えてあげてください」

待合室はぱたりと静まりかえったが、片腕の男は膝《ひざ》にのせた雑誌をふたたびめくるまえに、グウェンにウィンクした。

グウェンは、いつものように王女が表紙になっている雑誌をさがしたが、べつの山に埋もれてしまっているらしかった。代わりに《ウーマンズ・オウン》の四月号を見つけた。表紙は愉快なイラストで、椅子にすわったもじゃもじゃ髪の若い男がひどくうろたえた表情で腕のなかのかわいい女の赤ちゃんを見おろしている。うろたえているのは赤ちゃんがおむつを濡らしたせいなのか、父親としての人生をよくよく考えたせいなのかは判別しがたい。グウェンの経験ではどちらも同じ表情を生みだすからだ。

ロニーはちがったわ、と思いだした。面倒なことやばっちいことも含めて、父親であることに楽しさと大きなよろこびを感じていた。すぐうしろにナニーが立っているときでさえ、赤ちゃんのおむつ交換の儀式は自分がやるといってきかず、リトル・ロニーのお腹に鼻をこすりつけて、うれしさの悲鳴をあげさせた。

息子の現在の姿をどんなに見たかっただろうと思うと、グウェンは悲しくなった。一緒に公園に出かけ、クリケットをして——

たいへんだわ。だれがあの子にクリケットを教えるの？　早速とりかからなくちゃ。

フィリップ王子はできるはずだ。しばらく英国の寄宿学校にいたのだから。グウェンの知るかぎりでは、父親とはあまり多くの時間を過ごせず、その父もすでに他界している。そのことは彼にどんな影響をおよぼしただろう。

待って。彼は一九二一年の六月にコルフ島で生まれたのよね、ということは……

一九二一年六月。末の娘が生まれてから七年後。

グウェンはしばし考え、ついでバッグからノートを取りだして、書きはじめた。

すっかり没頭していて、診療室からもどったアイリスがすぐ目のまえに立つまで気づきもしなかった。グウェンは顔をあげて、友の顔を見た。表情にそれとわかる変化はなかったが、目の奥になにかがあり、グウェンはその手を握ってあげたい衝動にかられた。

けれどもそうはしなかった。若者たちがいるまえでは。

「すんだ？」

「今日のところは」アイリスがいった。

「アルコールとケーキは？」

「ケーキだけ、かな」

グウェンは驚愕して友を見た。

アイリスはにっと笑って、くるりと背を向け、ドアから出ていった。グウェンはあたふたとそのあとを追った。

7

会話が聞こえないところへウェイターが去るまで、グウェンは質問を我慢した。ふたりのあいだには皿が二枚置かれ、それぞれに四角いスポンジケーキがのっている。ピンクと黄色の四角がふたつずつ市松模様に組みあわさっていて、境目はアプリコットジャム、外側はマジパンでおおわれている。

バッテンバーグ・ケーキだ。メニューにそれを見つけるなり、ふたりともそれが食べたくなった。

「なぜ名前をマウントバッテン・ケーキに変えないのかしらってよく思うの」ケーキが来るとグウェンはいった。「大戦争中バッテンバーグ家がドイツ名に聞こえるからって改名したんでしょ、ケーキも同じにすればよかったのに」

「わたしの誕生日にバッテンバーグ・ケーキを十六切れ買ってきて、チェス盤みたいに並べたことがあった。遊べるように、ダークとホワイトのチョコレートをチェスの駒に見立てて」アイリスがいった。

「すてきすぎて食べられないわね」

「ほんとうにそうだった。初めのうちは。そしたらプルネラおばさんがわたしに勝負を挑んで、勝ったほうが相手のキングを食べられることにした」

「あなたが勝った?」

「当然よ。わたしの誕生日だもん。あとでわかったんだけど、おばさんは興奮を冷ますためにさっさとわたしを勝たせて、デザートに取りかかりたかったの」

ふたりは至福の心持ちでケーキにかぶりつき、そのあと紅茶を飲んだ。

「どんなことを話したかは訊かないわ、もちろん」グウェンが切りだした。「でも先生は気に入った? 話す価値はあったと思う?」

「彼は気に入った。どこで突っこんできて、どこでただ耳を傾けるかがわかってる。価値があるかどうかについては、時が経てばわかる。彼がわたしを療養所に入れないといいんだけど」

「もし入ることになったら、わたしがいた部屋を使えばいいわ」

「眺めはどう?」

「外が見えたという記憶がないの。それをいうなら、窓があったかどうか。脱出するのを心配されていたんだと思う。または飛びおりるとか」

「そっか」

「あなたが診療室にいるあいだに、ちょっと考えていたんだけど」

「なにを?」

「このすべてのタイミング。わたしたちはタルボットやギリシャの王族たちの足取りを追うことに集中しすぎて、なぜこんなことが起きているのかをよく考えなかった。もっと重要なのは、なぜいまなのか」

「続けて」

「これ――どんなかたちをしているかわからないこの情報は、一九二六年からずっとあったのよね。その年にコルフ島からタルボットが持ち帰ったのだとすれば」

「タルボットは去年死んだばかりよ。彼が秘密を保管してたのよ」

「でも一年もまえに亡くなったのに、そのときはなにも起きなかった。跡継ぎに遺すような類《たぐい》のことじゃないでしょ。彼の娘に小包が届いて、メモにこう書いてあったとは思えないの。〝ダーリン、この先必要を感じたら、これをゆすりに使いなさい。愛をこめて、パパ〟」

「うん、それはなさそう」アイリスが同意した。「わかった。じゃあ、なぜいまなんだと思う？」

「謎の人物が脅迫状をだれに送ったか考えて。もしアリス王女の過去のスキャンダルにかかわることなら、手紙は本人に送るはずじゃない？　ついでにいえば、彼女がなにかにかかわっていたとしても、そんな昔のことをだれが気にする？　アリスはいま現在どこにいるの？」

「アテネに帰ってる。家族を訪問していないときは。小さなアパートメントで暮らしてる。軍事政権時代はずっとそこにいたの」

「それもひとつ。アリスは何年も療養所を転々とさせられていた。何年もよ！　あれだけたいへんだったわたしでさえ、半年もいなかった。そんなに長く入っていたのはよほど深刻だったからよ。それなのに解放されて、施設には二度ともどらなかった」

「記事によると、飛行機事故で家族を亡くして、突然──現実と呼ぶべきか正気と呼ぶべきか──にもどったらしい。そのふたつがかならずしも同じとは思わないけど。で、この話はどこへ向かってるの？」

「つまりね、アリスをゆすろうとしても得にならないんじゃないかしら。彼女には秘密をそっとしておくために払うお金もないんだし。タルボットが見つけた秘密のお宝をだれかが手に入れて、一年寝かせておいたところ、それを価値あるものにするなにかが起きたのよ。フィリップ王子とエリザベス王女はブラボーン家の結婚式で写真を撮られて、ふたりが恋に落ちたことを世界が知った。亡命したギリシャ国王一家には醜聞をもみ消す財力がないかもしれない、でもわたしたちのロイヤル・ファミリーなら口止め料を払えるわ」

「筋は通るわね。その醜聞ってなんだと思う？」

「あの手紙がエリザベス王女宛に送られたのなら、フィリップとの結婚のどんな可能性も沈没させるほどのことでないと。彼の母親の評判なんかよりもっと大きなこと。母親が療養所にいたとか、父親の不義や家庭放棄や、姉たちが親ナチのドイツ人と結婚していることが婚約の妨《さまた》げにならないのなら、それらをはるかに超える大問題であるはずよ」

「続けて」

「アンドレアスとアリスの結婚の初期には、規則正しく娘が誕生していた。なのに四人目のあとは、七年も子どもが生まれていない」

「戦争があったからね」アイリスが指摘した。

「でもギリシャは中立国だったでしょ？　アリスは子どもが産めるのだし、アンドレアスは男のエゴですこしでも早く息子が欲しかったはずなのに、なぜそんなに長くかかったの？　フィリップはやっと一九二一年に生まれたのよ」

「そういうこともあるわよ」

「ええ、もちろん。じゃあ、これはどう？　フィリップが生まれるまえにも家族は亡命していた。合ってる？」

「合ってる」

「それからふたたびギリシャに迎え入れられて、コルフ島に落ち着き、元気いっぱいの男児が誕生したわけね。コルフ島のまえに住んでいたのは？」

「スイス」アイリスは手帳を取りだして、調査結果をメモしたページを開いた。「亡命中のギリシャ王――」

「サルに咬《か》まれるまえ？」

「その王様じゃないって。スイスにいたのはその父親、退位したコンスタンディノス一世。アンドレアス王子の兄。彼らはルツェルンの〈グランド・ホテル〉で暮らしてた。アンドレアスと家族もそこにいて、サンモリッツやルガーノにも行ってる」

「アンドレアスがスイスを発ってギリシャに帰国したのはいつ？」

「ええと、ああ、ここだ。一九二〇年九月にまずローマに行って、十一月にギリシャへもどった」

「そして翌年の六月十日にフィリップが生まれた」

アイリスは指を折って数えた。

「九か月まえは九月十日か。きわどいタイミングね。妻への別れの置き土産、それから帰国に向けて旅出った。十月にアンドレアスの甥（当時国王だったアレクサンドロス）がサルに咬まれて死に、その一か月後にコンスタンディノスが復位してる」

「ぎりぎりよね。それだけ経ってからフィリップが生まれてさぞ驚いたはずよ」

「あなたのいってるのは、わたしに聞こえてることと同じかな」

「その後アンドレアスが妻と息子にどんな仕打ちをしたか考えてみて。妻を療養所に押しこめて、息子を放りだしたのよ。まず親戚に面倒を見させ、つぎは非人間的な寄宿学校を転々とさせて、ほとんど会いにもいかなかった。何年も閉じこめておいた妻には、その間一度も面会していない——自分の奥さんよ、アイリス。それが長男でただひとりの息子と、彼を産んだ女性に対する扱い？」

「うん、彼はやなやつだった、おっしゃるとおり。でもあなたがほのめかしてるのは——」

「べつの男性と関係をもって非嫡出子のひとり息子を産んだ妻を彼が罰していた？」グウェンがあとを引き取った。「いうまでもなく、証拠のかけらもないんだけど」

「そうね」

「でも、もしもほかのだれかが証拠を持っていたら？　フィリップの結婚の見通しはどうなるかしら」

「泡と消える。非嫡出子がエリザベス王女と結婚はできない。とにかく、おもて向きには。それじゃ、コルフ島に置いてきた物って――ラブレター？」

「それならこの説にぴったりあてはまらない？　大切すぎて処分できないけれど、そこらに置いておくのは危険すぎる。ヴィラのどこかに隠していたか、油布で包んでお気に入りの木の根元に埋めてあって、荷造りや脱出のあわただしさのなかで忘れてしまった。安全な英国の船に乗りこみ、引きかえすには手遅れになるまで」

「あり得る」アイリスは同意した。「裏づけする手立てがなにもなくて残念」

「アリス本人に――」

「近づくのは無理よ。たとえこの説がまちがっていても、ただ質問するだけで王室のロマンスをぶちこわしかねない。だけど小間使い《レディズメイド》はアリス王女にとって秘密を打ち明けられる友人だったかもね。それに情事の相手。だれなのか突きとめることができれば。ここで問題。アリスはなぜこの話をタルボットにしたのか」

「以前から知り合いだったのかしら」

「タルボットは一九一七年にアテネにいた。同じ年にアンドレアスの家族は最初の逃亡をしてる。重なる時期があったのかも。彼がスイスに出向いた可能性もあるしね、英国政府の代理として亡命を打診しに」

「彼がアテネを去ったあとは？」

「どうかな。一九二〇年までは海軍武官で、その年の六月にフランス人の未亡人と結婚したのよね」

「結婚式はどこで?」

「ロンドン。スローン・ストリートのホーリー・トリニティ教会」

「彼が九月までに奥さんに飽きて目移りしたってことはなさそうね。なんといっても彼女はフランス人ですもの」

「なんてことを!」

「アリスの人生で可能性のあった男性を考えているだけよ。あなたのほうは、彼女についてほかになにかわかった?」

「スイスではスピリチュアリズムにどっぷりはまってた。アンドレアスの弟のクリストが夢中だったとか。お金と時間を持て余してる連中がのめりこむ一時の流行ね」

「おもしろいわ。共感して耳を傾けてくれる義弟。あるいは、難解な事柄を説明してくれるカッコいい講師が訪れたのかも。カリスマ性があって、催眠術師の目で見つめてくるいかさま師」

「ロシアの怪僧ラスプーチンはそのころもうこの世にいなかった。しかしすごい想像力ね、グウェン。精神科医の待合室にもっとたびたびすわったほうがいいわよ」

「わたしの脳をたっぷり揺さぶれば、謎は解けるわ」

勘定書が来た。アイリスはバッグに手をのばした。グウェンは首を振った。

「ごちそうさせて。あなたの勇気のお祝いだもの」

「勇気？　あなたがすぐ外で見張っててくれる診療室で老紳士と向きあうための？」

「自分自身と向きあうための。それ以上に恐ろしいことがある？」

ふたりはカフェの外へ出た。

「オフィスにもどっても意味ないか」アイリスが時計を見ながらいった。「マダム・ブスケのインタビューはわたしひとりでやってもかまわない？」

「記者を演じることにしたんだから、それでいいわ。今回はわたしがカメラを持っていくというならべつだけど、それだと彼女を怯えさせてしまうかもしれないし、オフィスを留守にはできないしね。だから、行ってらっしゃい。うまくいくように祈ってる」

「ありがとう、グウェン。お昼までには出社する」

「がんばって」

ふたりはべつべつの道を歩いて帰宅した。


グウェンが玄関から入るなり、リトル・ロニーが弾むように大階段をおりてきた。

「ママ！」と叫んで、腕に飛びこんだ。「早かったね！」

「お陽さまの光であなたを見たいもの」グウェンは息子を宙に放りあげて、抱きとめた。「まあ、重くなってきたわね！　もうじきこれができなくなりそう」

「いつか大きくなって、ぼくがこういうふうにママを抱きあげるよ！」

「きっとそうね」息子をそっと床におろした。「お祖母《ばあ》さまはいらっしゃる？」

「図書室にいる。お祖母さまがママはトミーのお誕生会に行かないといってたよ」

「残念だけどそうなの。でもあなたが行って、ママの代わりにおめでとうといってあげてね」

「ケーキはあるかな?」

「たぶんね」

「歯磨き粉をまぶしたやつじゃなく?」

「トミーのおうちがどのくらい配給切符をためておいたかによるの。たぶん今年は本物のお砂糖よ」

「だといいな。じゃあお食事のときにまたね!」

息子は駆け足で去った。クリニック帰りにアイリスとバッテンバーグ・ケーキにかぶりついたことを思い、グウェンは罪悪感にかられた。すてき。つぎに診療室でする話題ができたわ。

図書室に行って、恭《うやうや》しくドアをノックした。

「入りなさい」レディ・カロラインの声がした。

義母はもう恐ろしくなくなったが、友好的な関係になったとはいえない。どちらかといえば暫定的合意であって、その条約はひそかにつぶやいた単語ひとつで破られかねないのだ。ごく何気ない話題でもグウェンのほうは最大限に注意を払わなくてはならない。リトル・ロニーに関する話は領土論争に火をつけ、全面戦争へと至るおそれがあった。

「お帰りなさい、グウェンドリン」レディ・カロラインは読んでいた手紙をおろした。「結婚の前線で成果はあったの?」

彼女は銀系で装飾されたバラ色のシルクの部屋着を着ていた。それを着るのはイヴニングドレスに着替えるまえなので、もうじき外出するという意味だった。グウェンは家庭が平穏になることを思ってほっとした。

「前進しています。今週はいくらか収入もありました」

「結婚相手とのそんな出会い方はなんとも心もとなく思えるわ。ハロルドとわたしが交際していたころには聞いたこともありませんでしたよ」

「あなたとベインブリッジ卿には上流社会の社交シーズンや舞踏会がありました。ロニーとわたしにも。そうした機会をもてない圧倒的多数の英国人にとって、わたしたちは次善の策なんです」

「大衆向けの社交行事に国が資金を出せばいいのよ。そのほうがはるかに効率的でしょうに」

「ベインブリッジ卿が帰国されたら、議会に提案していただきましょう。それまではマッチメイキングを続けます。土曜日のことを話したかったのですが」

「なにかしら」

「リトル・ロニーとトミー・ヒバートの誕生パーティに行くのですか」

「もちろん。ヒバート家とは旧《ふる》くからのおつき合いですもの」

「もうプレゼントは選びました?」

「まだよ。明日パーシヴァルを〈ハムリーズ〉に行かせるわ。子どもの玩具《おもちゃ》を選ぶのが上手だから」

「わたしにやらせてください。あちらがわたしを招きたくないのはわかっていますけど、せめてそのくらいのことはしたいんです」

レディ・カロラインは思案する目でグヴェンを見た。

「あの家族のお気に入りにじわじわ這いもどろうという魂胆ね」

「わたしなら這いもどるとはいいません。でも、ええ、誕生会で子どもたちといても心配がないくらいよくなっていると知ってほしいんです。だれかを傷つけようとしたことなんかありませんけど」

「あなた自身のほかは」

「わたし自身のほかは。それに、いまはまた自分のことが好きになりました。じつをいえば、わたしの大ファンになったんです。一生ついていこうと決めました」

「深刻な状況を軽く考えているのね」

「それはいい徴候だとミルフォード先生は思われています」

「そうなの？　ときどきあの医者がわからなくなるわ」

「選んだのはお義母《かあ》さまですよ」グヴェンは思いださせた。「それを承知のうえで、わたしは先生のところへ通いつづけています。実際、ずいぶんがんばりました」

「それが実を結んだかどうかはいずれわかるでしょう。わかったわ。贈り物はあなたが買いなさい」

「ありがとうございます。楽しみ。〈ハムリーズ〉に行くのはしばらくぶりです」

「修復はすべて終わったのかしらね」

「もどったら報告します」グウェンは約束した。「ありがとう、カロライン」

アドレス帳でヒバート家の電話番号をさがしだし、受話器を取って、ダイヤルした。呼出し音が数回鳴ったあと、ハウスメイドが出た。

「ミセス・ベインブリッジです。ミセス・ヒバートはいらっしゃいますか」グウェンはいった。

「お待ちください、ミセス・ベインブリッジ」

一分経つと、受話器から女性の大声があふれ出た。

「レディ・カロライン！　お電話をくださるなんてうれしいこと」

「じつは、グウェンなの、イザベル。ごきげんいかが？」

ひと呼吸の間。

「グウェン」ミセス・ヒバートは警戒を隠そうともしなかった。「驚かすつもり？」

「ちがうのよ、イザベル。お忙しいところだったらごめんなさい。土曜日にリトル・ロニーと伺えないことを先にお詫びしておきたくて」

「あら、いいのよ、そんなこと」安堵した声になった。「やかましい六歳児と七歳児の相手をしなくてすむわよ」

「いいえ、まちがいなくとても楽しいパーティになるわ。それで、トミーはいまなにかとくに欲しいものがあるかしら、プレゼントに。子どもの欲求はころころ変わるでしょ。ロニーは現在イッカクに夢中よ」

「それはいったいなんなの？」

「鼻の上に長い牙がある水生哺乳類の一種」

「なんとまあ！」

「トミーはどうしてる？　二歳のころは消防自動車が大好きだったわね」

「そうだった、うちのブリッツ坊や。でもそれは数世代まえよ。いまはカウボーイとインディアンに取り憑《つ》かれているの」

「完璧。その線でなにかさがしてみるわ。パーティを楽しんでね、イザベル。かわいい坊やにわたしからのキスを贈ってくれる？」

「そうするわ」イザベルがいった。「グウェン？」

「なあに？」

　イザベルは口ごもった。

「電話をくれてありがとう。またあなたの声が聞けてうれしかった」

「こちらもよ、イザベル。さよなら」

　グウェンは受話器をもどし、しばらく電話の横にすわって涙が止まるのを待った。それから顔を拭《ぬぐ》って、食事にいった。


　サドベリーはロンドンからたっぷり六十マイルはあるので、アイリスは夜明けとともに起きられるよう目覚まし時計をセットしておいた。半分眠ったまま、けたたましく鳴る時計に手近ななにかを投げつけそうになったが、すんでのところで脳が朝の予定を思いだした。

急いで身支度《みじたく》をし、ウイスキーのボトルを物欲しそうに見やってから、ハンドバッグをつかんで、駅へ向かった。

車内販売で朝食をとると、目的地に着くころには生気がもどり、テレグラフ紙の新米記者メアリ・マクタギューの人格がまとまっていた。

サドベリーに土地勘はない。おぼろに記憶しているのはそこで一度目覚めたこと。名前もおぼえていない、それっきり会わなかったアメリカ陸軍航空軍の航空士のベッドで。こっそり抜けだし、始発に飛び乗ってロンドンへ帰り、わずか数分の遅刻で出勤して、自分がどんなにおいか気にしないように努めた。あのアメリカ人はその後わたしのことを考えたかしら、とアイリスは思った。彼は戦争を生き延びただろうか。そもそもどうやってサドベリーに行き着いたのだったか。さすがに航空士は地理に明るい。アイリスはひとりでにやついた。

駅を出ると、見おぼえのあるものはひとつもなかった。駅自体が中心街から離れているというせいでもない。近くを流れるストア川は街を避けるように彎曲《わんきょく》し、どこかよそのもっと差し迫った用件へ向かっていた。かつては美しい街だったのだろう。ゲインズバラやコンスタブルが絵を描いてまわったほどに。いま風景に点々と散る醜悪なコンクリートのトーチカにも彼らが創作意欲をかき立てられたかどうかは怪しい、とアイリスは思った。もはや銃が取りはらわれたそれらは、来るあてのない侵略に備えている。細い銃眼をスズメたちが出たり入ったりしていた。

アイリスはメモしてきた道順を確認し、街はずれの東側をまわった。

コカレル家の住まいは煉瓦造りの大きな家だった。豪邸と呼ばれるほどではないものの、一家族の必要を満たすにはじゅうぶんすぎる広さだ。一方の翼はほぼガラス張りで、内部はまぎれもないジャングルだった。熱帯の樹木につる植物、アイリスが英国で見たことのあるどれにも似ていない花々が咲き乱れ、そのあいだを鮮やかな色彩の鳥たちが飛び交っていた。たぶん、オウムだろう。もう一方の翼には小さな舞踏室があり、モスリンの掛け布でおおわれたグランドピアノが見えた。彫刻された木製の譜面台がいくつか、片隅でさびしそうに身を寄せあっていた。

車寄せを歩いていって、使用人通用口のベルを鳴らした。

若い女がドアをあけた。ハウスメイドね、とアイリスはお仕着せから推測した。

「ご用でしょうか」

「マダム・ブスケにお目にかかるお約束でまいりました」

「お名前をお願いします」

「メアリ・マクタギュー」

「少々お待ちを」

彼女はドアを閉じた。ほどなくして、四十代半ばの、やはりメイドの制服姿の女がドアをあけた。茶色の髪にところどころ白髪の筋が入っている。化粧と眉は非の打ちどころがないのだが、目つきがどことなく変だった。追いつめられているような表情、まるでアイリスの背後に監視している何者かが見えているかのようだ。振り向いて自分の目で確認したくなるのをアイリスはどうにかこらえた。

「ミス・マクタギュー」マダム・ブスケはごくかすかなフランス語訛《なま》りでいった。「はるばるお越しくださったのに申し訳ないのですが、あなたとお話しすることはできません」

「マダム・ブスケ、どういうことでしょう。電話でお話ししたときは乗り気で、むしろ熱心なご様子でしたのに。謝礼の問題でしょうか。それでしたらこちらもなんとかできると――」

「お金ではないのです。礼節の問題です」

「秘密をこじあけようというんじゃありません。うちの読者はただ生き証人の話が読みたいだけで――」

「お時間を無駄にさせてすみませんでした」マダム・ブスケはドアを閉じながらいった。

アイリスはだれかいるのかと振り向いたが、その家に通じる通りに人影はなかった。だれかが連絡したな。気落ちしながら思った。むかつく。半日分の仕事が流れてしまった。

時計を見た。まだ十時三十五分。急げばつぎの列車でロンドンに帰れる。

それとも、家を見張り、マダム・ブスケが用事で街へ出かけるのを待つか。

アイリスは通りを歩いていって、家から見えないように角を曲がり、待った。

〈ハムリーズ〉は十時にならないと開かないので、トミーのプレゼントを買いにいくには昼食の休憩を待たなくてはならなかった。それより早くアイリスがもどらなければ。やはり一緒に行けばよかった、とグウェンは思った。アイリスには衝動的に行動し、早急な結論に飛びつくきらいがある。たいがい正しいけれど、いつもとはかぎらない。グウェンがその場にいないと――

いないと、なに？　グウェンだってほかのだれかの過去というウサギの穴に飛びこんだ。根拠といえば昔の新聞記事いくつかと、ある老人のどんな意味にもとれる一片の記憶しかないのに。それでもあれは正しいという気がした。妻と息子に対するアンドレアス王子の振る舞いは恥ずべきものだ。もしグウェンがアリス王女の立場だったら、慰《なぐさ》めを求めてどんなことに手を出していたかわからない。ロニーがそんな振る舞いをしたことは一度としてなかったけれど。将来もしたとは思えない。

とはいえ、グウェンが夫と過ごした時間は王女よりも少なかった。一緒にいられた日数を数えると――

結婚したのは一九三九年六月。その八月の末にロニーはロイヤル・フュージリアーズ連隊に入隊し、それからは彼が休暇のときしか会えなかった。その後モンテ・カッシーノの戦いが来て、グウェンは夫を喪《うしな》った。

夫婦として一緒に過ごした時間を合計してみた。

五か月から六か月のあいだだ。結婚してからの五年間で。

突きつめて考えれば、ほとんどなきに等しい。そのことを彼女が話したとき、ドクター・ミルフォードは気の毒そうに頭を振った。

「残念なのは、あなた方がふつうに人としての経験をするほど長く一緒に過ごせなかったことです」と医師はいった。「あなたが彼の短所を知り尽くすまえに、彼は亡くなってしまいました。だから永遠に模範的存在なのです。あなたが人生の再出発をためらうのはそのせいかもしれませんね」

「理想が高すぎるのでしょうか」

「おそらく」

電話の音にぎょっとして、みじめな思いはかき消えた。

「〈ライト・ソート結婚相談所〉です。ミセス・ペインブリッジがうけたまわります」

「ウーナ・トラヴィスかキャサリン・プレスコットと話したいんだが」男の声がした。

グウェンのアラームが鳴りだした。ほかの人物がそれらの名前を知っているとは、ペイシェンスから聞いていない。

「番号をおまちがえのようです。失礼いたします」

彼女は電話を切った。一瞬おいて、ふたたび電話が鳴った。グウェンは一回鳴ったあとに出た。

「ごめんなさいね、グウェン」レディ・マシスンがいった。「ちょっとしたテストだったの。あなたは合格よ」

「かんべんして、ペイシェンス、こういうゲームはもう卒業したと思っていた」

「アイリスはそこにいるの?」

「いいえ。手がかりを追っているところ。お昼までにもどるわ」

「手がかり? それは興味深いわね。あまりせっつきたくないのだけど、そろそろなにか見つかったんじゃない?」

「ひとつの仮説よ」グウェンはしぶしぶいった。「脅迫状の送り主が意図していることの、もっともらしい可能性」

「聞かせてちょうだい」

グウェンはかいつまんで説明した。話し終えると、電話の向こう側でしばらく沈黙が続いた。

「今日からわたしの手帳の〝女予言者〟の項目にあなたを入れたほうがよさそうね」

「なにかあったの? また手紙が届いたとか?」

「今朝。要求と指示が書かれていたわ。二通目の手紙も同封されていた。まえのより古くて、日付は一九一九年。アリス王女宛なの」

「そんな」グウェンの心臓が早鐘を打った。「本物?」

「それはなんともいえないわ。サインはイニシャルがひとつだけで、ほかに比較するものがないし」

「要求とは? 指示って?」

「今日の午後、予約は入っているの?」

「全然」

「金曜の午後に結婚の幸せを求める人はいないのね」レディ・マシスンがため息をついた。「よかった。二時半から空けておいて。わたしたちが伺うわ」

電話は切れた。

グウェンは受話器を握ったまま、固まっていた。やがてのろのろとペンを取り、予約ノートの午後の枠を×印で消した。それから、忘れないうちに、自分の昼休みに〝ハムリーズ〟と書きこんだ。


アイリスは時計に目をやった。張りこんでから一時間になろうとしている。車が来るたびにその通りを歩きだし、車が通過したらまた身を隠してくれる栗の木まで引きかえすことのくりかえしだった。エアデールテリアを散歩させている女が好奇のまなざしを向け、犬はさらに興味をむきだしにしてきたが、アイリスがしゃがんで犬に優しく声をかけ、頭をなでてやると、どちらも疑いを深めることなく去っていった。

正午まで待っても出てこなかったらあきらめよう、と彼女は思った。期限まで残り数分というところで、労は報《むく》われた。マダム・ブスケがきびきびした足取りで交差点のほうへ向かうのが見えたのだ。アイリスはするりと木の陰に引っこみ、彼女が通り過ぎるまで待った。それから あとを尾《つ》け、街の中心部に近づくと歩幅をひろげて距離を詰めた。

「また会いましたね」背後から声をかけた。

アイリスを見て、フランス人の小間使いは驚きに目を見開いた。それとも恐れだろうか。

「来ないで」

恐怖だ。恐怖にまちがいない、とアイリスは思った。いったいなぜ。

「そのとおりにしていたら、わたしみたいな腕利きの記者にはなれません」相手が信用してくれることを願いながら微笑《ほほえ》みかけた。「聞いてください、これはオフレコにしてもいいんです。でもわたしがひとたび記事の手がかりをつかんだら、追っぱらうのは簡単じゃありませんからね」

「お願い、だめなんです、あの人たちが――」

彼女は口を閉じた。

「だれにいわれたんです?」アイリスはつめ寄った。「あの人たちとは? その人たちはどうやってわたしのことを知ったんですか」

マダム・ブスケは肩を落として首を振るばかりだった。

「だいじょうぶ! 二十五年もまえの話ですよ。わたしのほかはだれも気にしちゃいませんって。もしお金の問題なら――」

「お金じゃないの! 彼らは――いえ、だめ。お願いだから帰って」

「彼ら? だれなんです? 脅《おど》されているんですか? 力になりますよ。あなたを護れる友だちが何人もいます」

「職を失ってしまうわ。夫も。わたしたちはもう若くない。夫婦で新しい職を見つけるのはむずかしいんです。お話しできません」

「でしたら話せるだれかを教えてください。あなたは娘たちのお世話係だった。アリス王女のメイドの名前と、その方の所在を教えてくだされば、もうあなたを煩《わずら》わせません。わたしたちが話したことはだれにも知られないでしょう」

マダム・ブスケはためらい、周囲に目を走らせた。

「だれも見ていませんよ。それでも心配なら、名前をささやいて、怒ったふりをして立ち去ってください。情報源は明かしません、ジャーナリストの倫理規定ですから」

スパイのではないけれど。アイリスは思った。

「ヴィヴィエンヌ」マダム・ブスケがささやいた。「ヴィヴィエンヌ・デュコニョン。雇い主はロンドンのミセス・カルヴァートです」

「どのミセス・カルヴァート?」

「それしか知りません。もう、かまわないで!」

最後のひとことはそのブロックの端まで聞こえそうな大声だった。マダム・ブスケはくるりと背を向けて、見る間に去っていった。残されたアイリスは口をあんぐりあけたまま、その状況にふさわしいショックと失望が表情にあらわれていることを願いつつ立ちつくした。それから口を閉じ、しょんぼり足を引きずって駅に向かった。彼女にいえるかぎり、だれも尾けてはこなかった。

それでも尾行されている可能性には神経を尖らせていた。

だれがマダム・ブスケに連絡したのか。謎の手紙の送り主だろうか。自分の脅迫状が警報を鳴らすことは予想していたはずだ。自分の足跡を隠すために、当時の目撃者までさがしだして脅す？　王族をゆするほど向こう見ずな人物なら、使用人を脅迫することになんのためらいもないだろう。

その人物が見つけるより早く、ヴィヴィエンヌ・デュコニョンを見つけなくては。

無事にロンドン行きの列車に乗りこんでからようやく、ノートを開いて〝ヴィヴィエンヌ・デュコニョン。ミセス・カルヴァート〟と書きとめた。カルヴァートという名に心当たりはないが、ロンドンで経験豊富なフランス人の小間使いを雇っている女性はそう多くない。それにいつでもグウェンがいる。彼女なら知っているはずだ。社会のその階級に彼女が知らない人間はいない。

グウェンのやつめ。

グウェンは腕の時計を見た。十二時半。アイリスはまだもどらない。ペイシェンスとの会合には同席してほしいのに。アイリスにはグウェンに欠けている専門知識——具体的にはっきりいえば、犯罪の知識——がある。戦時中の任務以外に違法なことをしていたと疑っているわけではない。最近ふたりで殺人事件を調べたとき実演してくれたように、大義のためであっても。たんに楽しみを求めて危ないことをする人だとも思っていない。

だけどギャングスターとデートしているし、いまも解錠道具やらナイフやら、用途不明な品をハンドバッグで持ち歩いている。もしかして、手榴弾？　銃身を短くしたショットガン？

ダイナマイト?

わたしももっと大きなハンドバッグが必要ね、とグウェンは思った。

午前中何度見たかわからない予約ノートに、ふたたび目をやった。〝ハムリーズ〟の一語がページから浮きあがって踊りだし、彼女を責め立てている気がした。

そうよ。子どもの母親に約束したでしょ。もう時間がない。

グウェンはメモを走り書きして、アイリスのタイプライターのキーにはさみ、外側のドアノブにぶらさげているプラカードの時計で帰社予定時刻を表示して、オフィスを出た。

〈ハムリーズ〉はほんの二、三ブロック先のリージェント・ストリートに面した、ロンドン最大の玩具店だ。看板は世界最大の玩具店と謳《うた》っていて、建物六階分の品揃えがその誇りを支えている。子どもたちは店先に群がり、指差し、おねだりし、わめき、魅惑的なウィンドウ・ディスプレイに心奪われて母親やナニーを無理やり引っぱる。逆に母親やナニーに引っぱられ、すぐそばにあるのに手が届かない宝物から引き離されると、あふれ出る涙が止まらない。

前回来店したのはいつだったか、グウェンは思いだせなかった。リトル・ロニーとは戦争中、ロンドン大空襲《ザ・ブリッツ》を避けて田舎で過ごしていた。その後しばらくはグウェンが家を離れていた。わが子と〈ハムリーズ〉に行ったことは一度もないんだわ、と気がついて愕然とした。この怠慢は正さなければ、だってもうわたしは——

とにかく、まずは親権を取りもどさないと。息子を連れて玩具を買いにいくのに義理の両親の許可を得なくてはならないなんて、冗談じゃない。ベインブリッジ卿がまだ東アフリカにいるうちならレディ・カロラインは折れてくれるかしら。

入口の上に掲げられた看板が、〝五回の爆撃！　子どもの夢はドイツ兵にだって破れない！〟と叫んでいた。ブリキの防空ヘルメットをかぶって玩具を手渡している従業員たちの写真つきで。

ブリキの帽子に防弾効果があるのかどうか、グウェンはつかの間考えた。そして自分は田舎にいるほうがいいという結論に達した。

ドアマンがドアを開いて押さえ、励ますようにうなずきかけてきた。グウェンは勇気をかき集めて、店に入った。

中央のアトリウムに足を踏み入れるや、あらゆる角度から視界を満たす鮮やかな色彩に圧倒された。高い吹き抜けで増幅されて、騒音レベルは急上昇した。通路が交わるすべての地点に泣いている赤ん坊がいるように思え、グウェンの左では女子店員が陳列台の山からなだれ落ちるぬいぐるみの動物たちをもどそうと必死にもがいていて、チャーチルの服を着た一匹の熊を双子の女の子たちが取りあっていた。すぐそばに何十体もあるまったく同じ熊には目もくれずに。

ぬいぐるみの動物たちはグウェンの記憶にあるよりも痩せて見えた。彼らでさえ配給で苦しんでいる。木綿のはらわたを奪われながら、いまの状況に雄々しく耐えているのだった。

階段をのぼって〈男児向け〉売り場に行くと、ありがたいことにウェスタンのコーナーが目のまえにひろがっていた。カウボーイやインディアンに扮したマネキンたちが戦闘準備を整えて棚の最上段に立っている。壁の巨大なポスターからトム・ミックスやロイ・ロジャーズをはじめ、アメリカの俳優たちが慈愛に満ちたまなざしで見おろしている。手は銃の台尻にかかっていた。

　通路には男の子たちがあふれ、多くはなんらかの縄張り争いの真っ最中で、黄色い声をあげ、人差し指で撃ちあいながら駆けまわっていた。保護者の母親やナニーたちはよいことをしているのに縛られて猿ぐつわを噛まされ、線路にくくりつけられているも同然だった。

　フーピー・タイ・ヤイ・ヨー。グウェンは心のなかで古いカウボーイの歌を口ずさみ、半ズボンのインディアンもどきたちをかわしながら、そのコーナーに飛びこんだ。彼らが目に見えない弓で目に見えない矢を放つと、敵は芝居がかったしぐさで胸をつかみ、床に倒れた。

「なにかおさがしですか、マダム」若い店員が声をかけてきた。「それともこういいましょうか、やあ《ハウディ》、奥さん《マァム》？　なんか手伝おうか？」

「いやね、おかしな人」グウェンは声をあげて笑った。「ここではそうしないといけないの？」

「まあね」店員がいった。「なにをさがしてんだい？」

「男の子の誕生日プレゼントなの」

「玩具のピストルとかは？　ものすごくよくできたレプリカがあるぜ。本物らしい六連発拳銃、パットン将軍のみたいなパールグリップの。こいつはコルトの回転拳銃、〈ポニー・エクスプレス〉の馬に乗った速達郵便配達員が持ってたのとそっくり同じだ」

「その子の母親にまた気に入ってもらえるように努力しているところなの。たしかに本物らしく見えるけど、玩具の銃ではだめだと思うわ。フィギュアのセットはどうかしら」

「ならこっちだ、奥さん《マァム》」彼はグウェンをべつの通路に案内した。「こっちのこれは人気があるよ」

見せられたのは箱に入ったダイカスト合金のフィギュア一式だった。疾走する鹿毛《かげ》の馬二頭に引かれた真っ赤な駅馬車、さまざまな戦闘のポーズをとる四人のカウボーイと三人のインディアン。そのうち三人は馬に乗っている。

「シナリオをいろいろ変えられるんです、そこがぼくの気に入っているところで」店員は素《す》にもどって説明した、「カウボーイがインディアンの襲撃から駅馬車を救ってもいいし、彼らを追いはぎにしてインディアンが救いにきてもいいんです。どうにでも子どもたちが好きなように。ガキども、というべきかな」

「いいわね。アメリカ製、なんでしょ?」

「残念ですが。わが国の工場はまだ追いついていませんし、玩具用の金属も不足しているので、当店の商品は大部分アメリカから仕入れています。それはご想像がつくでしょう、カウボーイやインディアンが住んでいる国ですから。でもいまは日本製の玩具が入りはじめているんですよ」

「ほんとうに? もう?」

「こちらほどひどい爆撃は受けなかったんでしょうかね。安っぽい二流品ですが、出まわっています。うちにも販売に乗り気でない者はけっこういますが、戦争は終わったんですから、文句もいえません」

「わたしはアメリカ製のセットにするわ」グウェンはきっぱりといった。

「ありがとうございます」店員が棚からセットを抜き取った。「お会計をしてきます。ほかにはよろしいですか」

「じつをいうと」グウェンは思案しながらいった。「もうひとつあるの、お願いできるかしら」

「おまかせください」

8

グウェンがオフィスにもどると、アイリスは出社していて、ちょうどサンドウィッチを口に押しこんでいるところだった。空いているほうの手でグウェンのメモを振り、自分の机のほうへ手招きした。

「マダム・ブスケとはうまくいった?」グウェンはたずねた。

アイリスは首を振ってから、想像の銃口をこめかみに当てて、恐怖に目を見開いてみせた。

「彼女、脅《おど》されていたの?」グウェンが叫んだ。「だれに? どうして知られたのかしら」

アイリスはまだもぐもぐ嚙みながら、肩をすくめた。

「お願いだからそれを呑みこんじゃってくれる? マルクス兄弟のギャグをやらなくてすむわ。

わたしのイタリア語訛《なま》りは悲惨でしょうし」

　アイリスはサンドウィッチを呑みこみ、続いてグラス一杯の水を流しこんだ。

「あなたをあまりにも長く置き去りにしちゃったんで、駅に着いてからすっ飛んできたの。まともな昼食をとる時間がなかったのよ。失礼しました。で、もうまもなく訪ねてくるのね？」

「そうなのよ」グウェンはショッピングバッグを机の下に置いた。「指示の書かれた手紙が来たんですって。もっと肝腎なのは、アリス宛の手紙が同封されていたこと。ペイシェンスが用心して内容にはいっさいふれなかったところをみると、親密さがあらわれた手紙なんじゃないかしら」

「その意見に一票。書いた人物についての手がかりは？」

「サインはイニシャル一字だとか」

「ああ、Ｚでありますように！」

「マダム・ブスケのことを聞かせて。今度はちゃんと言葉にしてね」

「昨日からいままでにだれかが彼女を脅したらしい。ほとんど聞きだせなかった。でもアリスの小間使い《レディズメイド》の名前は教えてもらった。ヴィヴィエンヌ・デュコニョン。いまはカルヴァートという女性に雇われてる。心当たりはある？」

「ロレイン・シンプスンがダニエル・カルヴァートと結婚しているけど、フランス人どころか小間使いを雇っているかどうかもわからない。彼女に電話をかけて、ご主人の家族がそういう人を雇っているかどうか訊いてもいいわよ。それにしても、わたしたちがマダム・ブスケを見つけたあと、ほかのだれかがどうやってそれを知ったのかしら」

「脅迫状の送り主は独自に手がかりを追っていて彼女を見つけた、あるいは――」

アイリスはためらった。

「あるいは、なに?」

「こちらのやりとりがどこかから漏れたか。そして、それはわたしたちじゃない」

「まさかペイシェンスだというんじゃないわよね?」

「レディ・マシスンは王妃の不愉快な問題処理担当でしょ。タルボットに関する事実もはじめから知ってた。この件全体に先んじてスタートを切ってた。わたしたちを雇ったのは、外部から情報を入手したと見せかけながら単独で深く掘るためなのよ」

「だったらなぜマダム・ブスケを黙らせたの?」

「たぶん、レディ・マシスンの目的にとって必要なのは真実の一部だけで、ブスケは都合の悪い部分を知ってるんじゃないかな」

「目的って? 彼女は真実を突きとめたいんじゃないの? ちがうの?」

「彼女がフィリップをエリザベス王女の夫にしたいか否かによる。すなわち、彼女がだれに忠誠を誓っているかによる」

「王妃でしょ、まちがいなく」

「だといいけど。雇用イコール忠誠とはかぎらないわよ」

「それじゃ、わたしたちはどうするの?」

「もっとよくわかるまでは、雇われて求められたことをする」

「その場合、わたしたちはだれに忠実であればいいの？」

「いい質問ね。倫理のコンパスを持ってるのはあなただから、そっちが決めて」

「ずるいわ」

「最近わたしが知らないうちに不道徳になった？」

「そんなわけないでしょ。ただ――」

グウェンは黙った。

「ただ、なに？」アイリスがうながした。

「いまなにを選択すればいいのかがわからない。わたしたちは国王に忠誠を誓うといいたいところなのだけど」

「でも王妃のために働いている。というより、王妃に仕えている女性のために。わたしたちはその女性が王妃の利益のために働いていると見なしてる。それはまた王のためでもあり、ひいては国家の利益のためでもあると」

「その責任はわたしたちに届くまでにだいぶ引き伸ばされて薄くなるわね」

「それにわたしたちはまだ直接証拠をつかんでない」アイリスが指摘した。「もっともらしい仮説があるだけよ。そしてこちらがなんの確証も得ていないのに、わたしたちの文通相手は決断を迫ってきた」

「どうする？」

「いったとおり、報酬をもらって要求されたことをするのみ。ちがうことをする理由にぶつかるまでは。ぶつからないかぎりは」

「それならなんとかなりそう」

「でもこの先そういう理由が出てこないか、目を光らせておかなくちゃね」

「了解。わたしがまちがっていなければ、階段をのぼってくるのはあの人たちよ」

レディ・マシスンがさっと風を切って入ってくると、そのあとに彼女より若い女性が続いた。なんの装飾もない薄茶色のリネンのスーツで、茶色の革のメッセンジャー・バッグを肩にかけている。テリアのごとく警戒し、どんなに小さなネズミも逃すまいといつでも飛びかかれる体勢でいるようだった。蔑《さげす》みがむきだしといってもいい表情で室内を見まわし、グウェンの机を懸命に支えている『フォーサイト・サーガ』が目に入ると唇をかすかにゆがめた。

彼女たちの背後に、通路に立っているボディガードがちらりと見えた。彼は女たちがオフィスに入ると、外から手をのばしてドアを閉じた。階段のほうを向いて立つその男のシルエットが、ドアの曇りガラスを塞《ふさ》いだ。

レディ・マシスンはクライアント用の椅子を一瞥《いちべつ》して——椅子はにらまれて縮んだように思われた——、目をスパークスにもどした。

「ですよね」アイリスは立ちあがった。「どうぞわたしの机をお使いください。で、そちらの方は？」

「ミセス・ペネロピ・フィッシャーです」若いほうの女が名乗った。「電話でお話ししましたね、おふたりがミス・トラヴィスとミス・プレスコットでしたら」

「あなた方に対してだけは」アイリスは窓台に移動して腰かけた。「わたしはアイリス・スパークス、こちらは共同経営者のミセス・グウェンドリン・ベインブリッジです。よろしく。そこの椅子におかけください、それからはじめましょう」

「どうも」ミセス・フィッシャーはいって、クライアント用の椅子を机のほうへ引き寄せた。「すわり心地がいいこと」レディ・マシスンが辛辣《しんらつ》な口調でいった。「わたしたちがお支払いしたものをべつの椅子に使ってもよさそうなのに」

「それはリストに入れてあるわ」グウェンがいった。「それじゃ、こうして全員そろったところで、その手紙のことを詳しく聞かせて」

レディ・マシスンがミセス・フィッシャーにうなずくと、彼女はバッグからマニラフォルダーを取りだした。グウェンは手袋をはめてそれを受け取り、アイリスがうしろからのぞきこめるように開いた。

一枚目は前回の手紙と同様にびっしりと殴り書きされていて、やはり上部が破り取られていた。グウェンはそれを明るいほうへかざした。

「今度のは透かしがない」と観察を述べた。「便箋《びんせん》を変えてきたわね。筆跡は同じみたい」

「自分の筆跡を隠すためにわざと利き手じゃないほうで書いたみたい」アイリスが補足した。

「でも最初の手紙と同じ人物ね、わたしの見るかぎりでは。専門家に鑑定させましたか？」

「まだよ」レディ・マシスンがいった。「この件を知る人間の数は最小限に抑えているの。この男がつかまったら、もっといろいろ調べます」

「それがいまの計画ですか」アイリスはたずねた。「ゆすり屋を捕らえることが」

「計画は王室が困惑する事態を避けること。そのゴールを達成するための策はいくつかあるわ。手紙を読んで」

「これは味見だ」グウェンが朗読した。「残りをタトラーの第一面に載せられたくなければ、土曜のタイムズにリリーからヴァイオレットへ電話番号を添えた個人広告を出せ。その先の指示は当日午後二時に電話で伝える。金額は五千ポンド。値引きも交渉もしない」

「五千ポンド」とアイリス。「明らかに、わたしたちはみんな職業をまちがえたわね。王妃殿下にとっては万一に備えたへそくりにすぎないでしょうけど。もう一通のほうは？」

フォルダーにはさまれていた二枚目は、やや色褪《いろあ》せた、ライトブルーのオニオンスキンペーパーだった。三つにたたまれていた跡があり、折り目はぼやけてやわらかくなっていた。

「何度も読んだのね」グウェンがそっといった。「開いては、また折りたたんで、しまうの。わたしのロニーからの手紙もこう――女性のひとりとしていうなら、この手紙を大切に思うだれかが持っていたように見える」

「指紋があるはずよ」とアイリス。

「それもこちらで調べさせます」とレディ・マシスン。「読んで」

「ドイツ語だけど」グウェンがいった。「訳しましょうか？」

「面倒でなければ」

「ジュネーヴのフィニッシングスクール（結婚前の女性に社交で必要な教養やマナー、化粧などを教える学校）を出ているの、ご心配なく。どうにかなるわ」

べつの時代のだれかの手紙を読むなんて奇妙だ、と彼女は思った。過去に立ち入る。そこに生きていた人々はみなもう老人になっている。もしくは他界している。咳ばらいして、読みはじめた。

「最愛のA。十七日にルガーノのいつもの部屋にいる。フロントのフランツにメモを残してくれ。わが想いは抑えられないだろう。C。これで全部」

「それだけ？」アイリスが声をあげた。「そんな物にお金を払ってもらえると思ってるの？名前も書いてない。だれからだれへの手紙でもおかしくないじゃない」

「もっとおいしい手紙はまだ手元にあるのじゃないかしら」とレディ・マシスン。「アリスはルガーノにいたのよね？」

「一家が亡命中に。アンドレアスがギリシャにもどるまえです」

「彼は妻を伴わずに帰国した。彼女の身の安全を考慮して、スイスに残していった。フィリップの誕生と計算は合うのね？」

「合っているわ」グウェンがいった。「少なくとも、合わなくはない」

「彼女の人生に〝C〟がいたかしら。愛人と見なされるこの人物がまぬけにも実名のイニシャルを使ったと仮定して」

「クリスト」アイリスがいった。「アンドレアスの弟です。アリスとは親しかった。どの程度親しかったか、あえて推測はしませんが」

「でもロンドンの大衆紙の記者全員がするでしょうね。これを笑い飛ばすわけにはいかないの。そこがこの脅迫の腹立たしいところなのよ」

「それじゃ、土曜日の《タイムズ》に広告を載せるの？」とグウェン。

「もう載せたわ。明日一時半にここに集まりましょう」

「ここ？」アイリスが大声でいった。「なぜここなんです？」

「広告にはここの番号を載せたからよ」怒りが募りだすのを見てとって、レディ・マシスンは愉快そうに目をきらめかせた。

「わたしたちがそんなことに同意すると、どこのだれがいったんですか？」アイリスは激怒してまくしたてた。「そんなの契約に含まれていませんよ！」

「《タイムズ》の個人広告に宮殿の電話番号を載せられると思って？」

「ねえ、ペイシェンス」グウェンがいった。「これはやりすぎよ。つぎはわたしたちに取引をしてこいといいだしそう」

レディ・マシスンとミセス・フィッシャーがちらりと視線をかわした。

「あなたからその話が出たからいうけど」レディ・マシスンが切りだした。

「だめです」アイリスがきっぱり拒絶した。「警察に行ってください。あなたにはこの件を秘密にするだけの力がありますが、いま話していることは法にふれます」

「たしかに。でもときにはそれを無視しなければならないの。おふたりも最近の経験からよくわかっているでしょ」

「なぜわたしたちなんですか？　男が人気《ひとけ》のない場所で五千ポンド持った女を待ってるんですよ。その結果、女は死に、お金も手紙も消えることにならないとどうしていえるんです？」

「危険の可能性がないとはいいません」

「可能性ですって。ふざけないで」とグウェン。「危険以外のなにものでもないわ」

「だからこそこの役目にはだれよりもミス・スパークスがうってつけなの」

「そう思われる根拠は？」アイリスがたずねた。

「あなたが戦争中に受けた訓練。窮地に陥《おちい》って、たとえ武器がなくても、あなたなら対処できる。なぜそのことをわたしが知っているかは訊かないで」

「情報通なんですね。でもわたしにそうしたスキルがあったとしても、なぜわたしなんです？　ほかにも人材はいるでしょう――王室で働く女性たちのなかにもさまざまな能力を具《そな》えた、同じくらいふさわしい人がいるはずなのに。わたしは民間人ですよ」

「あなたに頼みたい大きな理由はむしろそこよ。この受け渡しと政府職員のだれかに関連をもたせたくはないの」

「最初からそれを考えていたのね」とグウェン。「フィリップの身辺調査を頼んできたときから、取引になったらわたしたちを使えそうだとわかっていたのよ」

「使うのはミス・スパークスよ、グウェン。あなたにそんなことをさせるつもりはさらさらないわ」

「それは残念ね。だって、わたしなしで彼女ひとりが行くことは万にひとつもないから」

「ちょっと待った」とアイリス。「どちらかひとりが行くこともない、ましてやふたりで行く理由なんてないわよ」

「理由はいくらでもあるわ。第一に、こちらがふたりなら、向こうは手出しがしにくくなる。第二に、たとえこちらがふたりでも、女性だから向こうは脅威を感じない。第三に、現実問題として、余分なだれかの余分な手が必要よ。お金と手紙を交換するのに、暗い場所なら——たぶんそうでしょうけど——懐中電灯も持っていなくちゃ。アイリスには両手を空けておいてもらいたい、特殊なスキルを発揮しなきゃいけない状況に備えて。よく考えてみれば、アイリスを護衛として品物はわたしが交換したほうがいいわ」

「まったくばかげてる。わたしたちはやらないからね、グウェン」

「やるべきだと思う」

「そうなの？」アイリスは驚いてグウェンを見た。「なんで？」

「王妃殿下にわたしたちが必要だから」けろりとして答えた。「戦争中あなたが王室と国家に奉仕しているあいだ、わたしは恵まれた妻であり母として安全な田舎のお屋敷に逃げこんでいた。なにひとつ貢献してこなかったの、アイリス、でもいまこうしてなにかをするチャンスができたのよ」

「あなたは戦争で夫を亡くしたのに。国家はこれ以上あなたに頼み事なんかできないわよ」

「ロニーが生きていたら、わたしにこれをやってほしがると思う。ペイシェンス、受け渡しはわたしたちがやるわ。ふたりで」

「ではこれで決まりね」レディ・マシスンがいった。「ありがとう、グウェン。明日また——」

「いうまでもなく、追加料金をいただくわよ」

「なんですって？」

「あら、まさかわたしたちが無料で命を危険にさらすとは思っていないわよね。ここは結婚相談所よ。ゆすり屋にこっそり支払いをすることはわたしたちの業務やあなたとの最初の取り決めの範囲に収まらない。犯罪者に五千ポンドも払えるのなら、配達する女とその筋肉のそれぞれに追加で五十ポンドずつぐらい払っても——」

「そうよね！」アイリスが力こぶをつくってみせた。「それ、いい！」

「——闇予算を過剰にふくらませることにはならないでしょ」グウェンがいい終えた。「そう思わない？」

レディ・マシスンが声をあげて笑いだした。

「んまあ、この小賢しい——」

「よろしいのですか？」ミセス・フィッシャーがたしなめた。

「小賢しいゲームをしているのはあなたよ、ペイシェンス」とグウェン。「わたしたちが同じゲームをしたがったからって怒らないで。ひとつ質問していいかしら」

「どうぞ」

「その手紙が手に入ったらどうするつもりなの？」

「内容によりけりだけど。燃やしてしまうのがいちばんでしょうね、そう思わない？」

「ええ、そうね」グウェンは相手に微笑《ほほえ》みかけた。「そういってくれて安心した」

「まあ、今日はずいぶんと驚かされたわ」レディ・マシスンは椅子から立ちあがった。「なかでも無視できないのは、わがいとこの金銭に卑《いや》しい側面を発見したことね。将来もっと活用することをおぼえておかなくては」

「内密のご用向きがあればいつでもうちにご相談を」とアイリス。「料金はご存じですものね」

レディ・マシスンが出口のほうへ歩きだすと、すかさずボディガードがドアをあけた。

「それをお返しください」ミセス・フィッシャーは手紙を指して、グウェンにいった。

「レディ・マシスン」アイリスが呼び止めた。

彼女が振り向いた。

「アリス王女の直筆だとわかっている手紙をなにかお持ちでしょうか。比較してみたほうがよいかと」

「それはこちらももう考えたわ。運よく、彼女はイギリスの家族と結婚後も手紙をやりとりしていたの。文書保管庫から二通借りだしたので、明日持ってきます」

「では、明日」

「ごきげんよう」ミセス・フィッシャーがいった。

アイリスとグウェンは足音が階段の下へ消えていき、玄関のドアが開いて閉じるまで待った。

アイリスが踊り場へ出ていって、窓からのぞくと、ちょうどボディガードが黒のベントレーのドアを開いているところだった。

「帰った」オフィスにもどって報告した。「さあ、どういうことか説明して」

「自分がいとこを信用していないことに気づいたの」グウェンはいった。

「わたしもよ。最初はちがった。なにが変わったの？」

「わたしたちがだれに忠実であるべきかという話をしたでしょ。みんなでこの部屋にいるあいだ、そのことを考えていたの。アイリス、わたしたちが〈ライト・ソート〉でやっていることはなに？」

「結婚相談所」

「そうよ。人と人を結んでいる。わたしたちはべつべつの方向からこの事業にたどり着いたけれど、目的は同じ——世のため人のため、楽しむため、利益のため、ほかにもいろいろ。友情のため、でもあるといいけど」

「わたしにとってはそれが最大」

「わたしにもよ。でもわたしたちはここで〝愛〟に仕えているのよね。陳腐に聞こえるのはわかってる、だけどそれが真実よ。ちがう？」

「そうなんでしょうね。そんなにずばりと口にしたことはないけど。わたしは自分が経験したこともないゴールを目指して働いてると指摘されたし」

「それはかなりかっかしてる状況で元婚約者がいったことだと記憶しているわ。わたしの知るアイリス・スパークスを的確にいい当てているとは思わない。あなたは文句なく人を愛せる人だと思う。彼を愛していたでしょ、少なくともしばらくは」

「それからその愛をぶちこわしたの、国王と国家に仕えるために」アイリスはため息をついた。「それが戦争《セ・ラ・ゲール》、よね？《ネ・ス・パ》」

「でも戦争は終わった。わたしたちが頼まれているのは、ひとつの関係をこわしかねないことよ。当事者たちが知らないままなら幸せに続くかもしれない関係を。ペイシェンスが手紙を燃やすといったのは嘘。彼女の目を見てわかったわ。もし自分が適切だと思えば彼女はためらいもなくロイヤルロマンスをだいなしにすると、わたしは信じて疑わない。それが王室の目的に合っていようといまいと」

「あなたはそれに反対なのね」

「ええ。断固反対。それにもうひとつ」

「なに？」

「あの手紙はペイシェンスのものじゃない。ジェラルド・タルボットのものではなかったし、ゆすり屋のものでも、王室のものでもない。手紙に正当な権利があるのはただひとり、アリス王女よ。だからわたしたちが交換にいくといったの。手紙を全部取りもどしたら、わたしたちで王女に返したほうがいいわ、ほかのだれにでもなく」

「なんとまあ」アイリスは感嘆してパートナーを見た。「盗人や王妃の付き人から手紙を奪いたいわけね。これはおもしろくなってきた！」

「賛成してくれる?」

「する。わたしはもう愛の守護神よ!」

「よかった。わたしたちでいま計画を立てておかないとね。それと、あとひとつ。ペイシェンスが来るまえに、情報が漏れているのかもって話してたでしょ」

「うん?」

「あなたのかつてのボスに情報を聞きにいったとき、どこまで打ち明けたの?」

「かなり。この調査の重要性を納得するまではなにも話してくれないから」

「彼をリスクだとは考えなかったのね」

「もちろん考えたわよ」

「わたしたちが情報漏れの話をしていたときは、そういわなかったけど。どうして?」

アイリスが見ると、グウェンは不気味なまでに集中して彼女を見つめていた。心の奥の考えを見通すようなあの目つきで。

「彼だと思いたくなかったから。彼を信じたかった」

「まえに、信頼している人の名前を挙げたときは、ふたりしかいなかった。彼はそこに含まれなかったのに」

「信頼できる人であってほしいの。戦争中彼の命令でわたしがやったことはすべて、なにかのためだったと信じたいのよ。なかにはずいぶんひどいこともあったから」

「いまは?」

「なにが訊きたいの?」

「もう彼の下で働きたくないといってたでしょ。なのに、だまし合いの危険な人生への憧れがあなたのなかに感じられる」

「わたしの暗い秘密を取りのぞくのはドクター・ミルフォードの担当かと思ってた」

「これはセラピーじゃないのよ、アイリス。あなたとわたしのこと。あなたの過去のひどい話をなにもかもぶちまけてと頼んでいるんじゃないの。でも一緒にこういう危ない仕事をするなら、関係者のだれにも死角をもたないと知っておきたい」

「わかった」

「それで、マダム・ブスケを脅したのがあなたのボスだった可能性はある?」

「ある。じつをいえば、まさしく彼がやりそうなことよ」

「つまり、彼はブスケのことを知っていたのにあなたに嘘をついたのね?」

「そうともいえる。それにいまごろはもうヴィヴィエンヌ・デュコニョンに連絡しているかも。情報源はわたしたちより豊富だから」

「時間もあるし。まあ、それはしかたがないわ。わたしは何本か電話をかけて彼女を見つけられるかどうかやってみる。でもわたしたちが最優先するのは手紙を手に入れることよ」

「そして手に入れたら隠しておく。そっちのほうがむずかしそう」

「アイリス、なぜペイシェンスを信じられないの? わたしはいつものように直感にしたがっているんだけど、あなたにはたいがい具体的な理由があるわよね」

「手紙の指紋を採らせていなかったから。アリスの昔の手紙があるなら、指紋を採って比較していそうなものでしょ。レディ・マシスンは真実を丸ごと知りたいんじゃなく、自分が利用できる事実だけ欲しがってる。それっていいことであるはずがない」

「彼女に手紙を渡さないためにはどうすればいい？　わたしたちを尾行させるかもしれないわ」

「ひとつ思いついた。電話をこっちによこして」


その夜、グウェンは薄紙とリボンをさがしだして、リトル・ロニーの遊戯室に腰をおろし、トミーへのプレゼントを包装した。これもまたふつうの母親がするふつうのことだわ、と彼女は思った。わたしはまたふつうにもどってきたのかもしれない。

それから翌日なにをするか思いだし、その考えを打ち消した。


明くる朝、リトル・ロニーに行ってらっしゃいのキスをした。彼は半ズボンの小さな青いスーツ姿だった。頭には青と黄色のストライプのキャップ。これ以上愛らしい姿があるかしら、と思い、息子の目のまえで泣きださないように苦労した。

「遊ぶまえにかならず上着とお帽子を脱ぐのよ」

「はい、ママ」

「それにおうちを汚さないように！」

「はい、ママ」

グウェンは包装したプレゼントをお抱え運転手のアルバートに預けた。アーミンの毛皮のストールを肩に巻きつけて、着飾ったレディ・カロラインが颯爽《さっそう》とあらわれた。

「子どものパーティですよ」グウェンはいった。

「立派なお宅でのパーティには最高の装いがふさわしいのよ」レディ・カロラインがいった。

「わたしたちが子どもたちによいお手本を示さなくては」

「そうですね。わたしからよろしくと伝えてください。今日は出勤します」

「土曜日に？　めずらしいわね」

「平日だと面接に来られないお客さまもいるんです。それにご近所が休みのほうが仕事がはかどることもあります。騒音が少ないので」

「けっこうだこと。実りある一日になるといいわね」

「ありがとうございます」

グウェンはふたりを乗せた車を見送ってから、帽子をピンでとめて、オフィスへ向かった。


着いたのは十一時だった。商品も配給切符も限られているなか、手に入る品をさがし求める買い物客でメイフェアはにぎわっていた。

〈ライト・ソート〉が入居している建物の周辺は比較的静かだった。両隣で爆撃の残骸《ざんがい》を片づけている作業員たちも今日は休んでいる。五階にオフィスを借りて以来、いつしか騒音が気にならなくなっていたことにグウェンは気づいた。建物に入って、〈ライト・ソート〉までの階段をのぼると、アイリスはもう来ていて、両手で窓台をつかみ、窓の外へ半身を乗りだしていた。

「いったいなにをやってるの？」グウェンは声をかけた。

「考えごとをしてた」アイリスは窓から引っこんだ。「問題なく抜けだせた？」

「献身的に長時間キューピッドを演じていると、義母に印象づけてきたわ」

「彼女とはその後どうなってる？」

「停戦状態。どちらもベインブリッジ卿の帰宅を待っているの。リトル・ロニーについてなんらかの決定をするのはそれからよ」

「正直いって、どうしてやっていけるのかわからない。その家でのあなたは戦争捕虜みたいじゃない」

「使用人が揃っているケンジントンの邸宅に囚われているの。わたしの暮らしのぞっとするあれこれを大げさにいうのはよしましょ」

「だけど朝から晩まで舌を嚙んだままなんて。わたしならどうかなっちゃう」

「息子のためよ」グウェンはさらりといった。「義母の喉首をつかんで、宝石が飛び散るまで揺さぶりたくなるたびに、ロニーのことを考えて、ゆっくり十まで数えて、自分のするべきことをするの。わたしには逃げこめる仕事もあるし」

「ストレスのない仕事がね」アイリスは笑った。「ときどき殺人事件の捜査や、ゆすり屋とのランデブーがあるほかは」

「ちょっとした変化はいい刺激になるわよね」

「十数えればすむっていうのがすごい」

「二十だったことも何度かあるわ」グウェンは認めた。「ある忘れがたい機会には、四十七までかかった」

「その話はいつか聞かせてもらわなくちゃ。さてと、計画をおさらいしますか」


一時二十五分に、アイリスは階段をおりていった。一階に着いてまもなく、ベントレーが近づいてきて停まった。ボディガードが車を降り、レディ・マシスンとミセス・フィッシャーのためにドアをあけた。ミセス・フィッシャーはまたメッセンジャー・バッグを持っていて、今回のそれはひと目で気づくほどふくらんでいた。


アイリスは到着した一行のために玄関のドアをあけた。女ふたりは無言で通過し、階段をのぼっていった。アイリスはあとに続きかけてから、回れ右してしんがりのボディガードと向きあった。相手は足を止めて見おろした。

「受け渡しにはあなたも来るの？」

ボディガードは首を振った。

「残念。バックアップが欲しいところなのに」

「それに関して手伝いは無用かと思っていた」ふたりで階段をのぼりながら、彼がいった。

「だれだってだれかにいてほしいわよ。そういえば、あなた独身？」

「こんな最中に新しい顧客さがし？」小さく笑い声をたてた。「なかなか図太いね、ミス・スパークス」

「〝ミス〟を強調したわね。顧客もさがすし、自分の楽しみもさがす。あなたは見た目がよくて、独身で、危ない雰囲気、すなわちわたしの主な要求をすべて満たしてる。ただ一点をのぞけば」

「聞くよ。そのひとつとは？」

「名前がある男のほうが好きなの」アイリスはささやいた。「ことが動きだしたときに名前を呼べるでしょ」

「おれとことを進めたいっていうのかい？」

「この犯罪じみた商取引のあとそっちが暇ならね、名無しの男《あなた》。今日がすんだらこれっきり縁《えん》が切れちゃうと思うの、だから時間を無駄にはしない。興味ある？　いっぺんしか訊かないわよ」

「真に危険な女とはつきあったことがないんだ」彼はにやついた。「名前はモントゴメリー・ストーリングズ。女たちはモンティと呼ぶ。とくにことが進行中のときは」

「これが終わったら電話して。わたしもモンティと呼ぶようになるかもね」

オフィスに着くと、レディ・マシスンはすでにアイリスの椅子を占拠していた。アイリスは机の上からノートパッドと鉛筆をつかみ取って、窓台にちょこんとお尻をのせた。

ストーリングズが外からドアを閉じ、オフィスに背を向けて廊下に立った。

「この建物にはわたしたちしかいなくても、ああするのね」グウェンがいった。

「あれが彼の仕事」レディ・マシスンがいった。「さて、電話がかかってきたらわたしが応対します。でも先方の話があなたたちにも聞こえるように、できるだけ受話器を傾けるわ。なにかご意見は？」

「待ち合わせ場所にわたしたちが行くまでの時間はたっぷり取るようにしてください」アイリスがいった。「相手は宮殿にかけていると思っています。場所によっては、メイフェアから行くほうが長くかかるかもしれません。あのベントレーを貸してはいただけないんでしょうね？ ついでに、運転手も？」

「受け渡しがおこなわれるあいだベントレーは宮殿の安全な敷地内に置いておかなくては。車から足がつくおそれもあるし」

「あなたたちは宮殿のどこかにいて、たしかにいたとあとで証言できる人々に姿を見せておきたい、ということね」とグウェン。

「当然よ。なにか儀式があるの。なんだったかよくおぼえてもいないけど」

「王妃はランド・ガールズ（第二次大戦中出征した男たちに代わって農場で働いた婦人食料補給部隊）の代表団とお会いになります」ミセス・フィッシャーがすかさずいった。「報道陣も立会います」

「なんと退屈な」レディ・マシスンはぶるっと身を震わせた。「でも完璧ね。ではお金を預けるとしましょうか。ミセス・フィッシャー？」

ミセス・フィッシャーがメッセンジャー・バッグをあけて、二十ポンド紙幣の束をグウェンの机に積んだ。

「今回は数えて受領証を渡したほうがよさそうね」グウェンはいった。

「もうわたくしが数えました」ミセス・フィッシャーがむっとした声でいった。

「それでも念のために」グウェンは束のひとつひとつを手早くぱらぱらとめくった。

「わたしたちが手紙を確保する直前に撃たれたらどんなまずいことになるのかな」アイリスはいいながら、グウェンに加わった。「よし、これで百枚」

「そっちは百と五十よ」とグウェン。「二百五十×二十は五千。まちがいなく〈ライト・ソート〉がお預かりしました」

それを紙に走り書きして、署名し、ミセス・フィッシャーに渡すと、秘書は折りたたんでメッセンジャー・バッグにしまった。続いてさらに二十ポンド紙幣を五枚取りだして、グウェンに手渡した。

「忘れていると思われないように」レディ・マシスンがいった。

「まさか」アイリスはふたたび窓台に腰かけた。「筋肉隆々の恐るべきアイリス・スパークスが見おろしているんですから」

「たしかに、わたしはいま身の危険を感じているわ」

レディ・マシスンはバッグからなにも書かれていない白い封筒を取りだして、アイリスに渡した。アイリスが中身を検《あらた》めると、便箋数枚が入っていた。〝C〟が送ったとされる手紙よりも淡いライトブルーのオニオンスキンペーパーだった。

「アリス王女の手紙ですか」アイリスは一枚目をそっとひろげた。

「ええ」

「愛しいひいおばあさま」アイリスが読みはじめ、顔をあげてレディ・マシスンを見た。「ヴィクトリア女王宛ですね」

「そうよ。丁寧に扱ってちょうだい」彼女は腕時計に目を落とした。「もうそろそろね。この男が時間を守るか見てやろうじゃないの。恐喝者の遅刻はゆるしがたいわ」

四人は各自の時計をちらちら見つつ、アイリスの机の電話をにらんでいた。とうとうプレッシャーに耐えきれず、電話が鳴りだした。レディ・マシスンは受話器を引ったくった。

「リリーよ」受話器の耳側を前方に傾けながらいった。「そちらはどなた?」

「エリザベス王女と話がしたい」金属質でやわらかい男の声がした。ほかの女性三人は聞き逃すまいと身を乗りだした。

「わたしが王女の代理です」

「金はあるのか」

「お金はある、でもなにを渡してもらえるのかわかるまで、あなたがそれを見ることはないわ」

「ラブレターだよ。アリス王女からと、アリス王女宛だ。相手は夫じゃない。ところどころ、えらくきわどいぞ。彼女のように高貴な生まれの小鳥があんな言葉を知ってるとはな」

「どうやって手に入れたの」

「タルボットというやつからだ。以前はそっち側のスパイだった。おれはその昔、何度か使いっ走りをさせられたんだ」

「彼はなぜあなたにそんな手紙をあげたのかしら」

「もらったとだれがいった？」男は笑った。「おれは手に入れた、そっちはそれ以上知らなくていい。笑えるから手放さずにおいたんだが、ここへきてちょっとばかり価値が出てきた。いま承諾の返事をもらおう、でなきゃ取引はなしだ」

「わかったわ。こちらの答えはイエスよ。どこで会う？」

レディ・マシスンがアイリスに目をやり、アイリスはうなずいた。

「ブラックウォール・ヤードはわかるな？」

「ええ」レディ・マシスンは答えた。

「西側の、ポプラー・ドックの隣に、爆撃で大破した倉庫群がある。そのなかでいちばん川に近い倉庫、ブランズウィック・ストリートの突き当たりだ」

「ポプラー・ドックのそばの最後の倉庫、ブランズウィック・ストリートの突き当たり」レディ・マシスンが復唱し、ほかの女たちはその住所を手早く書きとめた。

「ひとりで来い――」

「いいえ、秘書の女性を連れていきます。そちらのいうがまま爆破された倉庫へ単身乗りこんでいく気はないわ」

「まあ、いいだろう。だがひとりまでだ」

　これは想定内だったのね、とアイリスは思った。

「三時半に来い」

「四時。ここからだとすこしかかるので」

「宮殿にいないのか」

「人目を避けて、安全な場所にいるの。こちらのやり方に質問はしないで。お金が欲しいなら四時よ」

「なら、四時だ。あんたらふたりは歩いて入れ。こっちは監視している。もしも気にくわないものが見えたら、煙のごとく消える。わかったか」

「わかったわ」

「そっちの外見をいえ」

「長身、ブロンド、三十がらみ」グウェンをじろりと見ながら、レディ・マシスンがいった。

「ライトブルーのスーツよ。秘書は背が低くてブルネット、クリーム色のリネンのスーツ。そのあたりにこの描写にあてはまる女性がほかにいるとは思わないけど」

「いや、ドックのあたりをぶらついているご婦人は少なくないぞ。そんな上等な服は着ていないってだけだ。とにかく、なかに入って、待て。ほかにだれもいないと確認できた場合だけ、おれはあんたらのあとから入る。物々交換がすんだら、おれが先に出て、そっちは十分間待つ。四時だな？」

「いやな予感がする」

「でももし――」

通話は切れた。

アイリスはパッドから住所を破り取って、折りたたんだ。

「いまならノーといってもいいわ」レディ・マシスンがいった。

「ノー」アイリスが即座にいった。

「やるわよ」グウェンは現金をまとめて、昨日の外出のあと捨てずにおいた〈ハムリーズ〉のショッピングバッグに収めた。「宮殿に隠れていて、ペイシェンス。終わったらミセス・フィッシャーに電話する」

「幸運を祈ってるわ」

グウェンは一行が建物を出ていく音がするまで待ってから、オフィスのドアを閉じ、怒りの形相でアイリスに向き直った。

「三十がらみ！」憤慨した声でいった。「彼女、わたしが三十がらみに見えるって」

「頭にきたのはそこ？」アイリスが笑った。

「そんな歳には見えないわよ！」

「二十八でしょ。がらみといえる範囲内よ」

「でもそうは見えないの！　そんな歳に見えないようにすごくお手入れしているんだから。あなたならわたしを描写するのに三十がらみとはいわないでしょ？」

「そりゃ、二十四がらみよ、まちがいない」アイリスはにやにや笑った。

グウェンはあの目つきでアイリスをにらんだ。

「ううん、十九というつもりだった」アイリスはあわてて訂正した。「寄宿学校を出たてのほやほや、ストロベリー&クリーム。あなたを求める男はロリータ趣味ね」

「やめて。もうダメージを食らったの。わたしの傷ついた自尊心は今日じゅうには治らない」

グウェンは〈ハムリーズ〉のバッグを取りあげて、なかの現金をまじまじと見た。

「羽目をはずしてお買い物しまくれるわよ。どんなに気分がよくなることかしら」

「倫理のコンパスでしょ。忘れたの？」

「そうだった」グウェンはため息をついた。「行くわよ、マッスル」

「今度そう呼ばれたらぶん殴るかも」

「だからあなたを連れていくんだもの。しまった！」

「なに？」

「金銭に卑しいわたしがタクシー代を請求しておくべきだった。料金はこちらの持ち出しになりそうね。運び屋としてはまだまだ学ぶべきことが多いわ。出かける？」

「われらは答えず」アイリスはバッグをつかんだ。「われらは問わず。ただしたがいて、死にゆくのみ（テニスンの詩『軽騎兵隊の突撃』のもじり）」

「やるわ」グウェンが毅然《きぜん》としていった。「もちろんやりますとも」

メイフェアからブランズウィック・ストリートの端まではタクシーで一時間かかった。運転手は通り沿いの残骸を見渡して、車を停めた。

「ここまでしか近づけないな。タイヤを傷める危険は冒せないよ。目的地はほんとうにここでいいのかい？」

「そうよ」グウェンはいって、支払いをした。「お世話さまでした」

「どうやって帰るんだね？　待っていようか？」

「しばらくかかるかもしれないの。なんとかするわ」

ふたりは車を降りて、交差点に佇《たたず》み、テムズ川方向を見やった。左のほうにはまだ使用可能な乾《かん》ドックや倉庫があるが、真正面の眺めは修理の手が入っていない戦場跡だった。通りに沿って破壊された倉庫が並び、崩れ落ちた屋根を黒焦げの壁が囲んでいる。道にはよじれた線路が敷いてあり、天に向かって反りかえったぎざぎざの末端が鋼鉄の断末魔を思わせた。通りの突き当たりに、特大の爆弾が命中したと見られる大きなクレーターがあり、縁《ふち》には煉瓦や敷石が無造作に飛び散っていた。

「心浮き立つ眺めだこと」アイリスがいった。「お茶は飲めそうにないわね」

「早く着いたけど」グウェンはいった。「彼はもう来ていると思う？」

「もうここにいて、こっちを監視してると思う」

「わたしたちがそうだとわかったかしら」

「ほかに似たような服装のふたり組がうろうろしていないかぎり、わたしたちはあからさまにわたしたちよ。行こうか。足元に気をつけて」

「危ない仕事をするときに正しい靴を履けたためしがないのよね」グウェンは愚痴をこぼし、顔をしかめて割れた路面を見た。

行く手に散らばるガラスや金属の破片をよけつつ、ふたりはそろそろと歩きだした。

「端っこの倉庫でよかった」とアイリス。「この廃墟の何軒目かだったら数えるのはむずかしかったわよ。懐中電灯は持ってきた?」

「ええ。ガール・ガイド(ガール・スカウトと同じ)はつねに最悪の状況に備えているの」

アイリスは両側の瓦礫《がれき》に視線をはしらせた。

「姿は見えない。でも彼が潜んでいそうな場所はいくらでもある」

「見張りの警備員はいないのね」

「必要ないでしょ。金属くず以外に盗む物もないし。敵は賢い場所を選んだわね」

「今後ゆすりをやるときの参考におぼえておくわ。白状するけど、わたし怯えてる」

「怯えてる、とね。さっきそれが必要だったときに、その理にかなった反応はどこへ行っちゃってたの? 引きかえす?」

「だめ。ここまで来たんだもの。やり遂げなくちゃ」

いちばん奥の倉庫はおおむね原形をとどめていた。金属の日除けが川の上に突きだしているが、屋根はひどく損傷していた。本来実用的な建物なのに、煉瓦の壁の表面には爆風で飛んできた破片で彫刻がほどこされている。錆《さ》びついた鉄のフックから古びた看板がぶらさがっていて、煤煙におおわれた〝ミッドランド・ライ――〟という文字がかろうじて読み取れた。

ふたりは正面のドアに近づき、グウェンが腕の時計を確認した。

「四時五分まえ。時刻ぴったりまで入らないほうがいい？」

「むしろここに立っていたくない。見て！　南京錠」

アイリスは入口横に転がっている南京錠を指した。隣には輪に通ったままのチェーンがあり、その向こうには、南京錠が固定されていたプレートがドアから剝《は》ぎ取られて落ちていた。

「バールでこじあけて、通れるようにしたのよ。そいつがバールを持っているのが気にくわない。バールは三十がらみの女にひどいダメージをもたらせるから」

「いいかえれば、まずわたしに入ってほしいのね」

「こいつめ」

アイリスはドアを押し開いて、ひと呼吸おいた。内部は暗かった。

「いい？」バッグから懐中電灯を取りだし、左手で持った。

「いいわ」グウェンも同様にした。ふたりとも声と手が震えていた。

「行くわよ、ガール・ガイド。気をつけて」

アイリスが屋内に踏みこみ、グウェンが続いた。

左奥の角が崩れていて、いくばくかの光が射しこんでいたが、夕方の太陽はふたりの背後にあり、倉庫内の大部分は暗かった。ふたりは横並びに立って、その大洞窟のような場所全体に懐中電灯の光線を飛びまわらせた。

男の目にはまだ光沢があった。泣いていたんだ、と横たわる男に近づきながらアイリスは思った。即死ではなかったから、涙に濡れているのだ。苦痛のせいなのか、もう終わりでなすすべがないと悟ったせいなのか。目尻から両のこめかみに涙が筋を描いていた。

「アイリス？」震える声でグウェンがいった。「その人は――？」

アイリスは男のかたわらにしゃがみ、念のために脈をとった。だがまちがいではなかった。

「死んでる」

9

アイリスは立ちあがり、懐中電灯をすばやく周囲に向けた。

「グウェン、そのドアを閉めて」

「えっ？」

「正面のドアを閉めて。それにお願い、まずわたしのために外側の取っ手をハンカチで拭《ぬぐ》ってくれる？　指紋を残したくない」

「でも――」

「いまは反論しても無駄」アイリスがいい、グウェンはその手にナイフが握られているのを見た。彼女がそれを開くパチンというかすかな音が倉庫内に反響した。

「アイリス？」

「グウェン。ドアよ。いますぐ！」アイリスは四方八方に懐中電灯を振り向け、それから残骸《ざんがい》のなかを大股で歩きだした。「それに悲鳴をあげずにいてくれてありがとう」

「悲鳴をあげていない？　わめいているかと思ってた」グウェンはぼんやりしたまま正面のドアへもどった。「なぜわめいていないの？」

ハンカチを取りだして、外側の取っ手を拭い、ドアを閉じた。そこで内側の取っ手を素手でつかんでいることに気づいた。熱い火かき棒のように取っ手を放すと、何度もくりかえし拭った。

振り向くと目のまえは暗闇だった。アイリスは左奥のどこかにいて、懐中電灯の光がその周辺を照らし、わずかな部分を浮かびあがらせていた——積みあがった瓦礫《がれき》、横倒しになった古い石炭の貯蔵槽、ぎざぎざに真っぷたつに割れた手押し車。不意に羽音がしたかと思うと、角の穴からミヤマガラスの群れが飛び立った。巣から起こされて、しわがれた啼《な》き声をあげながら。

ミヤマガラスの集合名はなんだった？　グウェンは思った。パーラメント？　ちがう、それはフクロウよ。クラマー。それだわ。まさにぴったり。やかましいミヤマガラスの群れ《クラマー》がアイリスから逃げる、群れ《クラマー》がアイリスの魅力《グラマー》と輝き《グリマー》から逃げる。そのアイリスは片手にナイフ、もう一方に懐中電灯を持って、左の暗闇へと消えた。殺し屋をさがして。

ふたりが知るかぎり、殺人者はそちらでなく右にいる。グウェンのほうへ向かっている。

右方向へ懐中電灯を振ると、その途中で天井を見あげたままの死者がちらりと見えてしまった。彼の向こう側にはだれもいなかった。その先には幅の広い扉があった。かつて船から貯蔵槽へ、あるいは貯蔵槽から船へ荷を積みおろしするのに使われたのだろう。ケンジントンでの生活から遠く離れた倉庫でおこなわれていることは、その程度しか知らなかった。

もうなにもかも、わからないことばかり。

アイリスは倉庫内を動きまわり、一歩おきに足元を照らして、床下のテムズ川やネズミがはびこる下水道に穴から落ちないよう注意していた。

「出ておいで、出ておいで、どこにいるのかな」小声で歌うように呼びかけた。前方に突きだしているナイフがぎらりと光を反射する。

だれも見つからなかった。殺人者は逃げたのだと判断して満足し、むちゃくちゃに懐中電灯を振りまわして定位置を守っているグウェンのところへもどった。

「もういない」アイリスは報告し、バッグから黒い革手袋を取りだしてはめた。「だれだか知らないけど、ここにぐずぐずとどまらないことにしたようね。さて、だれか来ないか耳をぴんと立てながら、この気の毒な男を照らしててくれる?」

「いいわよ。でもなぜ——ちょっと、アイリス! あなたったら——さわるのね! それに! 彼に!」

「わたしたちの目当ての品を持っていないか確認しないで残してはいけないでしょ」アイリスは男の上着を両手でまさぐった。「ちぇっ。手紙の束らしき感触はない。ここに札入れがある。まだお金が入ってる。身分証も。ニコラス・マグリアスだって」

「ギリシャ人？」

「ギリシャ人名ではある。でもイギリスの身分証よ。本物かな」

光のなかで男の顔をふたたび見た。オリーブ色の肌、黒っぽい髪に口ひげ。濡れたように輝く目……

アイリスは手をおろして、そっとまぶたを閉じさせた。

「渡し守へのペニー硬貨を置いていくところなんだけど」とささやきかけた。「そうしなくてごめんなさい」

上着のポケットに財布をもどした。数フィート右でなにかがきらりと光った。アイリスは自分の懐中電灯を向けた。

「見て。ダガーナイフよ」

「刺されたの？」

「刺されたのはまちがいない」アイリスが男の腹部を照らすと、そこは血にまみれていた。

「何回も。でもそれで刺されたんじゃない」

「なぜわかるの？」

「刃を見て。この男を刺した人物はナイフをずぶりと突き立ててる、一度ならず。このダガーの刃には先のほうしか血がついていない。ちょっと待って――」

両手を男の袖の上へとすべらせ、首のうしろをさぐった。

「やっぱり。襟《えり》のところに鞘《さや》がある。ダガーはきっとこの男のよ。倒れるまえに相手にもなんらかの傷を負わせることができたのね」

「それはよろこぶべき？」

アイリスは立って、男の周囲の地面を照らした。濡れた赤い点が目をとらえた。

「ほら」アイリスはそれを指差した。「血が飛んでる。向こうにもひとつ。犯人はそっちへ逃げて、あの扉から出たのよ」

「じゃあ、わたしたちはこっちから出たほうがいいわね」グウェンは正面のドアへ向かいかけた。そこでぴたりと静止した。「アイリス。サイレンよ。こっちへ近づいてくるみたい」

「なら、殺人者の出たほうに賭けようか。来て」

グウェンは根が生えたように立ちすくんだ。

「このままただ残してはいけないわ。それはよくない。害虫やネズミがいるでしょうし」

「落ち着いて、グウェン」アイリスは近づいてグウェンの腕をつかんだ。「警察が見つけるわよ」

「もし見つけなかったら？」

「安全なところまで逃げられたら、最初の電話ボックスで匿名《とくめい》電話をかけるって約束する。さ、行くわよ！」

アイリスはグウェンを急《せ》きたてて、テムズ川に面した大きな扉の横の小さなドアに向かった。

「端っこを歩くのよ」グウェンに指示した。「靴に血がつくと困るから」

「犯罪現場を荒らしてしまったわね」

「そうね。短い時間にいくつも違法行為をやらかして、今度はれっきとした犯罪者のように警察から逃げるの」

アイリスはドアをあけて、ナイフをかまえながら外をうかがった。

「だいじょうぶ。ついてきて」

出たところは半ば水没した細長いドックだった。アイリスがすばやく見ると、血痕はふたりの右手のほうへ続いていた。

「ブランズウィック・ストリートのほうへ引きかえしてる。わたしたちが倉庫内にいるあいだだったのかも。いちかばちか追跡して、警察の腕に飛びこむのはやめとこう」

川のどこかから鋭い口笛がふたりを呼び止めた。

「わたしたちの足よ」アイリスは近づいてくる船外機付きの小型ボートに手を振った。船長が手を振りかえした。

「梯子《はしご》」アイリスは近くの梯子を指差した。

「これにも合わない靴だった」グウェンがぽつりといった。

アイリスはするりと梯子に乗り、おりていった。グウェンはごくりと息を呑んで、あとに続いた。ボートの舳《へ》先《さき》に腰かけてエンジンをアイドリングさせながら、サリーが満面の笑みを見せた。

「おーい《アホイ》、そこのご婦人方！」と叫んだ。「乗っていきませんか？」

それからグウェンの表情が目に入ると、たちまち心配そうに顔をくもらせた。

「どうした?」立ちあがって、乗船するふたりに手を貸した。「目的の品物は手に入ったのかい?」

「かなりの収獲、でも答えはノー」アイリスがいった。「説明するまえに、いまウイスキーを持ってない?」

「いつ如何《いか》なるときも」サリーは腰から小さなピューター製のフラスクを抜いた。

アイリスは受け取ってキャップをはずし、パートナーに差しだした。グウェンは微動だにせず虚空を見つめていた。アイリスが飲み口を彼女の唇にあてて、フラスクを傾けた。グウェンはむせてウイスキーを吹き、われに返って、わっと泣きだした。

「そこが出発点」アイリスはいった。「サリー、ここから逃げたいの。壁が目隠しになるように、こっちの岸沿いに走って」

「了解《アイ、アイ》です、キャプテン」

彼は小さなパドルでボートをドックから離すと、スロットルレバーでエンジンの回転数を一段階あげた。

「わたしも、いい?」アイリスはフラスクを掲げた。

「もちろん。公海に出て酒を飲むと知っていれば、ラムの水割り《グロッグ》を用意するところだった」

ボートはブラックウォール・ステアーズを過ぎ、グリニッジとアイル・オブ・ドッグズのあいだを蛇行するテムズを南下した。

「ブキャナン=ウォラストンに手を振らなくちゃ」アイリスがいった。「いまごろたぶんわたしたちを見てるわよ」

「それはいったいだれなんだ？」サリーがたずねた。「それにいつになったらなにがあったか話してくれるのかな。受け渡しはしたのかい？」

「しなかった」

「そいつがおじけづいたとか？」

「そいつは冷たくなってた。殺されたの。刺されて。わたしたちが現場に着くちょっとまえに」

「おやおや。それはまた不都合な。ぼくらが逃げだしたとき警察の興味を惹いていたのはそれだったのか？」

「おそらくね、でもだれが通報したのかな。見晴らしのきく位置にいたあなたから、だれかが入るか出るかするのは見えた？」

「入るのは見えなかった。時刻までに到着するのが精一杯だったんだ。きみが窓から放ったメモの住所を受け取って、バイクに飛び乗り、ボートを用意してあるところまでがむしゃらにぶっ飛ばした。川沿いの場所を指定してくるとよく推理したね」

「どうせそのあたりだろうと思ったの。いずれにせよあなたは、川のそばでなければボートじゃなくて車を使ったんでしょ。ドック側のドアはどうだった？　だれかが出入りするのを見た？」

「いまいうところだった。きみたちが出てくる十分ほどまえに、あのドアから男が出てきて、川になにかを投げこんだよ。それからひょこひょこ歩いて西へ去っていった。見失ってしまったが」

「たぶんナイフを捨てたんだわ。足を引きずってたの？」

「そうなんだ。右の脚がどこか変だったが、原因はわからなかった。顔を見ようとしていたのでね」

「よく見えた？」

「それはもう」サリーはオペラグラスを掲げて見せた。「ヤードへ出向いて、人相写真集をじっくり見たいと志願するべきかな」

「あの場所でボートに乗っていたことをどう説明する気？」

「たまたま釣りに出かけていた、では？」

「スーツ姿で？　釣り竿も道具箱もなしに？」

「役立たずの新米漁師？　いや、そう簡単に納得させられそうにないな。今後の計画は？」

「まだ立ててない。ゆすり屋が殺されて、手紙を盗まれるなんて、元の計画にはなかったもん。これで――いや、振りだしにもどったといいかけたんだけど、いまや新しいゲームが進行中だし。元の計画にはまだ続きがあるの、結果がわかるのは月曜だけどね」

「ところで、手紙が手に入らなかったんなら、金はどうなったんだ？」

アイリスはグウェンの膝《ひざ》にのっている〈ハムリーズ〉のバッグのほうをあごで指した。

「ほんとに？」サリーの眉がアーチ状につりあがった。「そこに五千ポンドあるのかい？」

「ええ。わたしたちをテムズ川に落っことして、夕陽に向かって走り去ろうなんて思わないでよ」

「うん。しかし、ゆすり屋が金を奪って逃げたといえるじゃないか。それから三等分に山分けすればいい」

「だめよ」グウェンがひび割れた声でいった。「倫理のコンパスはまだ機能しているの」

「目が覚めたのね。気分はどう、ダーリン？」

グウェンは手を出した。アイリスはフラスクを渡した。

「ちょっと」頭をそらせてごくりと飲むグウェンに、サリーがいった。「ほどほどに。それは手に入りにくいんです」

「ひどい味」グウェンはキャップをはめながらいった。「どこの？」

「カナダ」

「あの国は植民地にするべきじゃなかったわね」

グウェンはまだ震えていた。アイリスは腕をまわして抱き寄せた。

「ショックを受けたのね。そのうち落ち着くわよ」

「そうでしょうとも」とグウェン。「あなたたちふたりはどうしてそんなに平静でいられるの？　理性的なの？　あろうことか、ジョークを飛ばしていたわよね！」

「死体を見るのは初めてじゃないし」とアイリス。

「ぼくもとうに数がわからなくなった」サリーがいった。「見慣れたってわけではないが。最初のはいまもまざまざとまぶたによみがえる。いつか芝居に使うつもりなんだ、その場面を書くあいだ悲鳴をあげずにいられればね。でもぼくは今度の死体を見てもいないんだよ」

「彼はどうして先に入ったの?」グウェンの声はまだ興奮状態との境界線上だった。「わたしたちのあとから入るはずだったのに。あそこでなにをしていたの?」

「だれもいないか確認するために早く入ったんじゃないかな」とアイリス。「でもだれかがいた」

「たまたまあそこにいただれかが殺したってことはある? 浮浪者?」

「そうは思わない。あなたも思ってない。この計画をややこしくしてきた人物がいるわね」

「でもどうして? お金のため?」

「五千ポンドよりずっと少ない金のために人を殺すやつはいますよ」とサリー。「相場はいえないけど、そういう話は耳にする」

「でもそれよりアリス王女に関係がありそう」アイリスはいった。「王女をゆすろうとしてる人間がほかにいるのよ――もしくは護ろうとしてるか」

「そういうことなら、いい仕事をしているわね」とグウェン。「どこまでやる気かしら」

「つまり?」

「この件を知る人間をひとり残らず始末する気だったらどうする?」

「わたしたちのことは知られてないわよ、それを心配しているなら」

「でも王女の使用人はどう? たとえば、ヴィヴィエンヌ・デュコニョンは? もしなにかを知っていたら、身に危険がおよぶかもしれないわ」

「だったら見つけだして警告してあげなくちゃ。リストに項目がまた増えた。でもミスター・マグリアスについて調べるほうが先じゃない？」

「マグリアス？」とサリー。「だれだい？」

「わたしたちの新しい友だち。死者だけど。ニコラス・マグリアス。名前に聞きおぼえはない？」

「ないな。ギリシャ人、のようだね。ということはサー・ジェラルド・タルボットの胸躍る冒険にもどるわけだ。またボスと話すのか？」

「断じてそれはない。でもわたしたちがミスター・マグリアスの過去をたどれば、幻の手紙の来歴がもっとわかるかもね」

「殺人のほうはどうするの、アイリス？」

「それは警察にまかせましょ」

「でもわたしたちは目撃者なのよ。殺人犯が野放しになっているんだし」

アイリスとサリーは彼女を見た。グウェンはもう震えていなかった。それどころか、ボートがアイル・オブ・ドッグズをまわるにつれて視界から消えてゆく倉庫を、サリーの肩ごしに凝視《ぎようし》していた。

「そういう目つきを最後に見たのは、あなたがティリー・ラ・サル殺人事件の調査にわたしたちを追いこんだとき。あれであなたは死にかけたのよ、おぼえてる？」

「ほんのひと月まえよ。あんなことをわたしが忘れると思う？　なにがいいたいの？」

「今回は警察に仕事をさせたほうがいい。もしわたしたちがかかわれば――」

「もうすでにかかわってるわ」

「殺人の捜査はべつよ」

「それはわたしたちが取り組んできたことの要《かなめ》でしょ。王女の手紙を取りもどす気がまだあるなら、いま手紙を持っている男を見つけなくちゃ」

「そのチャンスは逃したんじゃないかと」

「チャンスをひとつ逃したの。それが唯一のチャンスとはかぎらない。それにもし警察が先に手紙を入手してしまったら？　どうなるかしら」

「マスコミに漏らすだろうね」サリーがいった。

「あなたはどっちについてるの？」アイリスが目をつりあげて食ってかかった。

「いうまでもなく、きみたちふたりにだよ」

「わたしたちの意見が割れたら？」

「そのときはふたたび合意するまで辛抱強く待つさ。それからおふたりの命令どおりにする、ぼくはあなた方の忠実なる僕《しもべ》だから」

「また芝居がかってきた」とアイリス。

「感謝しているわ、サリー」グウェンがいった。「いまの言葉に、それになにからなにまで」

それ以上議論は進まないまま、ボートはアイル・オブ・ドッグズをぐるりとまわった。ウォッピング・ハイ・ストリートへの階段が見えてくると、サリーがスロットルをゆるめ、その下の川岸へボートを寄せた。

「ここで降りてもらうよ」グウェンに手を貸して岸にあがらせた。「所有者が気づかないうちにボートを返しておかないと」

「借りてきたのかと思ってた」アイリスは手を借りずにあがった。

「広義では。借りたバイクももどさなきゃならない。ぼくにはなんとすばらしい、ぼんやりした友だちがいることか！　保釈金が必要なときは電話するよ」

「お金ならあるわ」グウェンは〈ハムリーズ〉のバッグを持ちあげた。

「それならもっと大がかりな犯罪を重ねても足りそうだ」サリーは岸から離れていった。「では行くよ。おやすみ、レディたち」

彼は手を振り、川の彎曲部《わんきよく》をまわって消えた。

「階段の上にパブがあるわよ」アイリスがいった。

「知ってるわ。今夜はやめておく。〈ライト・ソート〉へ帰って、考えを整理しましょう」

ふたりは階段をのぼり、それからウォッピング・ハイ・ストリートを歩きだした。

「電話ボックス」グウェンは角にふたつ並んでいる電話ボックスを指した。

「うん、見える」

アイリスは片方に入って、硬貨を挿入し、ダイヤルした。

「もしもし、すんません」キンキンする高い声でいった。「そっちは警察？　倉庫んなかに男の死体があんだけど。ブランズヴィーク・ストリート、ブラックウォール・ヤードの。うんにゃ、名前はゆえない。そんじゃ！」

アイリスは電話を切った。

「いまのはどこの訛《なま》り？」グウェンがたずねた。

「さっぱりわからない。向こうもわからなかったと思う」

「恐ろしや。わたしたちは恐ろしい人間になったわね、アイリス。いつからこうなったの？」


ようやく帰り着いたときにはもう六時をまわっていた。グウェンが建物玄関の鍵をあけ、ふたりとも重い足取りで階段をのぼった。オフィスに入ると、グウェンは自分の椅子にくずおれた。「電話をちょうだい。帰宅は遅くなると知らせておかなくちゃ」

「はい、どうぞ。それとお金はこっちにくれたほうがいいわよ。また必要になるまで金庫にしまっとく。あなたの電話がすんだら、ウーナとキャサリンからミセス・フィッシャーに報告を入れさせないとね」

「彼女になんていう？」

「ミッションは不成功、お金は無事だと。それに、だれかが殺されたけど、やったのはわたしたちじゃない」

アイリスは腰をかがめて、机の下の板をスライドさせ、奥に隠してある金庫を開いた。

「かわいそうに、空っぽなのね」金庫に話しかけた。「ママがこれまでにないくらいお腹いっぱいにさせてあげる」

バッグの現金を金庫に移した。

「もしもし、パーシヴァル？」グウェンは電話に出た執事にいった。「ミセス・ベインブリッジよ。今夜はミス・スパークスと外で食事をするわ。カウボーイの若いご主人は放牧地から帰っているかしら」

「はい、奥さま」パーシヴァルがいった。「わたしの勘違いでなければ、いま足を踏み鳴らしてこの電話に向かってこられるところかと。おつなぎしますか？」

「ええ、ありがとう」

グウェンは受話器を耳から遠ざけた。

「もしもし、ママ」リトル・ロニーがいった。

「大声を出していないわね」グウェンが誇らしそうにいった。「よくできました。トミーのお誕生会はどうだった？」

「最高だったよ！ロバの絵に尻尾をつけるゲームや、カウボーイ対インディアンで遊んで、本物のお砂糖がかかったケーキを食べて、レモネードを飲んだの」

「あなたのプレゼントは気に入ってもらえた？」

「トミーはすごく気に入って、一緒に遊びたいから明日の午後もぼくに来てほしいって。だから行ってもいい、ママ？」

「そうね――」グウェンはいいかけた。

そのとき、戸口に立って彼女に銃口を向けている男が目に入った。男は唇に指を一本あてて、身振りで電話を切れと命じた。

「ええ、行ってもいいわ。ママはもう電話を切らなくちゃならないの、ダーリン。お客さまみたい」

「お客さま?」グウェンが電話を切るのと同時にアイリスが机のうしろでひょいと立ちあがった。「ああ! 銃を持ったお客さま。いらっしゃい、どんなご用件でしょう。結婚相手をおさがし? 女性の登録者のなかに銃愛好家が何人かいますよ」

「黙れ」男はオフィスに入って、内側からドアを閉じた。「金をもらいにきた」

男は長身痩軀で、晴れた暑い日だというのに茶の三つ揃いのスーツの上に茶のレインコートを着ていた。こめかみのあたりに白髪が交じり、薄い口ひげは血色の悪いイタチ顔をよく見せようとして失敗している。

「金?」アイリスはきょとんとしていった。「ここは結婚相談所ですよ。オフィスに現金は置いていません。多少あったとしても金曜日に銀行へ預けるので。それは昨日ですからね。もっとうまくやりたければ、つぎの木曜の午後にまた出直してくださいな。強盗用の予約はまだ空きがあると思います」

「五千ポンド」男はいった。「リリーからヴァイオレットへの小さなキスだ」

「それは手紙の束と交換しましたの」グウェンがいった。「残念ながら遅すぎましたわ」

「そうは思わない」

男は拳銃を左手に持ち替えて、レインコートの内側に手を入れ、分厚いマニラ封筒を取りだした。

「手紙はまだここにある。つまり金はまだそっちにあるはずだ」

「それじゃ倉庫であの男を殺したのはあなたなのね？」アイリスが訊いた。

男はすばやく二度まばたきした。

「死んだのか？　あのギリシャ人は」

「あんなふうに置き去りにしておいて驚くことはないでしょ」

「死んだとは知らなかった。なかには入らなかったんでね。おれはべつのほうからあんたらを見張っていた。あいつが入るのは見た。それから二、三分して、ドック側のドアからちがう男が出てきた。隠れてるおれのまえを通り過ぎていった、足を引きずって」

「足を引きずって？」とグウェン。

「なにが起きてるのか知らないが、これはまずいと思った。その後あんたらふたりが入るのが見えたんで、動かずになりゆきを見ることにした。するとサイレンが聞こえたんで、もうじゅうぶんだと思ったわけさ」

「それなのにここへ来たのね」

「ここに金があるんだろ？」

「訊きたいのは、わたしたちがここにいることをどうやって知ったのか。尾《つ》けてきたんじゃないんでしょ？」

「顔でわかったんだ」男は薄ら笑いを浮かべた。「先月のどの新聞にもあんたたちが載っていた。ニュース映画でも見たくらいだ。だからここだと突きとめるのはわけなかった」

「冒険野郎か」アイリスがいった。「ともかく、取引しにきたんなら、その銃をしまって。それからビジネスの話をしましょうよ」

「いやなこった。もう警察がからんでることだし。そっちからまったく信用されていないのは感じてるよ」

「なのに来たのね」とグウェン。「その手紙が本物だと、どうしたらわたしたちにわかるの?」

「それはそっちの問題だ」

「封筒にお金は払いません。手紙をよく調べさせて。お金を払う価値があるかどうかはそれから決めるわ」

男は逡巡《しゅんじゅん》した。

「だめよ、だまされない」とアイリス。「偽物の手紙を持って、とっとと巣穴にお帰り」

男はグウェンの机に近づくと、彼女の額《ひたい》に銃口を当てた。グウェンはひるむことなく相手の目を見た。

「金はどこだ」

「金庫のなかよ」アイリスは即答した。

「この部屋の?」

「ええ。わたしの机の下。お願いだから、その銃をしまって」

「あけろ。おかしなことをすると、相棒の命はないぞ」

「アイリス、やめて」

「ただのお金よ、グウェン。あなたはわたしにとって五千ポンドよりずっと価値があるの」

アイリスは身をかがめて、金庫を開いた。男はじっと様子を見守った。

「待て」金庫の開く音が聞こえると、彼がいった。「おれに見えるように両手をゆっくりあげろ。机から離れるんだ」

アイリスは両手を宙に掲げて、いわれたとおりにした。

「机をまわってこい」彼女が外側に出ると、男は命じた。「デスクマットに両手をつけ」

アイリスはそうした。男は背後から近づき、アイリスの背中に銃を押しつけてから、武器がないか体をさぐった。上から下まで丁寧すぎるほどに。

「やりすぎよ！」グウェンが抗議した。

「なにか興味を惹かれるものが見つかったら教えてよ」アイリスがいった。

「合格だ」男は彼女の肩をぐいとつかんで、部屋の隅へ押しやった。「そこにいろ。手はあげたままだ」

「お金を出してほしいのかと思った」

「危険なほうはあんたなんだろ」男はアイリスの机のうしろに移動し、しゃがんで金庫に手をのばした。「おかしなまねをされたくない。ナイフを持っているのはあんたただ」

「そして銃を持っているのはわたし」グウェンがいった。「どうか動かないで。これでも射撃は得意なの、こんなに近くから撃つまでもないわ」

男がグウェンを見た。彼女はまだ自分の机のまえにすわっていたが、いつのまにか右手で銀めっきされた銃を握っていた。

「今度はそちらが両手をあげる番。よろしい。それじゃ、銃を机に置いて、その椅子に腰かけて」

男はアイリスの机に銃を置いて、腰かけた。それから目を見開いた。

「玩具《おもちゃ》だ！」すぐさま腰を浮かせて、自分の銃に手をのばした。

「これはちがう」アイリスがすばやく動いた。

右手を彼の手に振りおろすと同時に、左手で銃をつかんだ。男が悲鳴をあげた。

ダーツの矢が、彼の手を机にピン留めしていた。

「まあ、玩具といえば玩具だけど」アイリスは銃を彼に向けながら退《しりぞ》いた。「危険なことに変わりはない」

「このイカれ女――」

「そこまで！」ぴしゃりといって、銃で狙いをつけた。「あなたはオフィスに押し入り、武器でわたしたちを脅《おど》し、手荒に扱った。わたしにはこの場であなたを撃つ正当な権利がある。さあ、すわんなさい」

「無理だ」彼が半泣きの声でいった。「手が遠すぎて――」

アイリスは近づいて、矢を引っこ抜いた。男は痛みに絶叫し、彼女につかまろうとした。彼女はあとずさり、銃の台尻で相手のこめかみを強打した。彼は石のごとく落下して、机の上に倒れこんだ。

「いまのはリリーからヴァイオレットへの小さなキス」浅く速い呼吸をしながらアイリスがいった。

「たいへん。死んだ？」グウェンがたずねた。

アイリスは脈をさぐった。

「生きてる、あいにくと。そっちはだいじょうぶ？」

「わたし？」

「今日二度目のショックでしょ。あなたの精神状態が心配」

「こんなときのためにミルフォード先生が処方してくれた粉薬が家にあるわ」グウェンは弱々しくいった。「厳密にはこんなときではないけど。血まみれの死体を発見するとか、銃を持った男を撃退するとき専用の粉薬はなさそうだし」

「そいつの横を通れる？」

「そうしたいかどうか」グウェンは机と机のあいだの空間を見た。

アイリスの机の端に男がおおいかぶさっていた。両腕が垂れさがり、片方の手の、アイリスがあけた穴から血が滴《したた》っている。

「机を乗り越えようかしら」

「机が重さに耐えられるかな」

「また意地悪なことをいう！　そんなに重くないわよ」

「わたしがいってるのは、『フォーサイト・サーガ』をはさんでいない脚には心がまえができてないかもってこと。机のあいだを出てらっしゃい。意識がもどったときに備えて狙いをつけておくから」

グウェンは立ちあがり、息を止めて弓なりに体をそらせながら、そろそろと横向きに出ていった。アイリスのそばに到達すると、ようやく息を吐きだした。それから顔をしかめた。

「なに？」

「机の下にバッグを置いてきちゃった。お願いだからもう一度援護してくれる？」

「信じられない」アイリスがつぶやいた。

「だって、残して帰るわけにいかないでしょ？」グウェンは口をとがらせつつ、慎重に引きかえした。

バッグを取りあげて、アイリスを見た。

「こっちいるあいだにあなたのも取ってほしい？」

「せっかくだから」

「ほらね、役に立っているのはわたし」グウェンは男の両脚の下に手をのばしてバッグをつかんだ。「これにはどんなに使える武器が入っているかわからないしね」

アイリスのほうへもどりはじめると、半ばまで出たところで男がうめいた。グウェンはすばやく横向きにひとっ跳びしてオフィスのドア側に達した。

「ここのほうがずっといい」といって、アイリスに彼女のバッグを手渡した。「彼をどうする？」

「いま計画を立てようとしてるの。まずこいつを動けないようにしなくちゃ」

「手錠は持っていないけど」

「玩具の手錠も？　まあ、いいわ。マクファースンさんの管理人室へ行って、なにかさがしてきてよ。ロープ、コード、電線——なんでもいいからその類《たぐい》の物を。それに救急箱もあれば。わたしたちのきれいなオフィスをこの男が血だらけにしてるから」

「どうやって管理人室に入ればいいの？　今日は土曜よ。鍵がかかってるでしょ」

アイリスはバッグから鍵束を取りだして、一本を選んだ。

「これ」グウェンに手渡した。

「あなたが持っているはずではない鍵よね」

「わかってる。ほら、行って！」

グウェンは逃げるように飛びだしていった。アイリスはいま一度襲撃者の脈を確認してから、来客用の椅子にどさりと腰かけ、膝に銃をのせた。

「何者か聞きだしてやるからね」男にいった。「そのあとは——いずれわかる」

数分後、両腕に荷物を抱えてグウェンがもどってきた。

「ロープ」自分の机に放り投げた。「救急箱。清掃用品。〈クーパー＆ライオンズ　勅許会計士〉事務所の鍵。一時的にこの人を閉じこめておく場所が必要かもしれないから」

「いい考え」

「どの順番がいい？　傷を手当てして、それから縛りあげる。それともその逆？」

「包帯《バンデージ》、つぎに拘束《ボンデージ》」アイリスが宣言して、立ちあがった。「あなたが看護婦。わたしは銃で頭を狙う」

グウェンは救急箱を取って、撃たれないようにアイリスのうしろをまわった。アイリスは銃を構えて前進した。

「こいつが破傷風の予防注射をしてることを願うのみ。そのダーツの清潔さは保証できないからね」

「警察を呼んだほうがいいわ」男の手のひらと手の甲にメルチオレートを塗りながらグウェンがいった。

「まだだめ」

「でも手紙は手に入ったし。警察が例の殺人犯を捕らえるのにこの人が役立つかもしれないのよ」

「この男が殺人犯だとは思わないの？」

「全然」グウェンは傷口にコットンを当てて、ぎゅっと押した。「はい、これで出血は止まった。思わないわ、だってあのギリシャ人が死んだと聞いて驚いてたもの。よく観察していたの。あれは嘘偽りない反応だった」

「人を見抜くあなたの能力は信じてるけど」

「それにこの人は足を引きずっていない」グウェンは補足した。「ズボンにそれらしい切れ目もないし」

「ますます冴えてるわね。でもまだ警察には行きたくない。状況が把握できてないから。いまのところかかわっている人物が多すぎる。わたしたちも含めて」

「そうね、指定された交換場所には謎の男が三人いたことになる」グウェンは男の手にガーゼの包帯を巻きつけた。「少なくとも三人ね。足を引きずっていた男がマグリアスを殺したと断定はできないから」

「たしかに。だけど、追うべき手がかりはあるわよ。わたしたちはまだ手紙も見てないし、照合もしてない。将来の英国女王の幸福が危うくなってることを忘れないで。わたしたちはなによりもそれを護らなくちゃ。警察を引っぱりこむのは、大きな赤いリボンですべてをきれいに包めるようになってからよ」

「わかった」

グウェンは手仕事の出来を眺めた。

「さしあたりこれでだいじょうぶ。ねえあなた、わたしがずっと手を握っていたからといって、これ以上親密になれると思わないでね」

グウェンは手を放した。男の手は机の正面に力なく垂れた。

「彼をどうする？」

「思いついた」アイリスが受話器を取りあげた。

番号をダイヤルして、待った。最初の呼出し音のあと、男の声が出た。

「スパークスよ」アイリスはいった。「ちょっと大きい頼み事があるの」

10

グウェンは雑巾を手にしてセシルに近づいた。

「ハロー、ダーリン」机に呼びかけた。「いまからきれいにしてあげる。怖がらないで。なるべく優しくするわ」

徹底的に埃を拭き取ると、愛情こめてそっと机を叩いた。

「失礼なコメントはしないで、わたしを支えてくれるわね？」あやすように声をかけた。

きれいになったばかりの机に腰かけて、上品に脚を組み、満足の吐息をついた。

「正気じゃないね」縛られて床に横たわっている捕虜がいった。

「そういわれたことはまえにもあるわ」グウェンは認めた。「その筋ではあなたよりも職業的経験のある人たちから。それに正直いって、今日はとても長い、骨の折れる一日だったの。わたしみたいにかろうじて正気をつかんでいる人間じゃなくても、だれだって気がおかしくなりそうなくらい。それでね、いまこうして、あなた――謎の襲撃者は縛られて床に転がっていて、わたし――イカれた女性は机にすわっている。あなたのモーゼルを持って。弾をこめてあるのはチェック済みよ」

グウェンは机に置いていた銃を取りあげた。

「だからね」声量が跳ねあがった。「いまの立場をくらべたら、わたしの悪口をいうのは考えものじゃないかしら！」

グウェンはぎゅっと目をつぶり、心拍数が正常にもどるまで深呼吸した。それから目をあけて、銃を膝《ひざ》に置き、男を見おろして微笑《ほほえ》んだ。

彼はつかの間、両手足を拘束しているロープに抗《あらが》ってもがいたが、やがてあきらめた。グウェンは興味深そうに見守った。

「わたしならそれ以上やらないわ」と助言した。「手の傷がまた開いてしまうわよ。わたしたちのオフィスをあんなに汚したけど、ここも血だらけにされては困るの。事実上まだわたしたちのオフィスではないから」

ふたたび机を優しく叩いた。

「でももうまもなくよ。そうよね、セシル？」愛撫しながらささやきかけた。

「どうかしてる――」

グウェンはまた銃をつかみ、ぴたりと彼を狙った。

「あなたがそんなふうに話したい気分でよかったわ。すこしおしゃべりしましょうか」

「いらっしゃい、アーチー」建物裏口のドアをあけながらアイリスはいった。「来てくれてありがとう」

「なに、こんな機会を逃すもんか」アーチーが入ってきた。彼はアーチーのファッションにもどっていた。太いチョークストライプのチャコールグレイのスーツに、けばけばしいパープルの幅広のネクタイ。うしろに同業者がふたりいた。

「こいつらは知ってるな」アーチーは親指でくいっと彼らを指した。

「ええ」

「それじゃ忘れてくれ。今夜はだれも知り合いでなくていい。主賓はどこだ」

「上階《うえ》よ。ついてきて」

アイリスは懐中電灯で足元を照らしながら三人を導き、正面玄関の廊下に着くと明かりを消した。

「悪いけど、うちのオフィスは最上階なの」といって、階段をのぼりはじめた。

「くそ、まいったな」闇屋のひとりが見あげた。「その男を引きずっておりてこなきゃならないのか?」

「意識はあるから」アイリスはいった。「自力で歩いておりられるわよ」

「踊り場からただ投げ落としちゃいけないわけでもあるのかい」

「生かしておく必要があるの」

「どのくらい?」アーチーがたずねた。

「できたら、寿命が残っているうちは。せめて火曜日まで。あまりご迷惑でなければ」

「この話に迷惑でないことなんぞひとつもない。高くつくとわかってるんだろうな」

「捕虜を隠してもらうにはいくらかかるの？」

「どの程度いいもんを食わせるかによる」

「パンと水でけっこうよ」

「いまパンがいくらするか知ってるのか」

「値段をいって」

アーチーは仲間たちをちらりと見てから、アイリスに目をもどした。

「あんたはアーチーの友だちだから、値引きしてやるよ。二十五ポンドだ」

「二十五？」

「一日あたり」アーチーが続けた。「見張りに食料込みで」

「あ、それに少々医学的処置も必要になるわ」

「なんのために？」

「ちょっとばかり彼を刺しちゃったかも」

「なんだって？」

「ほんのちょっぴりよ。そうだ、彼の銃をおまけにつけるとしたら？　モーゼルのオートマチック、状態は申し分なし」

「銃は間に合ってる。モーゼル、だと？　そいつはドイツ野郎《ジェリー》なのか？」

「発音はイギリス人だけど、身許をあらわすものが見つからないの」

「たっぷりボディチェックしたんだろ？」仲間のひとりが笑った。「おれもあんたにならつかまってもいいな」

アーチーが足を止めて、彼のほうを振り向いた。

「レディのまえでは礼儀をわきまえてもらいたい」静かにいった。

「おれはただ――」仲間がいいかけた。

それからアーチーの目を見て、考え直した。

「申し訳なかった、ミス・スパークス」トリルビー帽を持ちあげて詫びた。

「ゆるす」アイリスは早口にいった。「ここよ」

「〈クーパー&ライオンズ〉」アーチーが読みあげた。「何者だ？」

「会計士よ。出ていって久しい。というか、わたしはそう聞いてる。用意はいい？」

「マスクだ、おまえたち」アーチーがいった。

彼らは帽子を脱いで、黒いウールのスキーマスクをかぶった。アイリスがドアを軽くノックした。すぐにグウェンがドアをあけ、パートナーのうしろに立っている威嚇《いかく》的な三人組を見てぎょっとした。

「今日は恐ろしいものばかり」明るい声でいった。「おゆるしを、みなさん。そういうお姿で来られるとは思っていなかったので。でも当然ね。どうぞなかへ」

グウェンの手にモーゼルがあった。アーチーがそれを指差すと、彼女はすぐに手渡した。

「安全装置はかかっています。もちろん、彼にはいっていませんけど」

くだんの男は口にハンカチを詰めこまれていた。覆面のギャングを見あげたが、顔色ひとつ変えなかった。

「なるほど、タフな野郎だ」アーチーがいった。「見事な縛り方じゃないか、スパークス」

「それはわたしなの」グウェンがいった。「応急手当てとロープの扱いに関しては、ガール・ガイドの訓練がすばらしく貴重だったと今夜わかりました」

「なにか役に立つことをしゃべった？」アイリスがたずねた。

「いろいろいってくれたわよ。でもみなさんのまえでわたしが復唱できることはひとつもないわ」

「お望みなら痛めつけてしゃべらせることはできるが」アーチーが申し出た。

「それは別料金？」とアイリス。

「いや、そいつは無料のサービスだ」

「もう料金を話しあったの？」とグウェン。

「一日につき二十五ポンド」アイリスが答えた。

「ずいぶんお安いのね」グウェンはバッグを開いた。「これで四日分の前払い。こんなに必要ではないでしょうけど、念のために」

グウェンはレディ・マシスンからふたりに支払われた紙幣を渡した。出ていくのも速いこと、と思いながら、残念そうにセシルを見やった。

「そんな大金をふだん持ち歩いてんのか？」アーチーが訊いた。

「今日はふだんとかけ離れた日だったの」とアイリス。「数々の不測の事態に備えてたのよ」

「そうか。おい、そいつを立たせて、足首のロープをほどけ」

ほかのふたりが彼を立ちあがらせて、両脚を自由にした。

「待て」アーチーがいった。

上着からもうひとつスキーマスクを引っぱりだして、男の顔にかぶせた。

「いけねえ。うしろまえにかぶせちまった。あんた、なんにも見えないだろ?」

男は身じろぎもしなかった。アーチーは相手のあごの下に手のひらをあてがった。

「そうだろ?」といって、彼の頭を前後に揺すぶった。

男はようやく自分でうなずいた。

「よし」アーチーは自分のマスクを脱いで、帽子をかぶった。「さて、楽しませてもらったが、新しい友人をここからお連れしたほうがよさそうだ。目的地に着いたら連絡する」

「わたしたちはその場所を知りたくないの」アイリスがいった。

「ああ、そうだろう。たとえ知りたくても、こっちが教えない」

闇屋ふたりが捕虜をオフィスの外へ連れだした。

「あの、終わったらそのロープは返してくださいね」グウェンがうしろから呼びかけた。「借り物なので!」

アーチーはアイリスに顔を向けた。

「ありがとう」彼女がいった。

「あんたと過ごしたかった土曜の晩とはちがうが。これも悪くはない」

「キスでお礼をしなくちゃ」アイリスは近づいた。

アーチーは片手をあげて制した。

「一緒にビジネスを終えた直後はだめだ。キスが安くなっちまう。ちゃんとロマンティックな雰囲気のときにしてくれ。いいか？」

「なるべく早くね」

アーチーは帽子のつばに指二本をあてて、グウェンにうなずきかけ、それから出ていった。

「わたし、あなたのギャングスターが好きになってきたと思う」グウェンがいった。

「嚙むほどに味が出る男よ、まちがいない。そろそろ最新の犯行現場を片づけようか」

「さよなら、愛しいセシル」グウェンは机に手を振って、オフィスをあとにした。

「わたしたちの物になってもずっとそうやって話しかけるのはやめてね。神経にさわるから」

「仕事上の距離は保つわ」

「よろしい」

「でも就業時間内だけよ。五時になったら、わたしたちの情熱は抑えがきかなくなるでしょうね」

「じゃあわたしは毎日五時五分前に退社する。ところで、ほんとうの人間とはなにを話したのか聞かせて」

〈ライト・ソート〉に入ると、ふたりの足が止まった。アイリスの机のまえの床に小さな血だまりができていた。獲物をコレクションの蝶のようにピン留めした机の上はもっと血まみれだった。

グウェンがバケツを取りあげた。

「水を汲んでくるわ」洗面所の鍵をつかんだ。

アイリスは机に近づき、ざっと目をはしらせて考えた。つぎにデスクマットを剝《は》がし、血を吸った面を内側にしてふたつに折った。

グウェンがバケツのなかで水を跳ねかえらせながらもどると、アイリスはダーツの矢が穿《うが》った穴を調べていた。

「それほど染みこんでない」と報告した。「こんなに優秀なデスクマットだとは知らなかった。将来の流血に備えてこれと同じようなのを見つけなくちゃ。これは帰りがけにここから遠いどこかのごみ箱に捨てる」

「ミセス・フィッシャーに電話をかけないと」グウェンはいった。「遅くなったから、どうしたかと気をもんでるわよ」

「いまごろはアリバイを証明してくれるランド・ガールズのリストをタイプしてるって」

アイリスは受話器を取って、ダイヤルした。

「ミセス・フィッシャー、ウーナ・トラヴィスから報告があります」

「こんばんは、ミス・トラヴィス」ミセス・フィッシャーがいった。「電話を待っていました。やきもきしながら、とつけ加えておきましょう。なにがあったのか早く聞かせてください」

だれかがあなた方を出し抜いたのよ、とアイリスは心のなかでいった。

「残念ですが密会は計画どおりにいきませんでした」と切りだした。

「場所が見つかりにくかったとか？」

「いえ、場所は見つけました。だれかがもうそこにいたんです。その人物はほかのだれかに殺されました」

アイリスが受話器をぱっと耳から遠ざけて、苦痛に顔をしかめるのと同時に、金切り声の悲鳴がグウェンにも聞こえた。

「ご期待に添えなくて残念ですが。わたしたちの気持ちもお察しください」

「で、でも」ミセス・フィッシャーの舌がもつれた。「ああ、そんな。わたしはただ――」

彼女は息を吸って、吐いた。

「おふたりは無事なんですか？」

「ええ、ありがとうございます」

「警察は呼ばれたんでしょうか」声を震わせながら続けた。「警察はあなた方のことを知っているんですか？　わたしは――わたしたちのことは？」

「呼ばれましたけど、到着するころにはわたしたちはとっくに現場を離れていました。出てくるところは目撃されていません。そちらが関与していることはだれも知りません」

「帰りは――タクシーがいたんですか？」

「ここから通り数本離れたところでタクシーを降り、わたしたちを降ろしたあと車は去りました。こちらの名前は知られていませんし、殺人と結びつけられる可能性は低いかと」

「殺人」ミセス・フィッシャーはささやくようにいった。「それじゃ、殺人があったんですね」

「ええ、殺人です、ミセス・フィッシャー。そうとしかいいようがありません」

「それで、手紙は?」

「見つかりませんでした」

「調べてみましたか?　その、あの、死体を?」

「徹底的に」

「まさかそんなこと……わたしには想像すらできません」

「気分よくはなかったですが、わたしたちはそのために雇われたので」

「そのためではないですよ」

「たしかに、死体の身体検査のためじゃないですけど、この仕事で要求されることの範囲内でしたから」

「これからなにをすればいいのでしょう。こんなことになるはずではなかったのに」

「あなたとレディ・マシスンはなにもしないことです。わたしたちは身を潜めて、これ以上注意を惹く危険を冒さないつもりです」

「お金は?」

「無事です。いくらかの支出を差し引いてお返しします、見つかるおそれ――いえ、安全にお返しできるときに」

「単純な計画に思えたのに」ミセス・フィッシャーはまだショックを引きずっていた。「ただちにレディ・マシスンに伝えます」

「ええ、全部そっくりお伝えください。うまくいかなくて残念です。それでは」

アイリスは電話を切った。

「上手に話したわね」床の血を拭き取っていたグウェンが顔をあげていった。「なにも嘘はつかなかった。ただその後に起きたことを話さなかっただけで。つぎはどうする？」

「こっちには手紙がある」アイリスはいった。

唐突にあくびをした。

「長い一日だった。見てよ、このざま。土曜の晩にくたびれ果ててぼろぼろ、まだ八時半にもならないのに」

「わかるわ。銃を突きつけられるのはつかの間の刺激で、長続きしないのよね」

「そういえば、あなたの六連発拳銃を見せてくれる？」

グウェンはハンドバッグから取りだした銃をアイリスに放った。アイリスはキャッチして、しげしげと眺め、それからグウェンに狙いをつけた。

「手をあげろ！」だみ声でいった。

「お遊びの時間はもうおしまいよ」グウェンはげんなりした声でいった。

「このことを話しておきたい。今夜わたしたちが殺される一歩手まえまで行ったのは、あなたがあいつにこれを向けたときだった。なにを考えてたわけ？」

「考えていたのは、あの男がお金だけ奪って手紙は渡さないということよ。彼を止めるチャンスが見えたから、つかんだの」

「偽物だと気づかれないほうに賭けたんでしょ。それ以上に、彼があなたを撃たないでべつの反応をするほうに賭けた」

「わたしたちを殺したくはないんだと思った。目に殺意はなかったもの」

「あなたの直感は優れてる。でもそれは百パーセント確実?」

「いいえ。でもわたしがちょっとおかしな真似をして時間を稼げば、あなたはなにかすてきで勇敢なことをやってくれるだろうと思った。実際そうだったでしょ」

「もしやらなかったら、あいつはわたしの目のまえであなたを射殺してたわよ。そしてわたしはほかになにができたかって永遠に悩みつづけてた。わたしにそういう思いをさせないで、グウェン。もうたくさん――それでなくてもこの手はもう血で汚れてるの。これ以上はかんべんしてほしい」

「ごめんなさい。そこまでちゃんと考えていなかった。なんにも考えていなかったわ。ただいいことに思えただけなの、どうしたわけか」

「ま、うまくはいったけどね」アイリスは人差し指でくるりと銃をまわした。「なかなかよくできたレプリカではある。〈ハムリーズ〉?」

「そう」

「誕生日の男の子になにを買った?」

「カウボーイとインディアンのフィギュア一式。駅馬車付きで」

「なんて楽しそうなんでしょ。よろこんでもらえたかな」

「大好評。つまりロニーから聞いたんだけど、大成功だったわ。明日また一緒に遊ぼうって招待されたそうよ」

「それはたいへんな名誉にちがいない」アイリスはスポンジを取って自分の机をこすりはじめた。「招待には母親も含まれてるの？」

「そこまではまだ」

「だったらその静かな時間にこの手紙を読めそうね」

「あなたと夜遊びしてはしゃいだせいで頭が痛いことにするつもり。うちの使用人たちは日曜の朝の頭痛に慣れているの、義母のおかげで。ベッドに入ったまま、ひとりきりで勝手気ままに過ごすわ。だれかのラブレターを読むには最適な環境よ」

「すばらしい」

「あなたは？　主《しゅ》の日を守るの？　それとも調査を続ける？」

「両方。教会に行ってくる」

「ほんとに？　無神論者だとばかり思っていたわ」

「そうよ。無神論者《エイシイスト》――語源はギリシャ語ね」

「またギリシャにもどった」

「だからハギア・ソフィア大聖堂の礼拝に顔を出してくる」

「どこですって？」

「聖ソフィア大聖堂。ベイズウォーターのギリシャ正教会」

「ああ、そばを通ったことがある。でも入ったことはない。どんなところ？」

「すてきなの。地元のゴシップ集めにはいい場所よ、ギリシャ語が話せれば」

「あなたは話せるのね」

「残念ながら流暢《りゅうちょう》にとはいかない。現代人よりエラスムスとのほうが話がはずみそう、だけどデモティキ（現代の公用語とされている口語ギリシャ語）も少々ならかじってる。英国在住のギリシャ人、外交関係のコミュニティ、亡命者の派閥が一堂に会するの。コミュニストでさえ、神様との顔つなぎに。わたしたちのお友だち、故マグリアスについてだれかがなにか聞いてないか、できるだけさぐってみる」

「サリーを連れていったほうがいいわよ」

「サリーは目につくもの。わたしは小さくて目立たないけど」

「小さいのはたしかだけど、目立たないというのはちがうわね」

「あら、その気になればそうなれるのよ。ねえ、ここに大金を残していくのは不安だし、わたしのフラットには隠せる場所がないの。あなたがうちと呼んでる広大な館に持ち帰って、どこか安全な場所にしまっておいて」

「館ではなくて、ロンドンの別邸よ。館は田舎にあるの」

「それは失礼。現金と手紙を人目につかないところへ隠しておける？」

「心当たりがいくつかあるわ。こうしましょうよ。ベイズウォーターはケンジントンからほんの目と鼻の先でしょ。頭痛が治ってきたわたしに会いに、帰りにうちへ寄ってくれない？」

「いいの？　神聖なベインブリッジ家の敷地に卑《いや》しむべきわたしが足を踏み入れたらレディ・カロラインが憤慨しない？」

「わたしにとっては、それはボーナスよ」

「わかった。礼拝後に手がかりを追うことにならないかぎり、行く。どんな口実で行けばいいかな」

「わたしたちはビジネスのパートナーよ、アイリス。会うのに口実なんかいらないわ」

「つまり真実を口実に使うってことね。不思議なアイデア！」

グウェンはスポンジを絞って、床を点検した。

「血は落ちた」誇らしげに報告した。「つぎは清掃員の職にだって就けるかも」

「じゃあ、店じまいしようか」アイリスは自分の机を最後にひと拭きした。「今日はもう一日分以上働いた」


グウェンが帰宅したのは十時過ぎだった。

「ただいま、パーシヴァル」ほんのり息に残るウイスキーが執事に嗅ぎとれるように、わざと顔を近づけた。「あまり気分がよくないの。ミリセントに重炭酸ソーダを持ってこさせてくれる？　それに明日の朝は教会に行かないと思うから、レディ・カロラインとロニーに欠席のお詫びを伝えておいて」

「かしこまりました、ミセス・ベインブリッジ」

階段をのぼりながら、やや足がふらつき、演技ともいい切れないとグウェンは自覚した。目のまえにあらわれたミスター・マグリアスの双眸《そうぼう》が、天井を見あげて光り、ついで責めるように彼女を見おろした。グウェンは手すりをぎゅっと握って体を支えた。

「ミセス・ベインブリッジ？」うしろからパーシヴァルが心配そうに声をかけた。「お手伝いが必要ですか？」

「いいえ、ありがとう」彼女は気を静めながら答えた。「なるべく早くミリセントをよこしてね」

補助なしに階段をのぼりきると、いったん止まって肩で息をし、吐き気を抑えようとした。だが失敗した。最寄りのトイレまで廊下を走り、かろうじて間に合った。

神様、ささやかなお恵みに感謝します。すむと、心のなかでいった。丁寧に口をすすいで、絞った冷たいタオルで顔をさっと拭《ぬぐ》い、まだ不安定な足取りで廊下に出た。

小間使い《レディズメイド》のミリーがそこにいた。ナイトガウンの上にローブを羽織り、銀の盆にタンブラーをのせていて、それは元気づけるようにシュワシュワと泡立っていた。

「たいへんな夜だったのですか？」同情をこめてミリーがたずねた。

「予想以上にたいへんだったわ」グウェンは答えて、感謝しつつタンブラーを受け取った。

「それでも、こんなことを申し上げるのをおゆるしください、奥さまがお出かけになって楽しんでこられたのをうれしく思います」グウェンの部屋まで廊下を一緒に歩きながら、ミリーがいった。「もうずいぶん経ちますから。だんだん慣れていくものなのではないでしょうか」

「いくつかのことには一生慣れないでしょうね」グウェンは重炭酸ソーダを飲んだ。「朝食は部屋へ運んでと、プルーデンスに伝えてくれる？　明日は寝ていると思うの」

「かしこまりました」ミリーは空になったタンブラーを受け取った。「ロニーさまがお部屋へいらっしゃらないように、アグネスに申しておきましょうか？」

「ああ、それはいいのよ。どんな気分だろうと、かわいい坊やのための時間ならいつでもつくるわ」

「はい、奥さま」

「ありがとう、ミリー。それだけよ。あなたも休んでね」

「はい、奥さま。おやすみなさいませ。朝はご気分がよくなりますように」

グウェンはロニーの部屋のまえで止まり、音をたてずにドアをあけた。ママのいかれた冒険のことなどつゆ知らず、息子は眠っていた。もちろん、彼女も話すつもりはない。

部屋に入り、ベッドの端に腰かけた。おおいかぶさってきつく抱きしめたいのをこらえ、髪をなでてほっぺにそっとキスするだけで我慢した。坊やの眠りを妨《さまた》げはしなかった。

こっそり部屋を抜けだし、ドアを閉じて、自分の部屋へ帰った。

手紙や現金を隠せそうな場所はいくつか思いつくものの、もう夜も遅く、屋内をうろつきまわる音を聞かれたくはなかった。かつて夫がクローゼット内の板をゆるめてこしらえた、子ども時代の収集品の隠し場所を見せてくれたことがある。つかまえたカエルを隠しておきたかったんだけどね、と彼はいった。カエルにはあまりよくなかったんだ。ぼくが何日もめそめそしていた理由はだれにもわからなかった。

グウェンはそのクローゼットに入って、手さぐりでゆるんだ板を見つけ、はずすと、懐中電灯で照らした。その行動はまたしても死んだ男の記憶を呼びだした。ありがたいことに、今度は濡れて光る目が見つめてはこなかった。両生類の死骸《しがい》もなく、なかは空っぽだった。グウェンは手紙と現金が入った〈ハムリーズ〉のバッグをしまい、板をもどして、そのまえに靴を並べた。

服を脱ぎ、ネグリジェを着て、ランプを消し、ベッドに入った。

今度は自分が天井を見あげる番だったが、結局は疲労が打ち勝った。まぶたが閉じ、彼女は死んだ女のように眠った。

スパークスは驚くほどなんの悪夢にも悩まされず、早朝すっきりと目覚めた。限られた服のなかから、もっと涼しい季節向きではあるが、ダークブラウンのジャケットとスカートを選んだ。黒は着たくなかった。未亡人だと思われるかもしれず、それは彼女がでっちあげたくない会話につながりそうだった。茶色なら教会にふさわしい。彼女の経験からいって、男たちは茶色を着ている女を口説かない。少なくとも教会では。まあ、それほどは。

大聖堂はメリルボーンの彼女のフラットから二マイルほど離れた、ベイズウォーターのモスクワ・ロードにある。気持ちのよい朝なので、歩くことにした。

　早く到着したところで意味はない。早朝の礼拝、オルトロスは十時まで続く。彼女がもっと若いころ初めてその教会に誘ってくれた友人たちによれば、知る価値のある人物はオルトロスに来ない、来るのは黒を着た老女たちだけということだった。十時を境に聖体礼儀（カトリックのミサにあたる儀式）に移ると、戒律を順守する人々にふつうの信心深い人々が加わりだす。大多数は聖餐に間に合うようにぶらぶらと入ってきて、あとは社交にいそしみ、ゴシップの花を咲かせる。

　歩いて三十分で目的地に着いた。スパークスは足を止めて、ほれぼれと建物を眺めた。その大聖堂はロンドンの基準からいえば古くもないし巨大でもない——建ったのは十九世紀で、そのブロックの東の角三分の一弱を占めているにすぎない。が、設計はすばらしく、おおむね戦禍を免れた。明るい茶色の煉瓦の壁に水平の赤い縞《しま》が入っていて、正面の幅広い石段をのぼると、親しみやすい、民家と変わらない高さのドアが左右にひとつずつある。各々のドアの上は紅白のブロックを交互に配したアーチで、ファサード全体がキャンディを思わせる華やいだ外観となっている。総じて、主の御許《みもと》に近づきたいと願う人々を歓迎する顔をしていた。厳格で威圧的な灰色の石でできた、ロンドン市内のほかのキリスト教会とはちがって。

　石段の下に、乳母車の赤ん坊と小さな男の子を連れた若夫婦がいた。せいぜい二歳半といったところの男児は、その年ごろの子どもがいかにもやりそうなことをしていた。すなわち、なかに入るのを頑として拒んでいるのだった。父親は息子をなだめすかしているが甲斐もなく、母親は独力で石段の上へ乳母車を引っぱりあげようとしていた。スパークスはすばやく近づいた。

「手伝いましょうか」乳母車を指して申し出た。

「まあ、すみません、ありがとうございます」困り果てた声で母親がいった。

ふたりで乳母車を運びあげながら、スパークスは赤ん坊をあやし、不審そうに見つめかえされた。のぼり切ると、彼女はドアをあけて押さえた。そのころには説得をあきらめた父親が息子を肩にかついでいて、子どもはそれでもおとなしくしていなかった。

「少々ご機嫌斜めだ」父親は石段の下から大声でいった。「先に入ってて。この子が神様にちゃんとお会いできるようになったら追いかけるよ」

「いいわ。席をふたり分取っておくわね」妻が答えた。

「それもお手伝いしましょう」乳母車を押した女を通しながら、スパークスはいった。

「ほんとうに助かります。わたしはエレニ。赤ちゃんはアタナシオスです――この子はおとなしいの」

「わたしはアイリス。アタナシオスにお世話が必要になったときのために、端のほうに席を取ります?」

「右側に四つ空いてるわ」エレニがいった。

事情を知らない人が見ればわたしはもう家族の一員だ、と思いながら、スパークスは一緒に側廊を歩いていった。

彼女は右の通路側の席に着き、エレニはアタナシオスを抱っこして、通路から四番目の席にすわった。赤ん坊を膝にのせてあやし、鼻にしわを寄せたり変な顔をしたりして笑わせた。スパークスは笑顔でその様子を見つめながら、エレニの向こうに目をはしらせてだれが来ているかチェックした。

見おぼえのある人物はいなかったが、その間にも会衆がぽつりぽつりと入ってきて、ジグソーパズルのピースのように空席を埋めていった。というよりも、モザイクのタイルだ。聖人や聖なる場面に彩られた壁を見ながら、アイリスは思った。ここではモザイクが好まれるのだとなにかで読んだことがある。ロンドンのじめじめした気候がフレスコ画を保存できないからだという。

司祭が詩篇を朗読していた。

「〝あなたの慈しみのゆえに、敵を絶やしてください〟」厳《おごそ》かに唱えた。「〝わたしの魂を苦しめる者をことごとく滅ぼしてください。わたしはあなたの僕《しもべ》なのですから〟（新共同訳）」

けっこう血に飢《う》えているじゃない、とスパークスは思った。神の好戦的側面に訴えるならいつでもダビデが頼りになる。

「われら平和にして主に祈らん」

平和。七年まえ、彼らはいま彼女が聞いているとおりの言葉で平和を祈った。ほかの宗派もそれぞれの言語で、自分たちのやり方で平和を祈った。当時ドイツでも日曜に人々が平和を祈ったにちがいない。

ケンブリッジで無神論者を標榜したときは、なにか知的でこれ見よがしな一時的流行を追いかけていた。なんてかわいらしく反抗的だったことか。いま思うといやになる。

とはいえ、それには根拠があった。彼女はあらゆる教会に行き、好奇心から多くを研究し、そして――そして、なに？　魂を癒《いや》すなにかをさがしていた？　精神の切なる憧れを満たすなにか？

わたしにぴったりの神様《ライト・ソート》？

どんな探求であったにしろ、それが報《むく》われることはなく、無神論はなによりも理にかなっていた。それから戦争になった。恐怖、爆撃、裏切り、ついには数々の残虐行為の発覚。慎重で公正で慈悲深い神などいないと声高らかに訴えてもよかった。でも結局は、神の不在を絶対的に確信するようになった。または、少なくとも神は参加していないのだと。

だから、礼拝の場に居合わせた数々の機会には――どれほど多くの追悼式があったかは神様だけがご存じだ――口を閉ざし、建築や装飾の美しさに意識を集中させるか、音楽に聴き入って演奏を批評するか、休眠中の知的技能が錆《さ》びつかないよう頭のなかでラテン語やギリシャ語の同時通訳をした。

そして決して祈らなかった。一度たりとも。心からは。

奉神礼（ギリシャ正教の礼拝）は芝居がかったところが好ましいと思っている。司祭の入堂、ドアが開かれると、祭服をまとい、パンで磔刑《たつけい》を再現する。そのすべてが多声《ポリフォニー》聖歌を伴う。彼女が入ったときには、〝アーネスト・モス指揮〟と書かれたカードがイーゼルに載っていた。そうした音楽はＢＢＣラジオでたびたび耳にしていた。今日の聖歌は、大聖堂に反響する音響効果のおかげもあって、かなりよかった。スパークスはつかの間ビザンティン聖歌の古《いにしえ》の美に身をゆだねた。

いまやすっかり祭服に身を包んだ司祭が、香炉を振りながら側廊を行き来していた。アタナシオスは儀式のこの部分を畏怖のまなざしで見つめ、その目は煙が立ちのぼる、鎖でぶらさがった鈴がチリンチリンと甘やかな音色をたてる金色の器を追って揺れていた。

宗教とは大きなガラガラにすぎないのかもしれない、とスパークスは思った。わたしたちの気をまぎらわせ、おとなしくさせるための。

香を焚《た》く儀式を利用して、スパークスはふたたび会衆に目を向けた。

通路をはさんだ反対側。座席に深く腰かけている。コンスタンティン・トルゴス。タルボットの葬儀に参列した、ギリシャ人の情報部員だ。

最後に遭遇してから三年は経っているのに、ひと目で彼だとわかった。いまは五十代後半で、禿げかかり、細長い鼻の下に黒い口ひげを濃くたくわえている。連れの若い男の肩にゆるく腕をまわし、年長者らしい親愛の情を見せているが、相手の耳に長々とささやいている差し迫ったような顔つきは親しみとはほど遠かった。連れの若者は反応してうなずきはじめ、それから否定するように首を二度横に振った。

祈りではないわね、とスパークスは思った。

うしろの席に女性がすわり、身を乗りだして、彼女の肩をぽんと叩いた。

「スラム街見物、スパークス?」声をひそめてたずねた。「それとも未婚のギリシャ人をさがしまわってるの？　あたしたちにはあたしたちの紹介システムがあるのよ」

「カット！　ここであなたに会えないかと思ってた」スパークスは振り向いて、よろこびの声をあげた。

近くからシッとたしなめる音が聞こえ、スパークスはすぐさま口を閉じたが、立ちあがって新参者の隣の席に移った。

カティーナ・キツィウとは准将の下で一緒に働いたことがある。その後、彼女は同盟国とギリシャ・レジスタンスのさまざまな派閥を連携させる仕事に就いた。イギリスの友人や同僚たちにはカット・キットで通っていて、活発で観察眼が鋭く、ウィットに富み、知っておくべきすべての人間と、避けるべき数人を知っていた。スパークスがこの先連絡を取りたいと願っていたひとりだが、大連禱《だいれんとう》（聖体礼儀の冒頭で唱えられる祈禱）がはじまっていたので、挨拶の握手をかわしたあとは〝主、憐れめよ〟の詠隊に声を合わすほかなかった。

スパークスは視界の隅でトルゴスとその連れを観察しつづけたが、彼らはもう祈りを唱えていた。カットは彼女の視線に気づき、中央通路の向こう側を見やった。

「今度はだれに目をつけたの？」小声でたずねた。「とうとうお利口になって、ギリシャ人の彼氏を見つけたとか？」

「いい男なんて残ってる？」

「あなたが思っているよりも。戦争が終わったので、あわてて母国に帰らなくてもよくなったのよ。この天候や食べ物の不味《まず》さにもかかわらず、ここが気に入ってる男は多いわ」

「あ――これは聖三祝文ね。聴きましょうよ。まえから好きなんだ」

詠隊が歌い、つぎに司祭が会衆のほうを向いて、懇願するかのように両腕を差しのべた。

「力強く！」司祭が叫んだ。

ここで感情をこめるのね。スパークスは心のなかでいった。けれども信徒たちとともに恭《うやうや》しく歌った。聖三の歌。〝聖なる神、聖なる勇毅《ゆうき》、聖なる常生《じょうせい》の者や、我等を憐れめよ〟

いいけど。手遅れなんじゃない？　つぎはもっと幸運に恵まれますように。

後方が興奮ぎみのひそひそ声でざわめき、彼女とカットが振りかえると、数人のグループを従えた男が中央通路を歩いてくるところだった。若かりしころはハンサムだったという容貌だが、いまその顔は青白く、頬骨の下は落ちくぼんで艶《つや》がなく、唇は細い一文字にきつく結ばれていた。それでも神と僕たちのまえではそれなりの威光を発していて、彼がそばを通るときほとんどの会衆は慇懃《いんぎん》にこうべをたれた。残りは著《いちじる》しい無関心、もしくはあからさまな反抗から か、前方を直視しつづけた。

「あれが王様？」スパークスはささやいた。

「二度亡命したゲオルギオス二世の衰えた姿」カットが答えた。「もう王と呼ぶのははばかげてるわ。滞在している〈クラリッジズ〉の王ですらない。でも教会に愛人を連れてこなかったのはいい心がけね」

「わたしは愛人たちが祈れる教会が好き」

「彼女にとって日曜の朝は土曜の夜から回復するための時間なの。そして日曜の残りは明日に備えてめかしこむのよ」

「明日はなにがあるの？」

「国民投票に向けて君主制主義者を支援するレセプション」

「王はそれに愛人を伴うってこと？」

「もちろん、それはない。でもパーティの前後に祝宴はしたがるでしょうね。さっきから厳しいことをいっているけど――ふたりが心から愛しあっているのは聞いてる。もう何年もね。でも王は彼女と結婚できないわ」

「なぜ？」

「英国人だから。ジョイス・ブリテン＝ジョーンズは。郊外で地味に暮らしてて、戦争中は兵器工場で働いて貢献もした。ここでもどこでも取り巻きグループとは関係良好。でもいまのところは指輪と結婚証明書を手に入れたとしても役には立たない」

「気の毒に」

スパークスはつかの間礼拝に注意をもどし、信仰告白まで進んでいたことに気づいてうろたえた。彼女の懐疑の中心部分を、その場にいる全員が声を揃えて唱えようとしていた。

いっちゃいなさいよ。魔法の呪文じゃあるまいし。ただの言葉よ。口にしたら信じるようになるわけじゃない。いえば信仰をもっているとほかの人たちに信じてもらえる。王と国家に仕えるために、自分が信じてもいないもっとはるかにひどいことをいってきたでしょ。

彼女はそれを口にした。

ドーム天井を見あげると、高揚して両腕をあげたイエス《イイスス》が人々をじっと見おろしていた。彼の発した稲妻がスパークスを打つことはなかった。

またわたしをはずしたわね。彼女は思った。

礼拝は訓戒、祈禱、聖歌、献金の呼びかけと続いた。スパークスは戦没者慰霊碑のために寄付するのはやぶさかではなかったが、聖体を受ける段になると尻ごみした。

「あなたがまえに行くあいだアタナシオスを抱っこしていましょうか？」エレニに申し出た。

「ああ、いえ」エレニがいった。「この子には見せたいんです。あなたもご一緒に！」

「ありがとう、でもわたしはだめなの。ここでは部外者なので」

会衆は神からの贈り物に列をつくった。スパークスは席に残った数少ないひとりだったが、同様に乗り気でない人々がそこそこいたおかげで過度に目を惹かずにすんだ。うつむいて聖歌集を読むふりをしながら、帽子の下で目をあげて周囲をうかがった。

王様は優先権を主張しないのね、と気づいて感心した。トルゴスもまた列に並び、連れのうしろに立って、相変わらず何事か耳打ちしていた。

礼拝は終わり、会衆は解放された。カットがスパークスのすわっている席にもどってきた。

「外へ出て、ゴシップに耳を傾ける？」

「最近のニュースは？」ふたりで出口へ向かいながら、スパークスがたずねた。

「ほとんど政治よ。そういう話題に興味ある？」

「わたしはなんにでも好奇心満々よ」

「どうしてここに来たの？　ごまかし抜きで」

「クライアントの花婿候補の身辺調査。ここである人と会って情報を聞きだすはずだったんだけど、どうやらすっぽかされたみたい」

「マッチメイキングのためにそんなことまでするの？」

「当然よ」

「諜報活動みたいね」

「似てるけど、懸《か》かっているものはこっちのほうがずっと多いの」

「まあ、だけど、少なくともだれも殺されないんだし」

あなたには想像もつかないでしょうね。スパークスは思った。

ふたりは大聖堂を出て、石段の上から、小さなグループに分かれた、罪をゆるされたばかりの人々を見渡した。

「この場にギリシャ内戦の縮図が見える」カットがいった。「左のあの小さな騒がしい集団はギリシャ共産党、ほとんどは元ギリシャ人民解放軍ＥＬＡＳ《エラス》。そっちに三、四人いるのがトロツキスト――身振り手振りは激しいけど、もうだれも彼らには関心がない。正面のグループはいま台頭してきてるギリシャ民主軍の支持者たち。王を取り囲んでいるのはいうまでもなく王党派で、向こうから彼らをにらみつけてるのが反王制支持者。あっちは――あれは母親が見張っているのに女の子たちにちょっかいを出してる若者たち」

「わたしが名刺を配るべきはあのグループね」スパークスはいった。

王党派グループのそばで会話を続けているトルゴスと連れを見つけた。

「陛下のそばへ行ってもかまわない？」

「いったいなんのために？」

「生きている王様をこんなに近くで見たことないんだもの。一緒に来て」

「あたしは見たことあるから」

「いいじゃない。猫《カット》でも王を見ることはゆるされる」

「やれやれ」カットがため息をついた。「それをあたしにいったのはあなたが最初だと思ってる？」

スパークスはカットの腕の下に手をすべりこませ、彼女が自分とトルゴスのあいだに入るよう気をつけながら、そちらへうながした。ふたりは王を取り巻くグループの外側で、トルゴスたちのすぐまえに立った。

スパークスはいかにも興味ありそうに、ゲオルギオス二世が策士の手管で愛想よく崇拝者たちとふれあうのを見つめながら、うしろの会話に耳をそばだてた。ギリシャ語だったので、単語を聞き取るのに苦労した。

「通訳しましょうか？」カットが親切にも申し出た。

「なんのこと？　お願いだから黙ってて」スパークスは小声でいった。

“Pou einai i alliilografia?”〝——はどこにある？〟なんだろう？　彼女は考えた。通信だ！手紙のこと？　“Den gnorizo”〝知らない〟。彼女が学校でさんざん使ったフレーズだ。トルゴスの連れはそれをくりかえしている。トルゴスがなにかいった――

「そのレセプションのことをもっと教えて」スパークスはカットにいった。「わたしが押しかけられるようなもの？　オリーブ色の肌をしたハンサムな男たちにウーゾをごちそうしてもらえる？　彼らには経験豊富なパーティ・ガールが必要なんじゃない？」

「すぐこっちへ来て」カットが命じた。「騒ぎたてないで、さもないとあたしが大声を出す。それはうれしくないでしょ」

口調は穏やかだったが、表情はまったくそうではなく、スパークスの腕をがっちりつかむと、その場から連れ去った。

「戦争が終わってあなたは情報部を去ったんだと思っていたけど」だれにも聞かれるおそれのない歩道まで離れてから、カットがいった。

「そうよ、公式には」スパークスは片方の眉をつりあげた。

「謎めかしたいい方はよして。あなたに影響されやすい若い男たちとはちがうんだから。ここでなにをしているの？　なぜトルゴスに興味があるの？」

「そっちこそなぜ彼に興味があるの？」スパークスはいいかえした。「それにわたしの目当てが彼だとどうして思うわけ？」

「今日あなたを見た瞬間からこれまでの振る舞いだけでわかる」

「トルゴスが叱りつけてたカッコいい若い男はだれ？」

「だめよ。そっちの狙いがわかるまでなにも教えない。ここでだれと会う予定だったの？」

「彼にはすっぽかされたらしい。パーティのことを教えてよ」

「あなたは招待されてない」

「それで出席をあきらめることはめったにないの。知ってるでしょ」

「これは招待客しか出られない。チェックされるはずよ」

「だったら、わたしを招待させてよ。ちゃんとしたドレスやなんかは着ていくから」

「だめ。あなたの魂胆がわからない、これをだいなしにするつもりは――」

ふと口をつぐんだ。

「なにをだいなしにするの？」スパークスはたずねた。「そっちはいまなににかかわってるの、カット？」

「あなたには関係のないことよ。近づかないで。パーティには来ないで、あたしにも近づかないで。それに、アイリス？」

「なに？」

「トルゴスにはとくに近づいちゃだめ。悪い連中とつるんでいて、白色テロ集団を支援してるの。彼なら内戦を英国で続けるのもむずかしくないといわれてる」

「連れと話していたのはそのこと？」

「これでおしまい。会えてよかったわ、アイリス。またそのうち近況報告しあいましょうよ。これほど神聖じゃない場所で」

カットは背を向けて歩み去った。スパークスが聖堂のまえの人々に目をもどすと、トルゴスも若い男も消えていた。
でも明日の夜のパーティには彼らも来るだろう。そこまでの情報は得た。
それにトルゴスはマグリアスの名前を口にしていた。
"Vres ton" "Magoulias" "Férte ton se ména"
〝やつをさがせ〟〝マグリアス〟〝おれのところへ連れてこい〟
"i tha se skótoso"
〝さもないとおまえを殺す〟

11

ベッドで手袋をはめているのは変な感じ、とグウェンは思った。しかもオペラに出かけられそうな、肩まである白いサテンの手袋を。

ベッド横のナイトテーブルには、手紙の束が入った袋がある。朝食にはプルーデンスがトレイで運んでくれたゆで玉子一個とトーストを食べた。さらに一杯の重炭酸ソーダとともに。アグネスから注意を受けていたロニーがつま先立ちで入ってきたが、あまりに深刻な表情で、音をたてまいと大げさなほど気をつけている様子に、彼女はあやうく吹きだすところだった。息子をハグして、健康状態は問題ないと安心させ、送りだした。まずは教会へ、その後はトミーと遊ぶ開拓時代のアメリカ西部へ。

教会に行かないで、体調不良——使用人たちがほんとうに信じているなら二日酔い——を装っていることに、うしろめたさはある。でも朝遅くまでベッドでごろごろするのがうれしいのは否めなかった。罪悪感は教会をサボることのほうが強い。療養所にいたときでさえ、車椅子で礼拝堂に行って、精神を患《わずら》った人たちの大声に合わせて唱え、歌ったものだった。

彼女はベッドの脇にひざまずき、それで足りると神様が思ってくださることを願いつつ、祈った。神のゆるしを請うべきことは過去数日にどっさりあった。でも今朝だって目的もなくサボったわけではない——読むべき手紙があるのだ。

最初に、若きアリス王女が曾祖母に書いた手紙を見た。ありふれた日常のありふれた描写——パーティ、乗馬、抱っこした仔犬たち。女の子らしい手書き文字の手紙は、英語でしたためられ、つづりの間違いがいくつか見られた。上流社会に閉じこめられている女に完璧を期待するのは無理だ。一九二〇年代から三〇年代に育ったグウェン自身でさえ、前世紀に育ったアリスよりは自由があった。それに、主として女性だけの環境だったとはいえ、教育を受ける機会にもグウェンのほうが恵まれていた。

一方で、アリスはしばらくのあいだヴィクトリア女王と宮殿で暮らしていた。それはむしろうらやましいかぎりだ。

最後の一通は母親宛で、新婚旅行中に書かれたものだった。アリスは十八だったんだわ、とグウェンは思った。ハンサムな王子に恋していて、新しい発見をしている。昼間目に映ることを事細かにつづる一方で、母親も知っているはずの夜の出来事はほのめかす程度にとどめている。そこからはグウェン自身ありありと思いだせるよろこびが感じ取れた。

グウェンは筆跡に目を凝《こ》らした。筆記体の各文字がつぎに流れこむときのはね方や丸まり具合、小文字の〝t〟の横棒の引き方、大文字の書き方。

続いて、あのように危険な代償を払って手に入れた袋から、一通目を取りだした。わたしも名刺を作るべきね。〈ミセス・グウェンドリン・ベインブリッジ　誘拐犯および闇屋の共謀者・共犯者〉とか。いえ、それでは長すぎる。〈ミセス・グウェンドリン・ベインブリッジ　女闇屋〉かしら。

頭によからぬ展開が浮かびはじめていた。拘束しているあの男が反撃してきたらどうする？　または、彼の傾向からいって、わたしたちをゆすろうとするかも。あのときアーチーに助けを求めたのは名案に思えた。でも、アイリスの机で男が出血して意識を失っているときに思いついたことは、はたして正気の判断だったのかどうか。

それに関しては、もうどうすることもできない。あのいやな男は自業自得よ、そうじゃない？　わたしたちのしたことはどこから見ても正当防衛だった。そのあとの誘拐と監禁をべつにすれば。

ペイシェンスがどうにかして国王からおゆるしをもらってくれるかもしれない。

いまは目のまえの仕事にもどって、グウェン。

一通目の手紙をじっくり見た。まえに王女に送られた手紙同様、折りたたまれたブルーのオニオンスキン。鼻に近づけてみた。ほんのりかび臭く、古い蠟《ろう》や亜麻仁《あまに》油のにおいもする。開いてみると、ちがう筆跡のドイツ語で書かれていた。男の字だ、と彼女は思った。

親愛なるA
ここへ到着した貴女がとても悲しそうに見え、お見かけするたびに胸が潰れる思いでした。元気を出して！　私たちはみな生きていて、ともにいて、この滞在とて永遠に続くわけではありません。家族がすべてですが、もし貴女のなかに無視できない空虚な場所があるとお感じなら、どうか治療の手はじめとして、同封した贈り物をお受け取りください。この世——そして来世での私たちの人生に驚くべき洞察をもたらしてくれる作品と存じます。お読みください。道に迷っておられるときは、いつでもお話し相手になります。
貴女のC

Cはアリスの夫の弟、クリストのイニシャルだろうか。史実と矛盾しない親しさはあったようだ。グウェンはそのつぎの、クリーム色の便箋《びんせん》に書かれた手紙を読みはじめた。

親愛なるC
あの本のこと、感謝してもしきれません。娘たちに目を配りながら、王とその家族に対してはいわずもがな、夫にも朗らかな顔をしていなければならず、自分のための時間はありませんでした。M・シューレの本は私の目を開かせてくれました――魂を、といってもいいかしら。私たちの存在にはこの世界よりもはるかに大切な意味がある。いまそのことが見えはじめています。もしお時間を割いていただけるなら、貴方とぜひこの話をしたく存じます。アンドレアスとの会話は主に権力の座に返り咲くという彼の計画を聴くことであり、私が求められているのはただすわってうなずいていることのようです。私の心は本物の会話に飢《う》えています。

貴方の友、A

かわいそうに、とグウェンは思った。ヴェルヴェットの檻《おり》に閉じこめられている女性がここにもいる。眺望のすばらしい一流ホテルで亡命生活を送る人を憐れまないのは簡単だが、自由がないのはやはり息苦しいものだ。
脱出――たとえそれが知的もしくは精神的なものでしかなくとも――の機会は、頭がくらくらするような誘惑だったにちがいない。もしもそれが情事のはじまりだったのなら、本一冊の贈り物で落ちたことがグウェンにはじゅうぶん理解できた。

親愛なるA
今夜の晩餐での貴女は、私の知る愁《うれ》いに沈む貴女とは別人のような美しさでした。兄の振る舞いには呆れかえりました――コンスタンディノス国王にも。貴女をお慰《なぐさ》めする術《すべ》が私にわかりさえすれば。よろしければ明日湖畔を散歩しませんか。カペル橋の屋根の内側の絵をまだ見たことがないのです。おつき合いいただけませんか。お嬢さんたちはナニーがしっかり面倒を見てくれることでしょう。行くといってください。どうかお願いです!

貴女を愛するC

一緒に散歩して歴史ある絵画を見ようという、古くさい手口。グウェンもジュネーヴにいたころ、似たような台詞《せりふ》で若い男たちにどれだけ誘われたかわからない。でもアリスはむしろ進んでその餌にかかったようだった。

親愛なるC

絵はいささか平凡で、橋は古くて地味でしたのに、貴方と見ると魔法の国のそれのようでした。ギリシャから逃れてきてこの方、これほど心が軽くなったことはありません。

貴方に感謝しなくては。こういう散歩を私たちの日常にいたしましょう!

貴方の友、A

まだ友だち、なのね? いつ佳境に入るのかしら。

手紙の数は多くなかった。考えてみれば驚くことでもない。ふたりは同じ場所で暮らし、同じ行事に出て、同じテーブルで食事をしていたのだ。そのため手紙と手紙のあいだは空いているが、親密さは一通ごとに飛躍的に増していた。

親愛なるA……
愛しいC……
貴方をだれよりも愛するA……
貴女に身を捧げるC……

そうよ、ぐずぐずしないで、グウェンはもどかしく感じた。それから一九一八年五月の日付が入った一通を読んだ。

愛しい貴方
私にくちづけしたのは過《あやま》ちでした。貴方にそれを許したのは過ちでした。自分が信じられません、人々が踊っている最中に貴方と屋上まで行ったなんて。でもアンドレアスはあまりにも無関心で、貴方はとても優しかった。踊ったとき貴方の手が添えられた私の腰は痛いほどに疼《うず》いていました。それに、貴方の肩にのせた私の手、握りあっているもう一方の手だけしかふれ合いを許されないとは、なんとむごい戯《たわむ》れなのでしょう。でもその後、私たちはひそかに抜けだして、気がつけば世界のずっと上、屋上で踊っていました。はるか下の舞踏室からふわりとのぼってくる音楽の調べ、かつてないほど密着したふたりの体。

あのときの私は嵐に抗《あらが》えないのと同じく、貴方を拒むことなど不可能だったのです。

　おやおや。グウェンは思った。わたしだってこんな状況で誘惑に抗えたかどうか。そもそも彼と屋上へ行ったりしなければよかったものを。でも彼女は行ったのだ。どんなことになるかじゅうぶんに承知していながら。自分がそれを欲していると自覚しながら。

　当時アリスは――三十三歳？　いまのグウェンよりもすこしだけ歳上だ。嫁いだのが十八だから、結婚十五年。夫はもう彼女に関心がなくなっていた。

　グウェンなら絶対に夫を裏切らなかった。まあ、いまそういうのは容易《たやす》いけれど。彼女が結婚したのはアリスとさして変わらない年齢のときだった。ロニーがいまも生きていたらどうなっていたか。グウェンはいま自分の人生と彼の人生、どちらを生きているだろう。大学へ行きたいという彼女の願いを彼はサポートしてくれただろうか。結婚から十五年経ったふたりはどうなっているだろう。

　彼はアイリスと一緒に〈ライト・ソート〉で働かせてくれたかしら。

　くだらないよ、ダーリン。ぼくたちの人生はパーフェクトだ。きみが欲しがりそうなものはなんでもぼくが与える。もっと子どもをつくろう。

　あなたが彼の短所を知り尽くすまえに、彼は亡くなってしまいました。だから永遠に模範的存在なのです。

　アリスの結婚生活はアンドレアスの短所を知るのにじゅうぶんなほど長かった。

手紙はまっしぐらに熱情へと突き進んだ。

貴方なしではいられません……
お逢いしなければ、正気をなくしてしまいそうです……
彼は三日間留守です……
ルオピゲン通りに宿屋があります。シュミットという名前で部屋を取りました……
どうかしています！　こんなことを続けてはいけない、でも私には止められない……
だれにも見つかるはずはない……
だれにも見つからない……
昨夜貴方に教えられた感覚——あんなことができるのだと初めて知りました……

グウェンは最後の部分を何度も読みかえした。細部の緻密な描写はドイツ語にかぎるわね。

貴女はナンシーのことをおたずねになった……

ナンシー？

はい、私はいまも彼女と結婚するつもりでいます。そうしなければならないのです、家族のために。彼女には財産があって、私たちを助けることができますから。

彼には婚約者がいた！　グウェンはクリストの過去を知らなかった。アイリスに訊いてみなくては。その名前からするとギリシャ人やドイツ人ではない。イギリス人？　アメリカ人？　いずれにしても裕福な女性だ。そして親類や使用人を含むロイヤル・ファミリーが亡命先で暮らしつづけるのは高くつく。

グウェンは先を読んだ。

でもそのことは私たちを止められません。私たちの愛こそ真実の愛、現世を超越したより高き愛なのです。

ちょっと、やめて。グウェンはふんと鼻を鳴らした。ふたりはこの現世で寝ているんでしょ。スピリチュアルな饒舌《じょうぜつ》は慎んでね。

関係は続いた――つかの間の忍び逢い、ふたりだけの遠出、あの長い長い〝散歩〟。アリスの脚はさぞ美しく鍛《きた》えられたにちがいない。それから結婚式になった。

愛しい貴方

おふたりが一緒に、みなが祝福するなか手を取りあっているのを目にし、これで貴方があの女性のものになったと知るのは辛いことでした。彼女には称号が与えられるのですね。アナスタシア王女と。王女ですって！　彼女はただ富と結婚し、その富を築いた男性を埋葬しただけですのに。

貴方が望めば私はいつでも貴方のものだと知っていてください。人に知られようともうかまいません。

永遠に。Ａ

わが心の人
私たちはこれまで以上に用心しなければなりません、でも方法は見つけます……

そしてどうやら、彼は見つけたようだ。彼がアリスの結婚、もしくは兄の結婚を気にしないのなら、どうして自分の結婚を気にするだろう。

でもよいことすべてには終わりがある。悪いことも然《しか》り。

彼らは一九二〇年の夏のあいだルガーノへ行った。手紙はギリシャの情勢にふれていた。戒厳令が解かれ、国民の共感の振り子はロイヤル・ファミリーにもどってきた。コンスタンディノス一世の次男アレクサンドロスが王位に就いていて——猿との致命的な遭遇まではまだ数か月あった——、彼自身の結婚もスキャンダルとなっていた。クリストを含む兄弟たちはつぎなる行動の計画を立てはじめる。

私の愛しい人、C
アンドレアスはローマへ行くといっています。ギリシャで歓迎されると判断したら、そこからアテネに向かう考えです。私の胸は期待で高鳴っています！　彼がそれだけ長く留守にすれば私たちの世界の扉が開くでしょう……

愛する人よ
私は兄に同行します。家族と国家の問題がそれを要求するのです……

つぎに彼女が送った手紙は前置きなしで、短かった。

お目にかからなくてはなりません。今夜。A

日付は一九二〇年九月二日だった。
それからすこし間があって、彼がローマから急いでしたためたと見られる短い手紙が続く。旅の様子と無事に到着したことを報告し、追伸にこう書いていた。
貴女のことを考えずにいられません。貴女の裸身の美しさ、月光の下で白く輝く、雪花《アラバス》石膏《ター》の女神像のごとき……

ふうん、ロニーからそんな台詞は聞いたことがないわ。グウェンは口許をゆがめた。でもわたしたちは月光の下で裸になったりしていないもの。

もっと残念なのは、これからもならないこと。

涙があふれだしてハンカチに手をのばしたが、見つからず、サテンの手袋で目をこすって、ぎざぎざの濡れた筋を二本つけてしまった。

ひどいわ、ロニー。戦争の英雄にならなくたってよかったのに。

つぎの手紙は詩的な体裁をかなぐり捨てていた。

Cへ

最後の密会は意図しなかった結果を生みました。私は身ごもっています。貴方が発つまえにそうではないかと思い、用心のために夫と閨《ねや》をともにしました。彼が危険な旅に出かけるまえにそうしておきたいという口実で。自尊心をくすぐられた夫は長らく私に冷たかったことも忘れ、私は満たされたふりをし――ともかく、夫は自分の子だと疑わないでしょう。でもそうではないと私は確信しています。時期的には怪しまれずにすみますが、貴方にはお伝えしておきたかったのです。これは私たちの秘密、私たちの愛の象徴として、永遠にふたりを結びつけてくれるでしょう……

Aへ
これ以上この件について話してはなりません。書いてもいけません。貴女からのお手紙はすべてお返しします——ただちに焼却したかったのですが、できませんでした。その子どもはわが兄のものです。これから先、私がこの件に責任を負うことはないでしょう。貴女に対しても……

Cへ
あり得ません！　わたしたちは愛しあう運命なのです、現世でも、より高きすべての来世でも。

Cへ
なぜもうお返事をくださらないのですか。

Cへ
正気を失ってしまいそう……

それが最後の手紙だった。グウェンは吐息をついてそれを折りたたみ、時計に目をやった。

一時半。

正気を失ってしまいそう。

実際、そうなったのだ。聞くところによれば。このことで説明がつくのかもしれなかった。アリスがおかしくなったことだけでなく、その後アンドレアスが彼女を棄てたことにも。これらの手紙が大衆の知るところとなれば、あるいは国王ひとりに知られるだけでも、たしかにエリザベスとフィリップに結婚の望みはなくなる。

そしてこれらは偽物だ。


イースト・ハムのユダヤ人墓地の敷地内にある管理棟に、ごく何気ない様子でアーチーが近づき、ドアをノックした。のぞき穴の蓋《ふた》が横にスライドした。一瞬おいて、ドアが開き、管理人が彼を見た。

「よお、レグ」アーチーはいった。「表敬訪問だ」

「日曜を選んでくれるもんだな」レグは彼を通した。「今日は大混雑なんだぞ」

「だからあいつを土曜の晩に運びこんだんじゃないか」アーチーはなかに入りながらいった。

「暇だと思ってな」

「おれにだって生活があるんだ。デートがあったらどうすんだ」

「そのときはキャンセルするまでさ」とアーチー。「おれが曲をかけたら、あんたは踊る。やつの様子は？」

ってていた。

「自分で訊いてみろよ」レグは地下へおりる階段のドアをあけた。

アーチーがじめじめした部屋へおりていくと、べつの男がテーブルについてソリテイアをやっていた。

「よお、オーウェン」アーチーは声をかけた。「《テレグラフ》を持ってきてやったぞ」

新聞をテーブルの上に放った。

「どうも」オーウェンが顔をあげずにいった。「包帯を四時間ごとに取っ替えろとドクにいわれましたよ。おれが看護婦かなんかみたいに」

「休憩したけりゃ、なんか食い物を買いにいってきな。おれがしばらく見張っとく。あいつはなんかいったか？」

「ドクに礼はいいました。ほかはなんにも」オーウェンは新聞を取りあげた。「あとで」

アーチーは彼が出ていくまで待ってから、壁のフックの鍵を取り、隣室のドアを解錠した。上着からスキーマスクを引っぱりだしてかぶり、入室した。

囚われの男は簡易寝台に寝転んでいた。手の包帯はミセス・ベインブリッジがやったのよりプロらしく巻き直されている。もう一方の手は壁のボルトにチェーンで固定されていた。

男は起きていて、アーチーが入ると身を起こした。

「またあんたか」

「おれがだれかわかるのか」アーチーはたずねた。

「昨夜のボスだろ」

「そうだ。目が鋭いな」

男は肩をすくめた。

「おまえ、名前はあるのか」

「あんたは？」

「あるよ、でも自分の名前はもう知ってる。そっちの名前を教えてくれたらどうだい、そうすりゃ話がしやすいだろ」

「くそくらえ」

「それだったら、親きょうだいの名前はどうだ？」

「ミスターとミセスだ。くそくらえ」

アーチーはにやりと笑って、部屋の遠い角からスツールを取ってくると、寝台の隣に置いた。

「つかみかかろうなんて気の利いた考えを起こすなよ」腰かけながら警告した。

「できないと思うか？」

「意味がない。おれはその手錠の鍵を持ってないしな。それに、おまえにやられる気はしない、強さをひけらかそうとかそういうんじゃなく。おまえは昨夜女ふたりに倒されたんだから、おれが心配するにはおよばないってことさ」

「脅《おど》そうってのか？」

「簡単に脅されるやつには思えない。びくついていてもいいはずだ。おれがおまえの立場ならびびってる」

「ミス・スパークスはおれを生かしておきたがってる」

「ミス・スパークスはここを仕切っていない」

「それは昨晩見たのとちがうな。彼女が本物のボスなんだろ」

「おれが本物のボスだ。彼女に金をもらって、おまえを預かっている」

「ああ、一日二十五ポンドで火曜まで。その後、あんたはおれを解放する」

「たぶんな。個人的には川に投げ捨てたい気分だ」

「でもスパークスはおれを生かしておきたい。彼女はあんたの女か？」

「彼女はだれのものでもない」

「そっちは彼女に惚れてるという気がしたが」

「おまえがどんな気がしたかは、ネズミのキンタマぐらいどうでもいい」

「じゃあこうして話してるのはなぜだ」

「まだ話してねえよ。ここへ来たのは、職業上の関心とでもいおうか。見たところ、おまえはなにかのゆすり計画にからんでいる。いい商売だ、うまくいけばがっぽり儲かる。だが気になるのはこっちがおまえを知らないってことだ。通りの陰の側を歩く連中は知っておくよう心がけてるんだが。仲間もだれひとりおまえを知らない。訛《なま》りはロンドンだ、まちがいない、だからこれがおまえの定職なら、これまでにひょっこりどこかで出くわしていたはずだ。というわけで、おまえさんはだれなんだい？」

「どうにかこうにか生き延びてるってだけの男さ」

「みんなそうだろ？」

「ミス・スパークスはおれたちのささやかな取引のことを全部しゃべったのか」

「ああ」

「それじゃ五千ポンドのことは知ってるんだな」

「知ってる」

「いや、知らないな。あんたほどやり手の闇屋がこれだけの大金がやすやすと手に入るチャンスを見逃したはずはない。あんたら三人、彼女たちふたり、おれは床の上だった。あんたを見てたんだ。あの金髪がこのすてきな宿泊施設に払う金を持っていたことに、ぶったまげてたよな」

「仮定の話として、おれがその五千のことを知らなかったら、どうだというんだ」

「おれを解放しろ、金の在処《ありか》を教えてやる」

「おまえが真実を話しているとどうしてわかる？　その金が実在するかさえ不明なんだぜ」

「おれは手紙と引換えにその金をもらうはずだった。女たちは手紙を手に入れたが、金はよこさなかった。でもあいつらが金を持っているのは知っている、めちゃくちゃな状況になるまえに一瞬見えたんだ。おれを自由にしろ、そうしたらもっと聞かせてやる」

「知る必要のあることはもう聞いたかもな」

「だれが敵か知っといたほうがいいぞ」

「ならおまえの名前をいえ」

「いや、おれのことじゃない。あんたの女たちのことだ。おれはアイリス・スパークスのことならなんでも知ってる。戦争中彼女が情報部にいたのは知ってるな？　特殊作戦執行部だぞ、よりにもよって」

「そう思ってたよ」

「彼女みずからあんたにばらしたのか？」男は冷笑した。「だとしたら、あんたはとくべつな存在らしい。そう、おれはアイリス・スパークスを知ってる。おれもその方面で働いていたからだ。男たちにはえらく人気があったが、彼女はお気に入りだった相手に最後はかならず牙を剝《む》くんだ。男の心を引き裂くこともあるし、倉庫で血を流している男を置き去りにすることもある。この話が信じられなければ、昨日ポプラー・ドックでほんとうはなにがあったか彼女に訊いてみるといい」

「五千ポンドは？」

「その情報には値段がついている。そいつがおれの商売さ。だからそっちはおれを知らなくても、おれはあんたを知ってるんだ、アーチー・スペリング。こっちはあんたや手下どもよりはるかに上のリーグでプレイしていて、おれの同僚は朝食に闇屋を食らってるんだよ」

「いまの話がでたらめじゃないなら、おまえなしでも金は簡単に見つかる」アーチーは立ちあがり、スツールを部屋の隅にもどした。

「そうかもな」男が同意した。

「それにおれの名前を口にしたおかげで、おまえが川底に沈む可能性は高まったぜ」

「そうだろうよ。しかしおれがしたスパークスと金の話が嘘でないなら、同僚の話も事実だ。だから、ああ、こっちは恐れちゃいない。そっちは恐れたほうがいいかもな。おれがあんたの立場ならそうする」

「考えておくよ」

「よく考えろ、アーチー・スペリング。おぼえとけ――五千ポンドの価値がある女などいないんだ」

アーチーは窓も明かりもない部屋に男を残し、外に出てドアに施錠した。

その暗闇のなかで、男はほくそ笑んだ。


アイリスはベインブリッジ邸の呼び鈴を鳴らした。ほどなく執事がドアを開いた。

「あっ、あなたがパーシヴァルね」アイリスは大声でいった。「すぐにわかりました。ミセス・ベインブリッジがあなたをばっちり正確に描写していたので。『だれもが品よくあろうとする世界で、彼こそが真に品位を身につけた人よ』って」

「そうおっしゃったのですか?」パーシヴァルはほとんど顔にはあらわさずにめんくらった。

「わたしのことを?」

「そのとおりに。またはかなり近い言葉で。あら、いやだ、まだ名乗っていませんでした。ミス・アイリス・スパークスです、ミセス・ベインブリッジに会いにきました。おかげんはよくなられたでしょうか。夕べ食事のあと顔色が悪かったの。どこかで悪い貝にでも当たったんじゃないかと思って。ちょっと様子を見たくて立ち寄ってみたんですが」

「起きてお目にかかれるかどうか見てまいります、ミス・スパークス」パーシヴァルはドアを押さえた。「そのあいだ客間でおかけになってお待ちください」

アイリスは入って、きょろきょろ見まわした。客間は彼女のフラット全体よりも広かった。近いほうの壁を占めている大きな絵は、現在のベインブリッジ卿夫妻の新婚時代を描いたものだ。婦人はダークブルーの布張りをした背もたれが高い椅子にすわっている。何連もの白い真珠のネックレスを着け、ブルネットの髪はなかなか愛らしくカールして肩に流れていた。すらりとした体形で、その時代の人々にはきれいというより凜としていると描写されそうなタイプだ。夫は彼女のうしろに立ち、両手を椅子の背の上にのせている。グレイのチョッキに黒い燕尾服で、唯一彩りを添えているのは一輪の赤いカーネーションだった。

ふたりに笑みはない。画家が卿の顔にとらえた表情は、厳格な判事を思わせた。夫人のほうは、アイリスが深読みしすぎているのかもしれないが、なにかをあきらめたように見えた。

パーシヴァルがもどってきた。

「ミセス・ベインブリッジは寝室でお目にかかります。階段をのぼったところでミリセントがお待ちして、そこから先へご案内します」

「ありがとう、パーシヴァル」アイリスはいった。

階段をのぼっていくと、若いメイドが会釈して、廊下の先へと案内した。ドアのまえで足を止め、恭《うやうや》しくノックした。

「奥さま、ミス・スパークスがいらっしゃいました」

「ありがとう、ミリー」内側からグウェンの声がした。「入っていただいて、ドアを閉めてちょうだいね」

ミリーはドアを開いた。アイリスが入ると、グウェンはメロドラマ風にベッドで上掛けをあごの下まで引っぱりあげて休んでいた。

「まあ、ミス・スパークス」あえぐようにいった。「お見舞いに来てくれるなんて親切ね」

アイリスはドアが背後で閉じられるまで待ってから、にやっと笑った。

「これで安全」

グウェンはただちに上体を起こして、オペラ用の手袋をあらわにした。

「ハロー、ギルダ」アイリスがいった。「わたしたち、これを〝メイムのせいにする〟?」（映画『ギルダ』でリタ・ヘイワースが歌う曲《Put the Blame on Mame》より）

グウェンはいぶかしげに見た。

「どうなの、ギルダ?」アイリスがくりかえした。

「ごめんなさい、わからないんだけど。ギルダってだれ?」

「リタ・ヘイワースの映画で、ギルダが長手袋を脱ぐストリップの場面があったでしょ? 片方だけだった?」

「ふうん」グウェンはベッドを出ながら手袋を脱いだ。「ええとね、一九四四年の後半を過ごした療養所では週に一度の映画をわたしには観せてくれなかったの、興奮するといけないからって。そのあとはこの家で暮らして、小さな男の子の母になろうと精一杯やってるけれど、そのせいでときどき施設に入れられたときよりおかしくなる。カウボーイの映画と『メイク・マイン・ミュージック』のほかは、なんにも観ていないの。当然ながら、ストリップショーの場面がある映画なんて一本も」

「『メイク・マイン・ミュージック』って？」

「ディズニーの漫画映画」

「どうだった？」

「リトル・ロニーはすごく気に入った。大事なのはそのことだけよ」

「わたしたちで映画を観にいかなくちゃ。殺人や心理療法とは関係なく、一緒に夜の外出をしたら楽しいわよ」

「ぜひそうしたいわ」

「では、手袋の説明をして」

「手紙に指紋を残したくなかったの。でも短い手袋はオフィスに忘れてきちゃったから」

「手紙はどうだった？」

「アリスとアンドレアスの弟クリストがスイスに亡命していた期間の恋愛が生々しく描かれていた。おしまいには彼がフィリップの父親だとほのめかされていたわ」

「あらら。どのくらい生々しいの？」

「ときにはどぎついくらい。その手のものが好みなら、けっこう刺激的よ」

「でも手袋は脱がなかったのね」

「ええ、偽造者が指紋を残している場合に備えて」

「偽造者？　アリスの昔の手紙と筆跡が一致しないの？」

「筆跡はわたしの素人目《しろうと》にも同じに見えるけど、中身でばれてるの。なかでもこれ」

グウェンは一通を掲げてみせた。アイリスはベッドのグウェンの隣にひょいと腰かけて、読んだ。

「だめだ、見えない」読み終えると、いった。

「それならわたしのほうが一段階上ね。専門家に鑑定してもらったほうがよさそう。わたしの意見では当局を満足させられないかもしれないから」

「当局って？」

「警察とか、陰謀を専門に扱うあなたのお仲間のどなたかとか。もしこの手紙が偽造されているなら、偽造者、またはその人物を雇った人たちはだれかを陥《おとしい》れようとしているのよ」

「おそらくは、フィリップを」

「わたしはもうそれほど確信がもてない。たいへんな手間暇かけてこれを偽造したのは、たんに若き王子をどきりとさせるためなのかしら。これを求めて、にわかに暴力的な男たちがぞろぞろ出てきすぎる。もっと大きな計画のにおいがするわ。でもあなたならもうそのくらいのことは考えたわよね。わたしはこう考えていたの。もしもあのゆすりの手紙が想定した受取人がエリザベス王女でなかったとしたら？」

「宛名は王女よ」

「そして王女宛の手紙をふるいにかける担当者が先に読んだ」

「レディ・マシスンか。狙いは彼女ってこと？」

「犯人が王室での手続きを知っていたなら、論理的に成り立つわよね」

「だとすると、何者かが彼女を罠にかけてるのね。明日あの写真が手に入ればもっとわかるかもしれない。手紙は〝代書屋〟ジミーに持っていこうか。彼の見解を聞いてみたい。わたしたち、この件では警察を出し抜けるかな」

「警察はわたしたちの知っている情報を知らないもの」グウェンはサイドテーブルから新聞を取りあげて、アイリスに渡した。「捜査主任がだれだか当ててみて」

「〝ポプラー・ドックの倉庫で男性の刺殺体が発見された〟」アイリスが朗読した。「〝当局は被害者の氏名の公表を控えている……聞込み捜査が進行中……情報をお持ちの方はフィリップ・パラム警視まで〟。またパラム！　運命の当番表がまわって、わたしたちに二度目が当たったのね。まあ、彼がこの件を担当するなら、競争の心配はしなくていいか」

「あなたの元婚約者は今回も彼の補佐にまわるのかしら」

「マイクはいまごろハネムーンのはずよ」

「えっ！　もうそんなことになったの？　あなた、ひとこともいわなかったじゃない」

「いうまでもないけど、結婚式には招かれなかった。これが人生《セ・ラ・ヴィ》よ。または、これが戦争《セ・ラ・ゲール》。終わったとき自分がどこに立っていたかよくわからない。わたしはもう先に進んでる」

「それでいいの?」

「それがわたしのいちばん得意なことだから」

「わかった。聖ソフィアはどうだった?」

「目からうろこが落ちた。旧《ふる》い知り合いのひとりに遭遇して、もうひとりを見かけた」

「全部聞かせて」


アーチーはキッチンのテーブルでリストを作っていた。

1 オフィス 金庫?
2 隣のオフィス
3 建物内のほかの場所

ほかの場所はいろいろと面倒なことになるだろう。アーチーは思った。隠し場所はいくらでもあるが、安全面では劣る。管理人が見つけてしまうかもしれない。オフィスの改装をする業者たちとか。ネズミとか。いつでもネズミがいやがる。

4 彼女のフラット
5 ベインブリッジの家
6 銀行の貸金庫
7 友だちのところ

さてと。1と2ならわけもない。ひとりでもやれる。信用できる金庫破りも何人か知っている。しかしスパークスがこの期《ご》に及んでまだオフィスに金を置いているとは考えにくい。

最初の三つを×印で消した。

ならばフラットか？　広くはないが、まあまあ長く住んでいるから隠し穴を見つけるかこしらえるかしていても不思議はない。先日見舞いに行ったのは偵察が目的ではなかったし、寝室は見なかった。

見たかったんだがな。アーチーは残念に思った。でも五千ポンドは五千ポンド、彼女は二回デートした女にすぎない。

いや、向こうにいわせると、三回だ。ただウイスキーとカレーを持っていったのに、女には女のおかしな数え方がある。こっちはそれでほっぺたにチュッとされただけだが、フラットからの帰り道はなにやらいい気分だった。

金だ、アーチー。彼は自分を叱りつけた。金を忘れるな。

あのフラットに本業の金庫破りは不要だ。スパークスがあそこに隠し穴を持っているとすれば、金や宝石類よりむしろ武器のためだろう。あれは現実的な女だ。金目の物はフラットの外に隠すくらいに物事がわかっている。

しかし、それには五千ポンドも含まれるんじゃないか？　ただ、昨日は土曜で銀行はもう閉まっていたから、貸金庫ではないだろう。アーチーはそれも削除した。

もしこれから銀行に預けるとすれば、こちらが行動を起こす選択肢は限られる。たぶん今夜は自宅にいるだろう。つまり武装した手下たちを早急に送りこまなければならないが、彼女はそういうのをおとなしく迎え入れる女ではない。

その筋書きだとだれかがまちがいなく怪我をする。

彼は4を削除した。

ベインブリッジの屋敷はどうか。

ケンジントン。街の高級な地区。だだっ広い屋敷に、大勢の雇い人。かといって、警備員がいるような家でもない。ひとたび全員が眠ったあとは、音をたてなければ忍びこみ放題だ。

錠前破りが要るな。夜間ひそかに——

電話が鳴り、耳障りな金属音で物思いから突如現実に引きもどされた。彼は受話器を取った。

「なんだ」苛立った声でいった。

「アーチー叔父さん！」興奮した男の声。「バーニーです！　いまだいじょうぶ？」

「ちょっと考えをまとめていただけだ」アーチーはいった。「おまえのためならいつだってだいじょうぶさ。どうした？」

「お礼をいいたくて」息せき切ってしゃべりだした。「こんなふうになるとは思ってなかった、でもうまくいったんです！　すごい！」

「ほう、そりゃよかったな。なんの話だ？」

「ぼくは恋をしてるんです！」疳《かん》高い声で叫んだ。「彼女はすばらしい！　ぼくが思ってた女性とは全然ちがう、ぼくが夢に見ていたタイプの女性じゃない。だけどこうなったんです！　奇跡ですよ、アーチー叔父さん。なにもかも叔父さんがぼくを〈ライト・ソート〉に行かせてくれたおかげです。ありがとう、ありがとう、ありがとう！」

「一回のデートでそんなことになったのか？」

「二回！　そして二回目には――ぼくたち、その――これ以上はとてもいえない、でもふたりとも恋に落ちたんです、信じられます？　だれよりも早く叔父さんに知ってほしくて。これから父さんと母さんに電話して、今度彼女を夕食に連れていきます。叔父さんも来てくださいね。ティシュに会ってもらいたいんです。会ってくれます？」

「あたりまえだろ。そんなにうまくいって、おれもうれしいよ」

「うん、それじゃ両親に電話をかけます。おやすみ、叔父さん」

「おやすみ、バーニー」

アーチーは電話を切り、それからふたたびリストに目を向けた。

五千ポンドの価値がある女などいない。

ただしアイリス・スパークスにはもっと価値がある。

彼はリストをくしゃくしゃに丸めて、灰皿にぽとりと落とし、マッチをすって火をつけた。


「そのパーティにもぐりこまなくちゃ」アイリスが結論をいった。

「もしかすると」グウェンは考えこんだ。「一緒に来て」

アイリスが過ごした朝の要約を聴きながら、グウェンは着替えをすませた。それからアイリスを連れて執事をさがしに階下へおりていった。彼は一対の燭台を磨いているところだった。

「ああ、パーシヴァル、よかった」グウェンはいった。「レディ・カロラインに明日の晩〈クラリッジズ〉で開かれるギリシャ王のレセプションの招待状が来ていたかしら」

「来ておりました、ミセス・ベインブリッジ」

「出席のお返事はした？」

「しておりません」

「ひょっとして、まだその招待状はある？」

「あると思います」

「悪いけど、取ってきてもらえる？」

「ようございますとも」

執事は燭台をキャビネットにもどし、施錠してから、招待状をさがしにいった。ほどなくして銀の皿に載せた封筒を運んできた。

「ありがとう、パーシヴァル」グウェンはそれを取りあげた。

ふたりはグウェンの寝室にもどった。

「出席の返事をしてないのは問題にならない？」アイリスがたずねた。

「わたしが厚かましく乗りこむのを妨《さまた》げるものはなにひとつないわ」グウェンがいった。

「すると、これであなたは入りこめる。わたしはどうしよう。偽の口ひげをくっつけて、ズボンを穿《は》いて、あなたのエスコートとして突破を試みる？」

「もっといい考えがあるの」グウェンはサイドテーブルのボタンを押した。

まもなく、ドアを静かにノックする音が聞こえ、ミリーが入ってきた。

「お呼びでしょうか、ミセス・ベインブリッジ」

「ええ、ミリー。明日の夜はお休みだったわよね？」

「そうです、奥さま」

「なにか予定はあるの？」

「姉のところへ行こうと思っていました」

「いいわね。ちょっとミス・スパークスの隣に立ってみてくれる？」

「はい？」ミリーはとまどった声でいった。

「ははーん」アイリスのほうから隣に並んだ。「わかった。ミリー、ちょっとお小遣い稼ぎをしたくない？」

「なにをすればよろしいのでしょう」

「あなたの制服を借りたいの。ミセス・ベインブリッジとパーティに行くんだけど、わたしは小間使い《レディズメイド》として行かなくちゃならないのよ。わたしたちはサイズが同じみたい。十シリングでどう？」

「まあ！　ええ、すんだらすぐにお返しくださると約束していただければ。明後日の朝には必要ですので」

「わたしが持って帰ってくるわ」グウェンが約束した。

「それならだいじょうぶかと思います。午後オフィスのほうへお届けいたしましょうか？　通り道ですし」

「それはとても助かるわ、ミリー。ありがとう」

ミリーは会釈して、出ていった。

「また支出項目が増えちゃった」グウェンはいった。

「捕虜を生かしておく費用より税理士に説明しやすいでしょ」アイリスがいった。「さ、あなたはパーティのためにもうひとつ必要よ」

「なにが?」

「エスコート」

「ああ、困った」グウェンはため息をついた。「あなたに口ひげをつける案で手を打つべきだったかしら。待って。ひとつ思いついたわ」

ふたりはまた階段をおり、グウェンは電話をかけにいった。アイリスが玄関ホールで辛抱強く待っていると、まえぶれもなくドアがばたんと開き、少年が駆けこんできて、彼女が目に入るなり急停止した。

「こんにちは。ぼく、ロニーです」

「ええ、そうでしょうとも」アイリスは握手できるように腰をかがめた。「わたしはアイリス・スパークス。お母さまの友だちよ。ついに会えて、とってもうれしい」

「ママが一緒にお仕事してるレディはあなた?」ロニーがたずねた。

「そのとおり」

「女の人にだんなさんを見つけるんでしょ?」

「そうしようとがんばってる。それに男の人に奥さんを見つけるの」

「ママにもだんなさんを見つける?」

「もしもママに頼まれればね」不意を衝かれて、アイリスは答えた。「ママはそうしたほうがいいと思う?」

「わかんない」ロニーは真剣そのものだった。「ママはすごく悲しいんだ。そうすれば幸せになるかもしれない」

「かもしれない」アイリスは同意した。「でもそれはママが自分で決めないと。わたしが知っているのはきみがママをものすごく幸せにしてるってことよ」

「でもぼくはママと結婚できないよ」

「そうね」グウェンが入ってきた。「そういうものなの」

「ママ!」ロニーが叫んだ。「具合はよくなった?」

「よくなったわ、あなたが帰ってきたから」グウェンは彼を高々と持ちあげて、ぎゅっと抱き締めた。「わたしのお友だちのアイリスともう会ったのね」

「すごくいい人だよ」

「ありがとう」アイリスがいった。「きみもね」

「ぼく、いつかこの人と結婚するかもね」

「そんなすてきなことをいわれるのはしばらくぶり。きみが結婚できる歳になるまで待って、それからもうちょっと話しあおうか」

「いいよ」

レディ・カロラインがアグネスを従えて玄関から入ってきた。じろりとアイリスを見てから、グウェンに視線を移した。

「気分はよくなったようね」

「はい、ありがとうございます」

「アグネス、ロニーを上階《うえ》に連れていって、食事の着替えをさせてちょうだい」レディ・カロラインはいった。

「また着替えなくちゃいけないの?」ロニーが不満そうにいった。

「たくさん遊んですっかり汚れちゃいましたよ」アグネスがささやいて、彼の手を取った。

「お二階にいきましょう、ロニー」

「さよなら、アイリス」ロニーが手を振った。

「さよなら、坊や」アイリスが手を振りかえした。

おとなたちは彼が声の届かないところへ去るまで待ち、それからたがいに向き直った。

「楽しんでこられましたか」グウェンがたずねた。

「もちろん」レディ・カロラインがいった。「この人はここでなにをしているの?」

「わたしの体調がどうか見に立ち寄ってくれたんです。それにいくらか仕事の話もあって」

「仕事?」

「わたしたちのビジネスです」

「あなたが昼間この時刻に起きているとは意外ですよ、ミス・スパークス。まだどなたかのベッドで、お相手の名前を思いだそうとしているころじゃないのかしら」

「じつをいいますと、今朝は教会におりました」アイリスはつつましやかにいった。「更生の道をさがし求めているところなんです。義理のお嬢さんからたいへんよい影響を受けておりますの、レディ・カロライン」

「ふざけたことを」

「あの、ここにいらっしゃるうちに、ひとつお願いしたいことがあって」グウェンが口をはさんだ。

「なんなの？」

「明日〈クラリッジズ〉で開かれるゲオルギオス王のレセプションの招待状をお持ちですよね。出席されないなら、わたしがお受けしてもいいでしょうか」

「なんの目的で、と訊いてもいいかしら」

「仕事の関係です。いまギリシャ人のクライアントの身辺調査をしていて、よそでは得られない情報がそこで得られそうなので」

「けっこうだこと。あなたがギリシャ人たちとつきあいたいのなら、それはわたしの知ったことではないわ。影響は相互におよぼしあっているようね。ごきげんよう、ミス・スパークス。グウェンドリン、すっかりよくなったのだから夕食には顔を出すのでしょうね」

「はい、レディ・カロライン」

「ミス・スパークス、パーシヴァルがお見送りするわ」

彼女は去った。

「あれはわたしに帰れという意味かな」とアイリス。「ディナーまでいるようにというお誘いには聞こえなかった」

「ごめんなさい」グウェンはいった。

「ま、とにかく進歩よ。ベインブリッジ邸に足を踏み入れて、若きご主人と対面したんだもの。ところで、愉快な坊ちゃまね」

「ありがとう。あなたがあの子を好きになってくれてうれしい」

「あの子がわたしを好きになってくれてうれしい。見てなさい。十二年後にはわたしと結婚できる年齢よ」

「そのときあなたは――」

「二十八」アイリスはきっぱりといった。「それに結婚したらあなたをママと呼ぶ」

「考えるのもぞっとする！　それじゃ、明日の朝〈ライト・ソート〉でね。ああ、それにパーティのエスコート役は見つけたわ」

「よくやった。だれ？」

「明日のお楽しみ」

「明日まで待てない」ひと呼吸おいた。「ロニーとの会話はどこまで聞こえてた？」

「わたしにだんなさんを見つけるのかとあの子が訊いたときに聞いていたかという意味？」

「そう。まさか子どもの口から――」

「アイリス、わたしは夫さがしのプロよ。そのときが来たら、自分でさがす。それにパーシヴァルが来たわ。またね」

「じゃあね」


アイリスがフラットに入ると電話が鳴っていた。切れるまえに駆け寄って受話器を取った。

「もしもし？」

「よお、スパークス」

「こんにちは、アーチー」

「五千ポンドの話はいつしてくれるつもりだったんだ？」

12

「彼は口をきいているみたいね」アイリスはいった。

「口はきいてる」とアーチー。「たいしてしゃべっちゃいないが。ほとんどはあんたのことだから、おれは真に受けてはいない。が、五千ポンドはでたらめじゃないんだな？」

「五千ポンドは本物で実在する」

「つまりあんたは、おれがあんたらに代わって重罪を犯すのはかまわんが、最近金持ちになったことを話すほどには信用してないってわけか」

「ああ、アーチー」アイリスはため息をついた。「信用してるわよ。お金のことをいわなかったのは、あなたがあの紳士をどこに隠しているかわたしにいわないのと同じ理由。あなたとお仲間を護りたかったの」

「おれを護るだと？」憤慨して声が大きくなった。「何様のつもりだ？　おれはアーチー・スペリングだぞ！　護ってもらう必要なんかない」

「これはいと高きところから来た話で。下手をすれば、権力ある人々からそれは厳しいお咎《とが》めを食らうことになる。彼らがあなたを見せしめにすることは避けたかったのよ。悪かったわ、アーチー、傷つけるつもりはなかったの。ねえ、ちょっと、聞いて。これってわたしたちの初めての痴話げんかよ、まだ恋人同士でもないのに」

「そのまだのところは悪くないな。それで、すべて解決したらその金はどこへ行くんだ」

「元の持ち主のところ。それもごめんなさい、アーチー。わたしたちのどっちもこの件でお金持ちにはならないの」

「どうしたら誘惑を拒めるんだ？　それだけの大金がそばに転がってたら、そいつの寝息が聞こえてるようなものだろ」

「〝高潔な人〟に預かってもらってる。その点ではわたしも自分を全面的には信用できないから」

「5だったか」アーチーがつぶやいた。

「なんでもねえよ。それと、やつは以前あんたを知っていたような口ぶりだった」

「なあに？」

「賢い男、賢い策ね。なんていってた？」

「あんたが英国情報部で働いていたとさ。特殊作戦執行部で。おれには驚きでもないが」

「昔の話よ、でもあいつがそれを知ってると主張しているのはじつに興味深い。ほかには？」

「昨日ポプラー・ドックで腹を刺されたやつとかかわりがあるようだと」

「ナイフの柄《え》を握ってたのはわたしだって？」

「そういったも同然だ。あんたがやったんだとしても、おれはやはりショックを受けたりはしないけどな」

「がっかりさせて悪いわね。わたしがそこへ行ったのは血なまぐさい行為がすんだあとよ」

「ああ、そういうことか。金はそいつに渡るはずだったんだな？　故人に」

「そうともいいきれなくて。故人は招かれざる客だったみたい。死体を発見したグウェンとわたしは急いで脱出しなきゃならなかった。わたしたちの新しいお友だちはそれを目撃していて、オフィスにやって来てモーゼルを振りまわし、ややこしいことになったというわけ。そして彼はいまあなたにわたしを裏切らせようとしてる。話を鵜呑《うの》みにしないでくれてありがとう、アーチー」

「危ういところだった。やつに話を合わせとこうか？　もうすこししゃべるかもしれないぜ」

「じつは、彼がいったことはだいぶ役に立ちそうよ」アイリスは考えこみながらいった。「いまのところあのお金は必要経費としてるの。あなたも経費になるというのはどう？」

「聞かせてもらおう」アーチーはいった。


月曜の朝アイリスが出社すると、グウェンは受話器を耳から遠ざけて電話中だった。

「ほんとうにうれしいです。いえ、成婚料はご結婚されたあとでかまいません。それにしても幸先《オスピシャス》のよいスタートとしか思えませんわ。いえ、幸先《オスピシャス》のよいです、疑わしい《サスピシャス》ではなくて。ええ、いい意味ですよ。そうします。知らせてくださって、ありがとうございました」

彼女は電話を切った。

「ミス・ハーディマン？」アイリスが推測した。

「どうしてわかったの？」

「リトル・ロニーならもう電話では〝おうちのなかの声〟で話すから」

「ごめんなさい、聞き取れなかった。左の耳がわんわん鳴っていて！」グウェンが大声でいった。

「バーニーときわめて順調だという報告でしょ」

「そうよ。もう知っているの？」

「昨夜《ゆうべ》アーチー叔父さんから聞いた」

「宿泊客はどんな具合？　わたしたちの優しい介抱で回復したかしら」

「アーチーを丸めこんで情報を引きだそうと試みるくらいにね。幸い、アーチーはまだ彼よりわたしのほうが好きなの、わたしたちが賄賂のお金を持っていると知ったあとでさえ」

「あら。もっと安全な場所へ移したほうがいい？」

「そのままでいい。あまり少額とはいえない出費が必要になるから」

「新しい計画があるのね」

「ある。でもそれに取りかかるのは写真が届いてからにしよう」

「そのあとは？」

「ジミーに会いにいって、手紙について意見を聞く。それから舞踏会に行くシンデレラの支度《したく》よ」


一時間後、ドアを軽くノックする音がして、メッセンジャー・バッグを肩にかけた若い男が入ってきた。

「ミス・スパークスとミセス・ベインブリッジですか」

「そうよ」アイリスが答えた。

「ミスター・コーネルからです」バッグからフォルダーを取りだした。

「よかった、ずっと待ってたの。返事を待つようにいわれた？」

「はい」

「マフィンでも買いにいって、すぐもどってきて」アイリスは若者に硬貨を一枚放った。彼はキャッチして、にっと笑い、ドアから出ていった。

アイリスがフォルダーを開くと、ひと揃いの写真があらわれた。グウェンも机に近づいて、アイリスが一枚一枚見ていくのをのぞきこんだ。

「この男よ」アイリスはひとりを指差した。「絶対たしか」

「映像がないのは残念ね。足を引きずっているかどうかわかったでしょうに」

「どうせここでは引きずってないわよ。待って、まだある——あっ！」

「彼だわ」グウェンがささやくようにいった。「マグリアスよ。あなたのいったとおり」

「やはりここにいたのね。マグリアスは最初の男とぐるで、仲違《なかたが》いしたのかなって考えてたんだけど。じつはこのほうが筋が通る」

「マグリアスがだれの下で働いていたかはまだわからないわね」

「そのための今夜でしょ」

「ええ」グウェンはどさりと椅子に腰を落とした。

「だいじょうぶ？」

「こうしてまた彼を見ると、発見したときの顔を思いだしてしまう。目を閉じるたびにあの目が見えるのよ」

「ミルフォード先生に電話をかけたい？　予約の隙間にねじこんで、ささっと調整してくれるかもよ」

「緊急事態ではないもの。すぐに先生のところへ駆けこまないで、こういう危機の乗り越え方を学ばなくちゃ」

「慰《なぐさ》めになるかどうかわからないけど、わたしが思うにあなたは土曜の出来事を立派に乗り越えたわよ」

「ありがとう、われながらそう思う、ふだんよりはね。ボートの上で緊張病《カタトニア》を発症したことはべつとして」

「運よくサリーが薬を持ってたじゃない」

「問題が起きるたびにウイスキーに頼りたくないわ」

「もちろん。それは重要な問題のときだけ。なんと、わたしたちはもう二日近く、新しい死体を見つけてないのよ。進歩だと思わない？」

グウェンはぶるっと身を震わせた。アイリスは笑って、ノートパッドを取り、なにか書きつけた。そのページを破り取って封筒に入れると、封をした。

メッセンジャーはシャツにマフィンのくずを散らしたままもどってきた。アイリスは封筒を手渡した。

「これをミスター・コーネルに渡して」と指示した。「時刻と場所がわかったら電話すると伝えてね。証拠物件も持ってきてと」

「わかりました」

彼は敬礼して、出ていった。

「ニュースがもうひとつ」グウェンがいった。「ヴィヴィエンヌ・デュコニョンの手がかりがつかめたの。ロレイン・カルヴァートと話したら、彼女のご主人のいとこの奥さんがフランス人の小間使《レディズメイド》いを雇っていると思うって。明日ここへ来る途中に寄ってみようかしら」

「いいわね。それじゃ、電話をこっちにちょうだい。ジミーに電話をかける。そのあと、ふたりともここにいるうちに何組かマッチングしてみましょうよ」

「ああ、この件がすっきり片づいたらうれしいでしょうね。殺人事件を調べるのは、ほんとうに仕事の邪魔」


〈J・B・スモーリー&サンズ（高級印刷&リトグラフ）〉は劇場街にほど近いアーラム・ストリートを曲がったところにある、富裕層向けにプリントやリトグラフを販売する店だ。経営者のジェイムズ・B・スモーリーは長身でエレガント、服装はつねに一分の隙もなく、アートや印刷に関する知識は百科事典にも劣らない。ある種のサークル内では〝代書屋〟ジミーの名で通っていて、一九三〇年代半ばにスコットランドヤードがそのキャリアと自由を唐突に断ち切るまでは、ロンドンでもっとも腕の立つ偽造人のひとりだった。さらに狭いサークルでは、戦争中その腕を買われて書類や旅券を偽造し、情報部に貢献した人物として知られている。今日自由を取りもどしているのはそのおかげだった。

〝B〟がなにをあらわすのかはだれも知らない。スモーリーの過去を知る人々は〝サンズ〟の存在を疑っていて、新しく偽造された人生に社会的重みを添える肩書きにすぎないと思っている。現在のスモーリーは法からはみだしたがる性向を抑え、情報部のさまざまな仕事や警察に協力している。アイリスとグウェンはまえの事件の調査のとき相談に来ていて、彼がかけがえのない人材だと知っていた。

店に入ってきたふたりを見るなり、スモーリーの顔が微笑で輝いた。

「ミス・スパークス！ それにミセス・ベインブリッジも！」近づいてきて、歓迎の握手をかわした。「わたしの質素な店をまたお訪ねてくださって光栄です。ミセス・ベインブリッジ、若きイッカク愛好家はどうしていらっしゃいますか。ご興味がいまも続いているといいのですが」

「続いていますとも」グウェンは笑った。「こちらで譲っていただいたあの複製画に大きなインスピレーションを授かって、彼が描くイッカクのサー・オズワルドはいまではかなり正確になったんです。もっとも、アメリカの西部でカウボーイ・ハットをかぶって馬に乗ったイッカクは、生物学的根拠が曖昧《あいまい》ですわね」

「とんでもない。イッカクは冒険がいざなうどこへでも行かねばならないのです。そうしたイラストをいつかぜひ拝見したいですね。さてと、ご婦人方、本題に入りましょうか。ミス・スパークスにわたしの専門知識が必要だとか」

「そうなの」アイリスがいった。「奥に入ってもいい？」

「いいとも」スモーリーは店内奥の収納部屋へ導いた。一隅が小さなオフィスになっていて、彼は椅子を支えて彼女たちをすわらせてから、自分の机のうしろへまわった。

「今度はなにをたくらんでるのかな、スパークス」

「ある手紙についてあなたの意見を伺いたいの。手紙が本物かどうかを知るために」

「だれが書いたんだ？」

「それを教えて鑑定に影響をおよぼしたくない」

「もっと情報がなければ本物かどうか知りようがないじゃないか」

「比較するための手紙があります」グウェンはバッグからフォルダーを取りだした。「オリジナル――本人の直筆――が二通」

スモーリーは木綿の手袋をはめて、グウェンから手紙を受け取った。机の拡大鏡を取り、顔を近づけて見入った。

「五十年ほどさかのぼるね。オニオンスキンでわかる、当時英国でかなり人気だった物だ。きれいな字だが、つづりはひどいな。それに――ああ！　ヴィクトリア女王宛じゃないか！　孫娘たちのだれかかな？　いや、ひ孫だ。これをどこで手に入れた？」

「もちろん、それはいえない」アイリスがいった。

「それに、返さないといけないんです」とグウェン。

「惜しいな。これに気前よく金を出しそうなコレクターを何人か知っているんだが」

「では、これを鑑定してもらいたいの」

アイリスは〝A〟からの比較的害のない手紙を二通、手渡した。

スモーリーは一枚目の角を持って、光のほうへかざした。それから慎重ににおいを嗅いだ。

「油布で包んでしまっておいたようなにおいだ。ご婦人方、これから犯す不適切な行為をおゆるしください」

彼は便箋《びんせん》を口に近づけ、裏側に舌先をあてて、そっと舐《な》めた。

「なに、それ！」アイリスが声をあげた。「それでなにがさぐりだせるの？」

「質感、薬剤処理」ジミーが説明した。「紙はどこの国でも作られている。過程ごとに使われる薬品の割合が異なるし、原料も木からぼろ布、多種多様だ。わたしはまだ文字も見ていないが、これがスイスの紙だということはできる」

「もうそれがわかったの？　驚いた」

「戦争中スイスの書類をずいぶん偽造したのでね」ふたたび拡大鏡を手に取った。「それには本物に近い紙を手に入れなければならなかった。ナチスはわれわれと同じくらい細部に注意深かったんだ。では筆跡を見ようか」

新しいほうの手紙をじっくり見て、つぎにオリジナルと交互に見くらべた。

「これらのあいだにはむろん時間が経過している。しかし思春期の筆跡は三十代になってもそう大きくは変わらないものなんだ、怪我その他の要因がなければ。彼女にはないんだね？」

「わたしたちの知るかぎり、文字を書くのに影響しそうなものはなにも」

「どちらにも比較するだけの大文字があるし、二文字をつなぐちょっとした癖《くせ》も見える。そういうところに特徴があらわれるんだよ」

「なにか見つかったのですか？」グウェンがたずねた。

「いえ、まだ。二通の日付は一九一八年と一九一九年。紙とインクはその時期と場所にまったく矛盾しない。筆跡はオリジナルと同じ。もしわたしの前科にもかかわらず裁判所に召喚されて証言するとしたら、専門家としてこれらの手紙は本物だというでしょう」

「そうなんですか?」グウェンは困惑のあまり叫んでしまった。

「ええ。よろこばしい情報ではなさそうですね」

「結果にちょっとばかり賭けたので」アイリスが勝ち誇った笑みを浮かべた。「それと、もうひと組あるの。今度は比較する手紙がないから、時期と場所だけ教えてくれればいい」

グウェンが〝C〟からの青いオニオンスキンの手紙を二通、手渡した。スモーリーは味とにおいの検査手順をくりかえしたあと、片方の手袋を脱いで、紙面に指先を軽くすべらせた。

「これもスイス、時代も同じ。それにひとつ心理学的な所見を述べてもいいだろうか」

「どうぞ」

「これは手紙を自分と結びつけられたくない人間が買う類《たぐい》の物だ。与えられた少ない見本から推察するところ、これはあなた方の〝C〟という男がふだん使っている便箋ではない。おそらくこのほかの手紙は不義の性質を帯びているのだろうね」

「それはこれからも極秘のままよ」アイリスがいった。

「当然だ。きみがわざわざそう口にする必要を感じたことに傷ついたよ、スパークス」

「お詫びするわ、ジミー」彼の手をそっと叩きながらいった。「鑑定へのささやかなお礼も受け取れないほど、名誉が傷つかなかったといいけど」

「幸い、そこまでではない。請求書は要るかな?」

「奇妙なことに、要るの」

「なんて書けばいい?」

「専門家のサービス。依頼人はそれ以上知りたがらない」

「たいがいそうだ」スモーリーは請求書を書いて、アイリスに手渡した。「手紙をお忘れなく。手っ取り早く売りに出したいならべつだが――いったように、こういう品には買い手がいるんだ」

「知っています」グウェンは手紙をまとめながらいった。「いまのところ人気急上昇中ですから」


店を出ると、グウェンは沈みこんだ。

「元気を出して」気がついて、アイリスが声をかけた。

「彼はわたしの説を裏づけてくれると思っていたのに」

「もし慰めになるなら、わたしはまだあなたが正しいと思ってるわよ」

「あの賭けの話はなに? あんなことなにもいっていなかったじゃない」

「あの話をさっさと打ち切りたかったの。彼の答えにあんなに驚くんだもん、口をすべらせないかと不安で」

「ともかく、ジミーをだませたのなら、手紙を偽造した人物はきっとプロなのよ。英国人だと思う?」

「思う。でも今日のところはもうなにもできない。準備しなくちゃ。お宅のミス・ミリーは何時に来るの?」

「もうじきよ」グウェンは時計を見ながらいった。「レセプションは七時からでしょ。時間はたっぷりあるわ」


ミリーは時間どおりにオフィスのドアをノックした。衣装バッグふたつを肩に引っかけ、一方の手には帽子の箱を持っていた。

「ミリー、どうぞ入って」グウェンがいった。

「ここなんですね」ミリーは部屋を見まわした。「もっと広いのかと思っていました」

「わたしたちの夢のなかではね」とアイリス。

「出てくるのに問題はなかった?」グウェンが訊いた。

「まったく。奥さまにドレスをお届けしなくてならないと申しましたら、ミスター・パーシヴァルが認めてくださいました。お手伝いいたしましょうか? 五時までは勤務時間ですから、わたしはかまいませんが」

「ありがとう、ミリー。手伝ってもらえたら助かるわ」

「最高におきれいに見せたいですものね、奥さま? パーティにいらっしゃるのはみんな知っています。使用人たちはその話題で持ちきりですよ」

「困ったわ、そんな騒ぎにするつもりはなかったんだけど」

「おしゃれなデートはしばらくぶりですよね？ みんなよろこんでおります」

「これをデートと呼ぶのかどうか。むしろ仕事なのよ」

「ふだんより念入りにお化粧します？」

「ええ」

「高価なドレスをお召しになる？」

「そうね――」

「宝石は？」

「それは考えないと――」

「殿方がお連れするんですよね？」

「そうよ」

「それはデートです」ミリーが結論をいった。「お支度はおまかせを。化粧室はどこですか？」

「廊下の先よ」グウェンは化粧道具の箱を取りあげた。

「じゃ、わたしは自分で衣装を着る」アイリスがもう一方の衣装バッグを持った。「だってもう大きいから自分で着られるもん」

　彼女はふたりを送りだしてドアを閉じ、机から小さな鏡を取って、タイプライターに立てかけた。まず黒のウールのストッキングを穿《ぬ》き、つぎにミリーの黒いワンピースを着た。髪を古風なお団子にきちんと丸め、しっかりピンでとめて、口紅を拭い、あまり人目を惹かないやわらかくすんだ色の口紅を塗り直した。白のエプロンを着けて背中側で結び、フリルつきのキャップをかぶった。

鏡で出来映えを点検すると、眉をひそめて考え、バッグから太い黒縁《くろぶち》の眼鏡を取りだして、かけた。

眼鏡の女は口説かれにくい、とアイリスは思った。今夜なにが必要ないって、異性から好ましいと思われることだ。グウェンが注目されればされるほど、アイリスは目的を達成しやすくなる。

　そこへグウェンがもどってきて、だれもほかのだれかを見るおそれはないとアイリスは悟った。

　彼女のドレスは藍色のシルクシフォンだった。ホタテ貝《スキャロップ》が並んだ形の裾《ヘム》が、一歩ごとに足首のまわりで揺れる。靴は光沢のある白いアンクルストラップで、ヒールは二インチに届きそうな高さ。上着はスパンコールのボレロ。アイリスがまえに見たときはベッドできわどい内容の手紙を持っていた、あの白いオペラグローブをはめている。ほどよく深い襟《えり》ぐりに、粒の揃った白い真珠の二連のネックレス。シニョンに結った髪にはダイヤを埋めこんだティアラが輝いていた。

　全体が調和して、人の目をその顔に惹き寄せる。それはたんなる美しさからティツィアーノが描きたいと願うような美に到達していた。化粧が彼女をクラシックな英国の薔薇《ばら》に仕立てあげていたが、赤い口紅の鮮やかさは海面に垂れこめる濃霧も貫くばかりだった。

「いまこの瞬間マデリーン・キャロル（イギリスの女優）は全男性の好きな女性リストで二位に降格した」アイリスはいった。「デザインはハートネル？」

「ドレスはハートネルよ。戦前から持っていたの。でも近ごろは肩を見せないでしょ、悲しいことに。だから〈パキャン〉でこのボレロを見つけて、色が合うように染めさせたの」

「あなたは歩く《ヴォーグ》の表紙よ」

「いやね、からかわないで。すべてはミリーの魔法よ」

「いいえ、ちがいます、奥さま」ミリーが否定した。「わたしはいつもあるものに少々の仕上げをほどこしただけです」

「わたしにはミリーが必要」とアイリス。「ミリーをもらえる？」

「だめ」グウェンがいった。

「ときどき借りてもいい？」

「こういたしましょう」とミリー。「もっと奥さまを外へ連れだしてください、そのときはわたしがおふたりご一緒にお化粧してさしあげます」

「交渉成立」とアイリス。

「わたしはそんなに外出はしないから」グウェンはかたくなにいった。「これはビジネスのためだといったでしょ」

「こんなおめかしをしてどんなお仕事をされるんです？」とミリー。

「未来の花嫁のためにある貴族の独身男性をひそかに調べているの」

「豪華な舞踏会でね」アイリスがつけ加えた。「そこへこれから押しかけるのよ」

「いつもそんなお仕事なんですか?」ミリーがため息をもらした。「すばらしくエキサイティングでロマンティックなんですね。つぎはわたしを連れていってください、そうすればおふたりともドレスアップできますよ」

「そうする、つぎのときは」アイリスはいった。「どう見える?」

机のまえでくるりとまわってみせた。

「ちょっと待ってください」ミリーは近づいて、エプロンの紐をうしろで結び直した。「ほら。これできれいなリボン結びになりました。あとひとつ」

「なに?」

「靴です。小間使いの靴にしてはすてきすぎます」

「やだ、ほんと、そうよね」アイリスは自分の靴をしげしげと見た。「ねえ、あなたのサイズは?」

「四です」

「完璧。ひと晩交換してもらえる?」

「わたしはちっともかまいません、それを履いて夜遊びに出かけるのは」ミリーはアイリスのオープントウのスリングバックに目をやった。

「お姉さんを訪ねるのだと思っていたわ」とグウェン。

「姉にはボーイフレンドがいて、彼にはカッコいい親友がいるんです」ミリーがうっとりした口調でいった。

「わたしたちよりもロマンティックな時を過ごせそうじゃない」アイリスはハイヒールをミリーの実用的なワークシューズと交換した。

「そうなるといいんですけど。それでは、奥さま、ミス・スパークス。収穫がありますように」

「ありがとう、ミリー」グウェンがいった。「またね」

アイリスは室内を歩きまわって、足をじっと見おろした。

「これ以上に野暮ったい靴ってある？」とぼやいた。「一インチ背が低くなっちゃった。そうでなくても低いのに」

「暗い片隅に隠れるにはそのほうがいいわよ」グウェンは自分の机に向かって腰かけた。「わたしは消えてしまいたい」

「なにが問題なの？」アイリスは向かいあってすわった。

「緊張していること。こういう行事は久しぶりだから――もちろんこのところ戦争やらなにやらでパーティ自体少なかったんだけど、最後に出席したのはロニーと一緒のとき、だからもう何年もまえ。リトル・ロニーがまだおむつをしていたころで、わたしは自分が太っていて美しくないと感じていた。ロニーにそういったら、彼はたちまちわたしをショッピングに連れだして、新しいドレスと靴を買ってくれて、そのあと〈ドーチェスター〉ホテルでダンスをしたの。あの夜はボールルームにいた男性全員と踊ったんじゃないかしら、もしかするとウェイターとも」

「何時に帰ったの？」

「帰らなかった。ロニーが部屋を取っていて、そのまま二日間泊まったと思う。しかも部屋に入って彼が真っ先にしたのは、わたしの足を一時間マッサージすることだったのよ」

「なんていい人なの！」

「ほんとうに。それから彼は海外に派遣されて、ほとんど会えなくなってしまった。そして——ああ、もう話すのをやめなくちゃ、さもないと泣きだして、ミリーが顔にしてくれたすばらしい仕事をだいなしにしちゃうわ。以前はあの生活をとっても愛していた——社交シーズン、ドレスアップ、音楽、シャンパン、ロマンス。でももう終わったのよね？」

「いずれもどってくるわよ。終戦から一年経ったし、配給だって永遠に続きはしない」

「もどってくるかもしれないし、こないかもしれない。たとえもどっても、わたしがもどるかしら」

「ロニーはあなたにもどってほしいんじゃないかな」

「ええ、実際そうなのよ」グウェンが悲しげにいった。

「なに？」アイリスはぎょっとした。「なんで——どうしてわかるの？」

「ご心配なく、彼の亡霊と交信しているんじゃないから。どんなにそうしたくてもね」グウェンはため息をついた。「彼がわたしに残していた手紙を見つけたの。〝もしぼくが帰らなかったときは〟というあの手紙」

「なんて書いてあった?」

「リトル・ロニーのことをかなり書いてくれていて、わたし個人の大戦争で有効な武器になったわ。でもわたしに対しては——要するに、再婚をうながしていた。許可をくれたの」

「そっか」

「問題は、わたしが自分に許可していないことよ。それどころか、彼がいともあっさりわたしをあきらめたことに、けっこう腹が立って」

「なにを期待してたわけ?」

「待っていろといってほしかった、彼がどうにかして死からよみがえる方法を考えだすまで。または、死後の世界でまた一緒になれるまで。できればダンスフロアとまともなバンドのある世界でね」

「まえのほうはあり得ない。二番目のほうはできるだけ先に延ばしてね。あなたはこの世で必要とされてるんだから」

「わたしには親権もままならない息子に」

「坊やに。でもわたしもよ、ダーリン。わたしひとりじゃこの会社はやれない。あなたなしで、どうやってわたしがこのレセプションに忍びこめるっていうの?」

「方法は見つかるわよ」

グウェンは立ちあがって、狭い室内を歩きまわり、壁に近づくたびにダンスのステップでターンした。ふと足を止めた。

「何年もまともなダンスをしていない。きっとひどいことになるわ！」

「親戚の結婚式で踊ったでしょ」

「ええ、でも夫を亡くしたばかりの女にとってそれがどんなだかわかる？ 痛ましいほど練習不足の既婚者のいとこたちが、憐《あわ》れんでフロアを一、二周してくれるの。わたし、頭が真っ白よ、アイリス！ いままでにおぼえたステップを全部忘れちゃってる！」

「ほらほら」アイリスは彼女の手をつかんで、廊下に連れだした。

「なにをする気？」

「まずはフォックストロット」アイリスは振り向いてグウェンと向きあった。「手を貸して、もう一方の手はわたしの肩に。基本からね。スロー、スロー、クイック、クイック！」

グウェンを導きながら廊下の端まで達すると、アウトサイド・ターンをさせた。

「トゥインクルはおぼえてる？ そうそう！ プロムナード。ターニング・ボックス。ほら、思いだしてきたでしょ」

「筋肉が記憶しているのね。そんなに上手なリードをどこでおぼえたの？」

「全寮制の女子学校で。交替で踊るの。わたしが最高の男役だといわれてて、どの女の子もわたしと踊りたがった。スピンをやってみようか。すばらしい！ それじゃ、ワルツをフルで踊るにはこの廊下じゃ狭すぎるから、基本だけ。一、二、三！」

ふたりは旋回しながら廊下を進んだ。

「姿勢に気をつけて、ダーリン」アイリスは反対方向へ折りかえしながらいった。

「ああ、いまのでよみがえったわ」グウェンは両肩を引いて胸をそらせた。「ごめんなさいね、あなたの身長に合わせていたの」

「コンプレックスを抱いてるちびのギリシャ男だとでも思いなさい。タンゴをやってみる？」

アイリスは片足をダンと踏みだし、片腕を振りあげながらもう一方の腕は胸の上に折り曲げて、情熱的にポーズをきめた。

「曲は《ジェラシー》（ダグラス・フェアバンクス主演の映画『ドンQ』で使われたタンゴの名曲）！」アイリスが叫んだ。「ヴァイオリン・ソロは飛ばす。さあ、お嬢さん——踊らん哉《かな》！」

「そうよ、あなたってダグラス・フェアバンクスにそっくり」

「まえにもいわれたことがある」アイリスはさっと踏みだしながらいった。「ダーン、ダ・ダーーー、ダー・ダー・ダダ・ダーン、ダ・ダーーー！」

「そんな歌詞なの？　あら、こんにちは、マクファースンさん！」

踊り場に建物の管理人が立ち、口をあけてふたりを見あげていた。

「こんにちは、マクファースンさん」アイリスも手を振りながらいった。「パーティの余興のリハーサルなんです。どう思います？」

「わたしにはさっぱりわからんが」ミスター・マクファースンがいった。「それはなにをやってるところなんだ？」

「メイドがお嬢さまに最新のダンスの型を教えているんです」アイリスが説明した。「そういうのを無声の短編映画で見たので、わたしたちでやったら笑えるだろうと思って。歌ってくれたりしませんよね——わたしが両方やるのはむずかしいんだけど」

「歌わない、踊らない、どこがおもしろいのかもわからないね。くだらんことで廊下を塞《ふさ》がないでくれ」

「この階の入居者はわたしたちだけのはずですよ」とグウェン。「契約書にダンス禁止とは書かれていませんわ」

「さっさとすませてくれ。もうすぐその階のモップがけをしなきゃならないんだ」

「しらけさせる男」〈ライト・ソート〉の安全圏に引っこむとアイリスがつぶやいた。

「おさらいしてくれてありがとう」グウェンがいった。「助かったわ。まだルンバとクイックステップはやってみないといけないけど、記憶はじゅうぶん呼び起こされた。そろそろ出かける時刻ね。わたしのケープを取ってくれる、ミリー?」

「はい、奥方さま《ミレディ》。お着せいたしましょうか」

アイリスはグウェンのうしろに立って、つま先立ちで手をのばし、首のまわりで紐を結んだ。

「すてきです、ミレディ。馬車が待っていますよ」

ふたりは階段をおりていった。アイリスはグウェンのために玄関のドアを押さえた。エンジンをかけたまま停まっているタクシーのまえに、グレナディア近衛連隊のティモシー・ポールフリー大尉が正装で立っていて、グウェンが目に入るとキャップを脱いだ。

「ミセス・ベインブリッジ、あなたは絶世の美女です。今宵エスコートを務めさせていただくのを光栄に思います」

「ありがとう、大尉」ミセス・ベインブリッジがいった。「ミリー、あなたはまえの座席に」

「はい、奥さま」スパークスは顔をあげることなくポールフリーがあけてくれたドアから乗りこんだ。

彼はミセス・ベインブリッジにも同様にドアをあけ、あとから隣に乗りこんだ。

「〈クラリッジズ〉へ」と運転手に指示すると、ミセス・ベインブリッジに顔を向けた。「サリーのところであのようなことがあったので、お誘いを受けて正直驚きました」

「承諾してくださってありがとう、このように差し迫ってのお願いでしたのに」

「どういたしまして。直前に脱落した不運な男はだれなんです？」

「そういうことではなく、家業のためなんです。義父《ちち》は現在のギリシャ政府に弾薬を売っていますが、いまは東アフリカにいて、義母《はは》はこの任務に乗り気でないものですから。わたしが古い軍服を着て部隊を支えることにしたのです」

「どうやら参加する任務をまちがえたようだ。では、今夜わたしがご一緒する意味は？」

「侵略者たちを撃退していただきたいの」

「その報酬は？」

「あなたが踊れるかぎりのダンスと、わたしにできるかぎりの会話」

「そのあとは？　これからもたびたび夜をご一緒させていただけるのでしょうか。なるべくなら国際的な武器取引は抜きで」

「それは今夜のなりゆきしだいということにしましょう、大尉」

〈クラリッジズ〉までの距離は、幸いにも短かった。ポールフリーが支払いをし、ドアマンが女性たちにドアをあけた。彼の目はミセス・ベインブリッジに釘付けだった。

入口付近でカメラマンが三人、壁にもたれていた。ポールフリー大尉が追いついてミセス・ベインブリッジの腕を取ると、三人は顔を見合わせ、とまどいの表情で肩をすくめてから、めいめいカメラを持ちあげた。

「笑顔をください、マダム」ひとりが呼びかけた。

ミセス・ベインブリッジが彼らに輝く微笑を投げかけるあいだ、スパークスは控えめに離れて立っていた。

わたしは陰のなかで生きてるの、と彼女は思った。

いま朝の大衆紙用にだれを撮ったのか知ろうと、カメラマンたちがしつこくドアマンを追及している隙に、スパークスはふたりのあとに続いた。

三人は黒と白の大理石の床を歩いて、アールデコの象眼細工の鏡のまえを過ぎ、ロビーを横切った。〈ウィンター・ガーデン〉の中心に達すると、ミセス・ベインブリッジは足を止め、高い天井をじっと見あげながら深く息を吸いこんだ。

「わたしを護ってくださるわね、大尉?」そっといって、空いている手をつかの間ポールフリーの前腕にのせた。

「もちろんですとも」彼が笑った。「あなたがヘレンならわたしはトロイの木馬になります。ギリシャの大群をわれわれの壁の下敷きにしてやりましょう」

へたくそな比喩《ひゆ》ね、とスパークスは思った。あの戦いではギリシャが勝ったのだ、最終的には。でも勇ましくは聞こえた。

ボールルームの入口で、若い男ふたりがテーブルに着いていた。ほかにもふたりがドアのそばに立ち、感心しているが歓迎はしないという目つきでミセス・ベインブリッジを見た。

「ええと、どこに入れたかしら」ミセス・ベインブリッジはバッグをかきまわして招待状をさがした。「あったわ！ こんばんは。ベインブリッジ卿の代理で参りましたミセス・グウェンドリン・ベインブリッジです。同伴者はポールフリー大尉」

尊大な優雅さで招待状を手渡した。

「こんばんは、ミセス・ベインブリッジ」若い男のひとりが受け取り、もうひとりがリストに指をすべらせた。一枚めくって、二ページ目を見た。顔に狼狽《ろうばい》の色がよぎった。

「すみません、マダム、リストにお名前が見当たらないのですが」

「ばかげたことを。招待状があるのよ」

「招待状は問題ありませんが、出席のお返事をいただいていないようで」

「からかわないでちょうだい」

「まさか、そんなことはいたしません」

「きっとなにかの手違いよ」

「間違いは犯しません」若者がむっとした声でいった。

「いまとても深刻な間違いを犯しかけているわ」彼女は声を低くした。「わたしがだれかご存じ？　ベインブリッジ家がどんな一族で、なにをしているのか」

「恐れながら――」

「恐れたほうがよろしくてよ。あなたが勇敢にもタキシード姿で受付をしているいま、あなたの国の男たちは山岳地方で共産主義者と戦っているの、ベインブリッジの砲弾とベインブリッジの銃弾を使って。ほんとうにわたしたち家族を侮辱したいのかしら」

「どうぞ、しばらく、こちらでお待ちを」若者はしどろもどろにいって、権威のあるだれかをさがしに、逃げるように立ち去った。

さあ、やっつけろ、グウェン！　スパークスは心のなかでいった。

若者がタキシード姿の年輩の男たちを連れてもどってきた。

「ミセス・ベインブリッジ、おゆるしください。ご紹介できるように、お連れさまのお名前を頂戴できますか」

「いいですとも。グレナディア近衛連隊、第二機甲大隊、ティモシー・ポールフリー大尉です」

「どうぞ、こちらへ」彼がボールルームへ案内した。

「待って」ミセス・ベインブリッジが命じた。

彼女は息を吸って、自分を奮い立たせ、それからポールフリーにうなずいた。ふたりは一歩なかに入り、いったん立ち止まった。彼女は出席者たちの視線をじゅうぶんに集めてから、ケープを脱いで、差しだした。スパークスがそれをぼんやり見つめていると、ミセス・ベインブリッジはごくかすかに振ってみせた。スパークスは立場を思いだし、すばやく進み出て、受け取った。

出迎えの短い列ができていた。タキシードの男が小声で「ミセス・グウェンドリン・ベインブリッジとポールフリー大尉です」と紹介し、ふたりに合図してゲオルギオス二世のまえへとうながした。

王に近づいていきながら、ミセス・ベインブリッジの脳内でミス・ベティのエンドレスにくりかえされる指示が聞こえていた。〝左足をうしろに引く！　背中はまっすぐ！　まだ頭はさげない！　膝《ひざ》を限界まで曲げて待つ。背中はまっすぐといったでしょ！　そこで頭をさげる！いまよ！〟

ミセス・ベインブリッジは頭をさげてから、立ちあがり、久しくその動作をしてこなかった右脚が苦悶の悲鳴をあげているのを隠して微笑《ほほえ》んだ。なにはともあれ、あれだけ練習したマダム・ヴァカーニ式のお辞儀がついにまた役立ったのだ。

「わたしはあなたにとって初めての王ではないようだね」ゲオルギオス王が微笑みかえした。

「もちろん英国王に謁見を賜《たまわ》りました、陛下。遠い昔に。夢だったように思えます」

「そんなに昔だったはずはない」

「ご親切に。グレナディア近衛連隊のポールフリー大尉をご紹介してよろしいでしょうか」

「はじめまして」大尉は頭をさげた。

「大尉」王はうなずきかえした。「敬礼したいところだが、残念ながらいまは軍服ではないので」

「どうぞおかまいなく、陛下。わたしは過去数年にじゅうぶんすぎるほど敬礼してまいりましたから」

「そうであろう、大尉。あなたと同国人に感謝する。グレナディアの評判はかねてより耳に届いている」

「ありがとうございます、陛下」

ふたりは列の先へ進み、大使やその他の要人たちに挨拶し、それから窓辺のテーブルに案内された。窓には夜に備えてカーテンが引かれていた。

「以前のカーテンにもどってよかった」ポールフリーがいった。「前回ここに来たときは、どこもかしこも暗幕におおわれて、入口には土嚢《どのう》が積んでありました」

「だれが演奏していたの？」

「バンドはいませんでした。この部屋を戦略会議用に乗っ取ったんです。こっちのほうが好きだな。それで——われわれはたったいまこのパーティに押し入ったんですか」

「招待状は持っています」

「それはベインブリッジ卿夫妻に宛てられたものでしょう。わたしたちは押し入ったんですよね？」

彼女は肩をすくめた。

「これは愉快だ。ああ、あれはビル・サヴィル」ポールフリーは正面に歩いていくバンドリーダーを指していった。「いい選択です」

「彼をご存じなの？」

「BBCの《ミュージック・ホワイル・ユー・ワーク》に出ていますよ。司令部であの番組を流すんです。ストリングスと木管だけで、思考をさえぎるあのけたたましい金管楽器は入らない。ダンスしながらまともな会話ができます。踊りましょうか」

ポールフリーが立ちあがって、手を差しのべた。彼女はその手を取り、ダンスフロアへついていった。踊っているカップルはほかに二、三組だけで、彼女は一瞬迷った。これでは踊るところが大勢の人に見えてしまう。でもその一方で、邪魔になる人々が少なく、曲はフォックストロットだった。大尉の肩に手をのせて、にっこり微笑んだ。

ポールフリーがまずまずの踊り手だとわかり、彼女は感謝した。リードは力強く、ターンやコーナーでは彼女の腰に優しいけれどもしっかりとした合図を送り、握りあった手を通して導いてくれる。いつしか、頭が考えるよりも先に体が反応していた。

「いまの曲はなに？」

「《アイム・ステッピング・アウト・ウィズ・ア・メモリー・トゥナイト》」

「ああ、そうだわ。わたしにこれ以上ぴったりな曲があるかしら。ロニーと〈メイフェア〉ホテルで踊ったんです」

「すばらしい男だったようですね」

「彼の話をそこまでしていないでしょ」

「多少聞込みをさせていただきました」彼は白状した。「何人か共通の知り合いがいるとわかったもので。ご主人の戦友たちです」

「彼のことを調べたの？　それともわたし？」

「両方です。相手の防御力を見積もるべきだと、サリーのところでおっしゃったでしょう。もっとあなたのことを知りたくて」

「なにがわかりました？」

「あなたがしばらくの期間――」口ごもった。

「続けて」

「深い悲しみのなかにいたことです」そっといった。

「微妙ないい方ね」

「でもいまはこうして踊っている。それは進歩であるはずだ」

「体が踊っているだけです。正直いうと、半分は女というより自動人形のような気がしているわ」

「それじゃ、踊りつづけたらいい。そのうちに中身が体に追いつきますよ。わたしもしばらくかかりました」

「どのくらい？」

「まだ道半ばです。みんな同じですよ。ディップはできそうですか？」

「どうかしら。やってみましょうか。すんだら、忘れずに床から起こしてくださいね」

ふたりは相性がいいじゃない、とスパークスはうらやましく思った。今夜はただのメイドで残念。わたしだってあそこで踊れたのに。

スパークスはほかの小間使いや従者たちと部屋の片隅にいた。ミセス・ベインブリッジのケープを腕にかけて、カップルたちがフロアを埋めていくのを見ていた。彼女が思うに、美しさとエレガンスにおいてグウェンに匹敵する女性はその場にひとりもいなかった。

「彼女はだれ？」メイドのひとりが訊いた。「ゴージャスね！」

「ミセス・グウェンドリン・ベインブリッジよ」スパークスは答えた。

「あんなに完璧な髪をどうやって作ったの？」べつのひとりがたずねた。

「ああ、チームでやったの。髪はミリーで、あたしはメイク担当」

「すばらしい出来じゃない。ドレスはハートネル？」

「そう」

「すると、あれがベインブリッジの未亡人か」従者のひとりがいった。「頭の病院から一日外出許可をもらったんだな」

スパークスはその男に近づくと、顔を見あげて、微笑みかけた。

「どっちか選んで」

「なんだい？」彼はいやらしい目つきで見おろした。

「あほ面の口を閉じる、またはあたしがその不愉快な態度をあんたの雇い主に報告する」

「おれの雇い主がだれか知らないだろ?」

「問題ない。もし礼儀をご存じの方なら、あんたを叩きだすでしょ。あたしのレディの悪口はこれ以上ひとこともゆるさない、聞こえた?」

男は冷笑した。スパークスは手招きして、相手が頭を低くすると、その耳に唇を寄せた。

「居場所を突きとめて、去勢してやろうか」とささやいた。

彼は弾かれたように顔をあげた。スパークスはもう一度微笑みかけて、元の場所にもどった。招待客にはギリシャとイギリス双方の要人たちが入り交じっていた。後者の何人かはスパークスが見知った顔だった。ほとんどは外務省だが、ひとりかふたりは情報部だ。カットの姿は見えなかった。

そのときトルゴスと教会で話していたあの青年が入ってきて、戸口のまえに立ち、周囲を見渡した。いまはタキシード姿で、髪はきちんとうしろへなでつけている。

ぴりぴりしているようだ。マグリアスがどうなったか突きとめたんだろうか。スパークスは思った。もしそうなら、彼にとっては救いとなる。そうでなければ、マグリアスを伴わずに、もしくはどこかへ隠さずにここへ来たことは悲惨な結果を招くだろう。もしトルゴスの脅《おど》しが冗談でなかったのなら。

トルゴスはめったに冗談をいわないという評判だった。

青年はつときびすを返して、出ていった。

「ミセス・ベインブリッジがあたしを呼んだら、すぐもどると伝えてくれる?」メイドのひとりに小声で頼んだ。

「いいわよ」彼女がいった。

スパークスは足早にボールルームを出て、見まわした。青年が廊下の奥へ去るのを認め、歩いてあとを追った。ミリーの靴の利点は、ふだんのスパークスのハイヒールとはちがって大理石の床でほとんど音をたてないことだった。それに相手が振り向いたとしても、ホテルの廊下を歩いているメイドにだれが警戒するだろう。

青年はあるドアのまえで止まり、二度ノックして、部屋に入った。スパークスはそっと近づいて、しばらくドアに耳をあてた。廊下の反対側で、べつのドアが開いた。

「ミス・スパークス、だね?」小さな自動拳銃を手にトルゴスがいった。「どうぞ、なかへ」

13

「メイドをお呼びになりましたでしょうか」スパークスはたずねた。

トルゴスは銃を振って近づくように指示した。スパークスの背後でドアが開き、あの青年が出てくると、彼女を向かいの部屋のなかへ突き飛ばした。

「乱暴にするな、タデオ」トルゴスが注意した。「暴力に訴えるのはまだ早い」

「そのとおりよ」スパークスはいった。「だからその銃をしまって」

「暴力に訴えるのは早いといったんだ。だが、脅《おど》すには？　いまがそのときだ」

「あなたの時計はわたしのと時間がちがうみたい」スパークスは彼に続いで奥へ進んだ。

そこは使われていないプライヴェートな食事室だった。どの椅子も大テーブルも布でおおわれていて、お化けを連想させた。

「わたしがきみをおぼえていないと思ったか」トルゴスがいった。

「そうだといいなって」

「アイリス・スパークスがいまは小間使《レディズメイド》いをしているなどと、わたしが信じると思ったのか？」

「厳しい時代だもの。仕事を選んではいられないのよ。どうしてわたしだとわかったの？」

「ミス・キツィウがだれと話しているかは、つねに観察するよう心がけているんだよ。その相手と戦争中どこかで出会っていれば、心にとめておく。その人物が翌日の夜ふたたびあらわれたら、行動を起こす」

「まあいいわ。じつをいえば、おかげで大いに時間の節約になった。タンゴでも踊りながら気の利いた会話で誘いをかけようかと思ってたんだけど、この靴ではうまくいかなかったでしょうし」

「なぜわたしを追いかけている、ミス・スパークス」

「とくにあなたを追いかけているわけじゃない。ギリシャに関係するあることを追っていて気づいたの、人のためになることができそうだって」

「それは？」

「タデオの命を救いにきたのよ」

「なんだって？」タデオが大声をあげた。

「ここへある人物を連れてきて、ボスに会わせるはずだったんでしょ」アイリスは彼のほうを見た。「連れてこなければあなたを殺すと、彼は脅してた」

男たちは彼女を見つめ、つぎに顔を見合わせた。

「殺すぞと毎日いわれてるよ」タデオが笑いだした。

「そうとも」トルゴスも含み笑いした。「愛情からだ」

「ほんとうにおっかないのはおふくろだね。あんたがなんであの女と結婚したのか、おれにはさっぱりだ」

「女盛りのあれを見てもらいたかった」トルゴスが悲しげに頭を振った。

「息子だったのね」スパークスは男ふたりを見くらべて、いった。「なのにわたしは彼の心配をしてたんだ」

「そうすると、きみはわれわれの会話を盗み聞きして、わざわざ凝《こ》った変装をしてこいつを救いにきたというのか」トルゴスがいった。「それはきみが昨日礼拝に来たことの説明になっていない」

「率直に質問しあうというのはどう？」

「新手のアプローチだな。こちらがそれに同意する理由は？」

「わたしにはそっちの欲しい情報があり、そっちにはわたしが欲しい情報があるから」

「そうかもしれない。だがわれわれは同じ側に立っているだろうか」

「いまの状況は多角形かも。たとえ同じ側に立っていなくても、相対しているとはかぎらない」

「きみはほんとうにギリシャ人ではないのか？」

「あなたはマグリアスという男を見つけたいんでしょ」

「そうだ」

「これが第一の情報交換。あなたは彼が何者でどこに属しているかを話す、わたしは彼がどこで見つかるか教える」

「きみが真実を話しているとどうしてわかる？」

「それはわからない。こっちも同じよ。わたしたちは話す、あとはべつべつの道を行き、わかったことを基に、いかに行動するか決める」

「どう思う」トルゴスは息子にたずねた。

「彼女がもう准将の下で働いていない理由を聞きたい」タデオはいった。「それにいまはだれのために働いているのか」

「いいぞ」トルゴスがいった。「まずその質問に答えてもらおうか」

「最初についてては——大勢の友人を喪《うしな》って、ほかの人たちには裏切られたから。すべてにうんざりしたの。現在の戦いには興味がない」

「二番目は？」

「ここまでよ。合意が得られないかぎり先へは進まない」

「問題はな、ミス・スパークス、この問いへの答えを聞かなければ、きみのいうことをひとつも信用できないことだ。いまも准将の仕事をしているなら、きみの回答をそれなりに重んじることもできよう。しかし一匹狼でなにかたくらんでいるなら――」

「絶対にそれはない」

「それにきみはとびきり嘘が得意だ――」

「今度は侮辱するつもりね」

「こちらとしては与えられるものの価値を測りかねる」彼が結論をいった。

「解決法を提案してもいいかしら」

「いいとも」

「あなたはわたしたちのようなプロの訓練を受けていない人間を評価できる、だからミセス・ベインブリッジを加わらせるようお勧めする。彼女はそちらの質問にちゃんと答えるし、民間人でアマチュアよ。信用してもらうためにわたしはここに残る、あなたが彼女を連れてくるまで」

「だれなんだ、ミセス・ベインブリッジとは」

「〈ライト・ソート結婚相談所〉だけでなく、この調査でもわたしのパートナーよ。いまこのパーティに来てるの」

「その女を知ってるか?」トルゴスは息子にたずねた。

「聞いたこともない」とタデオ。

「わたしもだ。つまりわれわれのコミュニティには属していないということだな。いいだろう。彼女の特徴を教えてくれ」

「長身、ブロンド、ブルーのドレスに、それとマッチしたボレロを着てる」

「さがしてくる」トルゴスが息子にいった。「おまえはミス・スパークスとここにいろ」

「はい、父さん」

「もし十分以内にわたしがもどらなかったら、彼女の首を絞めろ」

「はい、父さん」タデオは自分の自動拳銃を取りだした。

トルゴスはスパークスに軽くうなずいてから、部屋を出た。スパークスはテーブルの端に腰かけて、タデオをちらりと見た。

「それで。あなた、独身?」


「ふう、いまのはかろうじて踊りきれたわね」テーブルへもどりながら、ミセス・ベインブリッジは息を切らしていった。「クイックステップのときは警告を出すべきだわ。空襲警報のサイレンを鳴らすとか」

「お見事でしたよ」ポールフリーがいった。

「命がけであなたにしがみついていたのよ、大尉」

「そこがなにより楽しかった」

「今度《エニシング・ゴーズ》のイントロが聞こえたら、最寄りの防空壕に駆けこみます。あら、どうも！」

年輩のギリシャ人の紳士がまえに立ち、手を差しだしていた。

「マダム。お相手願えますでしょうか」

「もちろんです」彼に連れられてダンスフロアに引きかえした。「ええと、なにを演奏しているのかしら？　ああ、《ラ・クンパルシータ》！　タンゴ。ええ、どうにか踊れると思いますわ」

「タンゴか」紳士はかすかに頭を振った。「むろん、タンゴでしょうな」

彼は片腕を彼女の背中にすべらせて、抱き寄せた。

「ところで、ミセス・グウェンドリン・ベインブリッジです」

「防衛省のコンスタンティン・トルゴスです、お見知りおきを」

どこかで聞きおぼえのある名前に、ミセス・ベインブリッジは一瞬身を硬くした。

彼女が記憶をたどるあいだ、彼は腰に沿って彼女を前後にくるくるまわし、隅のほうへ移動していった。

お葬式。この男はタルボットの葬儀に出ていた。

フロアはほかのダンサーたちで埋まり、ポールフリー大尉の姿は見えなくなった。トルゴスはバックコルテで彼女の背中をそらせ、微笑《ほほえ》んだ。

「ミス・スパークスがあなたのドレスを説明してくれました。ここにいるだれよりも美しい女性をさがせといえばすんだのに」

「すみません、ミスター・トルゴス。どなたとおっしゃいました?」

「ミス・スパークス。あなたのメイドです」

「誤解していらっしゃるようですわ。その名前のメイドはおりません」

「それは残念だ」トルゴスは彼女をまた引き寄せた。「いまあなたが否定すると、わたしたちはあの人を殺さなければならなくなるので。一緒に来ていただけますか、ミセス・ベインブリッジ?」

彼女は躊躇した。

「一刻も無駄にはできませんよ。あなたが警戒すればあの人は死ぬことになる」

「わかりました。どこにいるのですか」

「こちらへ」トルゴスは彼女を連れてバンドの横を通り、幕の裏へするりと入りこみ、サイドドアを抜けた。

ミセス・ベインブリッジは彼に導かれて無人の廊下を歩いていった。半ばまで進んだあたりで、彼があるドアのまえに立ち止まり、ドアを開いて彼女を入れた。

ふたりが室内に入ると、テーブルの手前の縁《ふち》にスパークスが腰かけて、片手に拳銃を握っていた。それをトルゴスに向けた。

「もどってくるのに時間をかけすぎよ」と文句をいった。「わたしの説明は的確じゃなかった?」

「タデオはどこだ」トルゴスがうんざりした口調で訊いた。

「無事。まあ、意識はないけど、そのうちもどるでしょ」

彼女がテーブルの下の床をあごで指すと、若いほうのトルゴスが体を丸めて横たわっていた。頭になにか青い物が巻いてあった。

「それはわたしのケープ?」ミセス・ベインブリッジが憤慨して叫んだ。

「ごめんなさい、ダーリン」スパークスがいった。「暴力に訴えるときだったの。ああ、コンスタンティン、いい子だからあなたの銃をこっちによこして」

彼は悔しそうに息子を見てから、銃を引き抜いて、彼女に放った。スパークスは空いているほうの手でキャッチすると、身振りで彼を部屋の隅へ移動させた。

「いいお知らせがあるの。こんなことになったにもかかわらず、わたしのさっきの提案はまだ有効よ。わたしたちは情報を交換できる。この件に関するかぎりはね。こっちもすべて知っているわけじゃない、けど知っていることはかなりある。おそらく、そっちよりも多いと思うの。交渉する?」

「こちらに選択の余地があるのか」

「わたしたち全員、このまま解散して立ち去ってもいいのよ。でもあなたの好奇心はきっともうぱんぱんにふくれあがってるわよね」

「いいだろう。質問は?」

「マグリアスとはどこのだれで、あなたたちはなぜそんなに躍起になって彼を見つけだそうとしてるのか」

「わたしの手先だったんだ」トルゴスはいった。「彼は手紙が売りに出ているという噂を耳にした。君主制主義者の大義に打撃となりかねない手紙だ。彼は電話をかけてきて、それを手に入れる伝手《つて》があるといった。しかしその後、姿を消した」

「噂の出所をあなたに話した?」

「いや。噂はつねにあるし、情報源もつねにある。今回もそうしたなかのひとつだった」

「打撃って、どんな?」

「明るみに出れば、ギリシャとイギリスの両王室を困惑させるような。ギリシャの国民投票までは二か月しかない。王を帰還させたいと願うなら、醜聞の気配ですら見過ごすことはできないのだ。さて、こちらの番だぞ」

「ちょっと待って」スパークスがミセス・ベインブリッジのほうを向くと、彼女はトルゴスを注意深く観察していた。「ミスター・トルゴスはあなたに質問をするという取り決めなの」

「わたし?　どうしてわたしなの?」

「あなたはわたしほど嘘を隠すのが巧くないから」

「それはまちがいないわ。これはちがう種類のダンスになりそうですわね」

「あれほど楽しくはありませんよ」トルゴスがいった。「マグリアスの居場所をご存じなのですか」

「市の遺体安置所の台の上です」

「ほんとうに?」トルゴスはため息混じりにいった。「いつです? それになぜこちらが知らないのにあなた方がそれを知っているんですか」

「殺されたのは土曜の午後でした。わたしたちが知っているのは、死体を発見したからです。警察はいまのところ身許を公表していません」

「どこで殺されたんでしょう」

「ブラックウェル・ヤードの爆撃された倉庫で。刺し殺されていました」

「あなた方はなぜそこに?」

「わたしたちもその手紙を求めていたので」

「だれが殺したんだろう」

「わたしたちは仮説を立てています」

「それに計画も」スパークスが補足した。

「計画? なにをする気だ」

「やった男をつかまえるの」

「それがわれわれと大義を同じくする者の仕業だったら?」

「それでも殺人犯に変わりありませんわ」ミセス・ベインブリッジがきっぱりといった。「人を殺すに値する大義などありません」

トルゴスは彼女に悲しげな笑みを向けた。

「おっしゃるとおりならいいんですが。不幸にも、その原則に同意できなかった機会は一度や二度ではありませんでした。きみなら理解できるだろう、ミス・スパークス？」

「わたしたちからの質問にもどるわね」スパークスは彼の言葉を無視して、いった。「ジェラルド・タルボットは知ってるでしょ」

「知っていた」

「あなたは彼の葬儀に出席した」

「葬儀にはよく行くんだ。おもしろいのでね」

「タルボットは近年ギリシャの政治にどう関与してたの？　ギリシャのお仲間が大勢、葬儀に集まるほどに。一九二二年以降ゲームをおりてたんでしょ？」

「きみのいうゲームからおりたことはない。より高いレベルでプレイしていた。銀行や鉄道建設、兵器にかかわっていたこともある。われわれの多くにとっては、ここ英国でもっとも重要な友人だった」

「さっきいったその手紙、彼が持っていたかどうか知ってた？」

「彼からそれについて聞いたことはない」

「持っていたら、あなたに話したかしら」

「そう思いたいが。ジェラルドとはグレイト・ウォー以来の知り合いだ。わたしたちの願いは同じ――ギリシャを戦争に加わらせないことだった。その点では成功を収めた。その絆は彼の死まで続いた」

「お友だちだったのですか？」ミセス・ベインブリッジが訊いた。

「こうした生業《なりわい》の男ふたりがなれるかぎりの友人でしたよ」ミセス・ベインブリッジ」

「もしタルボットがその手紙を持っていたなら」スパークスがいった。「自分が死んだときに手紙を処分するか保存するかについて、なんらかの備えをしておいたでしょうね。彼はそれをだれに託したかしら」

「手紙の中身による。彼は君主制主義者の大義に共感していたが、実利的な男だった。なんであれ英国に最善となることをしただろう。もし亡命中のギリシャ王が枢軸国を打ち負かすべく遠方からギリシャの戦力を呼び集められると思えば、王に対するいかなる脅しも放っておかなかったはずだ」

「枢軸国は敗北し、タルボットは死んだ。でも手紙は残っている、噂を信じるならば」

「だれが持っているか知っているのか？」

「それも計画の一部よ。明日の夜は空いてる？」

「この方を招待するの？」ミセス・ベインブリッジがいった。

「彼には真相を知らせてあげなくちゃ」スパークスはエプロンから小さなノートを取りだした。

「電話番号を教えて。あなたが出席するべきパーティがもうひとつあるの。今度は平服でどうぞ」

彼にノートを放った。トルゴスは女ふたりを見くらべたあと、上着の内ポケットから万年筆を出して、手早く番号を書いた。

「これでよし」スパークスはノートを受け取って、いった。「これはあなたたちの」トルゴスに拳銃二挺《ちょう》を返した。彼は銃を持ったまま、思いめぐらす目つきになった。

「しまって」スパークスがいった。「力ずくのときは過ぎたのよ」

「そのときに力を使ったのはきみだ」トルゴスはいって、拳銃を上着の内側に隠した。

「タデオがじっとしていられなくなったから。絞め殺されるのはごめんだもの。みんなパーティにもどったほうがいいわね」

「わたしのケープを取ってくれる？」とミセス・ベインブリッジ。

「はい、奥さま」スパークスがいった。

床からタデオの頭を持ちあげて、慎重にケープをほどいた。彼をそっとおろすと、立ちあがって、腰の横でぱっとケープをひろげた。

「オレ！」

「しわくちゃじゃない」ミセス・ベインブリッジが鼻にしわを寄せた。「それは、血？　なんて恐ろしい！」

「ほんのちょっぴりですよ」スパークスは血の染みを調べた。「本物のメイドが落とせないほどじゃないです」

「お気に入りのケープなのに」ミセス・ベインブリッジは悲嘆にくれた。「これからそれを見るたびにこのことを思いだしてしまうわ」

「ほかにもケープをお持ちなんですか？」トルゴスが好奇心をあらわにした。

「もちろん。これはこのドレスとボレロに合わせたものなんです」

ドアが開いた。三人が振り向くと、ポールフリー大尉が顔を突きだしてのぞきこんだ。

「ああ、ここでしたか」ミセス・ベインブリッジにいった。「あらゆるところをさがしまわったんですよ。おや、その男はだいじょうぶなんですか」

「この方、飲みすぎてしまったんですの。ここで眠りこけているのをミリーが見つけて、こちらの殿方を呼びにきたんです」

「それはよいことをしましたね。手を貸しましょうか」

「ありがとう、こちらはおかまいなく」トルゴスがいった。「母親のいる自宅に帰れるようわたしが面倒を見ます」

「よかった。それで、ミセス・ベインブリッジ、さがしていた理由ですが。王があなたと踊りたいとおっしゃいまして」

「まあ。ではすぐにもどらないと。失礼いたします、ミスター・トルゴス。ダンスのお相手をありがとうございました。タンゴがお上手でしたわ」

「どういたしまして、ミセス・ベインブリッジ」トルゴスは頭をさげた。

女たちが出ていってドアが閉じるまで見送り、意識がもどりはじめた息子を見おろした。

「ばかめ」彼はため息をついた。

ポールフリー大尉がミセス・ベインブリッジをエスコートしてボールルームへもどるあいだ、

スパークスは振り向いてうしろをうかがったが、だれも追ってはこなかった。三人はメインドアから再入場し、スパークスが見守るまえでポールフリーがミセス・ベインブリッジを王のテーブルに連れていった。王は立ちあがって頭をさげ、それから彼女の手を取って、ダンスフロアへ導いた。オーケストラが《あなたと夜と音楽と》を奏ではじめ、ふたりがスピンで部屋をまわりだすと、招待客たちから拍手が沸き起こった。

ワルツか。よかったわね、グウェン。スパークスは思った。

お酒が必要だった。たまらなく。彼女はバーに歩いていった。

「ウイスキー。できたら、ダブルにして」

「何様のつもりだい、あんた」バーテンダーが冷たく笑った。

彼女はぼんやりと相手を見つめ、それから自分の服装を思いだした。

「メイドよ。メイドにきまってるじゃない。あっちへ行って、ほかのみんなと一緒に立ってるわ」

ゲオルギオス二世はミセス・ベインブリッジに微笑みかけた。

「今夜はたくさんの女性と踊らなければならなかったが」ふたりで部屋をまわりながら彼がいった。「踊りたかった女性はただひとりだ」

「その方がこちらにいらっしゃれなくて残念に存じます、陛下」ミセス・ベインブリッジはいった。「わたくしでふさわしい代役が務まればよいのですが」

「事情通のようだね」王は悲しげに笑った。「しかし、どんな状況であれ、美しい女性とダンスするのは気分がいい。ダンスフロアの外に世界があることを忘れられる。自分がもう若くないことや、健康ではないこと。王であることも」

「わたくしにもいろいろと忘れたいことがございます。ともに記憶喪失者になりましょう」

ビル・サヴィルはそのひとときを引き延ばすなんらかの合図を受け取ったにちがいない。オーケストラに合図して、リピートしたからだ。ミセス・ベインブリッジがしばし目を閉じると、ロニーが彼女を腕に抱き、スピンしながら夢のなかへといざなった。やがて目をあけると、王が同情するまなざしで見ていた。

「すこしも忘れていないようだね」王が優しくいった。

「わたくしも踊りたい相手と踊れないのです、陛下。もう二度と」

「もういっぺん目を閉じてその人のことを考えなさい。わたしにはそれしかしてあげられない」

「ありがとうございます」

そして彼女は目を閉じ、すべて思いだした。王の腕はロニーの腕になった。べつのボールルームでべつのオーケストラが演奏していて、ふたりは若く、将来のなにもかもが待ち遠しかった。

音楽がやみ、王は彼女を解放し、彼女はまた膝《ひざ》を折ってお辞儀をした。今度は脚も愚痴ひとつこぼさなかった。立ちあがると、王が頭をさげて彼女の手に接吻《せっぷん》した。

「つかの間の休息をありがとう」

「思いださせてくださってありがとうございます」

テーブルにもどると、ポールフリー大尉が立ちあがって拍手した。

「目を瞠《みは》る光景でした。あなたは王と踊ったんですよ」

「王と踊った。そして思い出と踊ったわ。そろそろ帰りたいのですが、もしよかったら」

「ほかになにをしてもこれ以上は盛り上がりませんね」彼が同意した。

ふたりは挨拶をして、会場をあとにし、スパークスがあたふたと追いついた。

「ケープはどうしましょうか」息を切らしてたずねた。

「あなたがしっかり持っていてくれる、ミリー？」

「かしこまりました、奥さま」

ドアマンがタクシーに合図して、ドアをあけた。

「どちらへ？」ポールフリーがたずねた。

「わたしたちのオフィスへお願いします」ミセス・ベインブリッジがいった。

彼は運転手に住所を伝え、それから彼女に向き直った。

「そのあとは？　夜はまだこれからですよ」

「夜はまだ月曜日で、わたしは火曜日も起きて仕事に行かなくてはならないので。あしからず、大尉」

移動するあいだ車内に沈黙が落ちた。スパークスは振り向いて座席のふたりを見たくてたまらなかったが、まっすぐ前方をにらんでいた。

「今夜がどういうことだったのか説明していただけるように、もう一度デートしなくてはなりませんね」到着するとポールフリーがいった。

「あなたを満足させられる説明はできないかもしれません。でもおつき合いくださって、ほんとうに感謝していますわ」

「まことに光栄でした。それに報酬を要求しますよ」

彼は反応する間も与えず、彼女を抱き寄せてキスした。彼女は押しかえそうとしたが、相手の力のほうが強かった。ようやく放されると、彼女は怒りでわなわな震えた。

「また誘ってというところでした。でももうつぎはないわ」

「つぎはあり得なかった。どちらもわかっていたことです。おやすみなさい、ミセス・ベインブリッジ。おやすみなさい、ミス・スパークス」

運転手がかすかに頭を振りながら、それぞれにドアをあけた。女性ふたりは降りて、車が走り去るのを見つめた。

「だいじょうぶ?」アイリスが訊いた。

「ひどい結果に終わることもあるのを忘れていたわ」グウェンはハンカチで口をこすりながらいった。「けだものよ。まず許可を得る礼儀さえわきまえていないのね」

「彼みたいな男は答えを知ってるの。だから許可は求めない」

「あそこまではまずまずよくやってくれていたのに」建物に入りながらいった。「わたしが予想できなかったのはどういうわけ？」

「練習不足よ」

「ああいうことをしそうだって、あなたにはわかっていた？」

「彼はＮＳＴだと自分でいってたじゃない。そしてわたしたちはタクシーに乗ってた」

「予測してしかるべきだったといってるのね」

「今夜はいろいろあったから。なにもかも把握してはいられないって。あなたは王と踊ったあとでまだ足が地についてなかったのよ。ところで、どうだった？」

「彼はむしろ優しくて、驚きだったわ」グウェンがいい、アイリスはその間に〈ライト・ソート〉のドアの鍵をあけた。

「着替えなくちゃ。ドアを閉めてくれる？」

「ミリーの靴でひと晩過ごしたあなたの足はどんな具合？」

「まだこの靴で一マイルも歩いてないんじゃないかな。でも履き心地は悪くなかった。わたしのを忘れずに返してもらってね。あのスリングバックはたぶん今夜のわたしよりも楽しんだわよ」

「あなたも楽しんだじゃない。だれかさんを殴らないといけなくて。そういうの好きでしょ」

アイリスはミリーの制服をハンガーにかけて、自分のスーツを着た。

「今夜わたしの変装は関係者のだれひとりだませなかった」眼鏡をはずしながらいった。

「眼鏡をかけたぐらいで、『紅はこべ』のパーシー卿にはならないわよ」

「嘆かわしい。でも有益な情報は得られたわね。トルゴスをどう思った？」

「真実と嘘が入り交じっていた」

「どこが真実で、どこが嘘だった？　人を見抜くのはあなただもんね」

「なかでも二度、嘘だと思ったときがあったわ」

「それは？」

「マグリアスを使っているといったとき」

「わかる。そういうことならマグリアスから目を離さなかったはずよ。マグリアスが王党派側でないとすると、なにかほかの派閥ね。反王党派、たぶん極左組織のどれか。きっとトルゴスに忠実なだれかにわざと手紙のことを漏らしたのよ。もうひとつは？」

「タルボットを友だちだったといったとき。トルゴスにはこれまでの生涯に友だちなんてひとりもいなかったと思う」

「だからって彼を気の毒に思う気にはなれないけど。それだけ？」

「それだけ」

「つまり、トルゴスはわたしたちの追っている人物ではない、と。彼も手紙をさがしているのね」

「彼はそのことを噂で聞いた。この噂を流した人はずいぶんと働き者じゃない？」

「たしかに。さて、いよいよ決着をつけるときが来たわね。明日、招待状を送るわよ」

「なにを着たらいいのかしら」ふたりでオフィスを出ながら、グウェンが考えこんだ。「そんなパーティには出たことがない。あなたは？」

「こんなパーティはこれまで存在しなかった。なにか楽な服装にして。物陰に飛びこまなきゃならなくなったとき汚れてもかまわないような」

「撃ち合いになると思ってるの？」

「計画どおりに進めば、それはない」建物の玄関を出たところで、アイリスがいった。

つと立ち止まった。

「でも計画どおりにいくことなんてある？」追いついて横に並んだグウェンに、彼女はいった。

建物の正面に黒のベントレーが停まっていて、まえに黒いスーツの大柄な男が立っていた。アイリスは左右に目をやった。どちらの方向にも似たような服装の男たちがいて、逃げ道を塞《ふさ》いでいる。足音を聞くまでもなく、さらにひとりが背後の建物内からも近づいてくるのがわかった。

「よろしいでしょうか」車のまえの男が後部座席のドアを開いた。「上の者からひとことお話があります」

「わかった」アイリスはあきらめて肩を落とした。「明日の朝会いましょ、グウェン。少なくとも、そう願ってる」

「ばかいわないで」グウェンは一緒にベントレーに近づいた。「わたしも行くわ」

「これはあなたには関係のないことなの」

「じつは、あります」男がいった。「おふたりに話があるのです。曖昧《あいまい》だったかもしれませんが、おふたりともに」

「よくわかったわ、ありがとう」グウェンがいい、ふたりは車に乗りこんだ。

男がドアを閉じ、ドアがロックされる音がした。

「アイリス、わたしたちは誘拐されるの？」車が走りだすとグウェンはたずねた。

「さあどうかな」

運転手とは厚いガラス板で仕切られていた。アイリスは身を乗りだして、ベンチシートの背に沿って手さぐりし、小さなラッチを見つけだした。それをはずして、パネルを左へすべらせると、なかにウイスキー一本とタンブラー二個が収まっていた。

「飲む？」

「もちろん」

「こらこら、それはあんたたちのじゃないよ」運転手が声をあげた。

「わたしたちがゲストなら、あなたが飲み物を勧めるべきでしょ」アイリスはそれぞれのタンブラーに気前よく注いだ。

「それにわたしたちが捕虜なら、あなたの知ったことではないでしょ」グウェンがつけ加えた。

タンブラーをアイリスとふれあわせ、そこで手を止めた。

「薬物入りだったら？　または毒入り？」

「毒ならわたしが見抜くと彼にはわかってる。見つけるように置いといてくれたのよ」

「危害を加えたがってはいないと、確信があるのね？」

「いまのところは。乾杯。ここしばらく飲んだなかでいちばん上等なウイスキーのはずよ」

「それなら、乾杯」グウェンがいった。

14

ウイスキーは極上だった。車がどこか北を目指すあいだ、ふたりは一杯目を飲み終わり、おかわりを飲むことにした。ミセス・ベインブリッジは窓の外を見つめた。

「ここはハイゲートね。墓地があるもの。うう、気味が悪い！」

「酔っぱらってる！」スパークスがいった。

「酔ってない！」ミセス・ベインブリッジが主張した。「まあ、すこしは酔ってるかも。パーティでも二、三杯飲んだし」

彼女はくすくす笑いだした。

「なにがそんなにおかしいの」

「いまわかったの。ウイスキーを置いておいたのは、わたしたちが飲んで警戒をゆるめるとわかっていたからよ」

「おそろしくずる賢いわね」とスパークス。「ヴェテラン・デビュタンテのアルコール許容量を知らないのよ。彼に会うときはめいっぱい真面目くさった顔で、厳しくにらみつけてやろうか。あなたの最高のしかめっ面をしてみせてよ」

ミセス・ベインブリッジは眉根を寄せて、非難する表情をつくった。

「いいじゃない。じゃあ、つぎはわたしね」

スパークスがにらむと、ミセス・ベインブリッジはたちまち吹きだした。

「まだやってないんですけど」

「ごめん、ごめん」ミセス・ベインブリッジがあえいだ。「立ち直るまで待って。はい。じゃあ、もう一度」

スパークスはハイエナを見おろす水牛を思い描いて、その表情を再現しようとした。ミセス・ベインブリッジはひと目見るなり、また吹きだした。

「だめ」大笑いしながらいった。「我慢できない」

スパークスももはやこらえきれなくなって、爆笑に加わった。運転手がミラーでふたりを見た。

「信じられん」と頭を振った。

「ちょっと、つっかからないでね」スパークスが声をかけた。「今夜はすでにひとり、むかつく男を救急救命室送りにしたの。よろこんであなたも送ってあげる」

「あんたにやれる見込みはゼロだよ、お嬢ちゃん」

「えらぶるのもいまのうち。時刻と場所をいいなさいよ、きっちりこらしめてやるから」

「わたしも」ミセス・ベインブリッジが吠えた。「ボクシングのルールなんかくそくらえだわ！」

「あなたは戦えないでしょ、忘れたの？」

「あなたが教えてくれるはずだったでしょ、忘れたの？　手始めにこの人をやっつけましょうよ」

「ご婦人方、そこまでだ」運転手がいった。「着いたよ」

車は私道に入り、石のアーチをくぐった。ふたりが振り向いて後部の窓から見ると、大きな木製のゲートを男が閉じて、閂《かんぬき》をかけていた。彼は塀に立てかけてあったショットガンを取りあげた。

「いちばん安全な脱出ルートではないわね」それを見てミセス・ベインブリッジがいった。

右手には大きな石造りの邸宅があったが、ふたりが連れていかれたのは馬車置き場を改築した裏手の車庫だった。運転手が車を寄せると、車庫のドアがさげられた。男が出てきて、車のドアをあけた。

「こちらへ」彼がいった。

「車に衣装バッグを残していってもいいかしら」ミセス・ベインブリッジがたずねた。「引きずって歩きまわるのはなるべく避けたいので」

「かまいません」

「盗まれないように見張っていてね」ミセス・ベインブリッジは運転手にいった。「着てみるのもだめ」

スパークスがにやりと笑った。

男がふたりを館の裏口に案内すると、その先は階段になっていた。

「最上階《トップ》にいらっしゃいます」

「そうでしょうよ」スパークスが先に立ってのぼりながらいった。「ねぇ、運転手の部屋に行ったことある?」

「ないわよ。あなたは?」

「ふうむ。いつか全部話してあげる。ああ、もうそこに彼が」

准将は小さなカードテーブルの向こう側で、椅子の背にもたれ、胸の上で両手の指先を合わせてすわっていた。

「かけなさい」机のまえの折りたたみ椅子二脚をあごで指した。

ふたりはおとなしく腰かけて、めいめい膝《ひざ》の上で両手を重ねた。

「きみたちはなにか知っているのか――」いいかけたところで、女ふたりがどっと笑いだしたので黙った。「何事だ?」

「顔が」スパークスがくっくっと笑った。「そのしかめっ面」

「すみません」とミセス・ベインブリッジ。「想像していたとおりのお顔をなさっているので」

「笑い事ではないぞ!」彼が怒鳴った。

「ええ、そうですよね」スパークスが自制を取りもどして同意した。「申し訳ございません。女が男の世界に転がりこむとどう感じるかおわかりですよね? なにもかも、すごく――すごく――」

「哀れで、ばかばかしい？」ミセス・ベインブリッジがうながした。

「大仰で芝居じみてるといおうとしたんだけど、それもいえてる。それで、准将、どのようにお役に立てるでしょうか」

「まずこの男について聞かせてもらおう」テーブルに一枚の写真を放った。

女たちは身を乗りだしてのぞきこんだ。ふた晩まえに〈ライト・ソート〉で拘束した男だった。どこか特定できないロンドンの通りを歩いているところを撮られたもので、ツイードのコートにレザーのキャップといういでたちだ。

「見てよ」ミセス・ベインブリッジがいった。「だれかが男物の服でイタチにおしゃれをさせているわ」

「だれなんですか」スパークスがたずねた。

「わたしを相手にゲームをするな、スパークス」准将がいった。「だれなのかはきみがよく知っているだろう」

「すみません、この顔を見てもぴんとこなくて。何者なんでしょう」

「われわれは彼がゆすり屋だと確信している。それにきみらと接触があったことも」

「あなた方はいつからゆすり屋なんかに関心をもっているんですか」

「きみと最後に会ってから、いくらかさぐりを入れて、ひと揃いの手紙を所有している人物の噂を耳にした。その手紙はわれわれが関心をもっている方々に困惑をもたらしかねない。あるいは、やはり関心をもっている連中に利益をもたらしかねない」

「その噂の出所は？」

「それをきみにいうわけにはいかないが、この男が関係していたはずだ。そしてこちらが何者か知ったときには、もう姿を消していた」

「この話のなにがどのようにわたしたちとかかわるんです？」

「われわれは王室内部に耳をもっているのだよ、スパークス。だれがきみたちを雇ったかも知っている。取引があるはずだったことも。その後、受け渡しの場でどこかの不運なやつが殺された」

「なんのことだかさっぱりわかりません」

「あとでこの男がきみたちに接触したという推測のもとに、昨日そちらのオフィスを捜索させてもらった」

「なんですって？」ミセス・ベインブリッジが立ちあがって叫んだ。

「すわりなさい」准将が命じた。

彼女は腰をおろし、全力で彼をにらみつけた。

「なにが見つかりました？」スパークスがたずねた。

「机のひとつにはデスクマットがあったが、もうひとつにはなかった」

「なんてこと！　デスクマットを一枚盗まれた！　スコットランドヤードに電話しなくちゃ！」

「その机の表面には小さな穴があいていた。その穴の内部から微量の血液を採取した。ほかの品からはもっと」

「ほかの品とは？」

「ダーツの矢を拭《ぬぐ》うのを怠ったな」

准将は写真を手に取り、テーブルの脇をまわってきて、彼女の顔のまえに突きつけた。

「彼はまだ生きているのか、スパークス」

「もういいました。この男は知りません」

「だが血液が――」

「わたしの、だと思います。ダーツで遊んでいて何度怪我をしたことやら。よくない習慣なんですが、多々ある悪習のほんのひとつです」

「わたしが手当て一回につき一シリングもらうことにすればよかったんです」ミセス・ベインブリッジがつけ加えた。

「手紙はどこにある」准将がたずねた。

「わたしは持ってません。たしかに、わたしたちは倉庫で受け渡しをするはずでした。でも手紙を所持していない死体を発見したので、責任を負わされるまえに出てきました。現場でこの男は見ていません。彼が殺人者だと思われるのですか」

「わたしはきみの仕業だと思っているよ、スパークス」

「わたしが絞首刑になったあとでもまだお葬式には花を送ってくださいます？」

「小さめの花にするよ。ほんとうにこの男の居場所を知らないのか」

「准将、わたしをご存じでしょう。彼の居場所にまったく心当たりがないといったら、信じてください」

「彼女は正直に話しています」とミセス・ベインブリッジ。「わたしたちふたりとも彼がどこにいるかは存じません。自白剤を注射されても、やはりいうことはできないでしょう。自白剤をお持ちですか？　以前からどんな物なのか気になっていたんですの」

「ベントレーでわたしたちが飲んでいたのがそれじゃないかな」とスパークス。

「あら、そうなの？　けっこう美味《おい》しかったわ。帰りの車でもっと飲みましょうよ」

「カラザーズ」准将が呼んだ。

車庫でふたりを出迎えた男が階段の上に顔を出した。

「この女性たちをベントレーに乗せて、家までお送りしろ」

「はい、准将。ご婦人方、こちらへ」

「カラザーズ」

「は？」

「車が出るまえにわたしのウイスキーを取りだしておけ。今夜はもうだいぶ無駄にしてしまった」

「はい、准将」

カラザーズがふたりを車庫に連れもどすと、運転手が車にもたれて煙草を吸っていた。

「死体はどこへ棄てりゃいいんだ?」スパークスをまっすぐ見ながら、たずねた。

「わたしの家はメリルボーン。ミセス・ベインブリッジは――」

「あんたらの住んでいる場所は知ってるよ」彼が後部座席のドアを開いた。「乗りな」

「ちょっと待った」もうひとりの男がいって、車内に手をのばし、ウイスキーとタンブラーを取りだした。「よし。乗って。おやすみなさい、ご婦人方」

帰りの車内ではふたりとも静かだった。スパークスのフラットに着くと、彼女はミリーの靴を脱いでミセス・ベインブリッジに手渡した。

「ありがとうと伝えて。わたしのはかならず返してもらってね」スパークスはいった。「ちょっと、あなた!」

「なんだ?」彼女のためにドアをあけていた運転手がいった。

「彼女が家に着いてすぐわたしに電話をかけてこなかったら、スコットランドヤードに電話するわよ。あなたの顔も車のナンバーも知ってるんだからね。わかった?」

「さっさと寝な、お嬢ちゃん。彼女はあんたよりおれといたほうが安全だ」

「それは実際正しいかも」譲歩しながら車を降りた。「おやすみ、グウェン。今夜あなたは王様ともスパイとも踊ったわね」

「いつもと変わらない月曜日よ。明日の朝またオフィスで。世界を人でいっぱいに!」

「世界を人でいっぱいに」

スパークスは建物に入り、ストッキングだけの足で階段をのぼった。部屋の電話をじっとにらんでいると、十五分後に鳴り、すかさず受話器をつかんだ。

「無事に帰り着いたわ」グウェンの声がした。

「よかった」

「なにか起きるかもしれないと思った？」

「それはない、でも起きてもおかしくないとは思った。切るまえにあとひとつ」

「今夜のことを話したくないの？」

「話したいわよ。でもこの電話ではやめといたほうがいい。昨夜は盗聴されてなかったけど、いまはされてても驚かない。そっちの電話も」

「どきどきする！　わたしがなにか卑猥《ひわい》な言葉を知っていれば、盗聴者がよろこぶのに」

「戦闘訓練のあとでいくつか教えてあげる」

「うれしい！　パブで水兵たちをぎょっとさせられるかも。アイリス？」

「なに？」

「今夜は不思議なほど楽しかった」

「うん、そうよね。二日酔いにならないように」

「そちらもね」

グウェンは階段をのぼり、使用人部屋のドアのひとつをそっと叩いた。ミリーがドアをあけ、彼女を見てにっこりした。

「デートはいかがでした？」

「おもしろかったわ」グウェンはいった。「はい、あなたの制服と靴。ミス・スパークスがありがとうって。そちらのデートはどうだった？」

「もう、それはカッコいい人で」ミリーは衣類を受け取りながら、ため息をついた。「本物の紳士でした」

「今夜あなただけでも紳士とデートできてよかった」

「奥さまのほうは厚かましい男だったんですか？」

「ええ。二度目のデートはないわ」

「まあ、残念。どなたかとくべつな方と踊られました？」

「年輩の紳士ふたりと。ひとりはとても親切で、もうひとりはそうでもなかったけれど、タンゴは上手だった」

「すてきでしたでしょうね」

「あなたの夜ほどではないわよ。忘れないうちにミス・スパークスの靴をもらっておくわね。忘れるとあとが怖いから」

「これです」靴を取ってきたミリーがいった。「効き目ありだったとお伝えください」

「あなたには小道具の助けなんて要らないでしょ、ミリー。あっ、ひとつお願いがあるの」

「なんなりと、奥さま」

「わたしの化粧台の上に包みを置いておくので、明日の午後、ある人がそれを取りにくるまであなたの部屋で預かっていてほしいの。どうすればいいかは書いておくわ。やってもらえるかしら、だれにもいわずに？」

「だいじょうぶです。これも近ごろ奥さまが取り組んでおられるミステリアスななにかの一部ですか？」

「そうよ。ありがとう、ミリー。おやすみなさい」

「おやすみなさい、ミセス・ベインブリッジ」


翌朝は頭痛がした。朝食中にレディ・カロラインが大股で食堂に入ってきて、社交欄を上にした朝刊をテーブルに放ったときも、まだ続いていた。

「謎の女性、王と踊る。ロンドンの社交界は蜂の巣をつついたような騒ぎでしょうね」

グウェンは新聞を見た。まわりながら微笑《ほほえ》む彼女をカメラがとらえていた。

「記者たちには名乗りました。こうやってわざと興味をかき立てているんです」

「まんまと成功したわね」レディ・カロラインが小ばかにした口調でいった。「あの招待を受けさせてくれと泣きついたのはこれが理由？　王の愛人の座につくためにオーディションを受けにいきたかったのかしら？」

「王にはもう愛人がいます」グウェンは冷静にいった。「これはただのダンスです。国王との」

「彼はいま国王とはいえないわ。わたしだって王とダンスはしたけど、相手は本物の英国王でした」

「その王はいま、愛人と結婚した公爵ですよ」グウェンは指摘した。「レディ・カロライン、感謝していただかなくては。昨夜わたしはベインブリッジ家を代表して顧客のひとりに売り込みをしてきたんです。考えてみてくださいな、これからわたしが売る弾薬《セル・シェルズ》のことを」

海辺《バイ・ザ・シーショア》で、とつけ足したかったが、踏みとどまった。

レディ・カロラインは頭を振り、湯気を立てて出ていった。

歩いて仕事に向かううちに、頭痛や義母への苛立ちは和《やわ》らいだ。グウェンは〈ハムリーズ〉のバッグを持っていた。途中で一か所、立ち寄るところがあった。

ロレイン・カルヴァートのいとこはチェルシーのポント・ストリートにある煉瓦のタウンハウスに住んでいる。そこからオフィスまでは遠いが、お金を払ってタクシーに乗るほどでもない。

聖コロンバ教会を過ぎて左折しかけ、足を止めてすばやく引っこんだ。目的地の向かいに黒のベントレーが停まっていて、運転手はつい最近見たばかりの男だった。グウェンは早足で引きかえし、ウォルトン・ストリートに入った。

遅すぎたのだ。彼らが先にヴィヴィエンヌ・デュコニョンに会ってしまった。もう彼女からの情報は聞けないだろう。

火曜の朝のメイフェアは忙《せわ》しげな通勤者たちで混雑していたが、〈ライト・ソート〉の通りに入ると急に人気《ひとけ》がなくなった。十四歳ぐらいの少年が外壁にゴムのボールをぶつけてはキャッチしていた。通りかかったグウェンにキャップを傾けたかと思うと、だっと駆けだして彼女の手から〈ハムリーズ〉のバッグを引ったくった。

「ちょっと！」彼女は叫んだが、少年はすでに角を曲がって見えなくなっていた。

トルゴスはダークグリーンのトライアンフ・ドロマイトの助手席で待っていた。

「来たぞ」タデオがバックミラーを見ると、〈ハムリーズ〉のバッグを持った少年が走ってきた。

「なにか問題はあったか」少年に一ポンド札を渡しながらトルゴスが訊いた。

「べつに」少年はバッグを手渡した。「その気になればハンドバッグもやれたよ。その価値はあったかもね。金持ちそうだったから」

「わたしがやれといったとおりにするんだ。それ以上でもそれ以下でもない。さあ、うちに帰れ」

「うん、おじさん」少年はいった。

タデオが車のギアを入れ、その間にトルゴスはバッグをのぞいた。

詰めこまれたくしゃくしゃの薄紙のなかに女物の靴一足が埋もれていて、片方に小さな封筒が押しこんであった。彼は顔をしかめ、封筒を開いた。女性の手書きのメッセージが入っていた。

「〝惜しかったわね。靴は返して、電話のそばで待っていて〟」声に出して読みあげた。

「あのレディたちはやることに抜かりがないな」タデオはスパークスがあごに残した打ち身を

無意識にさすった。「つぎはどうする？」

「靴を返して、電話のそばで待つとしよう」トルゴスがいった。「指示されたとおりに。それ以上でもそれ以下でもなく」


アイリスがバーレットのタイプライターで手紙をタイプしていると、グウェンが入ってきた。

「どうだった？」

「マダム・デュコニョンとは話せなかったわ。先回りされていたの」

「意外じゃないわね。あとを尾《つ》けられた？」

「尾けられていたかも。とくに気づかなかったけど、うしろを振りかえってはみなかったから」

「そうでしょう、それでいいのよ。あなたはふだんしそうなこと以外なにもしなかった、だからわたしたちはまだ捜索中だと彼らは思う。わたしはフラットを出た瞬間から尾行された。今夜出かけるときは厄介払いしなくちゃ。アーチーに知らせとく」

「いいわね。それと、一分まえに外で〈ハムリーズ〉のバッグを引ったくられちゃった」

「そうなの？」アイリスが大声をあげた。「怪我しなかった？」

「わたしは無事」

「でも手紙は――」

「手紙も無事。バッグは囮《おとり》よ。アイリス――じつをいうと中身はあなたの靴だったの」

「いよいよ戦争ね」アイリスが暗い声でいった。

「アーチーから連絡は？」

「今夜の準備は万端だって。わたしはこの招待状を直接届けてくる。残りの電話は昼食後にかけよう。またあとでね」

准将が報告書に目を通しているところへ、秘書がノックした。

「なんだ」

「ミス・スパークスが」秘書は紙片に書かれた番号を手渡した。「四分あります」

准将は時計を見てから、きっかり三分半報告書にもどった。それから番号をダイヤルした。

「おはようございます」スパークスの声がした。

「なんの用だ、スパークス」

「あたしの良心なんです、だんな。自分のしたことを思ったら一睡もできなかったもんで」

「おかしなまねはよしてくれないか」彼がうんざりした口調でいった。

「それじゃ、要点に入ります。昨夜わたしが話したことは、厳密にはすべて真実ともいいきれなかったかもしれません」

「そいつは驚いた」

「あら、あなたを皮肉屋にしちゃいましたね。あの写真の男に関することなんです。彼の居場所を知らないといったことに嘘はありませんが、ある人を知ってるある人を知ってるかもしれません」

「だれだ」

「それはいえないんです。でも、午後まで時間をください。いくつか聞込みをしてみます」

「そのあとは？」

「それからのお楽しみ。それと引換えに、あなたにぜひともやっていただきたいことが」

「なんだ」

「わたしたちの自宅とオフィスの盗聴をやめてください」

「なぜそんな物があると思うんだ」

「あなたのやり方を知っているので。こうして話してるいまでさえわたしに尾行をつけてますよね。ところで、もうすぐ彼を撒《ま》きますよ。ではまた」

「スパークス、わたしは――」

接続は切れた。

准将はため息をついて、べつの番号にかけた。

「スパークスとベインブリッジの盗聴をはずせ。当面のあいだ」

数分後にふたたび電話が鳴った。彼は出た。

「ウィリアムズです。すみません、彼女を見失いました。どうして撒かれたのかまったくわかりません」

「気にしなくていい、ウィリアムズ」准将はいった。「もどって、建物を監視しろ」

アイリスは正午までに、大きくて平たい品を抱えてオフィスに帰った。

「それはなあに？」グウェンがたずねた。

「新しいデスクマット」アイリスはそれを取りだした。「わ！」

彼女の机の上にスリングバックが置かれ、隣に夏の花を生けた花瓶があった。グウェンはメッセージの入った小さな封筒を掲げてみせた。

「〝電話を待つ〟と書いてあるわ」

「よろしい」アイリスはいった。「花を送るなんて、しゃれたことをするわね」

「なにもかも順調？」

「招待状は届けた。わたしたちがお昼を食べる魅惑的な光景で監視人たちをもてなそうか」

「いいんじゃない？」

ミリーがグウェンの部屋を片づけ終わったとき、戸口にプルーデンスが立ってドアをノックした。

「さがしてたの。裏口に——男性が来てるわよ」

「どんな男？」ミリーはたずねた。「なんの用かな」

「配達人だといってる。そうは見えないけど」

「ああ、来るのを待ってたの。すぐおりていく」

ミリーは自分の部屋へ行って、ミセス・ベインブリッジから託された包みを取ってきた。それは紐でしっかりとくくられた靴箱三つだった。それを抱えて使用人部屋からキッチンにおり、ドアをあけて、ぎくりとした。

「背が高いのね」相手を見あげて、いった。

「そうかい？」サリーがいった。「それは知らなかった。ほかのみんなが低いんだと思ってました」

「わたしは低いけど。だれといるときも。わたしがこの荷物を預けることになってる紳士はあなた？」

「そう。ミセス・ベインブリッジの友だちです」

「奥さまにいわれたんです、わたしがあなたになにかをいって、あなたがわたしになにかをいいかえすことになってるって」

「いってみて」サリーがいった。

ミリーは顔をしかめて集中した。

「彼はわたしたちを見つけだす」ミリーが芝居の台詞《せりふ》のようにいった。「これ以上隠れる場所なんてない」

「サーチライトで〈ドリームランド〉を照らし、鉄条網でぐるりと囲った。夢はもう脱出できない」いっそう芝居がかった調子でサリーが返した。

「あなたが書いたと奥さまがいってました」

「そうです」

「わたしは好き」彼女は荷物を渡しながらいった。「これってすごく興奮しますね、秘密の合い言葉をかわして、中身がわからない荷物を手渡すなんて。あなたは中身を知ってるんですか？」

「二十ポンド紙幣の束ですよ」彼は一本指を鼻の横にあてて、ささやいた。「それに人をゆするための品々」

「まさか！」ミリーは失望の声をあげた。「奥さまは悪いことをたくらんでいるんですか？」

「ミセス・ベインブリッジは最高にすてきなことをたくらんでいます」彼は安心させた。「協力してくれてありがとう」

「うまくいきますように」

サリーは彼が乗ると子供用に見える配達バイクのまえに箱をのせた。ミリーを振りかえって、キャップに指をふれ、ペダルを踏みこんだ。

「いまのはなんだったの？」すれちがいざまにプルーデンスがたずねた。

「それはいえない」ミリーは答えた。

アイリスはレストランの窓の外を見やった。通りの向かい側に、戸口に立って新聞を読んでいる男がいた。

「読むのがえらくのろいこと。わたしたちがここにいるあいだ、ずっと同じページを読んでる」

「コーヒーかなにか届けたほうがいいかしら」グウェンがいった。「気の毒になってきたわ」

「コーヒーは残酷。一日じゅう監視してるんだもの。さらなる圧力に膀胱《ぼうこう》が耐えられないわよ」

ふたりは支払いをして、店を出た。

「その角の電話ボックスを使おうか」アイリスが提案した。

ふたりはべつべつのボックスに入ると、スロットに硬貨を投入し、ダイヤルしはじめた。

准将の秘書が電話に出た。

「そちらにミスター・ペザリッジは――」スパークスはいった。「――この手順には飽き飽きよ、シルヴィア。つぎの電話ボックスまで歩く気もしない。彼につないでもらえない?」

「ですが――」

「ああ、気にしないで。場所をいうから書きとめて。きっかり七時に彼と運転手だけ、ほかはだれもついてこないように」

「ですが――」

「ノービトン・ロードとサーモン・レーンの角。ライムハウスよ。書きとめた?」

「書きました、ですが――」

電話は切れた。

秘書は最後まで書き取ると、パッドからその一枚を破り取り、彼のドアをノックした。

「サー」ためらいがちに呼びかけた。「ミス・スパークスから電話がありました」

ミセス・フィッシャーが電話に出た。

「キャサリン・プレスコットです」ミセス・ベインブリッジがいった。「彼女はいらっしゃる？」

「お待ちください」ミセス・フィッシャーがいった。

短い間のあと、レディ・マシスンの声がした。

「なにかあった？」

「手紙を手に入れたわよ」

「なんですって？　すごいじゃない！」レディ・マシスンが叫んだ。「どうやってやり遂げたの？」

「質問はなし。さて、今夜手紙を渡さないといけないんだけど、オフィスでは渡したくないの。安全ではないから。そちらにしてもらうことをいうわね……」

トルゴスはみずから受話器を取った。

「もしもし？　ちょっと待った」

彼はペンを取りだした。

「どうぞ。七時だな。わかった」

住所を書きとめて、受話器をもどした。

「なんだって?」タデオが訊いた。

「おまえとわたし、ふたりだけだ。丸腰で」

「気に入らないな」

「わたしもだよ」トルゴスがいった。「だから武器は携帯する」


アイリスとグウェンは五時に建物から出てきた。すかさず一台の車が近づき、ふたりは後部座席に乗りこんだ。ウィリアムズが合図して相棒の車を停めさせるころには、ふたりを乗せた車はすでにそのブロックの角を曲がっていた。

「急げ」ドアを閉めながら、ウィリアムズが急《せ》かした。

運転手はアクセルを踏みこんだが、交差点に達したところで正面を大型トラックが横切り、疳高《かんだか》いブレーキ音をたてて急停止し、道を塞《ふさ》いだ。

ウィリアムズの相棒は数回クラクションを鳴らした。トラックの運転手は聞こえないかのように平然とすわっていて、その顔にゆっくりと笑みがひろがった。

「バックしてべつの道を行ってみるか?」運転手がいった。

「必要ない」ウィリアムズはため息をついた。「もう遅いよ」

男三人が入ってきたとき、墓地の管理棟地下の捕虜は目を覚ましていた。三人はそれまで相手にしてきた男たちよりも体格がよかったが、似たような服装でスキーマスクをかぶっていた。彼が簡易寝台の上で身を起こすと、チェーンが壁の輪のなかをすべった。

「さて、こういうこった」まんなかの男がいった。「これからある場所へ連れていく。こっちが三人、とくにおれたち三人なのは、あんたに暴力的傾向があると聞かされてっからだ」

三人は間隔を空けて室内にひろがった。

「たまたまこっちも同じ傾向があってな」同じ男が続けた。「あんたはその筋の訓練を受けてるらしいが、こっちもそうだ。おれたちは三人、あんたにはさしあたり使える手が一本しかない。だからなんかばかなことをしようとすれば、夢にも見たことのない痛い目にあうだろう。協力的でいると約束すれば、危害はおよぼさねえ。それにおれのいう協力的とは、あんたがまちがった方向にぴくりと動いただけでも踏んだり蹴《け》ったりがはじまるってえ意味だ。そんな動きはしないと約束するか？」

捕虜は三人を見た。

「する。どこへ行くんだ」

「ここじゃあないどこかさ」男がいって、彼にキーを放った。「てめえで手錠の鍵をはずせ。おとなしくゆっくり立ちあがって、両手を背中にまわして、壁のほうを向け」

捕虜の男はいわれたとおりにした。三人が近づき、外側のふたりがそれぞれ腕をつかみ、中央のひとりが手錠をかけた。捕虜はぴくりともしなかった。

「上出来だ」リーダーが認めた。「すまんがまたスキーマスクをかぶってもらうぜ。ここへたどって来られたくないんでね」

「なんのために？」捕虜はいった。「おれがこの宿を好きになったとでも思ってるのか」

「これもいっとくべきだった、こっちがいいというまで口は閉じていてもらおう」

彼は捕虜の両肩をつかんで振り向かせ、穴のない面で両眼を塞ぐようにスキーマスクをかぶせた。

「よし、それじゃ出発だ。戸口に気をつけな」


ベントレーはノービトン・ロードとサーモン・レーンの角に停止した。住宅街の静かな狭い通りだった。准将と運転手は周囲を見渡した。

「いい選択です」運転手がいった。「あとをついてくる者がいれば彼女から見えますし、トラブルが生じたら駆けこめる逃げ場はいくらでもある」

「スパークスは脱出のコツをつかんでいるんだ」准将が同意した。

彼は右のほうに動きをとらえた。

「三時の方向にボギー」

「見えます」運転手がいって、ホルスターから銃を抜いた。

ピンストライプのスーツにおそろしく幅の広いネクタイを締めた男が、ぶらぶらと車に近づいた。ジャケットを開き、ゆっくりまわって見せた。武器は見えなかった。彼が窓をこつこつ叩くと、運転手は空いているほうの手を銃にかけたまま、ハンドルをまわして窓をあけた。

「ミス・スパークスが会うことになっている旦那方かい」

「何者だ」運転手がたずねた。

「ペザリッジと呼んでくれ。いや、オルフェウスのほうがいいかな。地下世界へご案内する」

「どこへ行けばいいかいってくれ」准将がげんなりした声でいった。

「いわない。おれが案内するんだ。一緒に行くことになっている。お望みなら、まずボディチェックするといい。おれがあんたの立場ならそうするね」

「ボディチェックだ」准将が命じた。

運転手は車を降りて、男を服の上から叩いて調べた。

「武器はありません《クリーン》」

「おれは神様のつぎに汚れがない《クリーン》んだ。隣に乗っていいか?」

「助手席に乗りたまえ」准将がいった。

「じゃあ、あんたとおれだ」男は隣にすわりながら運転手にいった。「こういう旦那方とは階級がちがうからな。労働者は弾圧せよ」

「この労働者は行き先を知る必要があるんだが」運転手がいった。

「そりゃそうだ。つぎの角を左折しろ」

ストーリングズは指定の場所でベントレーを停めて、疑わしそうに見まわした。

「どこにも見えませんね」

「ほんとうにここでまちがいないの？」レディ・マシスンがいった。

「彼女に聞いた住所はここです」ミセス・フィッシャーは自分のノートを調べた。「くりかえしてもらいました。ここがその場所です」

「だれかこっちへ来ますよ」ストーリングズは車のギアを入れる構えをした。

「レディ・マシスンかい？」男が彼女の側の窓に近づいて、たずねた。

「そうよ。あなたは？」

「あんたをミセス・ベインブリッジのところへ連れていくことになってる。車に乗せてもらわなくちゃならない」

「あり得ないね」ストーリングズがいった。

「この男はいやです」とミセス・フィッシャー。「怖いわ」

「だいじょうぶだよ、みなさん」男がいった。「信用してくれていい、だっておれの名前はキャサリン・プレスコットだからな」

ストーリングズがうしろの女性ふたりをちらりと見た。

「乗せてやりなさい」レディ・マシスンがいった。

ミセス・フィッシャーがため息をついた。

「あんたがギリシャ人か？」タデオが運転する車内で、闇屋がトルゴスにたずねた。

「だれが質問しているかによるね」トルゴスは答えた。

「海軍にいたときアテネを見にいった。戦争全体を通して最高の美女たちがいたよ、カイロをのぞけばな。カイロに行ったことはあるかい？」

「何度もある。わたしたちはどこへ行くんだ」

「もう着いたも同然だ。つぎの角を右へ」

准将の車は暗い倉庫の隣の板塀で囲まれた敷地に入った。すでにべつのベントレーが一台駐まっていた。

「これをかぶってくれ」案内人はふたりに黒のスキーマスクを手渡して、自分もマスクをかぶった。

「なぜだ」准将が訊いた。

「なぜってこいつは仮面舞踏会だろ？　さて、頼むから武器は車に残していってくれよ。今度はこっちがボディチェックする番だ」

「サー？」運転手がいった。

「そうしろ」准将はいって、自分のブローニングをウイスキーのキャビネットに入れた。「今夜は武器の数で負けている気がする」

運転手は自分の銃をグローブボックスに残して、車を降りた。

「ほかにだれがいるんだ」准将がたずねた。

「マスクを着けたほかのみなさんだ」案内人は答え、服の上から彼らを叩いて武器がないことを確認した。「愉快だぞ。では紳士のご両人、おれについてきてくれ」

トルゴスの車はそれからまもなく到着した。彼とタデオは車を降りて、うさんくさそうにスキーマスクを見た。

「なぜだ」

「レディたちがそれを望んでいるからさ」闇屋がいった。「それに銃は車に置いてってくれ」

「置いていかない選択をしたらどうなる?」

闇屋が歯の隙間から鋭く口笛を吹くと、十人を超えるマスクの男たちが十を超える場所から銃を抜いてあらわれた。

「それについちゃ、選択の余地はないと思うね」射線の外へ退《さ》がりながら闇屋がいった。「親指と人差し指でグリップをつまんで取りだせ。車内に放れ。それでいい。マスクをかぶって、おれのあとに続け」

トルゴス父子があとに続くと、残りの男たちは散らばって倉庫を取り囲んだ。

ひとたびドアが閉じられると、建物内部はほぼ真っ暗だった。トルゴスは近くに複数の人がいる気配を感じたが、数えることはできなかった。

「あんたらはここに立って」闇屋がふたりを前方へ歩かせた。「チーム3、位置に着いた。レディたち、はじめてくれ」

その場所の中心でマッチ二本が点火し、十フィート離れて立つスパークスとミセス・ベインブリッジの顔が闇のなかに浮かびあがった。廃材の詰まったオイル缶ふたつに、それぞれが火のついたマッチを落とすと、木っ端は灯油に浸してあったらしく瞬時に着火して数フィートの炎を噴きあげ、靴箱二個がのっている小卓とその周囲を照らしだした。

ほかの人々は屋内の壁際に立っていて、かろうじて姿が見える程度だった。大半は男だ。だがトルゴスは光の輪の向こうに女がふたりいるのを認めた。全員がマスクをかぶっていた。

スパークスとミセス・ベインブリッジが火と火のあいだに進み出て、天井に向けて両腕を差しのべた。

「本件のギリシヤ的側面を受けて、デルフォイの儀式を再現するのがふさわしかろうとわたしたちは考えました」スパークスがいった。「神殿のオムパロス、すなわち世界のへそへ、権力者も小さき者もより高き真理を求めにいきました。神殿の壁には三つの警句が刻まれていたと、プラトンは記しています。〝汝自身を知れ〟——価値ある忠告だけど、わたしにとっては死ぬほど恐ろしい。〝中庸を知れ〟——これも役に立つ助言だけど、わたしはつねに無視してる。そしてわたしの個人的なお気に入りは、大雑把に訳すなら、〝守れない誓いを立てるな〟。かつてわたしと結婚しようとした男たちは大きくうなずくでしょうね」

「紳士淑女のみなさま、ようこそ」ミセス・ベインブリッジがおごそかにいった。「ここはデルフォイのアポロン神殿、そしてわたしたちはみなさんの巫女《みこ》です」

15

そこは広大な空間で、頭上高く錆《さ》びついた梁《はり》が交わり、吊るされた無灯のランタンはさながら夜の海を漂うクラゲのようだった。トタン屋根が不規則な壁とおかしな角度でぶつかっているので、音が奇妙に反響し、だれもいない場所から足音が聞こえるかと思えば、闇のなかでそっと身じろぎする音は隅々まで行き渡る沈黙に吞みこまれた。

ドラム缶の炎が投げかける明かりはわずかだった。人影の小さな塊《かたまり》が立石のごとく散らばっているのが見えるほか、唯一鮮やかなのは何人もの闇屋たちが締めている派手な幅広のタイだった。

闇のどこかに銃があった。隠されてはいるが、疑いようもなく。銃を持っていない、マスクの下のミセス・フィッシャーは、フクロウよろしく頭をまわして隠れた脅威を感知しようとした。

「まず自己紹介を」ミセス・ベインブリッジがいった。「わたしはミセス・グウェンドリン・ベインブリッジ。こちらはミス・アイリス・スパークスです。わたしたちはメイフェアの〈ライト・ソート結婚相談所〉の共同経営者です。

いまここにおいでの全員が全員をご存じというわけではありません、でもそれはいいパーティの基本だと思われませんか？　マスクの意味をだいなしにしてしまうので、みなさんのご紹介はいたしません。おひとりおひとりが本件に関連する情報やつながりをお持ちです。このプレゼンテーションの終わりにはおひとり残らず、満足のいく知識を得てお帰りいただきたいのです。この先はわたしたちのお力添えなしに暮らしていけますよう。ミス・スパークス？」

「ありがとう、ミセス・ベインブリッジ」スパークスがいった。「先週の月曜日、わたしたちは王妃の代理人に雇われました。エリザベス王女宛の匿名《とくめい》の手紙をその代理人たちが差し止めたのです。それにはこう書かれていました、〝タルボットがコルフ島で見つけたものを持っている。彼が知っていたことを知っている。返してほしいかアリスに訊け。値段は追って知らせる〟。わたしたちはアリスの息子であるフィリップ王子、エリザベス王女の結婚相手候補の一家に醜聞が潜んでいないか調査するよう依頼されました。

タルボットは英国情報部の元メンバーで、グレイト・ウォーの終わりにはアテネに駐在していたことがわかりました。一九二二年にフィリップ王子の父アンドレアス王子の命を救う任務に就き、コルフ島の別荘から家族をひそかに脱出させています。脅迫状の送り主ミスターXは、タルボットがコルフ島から取ってきたのはアリス王女と夫ではない男性がかわしたラブレターだといってきました。フィリップ王子の嫡出に疑問を抱かせるような内容であると」

「先週土曜の午後、まだ王妃の代理として行動していたわたしたちは、その手紙を手に入れるためミスターXとの密会に出かけました」ミセス・ベインブリッジが引きついだ。「王妃の代理人がわたしたちのオフィスの電話で受け渡し場所の住所を聞きました。そこはポプラー・ドックの倉庫でしたが、爆撃で廃墟となっているその倉庫内でわたしたちは死体を見つけたのです。その男はくりかえし刺されていて、刃先に血のついた彼のダガーナイフがそばに落ちていました。名前——少なくとも身分証に記されていた名前は、ニコラス・マグリアスです。手紙は持っていませんでした」

「わたしたちはモーターボートで待っていた友人に助けられて現場を去り、オフィスに帰りました」スパークスがいった。「それで終わりだと思いました。ところが、ミスターXは個人的にわたしたちのオフィスを訪れることにしたのです。彼は暴力に訴えようとし、そこでひと悶着あって、結局のところわたしたちが手紙とミスターXの身柄の両方を手に入れました」

「そこで多くの選択肢が与えられました」ミセス・ベインブリッジがいった。「まずひとつは、いうまでもなく、警察に直行して知っているすべてを話すことでした。でもそれではロイヤル・ファミリーの幸福が危うくなってしまいます。そのラブレターが公《おおやけ》にならないという保証はありませんでしたし、もっと調べないことには、そもそもこの陰謀を企てた男、あるいは男たちの術中にはまってしまうおそれがありました」

「陰謀？　なんの陰謀だ」トルゴスが大声でいった。

「いまお話しするところです。わたしはそれらの手紙を読みました。そこにはアリス王女とある男性との熱烈な関係が描かれていました。説得力ある語り口で、フィリップ王子の出生について大いに疑いを投げかけるものでした」

ミセス・ベインブリッジはひと呼吸おいて、周囲をさっと見渡した。

「そして、それらは偽物でした」強い口調でいった。「これから証明します」靴箱ののっている小卓に近づくと、一方の箱の蓋《ふた》をどけて、クリーム色の紙片を一枚取りあげた。

「ドイツ語で書かれていますので、ドイツ語を話さない方のために翻訳いたします」咳払いして、手紙を炎の光のほうへ向け、読んだ。

愛しい貴方

私にくちづけしたのは過《あやま》ちでした。貴方にそれを許したのは過ちでした。自分が信じられません、人々が踊っている最中に貴方と屋上まで行ったなんて。でもアンドレアスはあまりにも無関心で、貴方はとても優しかった。踊ったとき貴方の手が添えられた私の腰は痛いほどに疼《うず》いていました。それに、貴方の肩にのせた私の手、握りあっているもう一方の手だけしかふれ合いを許されないとは、なんとむごい戯《たわむ》れなのでしょう。でもその後、私たちはひそかに抜けだして、気がつけば世界のずっと上、屋上で踊っていました。はるか下の舞踏室からふわりとのぼってくる音楽の調べ、かつてないほど密着したふたりの体。あのときの私は嵐に抗《あらが》えないのと同じく、貴方を拒むことなど不可能だったのです。

ミセス・ベインブリッジは読み終えると、期待するように見まわした。

「いかがでしょう。これを書いたのがアリス王女ではないと証明されているのがおわかりでしたか？」

「わからん」闇屋のひとりが声をあげた。「でもあんたがもういっぺん読むのを聴いてもいいぞ！」

「そのマスクの下のあなたはロマンティストですのね」彼女がいうと、その男と仲間たちのがさがさした笑い声が屋内に響き渡った。「こういうことです。ここには屋上で踊るあいだホテルのずっと下の階からのぼってくる音楽が聞こえたと書かれています。失敗ですね、アリス王女がろう者だったことを考えると」

水を打ったように静まりかえった屋内を、彼女はまた見まわした。スパークスが賛同の笑みを浮かべた。

「そうした類《たぐい》の言及はほかにもありました」ミセス・ベインブリッジが続けた。「梢《こずえ》でさえずる小鳥たち、ザーザー降りの雨、といったように。比較的短い期間に愛が奇跡を起こしたのか、そうでなければ手紙は偽物です」

「このことをミセス・ベインブリッジから聞いて、わたしはべつの意見も聞いてみたいと思いました」スパークスがいった。「たまたま、英国情報部時代から腕のいい偽造人をひとり知っています。みなさんのなかにも彼を知っている方は多いんじゃないかと。わたしたちは彼に手紙の一部を見せたんですが、どうだったと思います？　彼は手紙が本物だといいました！」

「驚いたどころではありません」とミセス・ベインブリッジ。

「でもその後、おかしなことが起きました」スパークスがいった。「その夜、英国情報部がわたしたちに迎えの車をよこして、死んだミスター・マグリアスと、まだ生きているミスターX、それに手紙のことを質問しました。そんなことが起きたはずはないんです、もしわたしたちが帰ると同時にわが友であるその偽造人が情報部に電話をかけて、受け渡しに失敗したはずのわたしたちが手紙を持っていると密告しなければ」

「あなたの導きだした結論は？」ミセス・ベインブリッジがうながした。

「わたしたちが手紙の鑑定を頼んだ相手は、偽の手紙を書いた張本人だったのです」スパークスがいった。

マスクの下で感情をあらわさずに立っている准将のほうを見た。

「彼はそれを英国情報部のためにやりました」

「なぜ情報部がそこまで手間をかけるのかね、スパークス」准将がたずねた。

「情報部が最近やっていることの目的は？　英国民のなかに潜むスパイを取り除くことです。そこでもっとも重要な問いにもどります。すなわち、だれがマグリアスを殺したのか」

「そして、その人物はなぜわたしたちより先に待ち合わせ場所へ行けたのか、とおたずねになるでしょうね」とミセス・ベインブリッジ。「お答えするために、ここへ証人を呼ばなくてはなりません。サリー？」

暗がりから音もなくサリーの巨体があらわれると、屋内にどよめきが起こった。

「円形劇場ですか」彼はミセス・ベインブリッジにつぶやいた。「気に入った！」

ふたつの炎のあいだに進み出て、目に見えない観客を抱擁《ほうよう》するように両腕を差しのべた。

「おお、火の女神よ、創造の輝ける天空へ炎を燃えあがらせたまえ！」と仰々しく語りはじめた。

「サリー？」ミセス・ベインブリッジがさえぎった。

「舞台には王国――」

「サリー」とスパークス。

「演じるのは貴族たち、そして壮大な場面をご覧になるのは帝王たち！」

「サリー！」女ふたりが声をそろえて叫んだ。

「すまない」サリーがいった。「我慢できなくて。いまのは『ヘンリー五世』のプロローグ――」

「その芝居ならみんな知ってるよ」闇屋のだれかが怒鳴った。「要点に入ってくれ。聖クリスピアンの演説はあとでやりゃいいだろ」

「ああ、おれたちが帰ったあとでな」ほかのだれかがつけ加えた。

「どこもかしこも批評家だらけだ」サリーがため息をついた。「ぼくのことはサリーと呼んでください。このお二方の友人で、ときおり雑用を請け負っています。土曜日の午後、ミス・スパークスのご用命で、かつて申しつけられたなかでもかなり常軌を逸した仕事に取りかかりました。〈ライト・ソート〉の窓の下に立っていると、一枚のメモがひらひらと落ちてきて、ランデブーの時刻と場所を知らせてくれました。だが、悲しいかな、ロマンティックな性質のものではなかった。ぼくたちは過去に数々の不測の事態を考慮してきましたが、今回は川からの脱出が必要でした。ぼくはオートバイに飛び乗るや猛スピードで街を突っ切り、隠しておいたモーターボートでポプラー・ドックの近くの定位置まで行って、オペラグラスで監視をはじめたのです。

到着後まもなく、倉庫から男が出てきて、テムズ川になにかを放り、足を引き引き去るのが見えました。その数分後、同じドアからミス・スパークスとミセス・ベインブリッジが出てきたので、ぼくはふたりを乗せてそこをあとにしました」

「さっきもいったように、わたしたちはミスターXの身柄を確保しています」スパークスがいった。「彼をまえに連れてきて」

闇屋たちが三人のほうへ、いまは両手を自由にされ、顔を露出している捕虜を押しだした。サリーは目を凝《こ》らして彼を見た。男は薄ら笑いを浮かべた。

「ちがうな」サリーがいった。「まったく別人だ」

「そうか」男がいった。「ではおれは帰っていいんだな」

「あなたにはまだ用があるの」スパークスがいった。「ありがとう、サリー。ちょっとのあいだ退《さ》がっててね」

彼女は小卓の向こうにいた人物を手招きした。

「サリーの話からわかるのは、なぜ直前に告げられた待ち合わせ場所へわたしたちより早くほかのだれかが行けたかです」スパークスは続けた。「明らかに、ふたりの男がそこへ行っていました。ミスター・マグリアスと、彼を殺した男――足を引きずっている男です。あなたも足を引きずっている男を見たのね？」

「ああ」捕虜がいった。「いつあの場に来たかは知らない。べつの方向から来たんだろう。だが出ていくのは見た」

「写真を見たら彼だとわかるかしら」

「だろうな」

「ミスター・コーネル、あなたの出番みたい」

呼ばれた男は小卓に近づいて立った。小柄で、髪は薄く、細面に細い鼻。人込みにいたら目につかなさそうだ。あるいは、ひとりでいても。

「わたしはモリス・コーネル」彼が名乗った。「ライセンスをもつ私立探偵です。〈ライト・ソート結婚相談所〉に雇われて土曜の午後オフィスの正面玄関を見張り、建物に出入りする全員の写真を撮りました。そのブロックの八十フィートほど離れた位置に車を駐めて、ツァイスの五〇ミリレンズを使用しました」

マニラフォルダーを掲げてみせ、なかから写真の束を取りだした。

「わたしが撮った写真です。一時二十六分に建物正面にベントレーが停まりました。降りたのは三人――男性がひとり、女性がふたりです」

コーネルは三枚の写真を抜きだして、ストーリングズ、レディ・マシスン、ミセス・フィッシャーのクローズアップ写真を見せた。

「この女性がわたしたちと王妃との連絡役」スパークスがレディ・マシスンを指差した。「一緒にいるのは彼女の秘書とボディガードよ」

「正体を隠したのはなんだったのかしら」レディ・マシスンがいった。「このいやなマスクはもう脱がせてもらいます。髪がだいなしだわ」

彼女はスキーマスクを剝《は》ぎ取った。秘書とボディガードもそれに倣《なら》った。ミセス・フィッシャーはそわそわと落ち着きがなく、四方に視線を走らせており、一方ストーリングズは無表情で、いまにも争いに飛びこみそうに身がまえていた。

「お好きなように」スパークスがいった。「進めてください、コーネルさん」

「これは一時二十七分に彼らが建物に入るところです」彼はべつの一枚を掲げた。「戸口にミス・スパークスが見えますね。さて、その一分後にこの人物があらわれます」

安っぽい茶色のスーツの胸のあたりがきつそうな、筋骨たくましい金髪の男が写っていた。

「つぎの写真は彼が建物に入るところです。しばらくはなにも起きませんでした。二時八分過ぎに、この男が出てきました。わたしのいる方向へ足早に進んできて、通りを渡りました。わたしは急いでもう一枚、顔が写るように写真を撮り、見つからないようにカメラをおろしました。彼はわたしから見て通りの反対側に駐めていた車に乗り、去っていきました」

スパークスはそのクローズアップ写真を手に取って、全員に見えるよう高く上げてから、それを見ているサリーに近づいた。

「ぼくが見た男だ」彼が証言した。「倉庫から足を引きずって出てきた男です」

「コーネルさん、あなたが見たとき、彼の歩き方は不自然でした?」

「いえ、ミス・スパークス、ふつうでした」

スパークスは捕虜にしていた男に顔を向け、ばかにした目つきで見た。

「どうかしら」写真を掲げてみせた。

「そいつだよ、小賢しい魔女め」

「知り合い？」

「あの午後までは見たこともなかった」

スパークスは観客のほうへ向き直った。

「わたしたちが到着するまえに、三人の男がそれぞれ倉庫へたどり着きました。先ほどサリーがどうやって場所を知ったか話してくれましたね。この男もわたしたちと同じやり方で情報を手に入れたんです――オフィス内の会話から」

「でもそんな男はオフィスに入らなかったわ」レディ・マシスンが抗議した。「会話が聞こえたはずは――うちのボディガードが――あら！」

ストーリングズがドアを目指して駆けだしたが、そこにはアーチーの手下たちが待っていた。暗がりでもみあう音に続き、殴打する音と悲鳴があがった。つぎに彼らのふたりがストーリングズの両腕を背中側でつかみ、光のなかへ連れだした。あごに内出血がはじまっていた。

「五千ポンドは大金よね、ミスター・ストーリングズ？」スパークスが静かにたずねた。「あなたはドアのすぐ外に立っていて、見張りをしながら盗み聴きしていた。その情報を階段の吹き抜けで待っていた共謀者に伝えると、彼は出ていった」

「あいつはだれも殺すはずじゃなかった。そこにギリシャ野郎がいるなんて知らなかったんだ」

「そうね、あなたの共謀者はナイフを手に、ふたりの若い女が大金の入ったバッグを持ってくるのを待っていた。ふたりをどうする気だったのかしら。とくに彼女たちが抵抗した場合は。彼は何者なの」

ストーリングズは答えなかった。

「答えてもらわなくてもいいの。今朝この写真のコピーとわたしたちの調査結果をロンドン警視庁犯罪捜査課《CID》のパラム警視に渡したので。もうなにかわかりました?」

「じつは、わかりました」男がまえに進み出た。マスクを剝ぎ取り、屋内の人々に友好的にうなずきかけ、闇屋たちの大半があとずさるのを見てかすかに口許をゆるめた。

「お気楽に」パラムがいった。「わたしがいるのは殺人・重大犯罪対策本部だ。きみらが好む活動にはさしあたり関心がない。ミスター・ストーリングズ、本日午後ニコラス・マグリアス殺害容疑でザカリアス・ストーリングズを逮捕した。おまえのいとこだな?」

ストーリングズは無言で、ふたりの男に両側から腕をつかまれたままがっくりうなだれた。

「容疑者を調べたところ、右ふくらはぎに最近受けたナイフによる創傷が見つかった」パラムが続けた。「重篤な感染症が起きていたので、いまは病院にいるが、無事回復して絞首刑にのぞめるようわれわれは期待している。ご婦人方のプレゼンテーションが終わったら、共謀その他の容疑でおまえを勾留する。では、続きをどうぞ」

「ありがとうございます、警視」ミセス・ベインブリッジがいった。「これで、現場に殺人者がいたことの説明はつきましたが、亡くなったミスター・マグリアスについてはどうでしょう。彼はどうしてそこにいたのか。やはりお金が目的だったのでしょうか。目的はほかにあったと、わたしたちは考えています。最初はフィリップ王子とエリザベス王女に芽生えたロマンスをつぶすたくらみではないかと疑いました。亡命したギリシャ王家の一員が英国王室の仲間入りをすれば、君主制を支持する人々にはとてつもない後押しとなりますが、反対する人々にとっては彼の不名誉が有利に働きます。でもわたしたちは気づき――」

「気づいたのはあなた」スパークスがいった。「自分の手柄にすべきところはしなくちゃ」

「わたしは気づきました。脅迫状の送り主はレディ・マシスンの検閲が入るのを知っていたにちがいない、つまり、手紙は王女ではなくレディ・マシスン宛だったのです。そしてミスター・コーネルの写真を見たわたしたちは、これがきわめて下劣なたくらみだったことを知りました。コーネルさん、よろしければ続きを」

「承知しました」彼がいって、さらに数枚の写真を見せた。「わたしは指示されたとおりに監視を続けました。ベントレーに乗ってきた三人は二時十二分に建物を出ました。この写真に見られるように、運転手は女性たちにドアをあけています。仕切っている女性が先に乗り、背の低いほうの女性が続きました。それから車は走り去りました。では、ここの歩道をご覧ください」

車が駐まっていた横の縁石《えんせき》付近に落ちている、小さな白いなにかを指差した。「比較のため彼らが来るまえの写真を見れば、歩道になにも落ちていなかったことにお気づきでしょう」まえの時刻の写真を一枚掲げた。「女性たちが車に乗りこむ写真をもう一度ご覧ください。背の低いほうの女性の右手に注目です。乗るときは手に白いものが見えます。幸運にも、それを落としたあと空になった手も撮ることができました」

暗闇で女性が泣きだす声がした。

「ベントレーが去った直後、この男性が近づきました」コーネルは続けた。

歩いているマグリアスが写真に撮られていた。続く数枚には彼が建物正面で足を止め、しゃがんで紙片に手をのばし、それを読んで、近くの車に急いでもどる過程が記録されていた。

「ミスター・マグリアスがどんな派閥に属していたかはわかりません」ミセス・ベインブリッジがいった。「この見下げはてた計画が英国情報部に端を発していることからして、ソヴィエトと通じた組織ではないかとわたしたちは推測しています。情報部の目的は、宮殿内に潜入しているスパイや、彼らのネットワークを炙《あぶ》りだすことだったのでしょう。今回のケースでは、鮫がうようよいる海に赤身肉を放りこむことによって。ただし情報部は、単純で残忍な、強欲に基づくべつの計画が邪魔に入ることを見越していませんでした。どちらが先に来たのかはわかりませんが、どちらも武器を持っていて、人を殺《あや》める気でいました。ミスター・マグリアスを死に追いやったのはこのメモを落とした女性です。ミセス・フィッシャー、明るいほうへ出てきてくれませんか」

「いやよ！」彼女が悲鳴に近い声をあげ、うしろから近づいた闇屋ふたりにつかまれてもがいた。「そういうことじゃないの！　わたしは忠実です、レディ・マシスン。信じてください！」

「わたしになにが起きてるの？」レディ・マシスンが弱々しくたずねた。

「あなたには、なにも」スパークスがいった。「あなたはスタッフにスパイひとりと盗人をひとり雇っただけです。だれにでもあることですよ。まあ、ミセス・ベインブリッジとわたしにはありませんけど――うちにはスタッフがいないので」

「ちょっと」サリーが異議を申し立てた。

「あなたはスタッフじゃないわよ、ダーリン、フリーランスの民間請負業者」

「ああ。それならいい」

「これでふたりが逮捕された。残るはあとひとつね」ミセス・ベインブリッジがいった。

手紙の入った靴箱を取りあげると、ドラム缶の片方に近づき、箱をさかさまにした。青とクリーム色の便箋《びんせん》が滝のごとくなだれ落ち、つかの間炎が大きくなった。

「やめて！」レディ・マシスンが叫んだ。

「なにがいけないの？」ミセス・ベインブリッジは彼女を見た。「燃やしてしまうのがいちばんよ。そういったのはあなたではなかった？」

「そ、そうよ」レディ・マシスンの舌がもつれた。「でも――」

「燃やす以外は、あなたが手紙にまだ利用価値があると思っていることになるわ。たとえばこの手紙で、王女の将来の配偶者選びに影響を及ぼすとか。もしかしたら王女の心をフィリップ王子から引き離して、あなたのお気に入りのだれかや、あなたが仕えているだれかの得になるようにするとか」

「そんなつもりは――」

「またはただ手紙を取っておいて、王女と結婚したあとのフィリップ王子を脅《おど》す材料にするとか。あなたは長期のゲームができる人だもの、ペイシェンス。忍耐《ペイシェンス》という名前をよくつけたものだわ。でもこれはすべて根拠のない、わたしたちの推測でしかない。そうよね?」

ミセス・ベインブリッジはいとこに近づき、背筋をのばして上から相手を見おろした。

「そうなんでしょ?」もう一度たずねた。

「燃やすのは、適切な判断だった」やや言葉につまりながら、レディ・マシスンがいった。

「おかげでマッチを一本節約できたわ」

「じゃあ、これにて一件落着」スパークスが明るくいった。「みなさん、来てくださってありがとう。外にいる男たちにマスクを返していってね」

准将が光の届くぎりぎりまで進み出た。

「警視」

パラムが振り向いた。准将は財布を取りだして、名刺を引き抜き、彼に見せた。

「なるほど」パラムがいった。「彼女はそちらのものです。でもストーリングズはこちらが」

「異存はありません」准将がいった。「彼女を車に連れていけ」

准将の運転手が、闇屋ふたりの手からミセス・フィッシャーを預かり、連れ去った。

「では、きみたちはわたしの囚人を警察車両まで連れていってくれないか」パラムがふたりに頼んだ。「一ブロック先に駐めてある。あとで会おう」

「おれたちを見ろよ、スコットランドヤードの逮捕のお手伝いだ」ストーリングズをドアのほうへ引き立てていきながら、ひとりがつぶやいた。「二度と仲間に顔向けできねえな」

「待って！」レディ・マシスンが命令口調で呼び止めた。

男たちが立ち止まった。彼女は近づいて、三人のまえに立った。

「ストーリングズ？」

「すみません、レディ・マシスン」彼がいった。「こんなつもりは――」

「キーよ。ベントレーのキーを返して」

闇屋のひとりが彼のポケットを叩いてさぐり、上着に手を入れてキーを引っぱりだした。

「はい、どうぞ」彼女に渡した。

「さよなら、ストーリングズ」レディ・マシスンがいった。

闇屋たちに連れていかれる彼を見送りもせず背を向けて、スパークスとミセス・ベインブリッジのところへもどった。

「お金はどうなったの？　手紙と交換しなかったのだから、まだあなたたちが持っているのでしょ？」

「ほとんどはね」ミセス・ベインブリッジが小卓からもうひとつの靴箱を取ってきた。

蓋をあけると、詰まっている紙幣の上に、きちんとタイプされた紙が一枚載っていた。

「これは支出よ。この建物をひと晩借りる料金はびっくりするほど良心的だったわ」

「それはよかったこと」レディ・マシスンがいった。「つぎのパーティはここでやろうかしら」

「でも警備費がべらぼうに高かったんです」とスパークス。「それにミスター・コーネルへの支払い、偽造人への鑑定料、雑費もあれこれ。その明細書に全部記載してあります。こちらで勝手に差し引いて、あなたが大量の小切手を書く手間は省いておきました」

「それはどうもご親切に」レディ・マシスンがいった。

手のなかの車のキーに目を落とした。

「運転はできないの。車もお金も奪わないで、わたしと車を送りとどけてくれる人はいない?」

「便利屋にお呼びがかかったようですね」サリーが手を出してキーを要求した。

「この男を信用しているの?」レディ・マシスンは疑わしそうに彼を見た。

「わたしの命に懸《か》けて」ミセス・ベインブリッジがいった。

「わかったわ」レディ・マシスンは彼にキーを放った。「一緒に来てちょうだい」

「おい、大男」闇屋のひとりがまえに出た。「あんた格闘技はできるのか? あんたなら目先を変えられそうだ。なんか一緒にやれるぜ」

サリーの顔につかの間嫌悪の色がよぎった。そこで自分を抑えて、相手を見おろした。

「ぼくは演劇人でしてね」気取った口調でいった。「現実の暴力はどんなかたちであれ憎んでいるんです。おやすみなさい、みなさん。ああ、それにもうひとつ。〝今日は聖クリスピアンの祭日だ。この日を生き延び――〟」

「かんべんしてくれ！」だれかが困惑した声で叫んだ。

「〝無事故郷に帰った者は〟」サリーはかまわず続けた。「〝今日のことが人の口にのぼれば背を伸ばして立ち、聖クリスピアンの名を聞けば奮起するだろう！〟（『ヘンリー五世』第四幕第三場）まだ先があるが、こちらのレディを宮殿に送りとどけなくては」

華麗な身振りで会釈すると、レディ・マシスンのあとに続いて出ていった。

「いやはや、ご婦人方、二か月に二件の殺人事件を解決しましたな」パラムがいった。「われわれ相手にかなり善戦していらっしゃる」

「つぎはそちらにお任せするわ」スパークスが疲れた声でいった。「現場へ警察を呼んだのはだれだったかわかりました？」

「ザカリアス・ストーリングズでした。警察がおふたりに気をとられている間に逃げられると考えたんです。それで、あなた方を襲った男については――」

「彼もこちらのものだ」准将がいった。

「そうなのですか？」パラムがいった。「いわせていただけば、あなた方がわたしの街でやっているゲームは気に入りませんね」

「あなた方はロンドンを、われわれは大英帝国を護っているのです」

「こちらにはまだご婦人方を誘拐並びに警察の公務執行妨害でしょっ引く気があるのですが」

パラムは続けた。「わたしの面前で証拠を破棄した件はいうにおよばず」

「誘拐については、被害届が出されるとは思いませんけど」スパークスは准将の隣に立っている、彼女たちが捕虜にしていた男を見た。「出すのかしら」

相手は長いこと彼女を見つめ、それから首を振った。

「わたしたちも彼を告発はしません」ミセス・ベインブリッジがいった。「証拠破棄の件については、少々お待ちを」

暗がりのほうへ歩いていき、べつの靴箱を抱えてもどってきた。

「いとこのストーリングズたちが裁判にかけられることはないでしょうけれど。もしそうなったら、どうぞこれをお使いください。でも刑が申し渡されたあとは、火にくべて処分してくださいね」

彼女はパラムに箱を手渡した。彼が蓋をあけて、のぞくと、偽造された手紙が揃っていた。

「燃やしたのは？」彼はたずねた。

「このために買った白紙の便箋ですわ、もちろん」

「でもあなたは朗読した」

「わたしは記憶力がいいんです、警視。ときには、よすぎるくらい」

「なるほど、ではこれで犯罪ふたつは片づきました。警察の捜査を妨害した件は？」

「お詫びいたします」ミセス・ベインブリッジがいって、目を伏せた。

「それにもう二度とやらないと約束します」スパークスがつけ加えた。

パラムはふたりを見くらべて、うなずいた。

「頼みますよ」無愛想にいった。

それから、靴箱を小脇に抱えて出ていった。

闇のなかでだれかが拍手をはじめ、マスクを着けたままのトルゴスがあらわれた。

「ご満足？」スパークスがたずねた。

「大いに楽しませてもらった。演劇を発明したのはギリシャ人だからね」

「ええ。でも完成させたのは英国人よ」

トルゴスは准将のほうを見た。

「彼らのネットワークについてわかったことを知りたいのですが」

「あとで話しましょう」

「話すのはいつもわたしたち。あなたはなにもいわない。おやすみ、ご婦人方。いつかまたタンゴを踊るときがくるかもしれませんね」

彼と息子は戸口で闇屋にマスクを手渡し、出ていった。

スパークスは捕虜だった男のほうを見た。

「まだあなたの名前を聞いてない」

「これからも聞くことはない」

「手はどう？」

「痛む」

「それはそっちの落ち度だから。あなたがまぬけだったのよ。やりすぎたってこと。手紙とお金を交換するだけでよかったのに、無防備な女ふたりを怖がらせたら愉快だろうと思ったんでしょ。ひとりに銃を向け、もうひとりの体を両手でまさぐった」

「そっちは楽しんでいるのかと思ったよ」男は冷笑した。

「選ぶ女たちをまちがえたわね。今回は軽くすんだけど、もしまた会うことになったら、つぎはダーツの矢じゃないし、手でもない。准将、この坊やをおうちに連れてってください」

「来い」准将がいって、出口のほうへ歩きだした。男はあとにしたがった。

周囲の男たちはべつべつのドアからそっと夜のなかへ出ていきはじめた。そのうちふたりは小卓をたたんで運びだしながら、女たちに手を振った。

「これでおしまいね」手を振りかえして、グウェンがいった。

「これでおしまい」アイリスが同意した。「ちょっと失礼」

彼女は残っていた男たちのひとりに近づいて、両腕を首にまわし、マスクの上から熱烈なキスをした。

「なんでおれだとわかった」アーチーがマスクを持ちあげた。

「わかったとはかぎらないでしょ」アイリスが答えた。

「ふん、そりゃいいな。ビジネスのときはキスをしない決まりだっただろ」

「わたしがルールにしたがうのは苦手だって、そろそろわかってもいいころよ。有意義な夜だった?」

「ためになったし、楽しめた。おれたちはロイヤル・ウェディングに招待されるかな」

「それはなさそう。もしかするとテレビで観られるかもよ。テレビを買わなくちゃね」

「買う？　なじみのない概念だ」

「あとで説明してあげる。グウェン、もう帰れる？」

「ええ」グウェンはいって、ふたりのところへ加わった。「キスしたわね」

「あなたは昨日キスされたじゃない」

「キスする価値のある人からじゃなかったわ」

「おれに友だちがいるんだが」アーチーがいった。

「そう聞いています。ありがとう、でもけっこうです。出ましょうか」

「まだパブは開いてるぞ」駐めた車のほうへ歩きながらアーチーがいった。「祝杯をあげよう」

「スパークス、ちょっといいか」車の外に立っていた准将が声をかけた。

「顔を見られてしまうわよ」ミセス・ベインブリッジはアーチーに警告した。

「いいんだ」彼がいった。「もう顔はばれてる。あいつをここへ連れてきたのはおれだから」

「なんでしょうか」スパークスは近づいてきた准将にたずねた。

「どうやって知ったのだ。きみはカメラを持った探偵を待たせていた。電話が来るまえからなにかが起きると知っていた。どうしてわかったんだ」

「なぜそれをあなたに話さないといけないんでしょう。次回はもっとうまくわたしをだませるように？」

「そうだ」彼はあっさり認めた。「個人よりも社会全体のために」

「あなたの部下たちはどこにいたんです？」彼女は語気を強めた。「わたしたちふたりが、なにが待っているかも知らずあの倉庫に入っていったとき。あなたのメッセンジャーボーイひとりだけだったはずはありません」

「所定の位置にいた。ザカリアスが出てくると尾行した。われわれは彼がその男だと思っていたんだ。ただのけちな盗人で人殺しだと判明したので、監視は解いた」

「でもパラムには引き渡さなかった」

「そうすれば計画に支障をきたしていた。マグリアスが死んだことは警察が到着するまでわからなかったのだ。彼の正体を突きとめてくれて助かったよ。彼とミセス・フィッシャーを結びつけてくれたことは、それ以上に」

「あなたの立てたこの計画のせいで、ミセス・ベインブリッジとわたしがあの暗闇で殺人者と鉢合わせしていたら？」

「きみなら対処できると確信していたのだ、スパークス」

「それにもしこの手紙が若いカップルの幸福をこわすことになっていたら？」ミセス・ベインブリッジがたずねた。

「一国の統治に値する者なら、民の利益のため犠牲を払わねばならないと知っている」

「王女にその決心をするよう頼んだんですか」

「王女は統治者ではない。まだいまは。なぜわかったんだ、スパークス」

「あなたが簡単すぎたからです。ふだんあなたからなにかを引きだすのは、しなびたリンゴひとつを得るのに千フィートの石壁を崩すようなもの。なのに今回はこの放蕩娘のために、情報を滴《したた》らせんばかりにして公園にいらっしゃった。わたしをある方向へ向けさせ、分岐点でまちがったほうへ進まないだけの情報をくれました。レディ・マシスンにわたしたちを推薦したのも、あなただったのでは？」

「彼女がそういったのかね」

「彼女がなにをいったかはどうでもいいんです。あの手紙は彼女宛でしたが、わたしに読ませるためでもあった。あなたがわたしたちを推薦したんです。わたしがタルボットという名前を思いだし、あなたが置いた手がかりを追うとわかっていたからです。ブキャナン＝ウォラストンも計画の一部だったんですか」

「彼はどこに忠実であるべきか知っている。きみもそうであってくれたらよかったが」

「でしたら、なにをやっているか最初に打ち明けてくださるべきでした。宮殿内に触手を伸ばしている左派ギリシャ人のスパイ網を炙りだすのにわたしの協力が必要なら、直接そういってくだされば」

「この戦争に加わるよう頼んだとき、きみは断ったじゃないか」

「ええ、そうでした。なぜだかおわかりですか」

「聞きたい」

スパークスはうっとり見守っていたミセス・ベインブリッジをちらりと振りかえった。それから准将に向き直った。

「なぜなら、いまやっていることのほうが大事だからです。さようなら。これでおしまいです、あなたとわたしは。どちらかがどちらかに花を送るときまで」

アーチーが車のドアを開いて待っていた。彼女たちは乗りこみ、車は走りだした。グウェンが振りかえると、険しい顔で口を引き結び、じっと見送っている准将が見えた。

「彼はまた頼んでくるわよ」グウェンはいった。「すぐにではないかもしれない。でもいずれまた」

「わかってる」アイリスはいった。

「どうするの？」

「顔につばを吐いてやる。または承諾するかも。そのときになってみないと。ひとまずいまは、飲みにいこうか」

最終章《コーダ》

　グウェンは塞《ふさ》ぎこんで銀行の残高を見おろしていた。

「ペイシェンスに追加料金を請求するべきだったわ」と愚痴をこぼした。「明細書のなにかの項目にして。雑多な不正行為、とかなんとか」

「倫理のコンパスに今朝はあなたが悩まされてるの？」鼻をくっつけんばかりにして手紙を校正しながら、アイリスがいった。「どんな感じがする？　むずがゆい？」

「あとほんのすこしであのオフィスが手に入るのよ、アイリス。つきあいはじめたクライアントはたくさんいるのに、今月はだれも結婚したがっていない。来月も。もう秋まで成婚料は入りそうにないわ」

「あそこを借りるには、新規のお客さまを開拓しつづけるほかない。サリーの芝居をタイプした女性とは話してみた？」

「うちのお給料では雇えない。経験がありすぎて」

「広告の成果は？」

「面接に来ることになっている人はいるけど。問題は、秘書を雇えても働いてもらう場所がないことよ。お客さまが来たら、お手洗いでタイプしてもらわなきゃならないわ」

「階段の吹き抜けがあるじゃない」

「ミスター・マクファースンに電気掃除機で吸われちゃう」

「彼、掃除機を使うの？　ここに入居してから実際に働いている姿なんて見たことないわよ」

「すみません、いまはお邪魔でしょうか」戸口で若い女性がいった。

「すぐ行きます」ちょうど手紙にミスを見つけたアイリスが返事をした。「秘書の募集の件でしたら、即採用です。もしお客さまなら――」

「アイリス、立って」グウェンが小声でいいながら、立ちあがった。

「なに？」

「立って。いますぐ」

アイリスは手紙の上から戸口を見やり、とたんにぴょんと立ちあがって椅子をうしろの壁に弾き飛ばした。

雑誌の表紙そのまんまだ、と意識のどこかで声がした。愛らしく、清潔感のある顔。この国で最高のミリーがお世話をしているにちがいない。最高のミリーたちのチームがつねに控えていて、ひとりが失神したらすぐつぎのひとりが粉のパフを手に進み出る……

「残念ですが、わたしはタイプが絶望的に遅くて、速記はまったくできないのです」訪問者がオフィスに入ってきた。「でも運転は得意だし、エンジンの修理は専門家並みよ、もしなにかのお役に立つなら」

「おゆるしください、殿下」アイリスがいった。「お出ましになるとは思ってもみなくて」

「そうでしょうとも」王女が微笑《ほほえ》んだ。「すわってください」

「殿下がおかけになるまではだめです」グウェンがいった。

「なにをいうの。だれも見ていないでしょ。ふだんどおりにいきましょう」

「できません。わたしの細胞ひとつひとつに刻みこまれていますから。腰を落とそうとするだけで腱《けん》という腱が抗議して破裂してしまいますわ」

王女は来客用の椅子を見た。

「これはわたしを支えてくれるかしら」疑っている口ぶりでたずねた。

「慎んでお支えします」アイリスがいった。

「それならいいわ」王女は腰かけながらいった。「さあ、おふたりも。どうかすわってください」

グウェンは腰をおろし、アイリスは自分の椅子を元どおり起こした。

「突然訪ねてきてごめんなさい、でもこれは公《おおやけ》に知られたくないのです」訪問者はいった。「昨日レディ・マシスンから予期せぬ訪問を受けました。取り乱していました。わたしのゆるしを請いにきたのです。ゆるすようななにかがあることも知らなかったので、そういいました。すると彼女はすべて告白しました」

「そうなのですか？」アイリスがいった。「なにもかも？」

「わたしのいうすべてとは、彼女がいくらかを白状して、ほとんどは隠しているという意味ですが。少なくとも、そうだろうとわたしは思っています。それで、フィリップ王子の名誉を汚すなんらかの計画があったということでしょうか」

「はい、殿下」グウェンはいった。「よりにもよって」

「そして彼女がおふたりにその件を調べるよう依頼した？」

「はい、殿下」

「そしてあなた方はその陰謀を阻止することに成功した？」

「そうです、殿下」

「では、彼の名前は汚されないのですね？」

「はい、殿下」グウェンはいった。「フィリップ殿下の名誉は守られます」

「よき評判に値する方ですし」アイリスがつけ加えた。

「よかった」王女はほっとした声でいい、いきなり二十歳という年齢どおりに見えた。「どんなことになったか――彼は結婚を申しこんでくれるでしょう。わたしが彼をお慕いし、彼がプロポーズする、それだけでも困難が山ほどあるの。ほかにどんな邪魔が入っても困るのです」

「この一件がおふたりの妨《さまた》げにならないことはお約束します」

「ありがとう。おふたりともありがとう」

「レディ・マシスンに聞かされたときはショックでしたでしょう」アイリスがいった
「いいえ、宮殿で育てば悪巧みに慣れ親しんでしまうのよ。彼女がわたし宛の手紙を検閲していることには気がつくべきでした。母にはきっぱり断ったので、侍女のひとりが引き継いだのでしょう。わたしにはすでに何人かから結婚の申込みがあったようなの。もちろん、お受けするようなものはありませんでしたが、妻にしたいと思われていたことがわかって、いい気分でした。あなた方はそちらのエキスパートですよね。なにかアドバイスはありますか」

「愛のために結婚してください」グウェンがいった。「簡単なことに聞こえるでしょうけれど、そうではないんです」

「ええ、たしかに」王女が同意した。「おふたりはフィリップ王子をどう思いますか」

「凜々しくて、勇敢で、知性のある方です」アイリスがいった。「殿下はとても運がよろしいかと」

「もしプロポーズされればね。わたしたちと一緒にバルモラル城にいらっしゃるの。そこでそうなることを願っています」

「そうしなかったらおばかさんですわ」とグウェン。

「あなたはとても優しいのね。申しこまれなかったら、ここへ来てどなたか紹介していただこうかしら」

「うちのチラシを一枚お持ちください」アイリスがいった。

「アイリス」グウェンがたしなめた。

「ジョークよ。とはいえ、ひとり心当たりがあるのですが――」

「アイリス！　よして！」グウェンが真剣に止めた。

「ジョークだってば。この世の幸運と幸福のすべてがあなたのものになりますように、殿下」

「ありがとう」王女はハンドバッグのなかに手を入れた。「おふたりに感謝して、もっとまとまったお礼をしたかったの。レディ・マシスンの話では、起業されてまもないのでまだご苦労なさっているとか。お力になれればと思って」

王女は封筒を引っぱりだした。

「殿下、とんでもない——」グウェンはいいかけて、アイリスの視線をとらえた。「つまり、その、ありがとうございます、殿下。なんてお心の寛《ひろ》い」

「わたしが勅許を差しあげるわけではないけれど」封筒を受け取りにアイリスが机をまわってくると、王女はいった。「将来性ある事業への投資だと思ってくださいな」

「ありがとうございます、殿下」

「では帰ります」王女は立ちあがって、それぞれと握手した。「幸運を祈ります。全部聞きたいかどうかはともかく、レディ・マシスンから聞きだしたわずかな部分だけでも興奮をかきたてられました。どなたかが殺されてしまったそうね」

「はい、残念なことに」アイリスはいった。「でもその責任を負う男たちは捕らえられました」

「おふたりのおかげね。お会いできて楽しかったわ」

「ありがとうございます、殿下」グウェンがいった。

王女は去りかけて、戸口で振り向いた。

「女性が自分たちの手で会社を動かしているのを見て、うれしくなりました。希望がもてます」

そして彼女は去った。

ふたりはかなり長いこと呆けたように戸口を見つめていた。玄関のドアが開いて閉じた音の残響が階段の吹き抜けをかすかに震わすまで。

「いま起きたことは現実？」放心状態のグウェンがいった。

「現実だという確たる証拠がここに」封筒を持ったままのアイリスがいった。「のぞいてみようか」

封筒を開いて中身を見た。顔いっぱいに笑みがひろがった。

「見せて！」グウェンがせっついた。

アイリスに封筒を渡されて、彼女も見た。

「ハロー、セシル！」目を丸くして叫んだ。

めいめい椅子に倒れこんで、たがいに見つめあった。

「いますぐミスター・マクスウェルに電話して、あのオフィスを借りるといいましょうよ」グウェンは受話器を取りあげた。「教えて。王女をだれとくっつけようと思ったの？」

「ミスター・マクラーレン」

「ああ」ダイヤルしながら、グウェンは思案した。「そうね。彼ならよさそう」

謝辞

前作で挙げた資料に加えて、つぎの方々の著書や論文に感謝を捧げます。フィリップ・イード、フィアメッタ・ロッコ、ヒューゴ・ヴィッカーズ、アン・ド・コーシィ、アンドレ・ゲロリマトス、サー・コンプトン・マッケンジー、ジョン・サカス、ポール・ハルパーン、サイモン・トマス神父。より細かな点に関する問いには、ポール・ニーガス、スチュワート・ジャイルズ、ピーター・ギルバートのみなさまに適切このうえない答えをいただきました。誤りがあれば著者が全責任を負います。実際、彼女はそれを己の人間らしさの証として明るく受け容れます。

本書の作成において、新聞閲覧室のプリンスはひとつとして損なわれませんでした。

解説

大矢博子

二〇二一年二月に刊行されるや否や、たちまち続編を望む声が多くあがった『ロンドン謎解き結婚相談所』（創元推理文庫）。お待たせしました、シリーズ第二弾の登場だ。キャラクターの魅力・舞台の魅力・ストーリーの魅力と三拍子揃った粋《いき》なミステリに、今回もまたどっぷりたっぷり浸《ひた》っていただきたい。

ということで、まずは前作のおさらいから始めよう。

前作『ロンドン謎解き結婚相談所』は第二次大戦終戦から間もない、一九四六年の六月が舞台だった。まだ爆撃の跡があちこちに残るロンドンのメイフェアで、かろうじて焼亡を免《まぬが》れたビルの五階に〈ライト・ソート結婚相談所〉はある。切り盛りするのはアイリス・スパークスとグウェンドリン（グウェン）・ベインブリッジの女性二人だ。開業から三か月、着々と成婚実績を重ねてきたところだったが、夫探しにやってきた女性が殺されるという事件が起きた。しかも容疑者として逮捕されたのは、彼女のお相手にとふたりが世話した男性。その男性はとても真っ当な人で、犯人のはずがない、とアイリス&グウェンが真犯人探しに乗り出した――それが前作の骨子《こっし》だ。

本書はその翌月の物語である。グウェンのいとこであるペイシェンス・マシスンが〈ライト・ソート結婚相談所〉を訪れたところから物語が動き出す。ペイシェンスは王妃の側近くに仕える身だが、なんとエリザベス王女についてふたりに依頼があるというのだ。といっても王女のお相手探しではない。エリザベス王女にはすでに思いを寄せるお相手候補がいる。ギリシャの王族で、政変後に亡命、現在はイギリス海軍に所属するフィリップ王子だ。

ところがそのフィリップ王子について、彼の母親の醜聞を暗示する脅迫状が届いたという。脅迫状の送り主は、何やら秘密の証拠となるものを握っているらしい。場合によっては王室のスキャンダルに発展するおそれもある。アイリスとグウェンは極秘任務として、王子の身辺調査をすることになったのだが……。

言わずもがなだが、このエリザベス王女とは現在のエリザベス二世のこと。フィリップ王子は今年（二〇二一年）の四月に薨去《こうきょ》されたフィリップ王配（女王の配偶者）殿下である。つまり本書のエリザベス王女とフィリップ王子が翌年に華燭《かしょく》の典をあげることは歴史上の事実なわけだ。ゴールの決まっている、しかも本書執筆中はまだ存命であった王配殿下の「スキャンダル」をどう物語にするのか、本書の大きな注目点と言っていい。

歴史を変えるわけにはいかないから、どうせ落ち着くところに落ち着くんでしょと予想しつつも、なかなか「落ち着くところ」に向かわないのでハラハラさせられる。二転三転する展開と、中盤に大きく動く事件の混迷の度合は前作以上だ。終盤の謎解き場面では「あっ、それが鍵だったのか！」と思わずのけぞってしまった。実に鮮やか。わかってみれば露骨なほどにヒントが出されていたのに……と気持ちよく騙《だま》されるミステリの醍醐味《だいごみ》が待っている。

ヨーロッパの王室とかよく知らない、という人もご心配なく。必要な情報は作中でちゃんとわかりやすく説明されている。むしろ本書を読むことで、フィリップ王子のドラマティックな前半生と、結婚に至るまでの道のりに興味が湧くのではないだろうか。ちなみに「猿に嚙まれて死んだ王様」の話は事実である。何だそれと思った人はぜひ調べてみていただきたい。


……いや待て、その前に、どうして市井《しせい》の結婚相談所にそんなロイヤルロマンスの調査なんていう依頼がくるんだ？　と前作を未読の方は訝《いぶか》しく思われるかもしれない。そこで本書の主人公であるアイリスの「前歴」とグウェンの「身分」について紹介しよう。

アイリス・スパークス。二十九歳。小柄でブルネット。少々喧嘩っ早いが、頭の回転が速くて行動的。戦時中は特殊作戦の訓練を受けて情報部の仕事をしていた——つまりスパイだった女性だ。両親の離婚後、勉強を重ねケンブリッジを卒業した努力家でもある。

グウェンドリン・ベインブリッジ。二十八歳。長身でブロンド。おっとりした性格だが人を見る目は確か。上流階級の出身で、貴族のロニー・ベインブリッジと結婚するも、夫は戦死。一人息子である六歳のリトル・ロニーとともに、今も夫の両親の屋敷に同居している。

つまりこのふたりは、スパイと貴族のコンビなのだ。それぞれが持つ異なる人脈と異なるスキルと異なる性格が適材適所で発揮され、事件を解決に導いていく。国家に忠誠を誓って奉職していた元スパイのアイリスと、王族に謁見《えっけん》も可能な階級でありペイシェンスのいとこでもあるグウェン、しかもその調査能力は前作の実績あり。さらに公式に国の機関を動かすには差し障りがあるような件――となれば「市井の結婚相談所」どころか、むしろこのコンビはうってつけなのである。

この「適材適所」が今回も遺憾《いかん》無く発揮されている。関係者をどう見つけるか。その関係者にどうつなぎをとるか。前作では闇屋と渡り合うなどアイリス主導の場面が目立ったが、今回は王室がらみなのでグウェンのスキルが物を言う。もちろん片方の力だけで話は進まない。自分の領分で力を発揮しつつ、畑違いのはずの相棒もそこで思わぬ活躍を見せるのが本シリーズの面白いところ。そんな情報収集の過程もさることながら、ふたりの人脈を見せつけられるのはオールスターキャストが揃《そろ》う謎解き場面だ。しかもちょっとした趣向がある。普通に考えるとありえないメンツが一堂に会するわけで、これを可能にしているのが主人公ふたりのかけ離れたキャリアなのである。この場面は戦後一気に進む階級社会の崩壊と理想とすべき階級協調をも表している――というのは考え過ぎだろうか。

ついでにふたりの出会いと背景についてもおさらいしておこう。本書でも軽く触れられるが、ふたりが初めて言葉を交わしたのは共通の知り合いの結婚式だった。人間洞察力に優れたグウェンが新郎新婦を結びつけたこと、ツテと調査能力を持つアイリスが新郎の身辺調査をしたことを互いに知ったふたりは意気投合。私たちが組めば最強じゃない？　とばかりに、とんとん拍子で結婚相談所の開設が決まったという次第。

というと、ずいぶん軽い見切り発車のように見えるかもしれないが、さにあらず。このシリーズの大きなポイントは、ふたりがそれぞれ心に傷を負っているという点にある。

詳細は前作をお読みいただきたいが、アイリスは仲間の中でただひとり「生き残ってしまった」というサバイバーズ・ギルトに苛《さいな》まれている。また、その時の影響で飛行機への恐怖が拭《ぬぐ》えない。グウェンは最愛の夫を喪《うしな》ったショックで心を病み、長い間、療養所に入っていた。そのため息子の監護権が義理の両親に渡ってしまったのだ。今も精神科医のもとに通院を続け、高圧的な姑《しゅうとめ》と戦う生活を続けている。

そんなふたりにとって結婚相談所という事業を経営することは、自立であり、社会参加であり、アイリスにとっては生活の糧《かて》であり、グウェンにとっては心の穴を埋めるものなのだ。

――おおっと、今度は逆に重い話だと思われてやしないかな？　とんでもない！　このふたりの最大の魅力は、そんな傷を持ちながらも、明るく前向きでユーモアを忘れないところにある。特にこのふたりのガールズ・トークの面白さと言ったら！

たとえば十八ページから二十二ページにかけての会話をお読みいただきたい。今の事務所の机に不満を持っているふたりが、空き部屋になっている隣室に立派な机が残されているのを発見したくだりである。このたった五ページだけで、この物語の楽しさと、このふたりのベストパートナーっぷりが充分すぎるほど伝わるだろう。事務所の机について話しているだけなのに、何度吹き出したことか！

身分も立場も過去も性格も環境も何もかも違うふたり。そんなふたりが対等なパートナーとして絶妙なコンビネーションを見せる。からかい合って、笑って、時にはぶつかって、間違ったときには謝って、いざというときは互いに背中を預け合って。ベタベタした友情でも、ドロドロした対立でもない、自分とは異なる相手を認め合って尊敬し合う大人の女の対等な関係がとても気持ちいい。過去のトラウマが、喪失の痛みが、それで消えるわけではない。けれど「やることがある」「やりたいことがある」という意識がどれだけ人を元気にするか。どれだけ人に希望を与えるか。どれだけ暮らしを張りのあるものにするか。

それは、本書が終戦の翌年を舞台にしていることと無関係ではない。

前作では終戦から間もないロンドンの様子がつぶさに描かれた。イギリスは戦勝国ではあったが、本土爆撃や植民地の陥落《かんらく》などで大きな痛手を被った。ザ・ブリッツ（ブリッツはドイツ語で稲妻の意）と呼ばれる大空襲を受け再建もままならない市街地、ストッキングさえ手に入らない物資不足、配給切符、傷痍《しょうい》軍人、闇屋。前作にはまるで敗戦国さながらのエピソードが頻出し、それが物語に大きくかかわってきた。

生き残ってしまったのはアイリスだけではない。大事な人を喪ったのはグウェンだけではない。誰もが心に傷を負った時代なのだ。その中で新たな仕事を立ち上げたふたり。アイリスは過去と決別するために。グウェンはより強い自分になるために。つまりはより良い明日のために彼女たちは階級を飛び越えて手を携え、歩き始めた。あの戦争の後で、より良い明日のために旧弊《きゅうへい》な遺物を踏みつけて前を向いた多くの人々の象徴として、ふたりは存在するのである。

多くの人の心に傷を残すのは戦争だけではない。たとえば災害。たとえば疫病。あるいはもっと個人的な苦しみや悲しみの中にいる人もいるだろう。そういう人に、このシリーズを届けたい。人は何があっても立ち上がることができる。笑うことができる。生きることができる。それだけの強さを持っているのだと、このシリーズは告げているのである。

最後に、本書と合わせてお読みいただきたいシリーズをふたつ、紹介しておく。

ひとつはスーザン・イーリア・マクニールの〈マギー・ホープ〉シリーズ（創元推理文庫）。第二次大戦下のイギリスの女性スパイを主人公にした、ユーモアとスリルに溢《あふ》れたシリーズである。第二作『エリザベス王女の家庭教師』には、十四歳のエリザベス王女が登場する。

もうひとつはリース・ボウエンの〈英国王妃の事件ファイル〉シリーズ（原書房コージーブックス）。こちらは大戦前のイギリスを舞台に、貧乏貴族の令嬢がスパイまがいの仕事をする様子をユーモラスに描いたコージー・ミステリだ。第三作『貧乏お嬢さま、空を舞う』でさらに幼いエリザベス王女が登場する他、第十二作『貧乏お嬢さまの結婚前夜』ではエリザベス王女がヒロインのブライズメイドを務めるなんていう話も出てくる。

本シリーズを含め、戦前・戦中・戦後を舞台にした、軽妙にして読み応えのある楽しいシリーズばかりだ。当時のイギリスの様子と女性の生き方が浮かび上がってくる。ぜひ本書を起点に、二十世紀半ばのロンドンを味わっていただきたい。

検印
廃止

訳者紹介　英米文学翻訳家。ガーディナー「心理検死官ジョー・ベケット」、キング「パリの骨」、ミルフォード「雪の夜は小さなホテルで謎解きを」、モントクレア「ロンドン謎解き結婚相談所」など訳書多数。

王女に捧ぐ身辺調査
ロンドン謎解き結婚相談所

2021年11月12日　初版
2022年9月9日　再版

著　者　アリスン・
　　　　モントクレア
訳　者　山《やま》田《だ》久《く》美《み》子《こ》

発行所　(株)東京創元社
代表者　渋谷健太郎

162-0814/東京都新宿区新小川町1-5
電　話　03·3268·8231-営業部
　　　　03·3268·8204-編集部
URL　http://www.tsogen.co.jp
萩原印刷・本間製本

乱丁・落丁本は、ご面倒ですが小社までご送付ください。送料小社負担にてお取替えいたします。

ISBN978-4-488-13410-5　C0197

創元推理文庫

ぴったりの結婚相手と、真犯人をお探しします!

THE RIGHT SORT OF MAN◆Allison Montclair

ロンドン謎解き結婚相談所

アリスン・モントクレア　山田久美子 訳

◆

舞台は戦後ロンドン。戦時中にスパイ活動のスキルを得たアイリスと、人の内面を見抜く優れた目を持つ上流階級出身のグウェン。対照的な二人が営む結婚相談所で、若い美女に誠実な会計士の青年を紹介した矢先、その女性が殺され、青年は逮捕されてしまった! 彼が犯人とは思えない二人は、真犯人さがしに乗りだし……。魅力たっぷりの女性コンビの謎解きを描く爽快なミステリ!

世代を越えて愛される名探偵の珠玉の短編集

Miss Marple And The Thirteen Problems◆Agatha Christie

ミス・マープルと13の謎 新訳版

アガサ・クリスティ
深町眞理子 訳 創元推理文庫

◆

「未解決の謎か」
ある夜、ミス・マープルの家に集《つど》った
客が口にした言葉をきっかけにして、
〈火曜の夜〉クラブが結成された。
毎週火曜日の夜、ひとりが謎を提示し、
ほかの人々が推理を披露するのだ。
凶器なき不可解な殺人「アシュタルテの祠《ほこら》」など、
粒ぞろいの13編を収録。

収録作品＝〈火曜の夜〉クラブ，アシュタルテの祠《ほこら》，消えた金塊，舗道の血痕，動機対機会，聖ペテロの指の跡，青いゼラニウム，コンパニオンの女，四人の容疑者，クリスマスの悲劇，死のハーブ，バンガローの事件，水死した娘